Le Festin de l'orque

Stuart Harrison

Le Festin de l'orque

ROMAN

Traduit de l'américain
par Dominique Rinaudo

Albin Michel

Titre original :
STILL WATER

Publié par HarperCollins, London

Traduction française :

22, rue Huyghens, 75014 Paris
www.albin-michel.fr

ISBN 2-226-13079-9

Pour Dale, Mac et Robbie.

PREMIÈRE PARTIE

1

Ella coupa le moteur et laissa son bateau dériver vers le rivage. Comme elle naviguait sans phares, elle dut se diriger grâce aux rayons blafards de la lune qui éclairaient les rochers, droit devant. Tendue, elle serrait le gouvernail de toutes ses forces. De grands arbres descendaient jusqu'à la rive et projetaient sur les eaux une ombre épaisse qui l'enveloppa quand elle chercha à s'arrimer. Pour la énième fois de la soirée, elle se demanda ce qu'elle faisait là. Un peu plus, elle cédait au remords et à la crainte d'être découverte. Mais elle finit par chasser ses doutes comme un luxe superflu. D'un geste vif, elle essuya ses yeux embués par des larmes involontaires.

« Pas maintenant, Ella. Ce n'est pas le moment de le perdre », s'admonesta-t-elle calmement.

Devant, se dressait le grand éperon rocheux qu'elle cherchait. Elle redressa brusquement la barre pour éviter de s'échouer dessus, et le bateau vint en douceur le long du rivage. Ella sortit de la timonerie ; aussière en main, elle attendit le moment de sauter, et atterrit sur un tapis d'aiguilles de pin. Elle enroula prestement son aussière autour du tronc d'un arbre puis profita de l'ombre de ses branches pour marquer une pause, le temps de prendre ses marques avant de s'enfoncer dans les bois.

Un groupe d'orques sortit des eaux profondes qui bordaient le tombant et se dirigea sur une proie totalement inconsciente du danger. Un nuage voila la lune et, un instant, l'eau prit la couleur de l'encre.

Les étoiles scintillaient doucement ; le nuage passa et les vagues retrouvèrent leur éclat lunaire argenté dans l'air épais et humide du golfe, au large des côtes du Maine. En formation lâche, les épaulards arquaient leurs corps puissants et luisants dans les creux de la petite houle. Ils étaient dix en tout, des mâles et des femelles adultes accompagnés de plusieurs jeunes. Le mâle dominant était un vieil épaulard de plus de dix mètres de long qui pesait près de neuf tonnes. Il avait la lourde charpente de l'orque mâle, et sa nageoire dorsale, longue de deux mètres, se caractérisait par un motif sinueux au niveau de l'implantation, qui rappelait une double rangée de dents. Le reste du groupe, y compris les femelles, dont les nageoires dorsales mesuraient un tiers seulement de celles des mâles, portait une marque identique, signe d'une origine génétique commune.

Les premiers sons, dont la source était encore lointaine, ne parvinrent au mâle que faibles et irréguliers. Des glissements, des sifflements suggéraient un animal à sang chaud. Le vieux mâle émit une série d'ondes acoustiques ; d'après l'écho qu'elles lui renvoyèrent, il se représenta mentalement la cartographie des lieux, et la compara à la somme des connaissances accumulées au cours de ses nombreuses visites dans cette partie du golfe. À cet endroit, le fond océanique, relativement peu profond, était creusé de fissures et de crevasses ; devant l'épaulard s'ouvrait une grande fosse rectiligne qui reliait du nord au sud le continent à une grande île. C'était de là que provenaient les sons.

Le mâle ralentit et revint vers la matriarche. Plus petite que lui – un peu moins de neuf mètres –, celle-ci portait comme lui les cicatrices de son grand âge. Deux autres femelles plus jeunes nageaient à ses côtés pour lui permettre de ne pas se laisser distancer. Grâce à son sonar, le mâle perçut sa respiration aqueuse et rauque et comprit que son état empirait. Elle s'affaiblissait. Elle était malade depuis plusieurs semaines, et avait maigri de manière alarmante. Il la caressa du bout de sa nageoire et elle répondit en se frottant tout doucement contre lui, quelques secondes seulement car ce petit effort lui coûtait beaucoup. Il resta à ses côtés quelque temps avant de reprendre sa position à l'avant du groupe.

Le bruissement se faisait plus fort, plus distinct. Le mâle stoppa, sortit la tête hors de l'eau et regarda du côté de la masse sombre d'une île qui se découpait sur le ciel.

Il plongea de nouveau, puis se dirigea vers la pointe sud de l'île, où il y avait une crique et un port, séparés par un large promontoire boisé. La crique était partiellement protégée au nord par une barrière corallienne immergée qui partait du pied de la falaise et pointait dans la mer tel un doigt crochu. Là, des courants contraires et traîtres tourbillonnaient autour du récif sous-marin. Dans l'obscurité, à marée descendante, ils marquaient la surface d'un trait d'écume blanche, tandis que la mer fouettait sans relâche le pied des falaises en crachant ses embruns à vingt-cinq mètres dans les airs. Au milieu des eaux battantes et impétueuses, les orques distinguèrent un bruit intéressant : un banc de thons rouges chassait le maquereau. Il y en avait de toutes les tailles, principalement des poissons de vingt livres, mais aussi de jeunes adultes de soixante livres, et même quelques spécimens de huit ou neuf ans, qui pesaient jusqu'à trois cents livres. C'était la chair riche et succulente de ces prédateurs en pleine migration qui avait attiré les orques près du rivage.

Ils avancèrent en ligne. C'était une formation de chasse qu'ils utilisaient souvent, et dans laquelle chaque animal avait sa place attitrée. La plus petite, une jeune femelle, se mit au centre et les autres s'échelonnèrent de chaque côté par ordre croissant de taille. Seule la vieille malade, escortée d'une femelle, resta à l'arrière. Quand le mâle dominant se fut positionné à l'extrême gauche, les orques démarrèrent à toute allure avec force battements de queue. À mesure qu'ils prenaient de la vitesse, les épaulards en bout de formation accélérèrent encore davantage, créant un mouvement de pince. Ils fondaient à près de trente nœuds sur les thons rouges qui se nourrissaient près de l'entrée de la crique, toujours inconscients du danger.

Le vieux mâle émit le premier un cri perçant, qui fut aussitôt repris par le reste du groupe. Les thons réagirent comme à l'éclatement d'une bombe : ils s'éparpillèrent, terrorisés. Plusieurs tentèrent de fuir dans la direction opposée et se retrouvèrent piégés dans la crique. C'était précisément ce qu'espéraient les orques. L'eau résonnait de clappements en staccatos, de gros bruits sourds, et la riche gamme vocale des orques acheva de paniquer les thons. Seuls certains, parmi les plus vieux et les plus expérimentés, comprirent ce qui se passait et tentèrent une échappée vers le large.

L'un d'eux, un poisson de cent livres, passa comme un éclair devant le nez du vieil orque, mais celui-ci vira, si rapide, si agile, qu'il lui arracha la queue d'un seul coup de dents. Comme le malheureux thon sombrait en spirale, il le saisit et le partagea avec la femelle juste à côté de lui, puis laissa la tête tomber au fond. D'autres thons tentèrent de plonger, ils furent interceptés ; à la fin il ne resta plus que ceux acculés au fond de la crique. Les orques patrouillaient à l'entrée, émettant toujours leurs *clic* et leurs cris effrayants, frappant l'eau du plat de leur nageoire caudale pour faire barrage. Puis, deux par deux, elles allèrent se repaître.

À son point le plus large, la crique faisait un kilomètre et demi de bord à bord, et l'eau était profonde. D'un côté, des falaises rocheuses abruptes ourlaient le rivage ; c'était de là que partait le récif qui fermait l'entrée sur plus de sa moitié. De l'autre côté, la forêt descendait jusqu'à la ligne des eaux. Ruban blanc reflétant la pâleur lunaire, une fine langue de plage la bordait, lançant dans la baie, tel un doigt noueux, un petit ponton de bois.

Le mâle dominant et l'une des femelles furent les derniers à se servir. Partis à l'opposé l'un de l'autre, ils nagèrent en convergeant, rassemblant les thons vers le milieu de la crique. Puis ils firent face au rivage et les acculèrent dans des eaux côtières trop superficielles pour leur permettre de leur échapper par le fond. Alors, ils se renvoyèrent leurs proies dans un ballet mortel. Autour d'eux, les thons fuyaient, saisis d'une terreur aveugle. Les orques manœuvraient avec une agilité incroyable, en blessant le plus grand nombre possible, tranchant d'une dent vive queues et nageoires, laissant sombrer leurs victimes. Enfin, elles attendirent que les eaux soient apaisées pour aller les repêcher.

Une fois rassasiés, les épaulards retournèrent à l'entrée de la crique et, ensemble, ils escortèrent la vieille malade. Elle respirait difficilement, et nageait en agitant faiblement la queue. Le mâle la conduisit près de la plage ; il attrapa un thon au passage et le lui apporta, l'aidant à manger ce qu'elle pouvait avaler. Un peu plus tard, hélas, elle le restitua, comme tout ce qu'elle mangeait depuis quelques jours. Le mâle vint nager à côté d'elle, lui frottant doucement les flancs tout en écoutant ses râles qui allaient s'amplifiant. Elle répondait faiblement aux caresses de sa nageoire. Ils avançaient côte à côte, à demi immergés, la nageoire du mâle tout entière hors de l'eau. Soudain, il recula légèrement et l'encouragea à l'imiter.

À ce moment précis, une détonation déchira la nuit ; aux aguets, le mâle se retourna vers le rivage, d'où était parti le coup de feu.

Ella porta la main à son front et sentit un liquide visqueux et chaud : du sang. Un élancement cuisant, en mille piqûres d'aiguilles, la ramena à elle. Elle s'assit, essaya de comprendre ce qui s'était passé. Son pied s'était pris dans la racine d'un chêne, elle était tombée et s'était cognée contre le tronc, s'ouvrant le front sur l'écorce. Elle avait dû perdre connaissance trente secondes. Une douleur sourde battait dans son crâne. Dès qu'elle bougeait, elle avait l'impression que quelque chose glissait à l'intérieur et lui comprimait le cerveau. Pendant quelques minutes, elle dut rester la tête entre les mains, les coudes appuyés sur les genoux.

Elle baissa les yeux sur le paquet à côté d'elle et se sentit soudain sur le point de vomir. Elle détourna le regard. Les senteurs de l'air nocturne l'oppressaient. Le parfum doux et sur de l'humus et des feuilles pourrissantes se mêlait à un remugle plus terreux, au relent d'une matière corrompue. L'odeur de la mort.

« Mon Dieu », dit-elle calmement, d'une voix blanche.

Elle s'attarda un peu en essayant de rassembler tout son courage. Le sang ruisselait sur son visage, mais elle se rappela avoir entendu dire que les blessures à la tête saignaient toujours abondamment. Tremblante, elle se remit debout. Elle prit une profonde inspiration, puis attrapa son fardeau et reprit sa longue marche à reculons, le traînant pas à pas.

Il lui fallut dix minutes encore pour arriver au sentier qui menait à travers bois jusqu'à la pointe. Elle était en nage et commençait à s'essouffler. Elle massa les muscles endoloris de ses épaules et de ses bras en levant les yeux à travers les feuillages. La nuit était claire et, contrairement aux prévisions météorologiques, aucun nuage, aucun coup de vent ne troublait le ciel. Ella jeta un coup d'œil le long du chemin, qu'éclairait çà et là une tache de lune entre les arbres. À cette heure-ci, le risque de faire des rencontres était faible, surtout dans une zone occupée principalement par des résidences d'été. Un hibou ulula tout près, un cerf brama au fond des bois.

Elle sentit sur sa nuque un chatouillement désagréable. Le brame avait un son lugubre, un son d'outre-tombe. Elle poussa un soupir tremblant, et n'aurait guère été surprise de voir un visage accusateur et silencieux apparaître dans les frondaisons. Au lieu de cela, elle entendit une brindille casser net, puis un bruit – un bruit de pas, elle en était sûre – sur le sentier. Dissimulée dans l'ombre d'un arbre, elle se figea sur place, le cœur battant, la bouche sèche. Elle attendit en se demandant qui pouvait être dans les bois à une heure pareille, mais il n'y eut plus que les doux bruissements d'un animal dans les taillis, et l'imperceptible frémissement des feuilles caressées par la brise. Tous les sens en alerte, elle compta jusqu'à trente, puis encore jusqu'à trente. Enfin, n'étant plus sûre de ce qu'elle avait entendu, elle risqua un coup d'œil derrière le tronc de l'arbre.

Tout d'abord elle ne distingua rien parmi les ombres, mais bientôt une silhouette se dessina sur sa droite. Quelqu'un se tenait immobile au milieu du chemin, à guère plus de trois mètres d'elle. Une rafale de vent gémit, écartant les branches entre lesquelles apparut le clair de lune. Ella reconnut Kate Little. Elle retint son souffle.

Un instant, elles se dévisagèrent, puis un nuage plongea la scène dans l'obscurité. Il y eut des bruits de pas qui s'éloignaient et le chemin fut de nouveau désert.

Plusieurs secondes s'écoulèrent, longues comme des minutes. Ella avait oublié de respirer. Elle expira tout d'un coup, le cœur tambourinant dans sa poitrine. Enfin, parce qu'il n'y avait que cela à faire, elle ramassa le ballot à ses pieds et se remit à le traîner à travers bois jusqu'à son bateau.

L'*Osprey* filait sept nœuds dans la houle, faisant cap au nord-est à partir de Sanctuary Harbor. C'était l'un des nombreux chalutiers basés dans ce port, un vieux bateau à coque métallique de quarante-huit pieds de long, qui avait été construit au Cap Cod dans les années cinquante pour le compte des usines de traitement de la morue, autrefois fleuron de l'économie de Stellwagen Bank. Aujourd'hui, il servait à pêcher le tassergal et le bar d'Amérique, qu'on trouvait entre dix et cinquante nautiques au large de l'île. Sa coque était rouillée et son gaillard d'avant recouvert d'une telle couche de crasse qu'on ne distinguait plus sa couleur d'origine.

Dans la timonerie Carl Johnson, le skipper, écoutait en sourdine une station de radio qui diffusait de la musique country. Soudain, couvrant le nasillement métallique de la guitare et la voix plaintive de Tammy Wynette mais aussi le ronronnement étouffé des moteurs diesel, il entendit un claquement, comme un coup de feu. Il regarda, vers l'île, la trace blanche du récif qui protégeait l'entrée de Stillwater Cove. Au moment où il tendait la main vers la manette pour réduire les gaz, Billy Pierce mit le treuil en route sur le pont et, pendant près d'une minute, il y eut un concert de cliquetis et de grincements mécaniques. La manœuvre terminée, l'*Osprey* se laissa porter par les flots, moteur au ralenti.

« Pourquoi on s'arrête ? cria Billy depuis le pont.

– J'ai cru entendre quelque chose. »

Billy suivit le regard de Carl. « C'était quoi ?

– J'sais pas. Sans doute rien », dit Carl en haussant les épaules.

Il regarda de nouveau droit devant lui, et ses yeux tombèrent par hasard sur le sondeur. Une grappe de points noirs indiquait la présence d'un gros banc de poissons qui se déplaçait vers l'est et allait croiser leur route. Il remit les gaz et changea de cap, sans quitter l'écran des yeux.

« Y a du monde, là-dessous ! » cria-t-il.

Billy le regarda. « Qu'est-ce que c'est ? »

Carl fronça les sourcils. « On dirait des maquereaux. » Il n'en était pas certain. L'écho suggérait qu'il s'agissait de poissons de grande taille, mais l'image était brouillée. Peut-être des maquereaux, oui, mais mélangés à une autre espèce.

L'*Osprey* fendait les flots à plein régime, les vagues d'étrave brillant dans l'obscurité. Carl avait complètement oublié le coup de feu. Il cria à Billy de sortir le filet, puis il consulta sa montre : deux heures passées de quelques minutes.

À trois heures dix-sept, Ella sortit le *Santorini* de la crique. Elle naviguait dans l'obscurité complète, enfreignant les lois les plus élémentaires de la prudence et du code maritime. Arrivant par l'est, les nuages annoncés commençaient enfin à se former, et occultaient régulièrement la lune. Ella serrait la côte de près, l'œil sur l'écume blanche du récif. Par une nuit calme et claire comme celle-ci il n'y avait pas de danger, mais son oreille restait vigilante au fracas de l'océan contre le récif et les falaises lointaines. Tout d'un coup, elle revit le bateau de son père, qui s'était fracassé sur les rochers ici même lors d'une violente tempête, l'hiver précédent. Elle serra le gouvernail plus fort et se mordit la lèvre pour écarter ce souvenir.

Une fois sortie de la crique, elle accéléra. Elle suivit brièvement des yeux les lumières d'un bateau de pêche, et comprit qu'il s'éloignait d'elle. En jetant un dernier coup d'œil à la masse sombre de l'île, elle distingua une faible lueur jaune. La maison de Kate Little, peut-être. Une fois à quatre cents mètres au large de la crique, au-dessus de la fosse, elle coupa le moteur. Son regard tomba sur la forme qui gisait dans l'ombre du bastingage ; elle chassa Kate de son esprit et se mit au travail.

Elle n'entendit pas tout de suite le bruit de moteur. Subitement arrachée à ses pensées, elle vit un chalutier qui émergeait des ténèbres et venait sur son avant, tous feux allumés. Elle essuya ses larmes.

Le ronronnement du moteur changea de registre, et Ella se sut repérée. Elle reconnut l'*Osprey* et distingua même la silhouette de Carl Johnson dans la timonerie. La radio du *Santorini* crépita.

Après une seconde d'hésitation, elle alla allumer son feu de hune et attrapa le micro.

Elle prit une profonde inspiration, espérant cacher les tremblements de sa voix. « Salut. C'est toi, Carl ?

– Oui. Tout va bien, Ella ?

– Oui, oui, tout va bien. »

Il y eut une pause. « Tu ne montrais pas de feux. J'ai cru que tu avais un problème, dit-il, une note d'inquiétude mêlée de curiosité dans la voix.

– C'était un câble déconnecté. J'ai réparé, répondit-elle sur un ton qu'elle s'efforça de rendre léger. Mais ça y est. Tout fonctionne. » Les yeux sur l'*Osprey* qui se rapprochait, elle coupa la communication. Elle jeta un coup d'œil au bossoir et au treuil, attendant de voir ce que Carl allait faire. Au bout de deux secondes, elle se décida ; elle reprit le micro.

« À plus tard, Carl. » Elle remit son moteur en route et fit demi-tour, comme pour repartir vers le port. L'*Osprey* continua tout droit quelques secondes, puis mit cap à l'est.

« Bonne nuit, Ella.

– Toi aussi. » Elle coupa le micro et souffla, le cœur battant. Quand elle fut sûre que l'*Osprey* était assez loin, elle coupa le moteur une deuxième fois.

Cette fois-ci, elle ne perdit pas une seconde. Elle prit un couteau et trancha le câble du treuil ; il y eut un éclaboussement, puis le silence, et la surface de l'eau fut de nouveau noire et lisse.

2.

Dans l'odeur de feu de bois qui se répandait dans tout le voisinage, le voisin de Matt sortit sur son perron et appela : « T'es là, Matt ? »

Henry était un petit septuagénaire basané d'origine portugaise qui sortait presque tous les jours dans son crabier de quinze pieds. Le jour où Matt avait emménagé, trois mois plus tôt, il était venu lui apporter un tassergal qu'il venait de pêcher. Depuis, il était persuadé que Matt raffolait autant que lui du poisson.

« Je suis en train de fumer du maquereau. C'est bon, ça. T'en veux pour ton petit déj' ?

– Je l'ai déjà pris », répondit Matt depuis chez lui.

Les deux maisons occupaient une clairière sur le versant abrupt de la colline qui dominait Sanctuary ; elles étaient séparées par une bande de gazon et desservies par une route empierrée qui débouchait des bois et menait à Valley Hill, le chemin le plus pratique pour aller en ville. Henry contourna la clôture.

« Je t'en garde deux bien gras pour le dîner.

– Merci, Henry. Tu as besoin que je te rapporte quelque chose aujourd'hui ?

– Peut-être un peu de tabac, si tu as une minute. »

Henry se rendait rarement en ville. Il amarrait son bateau dans une baie rocheuse à la pointe sud de l'île, et quand il ne pêchait pas il s'occupait de son verger et de la presse à cidre qu'il se construisait, et que Matt finançait. Même si l'investissement était faible, il représentait à peu près tout ce que possédait Matt. Mais le cidre d'Henry était le meilleur qu'il ait jamais goûté et, ensemble, ils avaient formé le projet de le mettre en bouteilles et de le vendre sur le continent. Les petits ruisseaux..., comme dit le proverbe.

Henry vint rejoindre Matt sur son perron. Il marchait les jambes arquées, l'œil amical. Il portait un jean et sa vieille chemise fanée de tous les jours, et transportait partout avec lui une odeur de poisson et de fumée.

« J'ai du café tout chaud, si tu en veux », dit Matt.

Henry alla se chercher un mazagran et ils contemplèrent tous deux le port et le golfe qui s'étalaient à leurs pieds. La mer était couleur d'aigue-marine, pommelée de teintes plus ou moins sombres qui allaient de l'émeraude au bleu nuit, dans le lointain, là où la température était plus fraîche. Déjà, elle était parsemée çà et là de bateaux en provenance de Saint George ou des îles avoisinantes, ou encore de la côte. Au nord, Bass Harbor et Penobscot Bay ; loin au sud, le Cap Cod.

« Beau costard », fit observer Henry.

Matt en avait une demi-douzaine d'identiques, qu'il portait du temps où il était procureur à Boston. C'était la première fois qu'il en remettait un depuis son emménagement sur l'île, et il se sentait mal à l'aise dedans.

« J'ai rendez-vous avec un client, mentit-il.

– Oh non ! fit Henry en buvant une gorgée de café. Tu vas à la réunion, ce soir ?

– Peut-être, oui.

– Y a des chances que tu y voies Ella Young.

– Y a des chances. » Matt se fit la remarque qu'il n'avait pas été très subtil dans ses efforts vestimentaires. Si Henry avait deviné aussi facilement qu'il voulait faire impression, Ella n'aurait aucun mal à le percer à jour. « Encore une journée chaude qui s'annonce, dit-il pour changer de sujet.

– Ouais. » Henry s'abstint de tout commentaire, mais une lueur amusée brilla dans ses yeux.

Derrière eux, les bois qui couvraient une grande partie de

l'île se composaient principalement de chênes et d'érables, avec des sapins un peu plus haut. À l'ouest, au-dessus de la corniche, il y avait surtout des cèdres, mais aussi des tourbières où poussait la canneberge. De tous les villages et les fermes disséminés dans le nord de l'île, Sanctuary Harbor était la seule ville digne de ce nom. Saint George attirait quelques estivants, dont certains possédaient de grosses maisons sur la pointe. C'est ainsi qu'enfant, Matt venait y passer les vacances d'été en famille. En temps normal il habitait Boston, où son père était un avocat très en vue, tandis que sa mère occupait son temps à jouer au tennis et à se faire élire aux conseils d'administration d'œuvres de charité.

L'île n'avait pas beaucoup changé. Son économie de base étaient la pêche et les activités annexes ; contrairement aux autres îles du golfe, Saint George n'était fréquentée que par les vacanciers qui recherchaient le calme et l'authenticité. Propres et confortables, les hôtels et les gîtes affichaient rarement complet, et les boutiques épargnaient à leurs clients l'étalage de bibelots et autres productions artisanales pour touristes. À part quelques scrimshaws fabriqués par les derniers artisans spécialisés dans cet art à partir des dents de petits rorquals échoués sur la plage, on n'y trouvait que de quoi subvenir aux besoins de la population locale. Quant aux maisons, qui semblaient crouler sous le poids des ans, un petit coup de peinture ne leur aurait pas fait de mal. Quand il avait été question d'acheter une villa, la mère de Matt avait jeté son dévolu sur Martha's Vineyard ou Nantucket, ou encore le Cap Cod, mais son père s'y était opposé. Une fois par an, il avait besoin d'échapper à l'obligation de se raser ou de rencontrer au yacht'club quelque importun à l'affût d'un conseil professionnel. Matt et son frère Paulie avaient pris son parti, et leur mère avait capitulé, à la condition qu'ils fassent construire une demeure confortable sur la pointe.

La villa était vendue depuis maintenant quinze ans, et Matt n'était pas revenu sur l'île depuis dix-sept ans. Il avait trouvé cette nouvelle maison récemment libérée à la mort de son occupante, une voisine désagréable, selon Henry, mais une voisine tout de même, qui avait le mérite de lui faire un brin de causette de temps en temps. La vue qu'elle offrait et les bois derrière avaient conquis le cœur de Matt : c'était un bon endroit pour repartir de zéro, pour enterrer les fantômes du passé.

« Bien, faut que j'y aille, dit-il en jetant son fond de tasse dans les buissons.

– Bonne journée ! » lui lança Henry qui baissa les yeux sur les mocassins impeccables de Matt en retenant un sourire.

Dans son rétroviseur, à travers l'écran de poussière, Matt l'aperçut debout sur le perron, qui secouait la tête, hilare.

Une fois sur la route asphaltée, il serait en ville en dix minutes. Il avait pris un petit bureau au premier étage, dans une rue un peu à l'écart de Flounders Square. Deux allées croisaient en diagonale le jardin municipal où, autour des bancs publics, l'herbe piétinée se transformait en boue à la première pluie. Le bâtiment qui abritait l'hôtel de ville faisait face au commissariat de police, la caserne des pompiers occupait le côté sud et la bibliothèque et le tribunal le côté nord. Toutes les façades avaient un air un peu décrépit, et le drapeau qui flottait au-dessus du tribunal était décoloré par le soleil. Sanctuary était une ville élimée aux manches et éculée aux talons.

Matt passa le plus gros de sa matinée à lire le journal en buvant du café. Du fait qu'il n'avait pas d'employé, en deux mois, il avait gagné presque de quoi couvrir ses dépenses de nourriture. Un départ modeste, mais il n'avait jamais non plus espéré gagner des fortunes. Avec un peu de chance le cidre d'Henry paierait le loyer. Dans l'après-midi, il passa quelques coups de fil et résolut un litige foncier entre deux fermiers.

« Bon, vous n'aurez qu'à m'envoyer vos honoraires, dit son client, avec une pointe de grief dans la voix qui sous-entendait que la prestation de Matt ne valait pas rémunération.

– Si vous avez un bout de jambon qui traîne, ça fera l'affaire. »

Il y eut un bref silence, pendant lequel l'autre s'imagina qu'il lui demandait un cochon entier. Ils se mirent d'accord sur une cuisse, mais le fermier raccrocha sur un ton suspicieux, quasi certain de s'être fait avoir.

« Y a pas de quoi, sale con », dit Matt quand il fut sûr que l'autre avait raccroché.

Enfin soulagé de voir arriver la fin de la journée, il ferma son cabinet et traversa la place jusqu'à la mairie. Depuis bien avant son arrivée, un projet de développement de la côte sud enflammait les esprits, divisant la ville en deux clans à peu près égaux entre lesquels la tension montait d'autant plus qu'on était à quelques semaines des municipales.

Matt se posta au bas du perron, saluant d'un signe de tête une ou deux connaissances qui entraient dans la mairie. Dehors, les gens parlaient à voix basse, par petits groupes. Parmi eux, il y avait des gens du port, des gars qui sentaient le poisson ; ils se turent, la mine maussade et lourde de ressentiment, en voyant une femme qui se dirigeait vers eux. Matt s'avança à la rencontre d'Ella. Elle sourit en le voyant.

« Bonsoir, dit-elle.

– Bonsoir.

– Je suis contente que vous ayez pu venir.

– Pour rien au monde je n'aurais voulu rater cette réunion. »

Leurs regards s'attardèrent ; ils étaient conscients de ne pas parler simplement de la réunion. Ella avait un œil gris et l'autre vert qui, sous une certaine lumière, paraissaient identiques, un peu brumeux, mais dont la différence s'accentuait quand elle souriait, ou quand elle s'animait ; c'était à cause de cette caractéristique que Matt la trouvait plus que simplement jolie.

Ils gravirent les marches du perron, et leurs bras se touchèrent quand Ella leva la main pour écarter une mèche de cheveux blonds de son visage. Elle était mince et plutôt petite, mais dégageait une impression de force avec son menton volontaire, obstiné même. Ils se connaissaient depuis peu, mais Matt l'admirait. Elle vivait de la pêche au homard, une vie rude, plus rude encore pour une femme dans un monde d'hommes. Mais, contrairement à ses collègues, elle était impeccablement propre et il flottait autour d'elle une senteur parfumée.

Sous sa mèche de cheveux apparut un sparadrap qui cachait mal un gros hématome, enflé et jaune sur le pourtour.

« Quel coup vous avez pris ! Qu'est-ce qui vous est arrivé ? »

Gênée, elle laissa retomber ses cheveux. « J'ai glissé. Ce n'est rien.

– Vous devriez montrer ça à un médecin, par précaution.

– J'y penserai. »

Ils entrèrent et se frayèrent un chemin dans le hall. La salle de réunion était presque pleine. La plupart des sièges étant occupés, il y avait des gens debout contre le mur du fond.

« Bonne participation », commenta Ella.

Un type hirsute à la tignasse blanche s'approcha d'eux.

« Bonsoir, Ella, viens par ici. » Son regard s'attarda sur eux, et un petit sourire flotta sur ses lèvres. Il se posait des questions et ne se gêna pas pour le faire savoir. « On vous voit toujours ensemble, ces jours-ci », dit-il. Il serra la main de Matt et les conduisit vers un groupe avec lequel il était en conversation. Matt remarqua qu'Ella avait rougi.

« Comment ça se présente ? demanda Matt qui se retrouva avec un certain George Gould.

– Difficile à dire, mais si ça passe, ce sera de justesse. » George désigna d'un geste le groupe de pêcheurs que Matt avait vu dehors et qui se tenait au fond de la salle. « Ces gars, là-bas, ils sont tous pour Howard. Jake Roderick, vous le connaissez ? C'est l'affreux à qui on n'a jamais appris à sourire. Lui et son frère, c'est un peu les chefs de la bande. Tiens, je vois pas son frère... » George parcourut la salle des yeux et consulta sa montre. « Bizarre, il devrait être là. Bref, à eux deux, ils possèdent des terres là où Howard veut faire son opération immobilière, donc pas la peine de demander de quel côté ils vont voter. Leur terrain va tripler de valeur en l'espace d'un an. Peut-être plus.

– L'argent est persuasif, fit observer Matt.

– Ça dépend pour qui. Jimmy Noon aussi va voter pour

Howard. Il dirige la quincaillerie d'Independence Avenue, il faudrait qu'il soit fou pour cracher sur des clients potentiels. Mais ça ne veut rien dire. Regardez Joanna, là-bas, celle à la robe bleue ; elle tient le café d'en face. Si Howard gagne, elle a tout à y gagner elle aussi, mais elle est de notre côté. »

George passa en revue le gros de la salle. Deux banderoles avaient été tendues derrière le podium : sur l'une on pouvait lire « Prospérité pour l'avenir », avec la photo d'un port de plaisance plein de bateaux d'une blancheur éblouissante. Les gens flânaient le long des vitrines et des restaurants du front de mer. L'impact était réussi : la scène dégageait une impression de richesse qui rappelait Bar Harbor. Ce n'était plus Saint George. Au-dessous : « Votez pour Howard Larson. » Le slogan de l'autre banderole disait : « Votez pour Ella Young et préservez votre île. » Il n'y avait pas d'illustration, et le contraste entre les deux se passait de commentaire.

George s'excusa. Une fois seul, Matt fut l'objet de regards curieux car il était suffisamment nouveau pour susciter un certain intérêt. Il reconnut plusieurs visages de l'époque de son adolescence, et distribua deux ou trois bonsoirs. Il croisa par hasard le regard d'Howard Larson ; celui-ci dit aussitôt quelques mots à la personne à côté de lui et vint vers lui.

« Matt ! Ça fait plaisir de vous voir ! » s'exclama-t-il en lui donnant une vigoureuse poignée de main. Il n'était pas grand mais en imposait par sa stature. Il avait des bajoues et de petits yeux vifs qui furent un instant cachés par un éclat sur ses lunettes. Bien rodé, son sourire ne bougeait pas d'une ridule. « On ne va pas tarder à commencer. »

Il parcourut la salle des yeux, comme pour recenser ses troupes. Sa voix était légèrement tendue, et Matt le soupçonna d'avoir de gros enjeux dans cette élection. Il avait beau être propriétaire de l'usine de transformation du poisson, les pêcheries étaient depuis longtemps sur le déclin et on racontait que ses affaires marchaient mal.

« Alors, vous avez choisi votre camp ? » Il suivit le regard de Matt. « J'imagine qu'Ella a su trouver les mots pour vous rallier à sa cause... il faut dire que les dés étaient pipés au départ. » Il rit, mais avec une pointe de méchanceté.

« À vrai dire, je n'ai pas été très difficile à convaincre », dit Matt.

Le sourire d'Howard vacilla une fraction de seconde. « Il faut rester ouvert à tous les arguments, Matt. Merde, vous êtes avocat, vous devez savoir de quoi je parle.

– J'ai vécu presque toute ma vie en ville. Je suis revenu ici pour y trouver une vie paisible loin de la pollution, et cela, vous voulez nous l'enlever.

– C'est que... les beaux paysages, ce n'est pas ça qui fait vivre. Il ne faut pas penser à nous, mais aux jeunes. Le vieux George, là, il préférerait retourner sa mère dans sa tombe que de me voir mener ce projet à bien. Il ne veut toucher à rien parce que, comme tous les vieux, il refuse de voir que les temps ont changé. Mais si on veut que nos gosses restent ici, il faut créer des emplois, il faut préparer l'avenir. Ce n'est pas comme autrefois, les pêcheries ne nous font plus vivre.

– Ella n'est pas vraiment ce qu'on pourrait appeler une vieille, lui fit remarquer Matt. Et elle vit de la pêche.

– Ella est pleine de bonnes intentions, mais en réalité, au train où ça va depuis quelques années, elle sera bien contente si le port de plaisance finit par se construire. Il attirera des visiteurs, donc de l'argent, et des emplois. Les gens vont vouloir des maisons, ils en parleront autour d'eux et ça fera boule de neige. Tout le monde y gagnera. »

Surtout ceux qui possèdent des terrains bien placés mais sans valeur aujourd'hui, se dit Matt.

« Pensez-y. Les gens malins tireront leur épingle du jeu. Au fait, comment marchent les affaires ?

– Doucement, mais ça va démarrer.

– Vous savez, ce ne sera pas mauvais pour vous non plus. Tous ces gens qui vont venir créer des boîtes et construire des maisons vont avoir besoin de conseils juridiques. Ils seront plus à l'aise avec quelqu'un de la ville, qui parle le même langage qu'eux, mais qui connaît l'île. Je pourrais leur en toucher un mot si vous voulez.

– Doug Keillor n'est pas un copain à vous ? » demanda Matt. Keillor était l'autre avocat en exercice sur l'île.

Howard écarta ledit copain d'un geste de la main. « Doug n'a pas votre expérience. De toute manière, il y aura du travail pour deux. Réfléchissez. Et à l'occasion, glissez-en un mot à Ella », ajouta-t-il avec un clin d'œil complice en regagnant l'estrade.

En le regardant s'éloigner, Matt se demanda, devant une telle sollicitude, quel prix Howard lui ferait payer son coup de pouce une fois élu maire.

Après quelques mots d'introduction, Joanna Thompson donna la parole à Ella. Celle-ci parla avec passion de l'île où elle avait toujours vécu, du style de vie qu'on y menait, de la criminalité inexistante, des relations amicales entre les gens, de l'océan qui les nourrissait et qui rythmait leurs jours. À mesure qu'elle s'animait, elle rayonnait d'énergie et d'entrain et Matt sentit battre son cœur. Il regretta de ne pas l'avoir connue plus tôt.

Une voix s'éleva : « Ouais, moi, on me donne quarante cents pour une livre de homard et le touriste qui le bouffe au restaurant le paie vingt-cinq dollars. J'aurais dû me faire restaurateur. »

Un rire bon enfant accueillit sa remarque ; Ella sourit elle aussi. « Vous vous débrouillez très bien, Bill Harris. J'ai vu que vous avez changé un pneu la semaine dernière. »

Les rires fusèrent de plus belle : tout le monde savait que le camion d'Harris, avec ses quinze ans d'âge, tenait le coup à grand renfort d'huile et surtout de prières ; quant à son bateau, il ne valait guère mieux. Et Harris n'était pas le seul dans ce cas.

« Remarquez, si vous en avez assez de pêcher, vous pouvez toujours aller pointer à l'usine d'Howard, ajouta Ella, ou encore trouver un boulot à la station-service qu'il veut construire. » Après avoir jeté cette peau de banane à son adversaire, elle marqua une pause, puis reprit, avec sérieux : « Ne sommes-nous pas ici par choix, parce que ça nous plaît ? Si je voulais vivre dans une usine à touristes, j'aurais déménagé depuis longtemps. D'accord, ce n'est pas facile tous les jours. Je sais de quoi je parle, moi qui vis de la pêche. Le homard se fait rare. Mais nous pouvons espérer des jours meilleurs si nous avons la sagesse de ne pas piller l'océan. » À ces mots, elle fixa d'un air entendu quelqu'un dans le fond de la salle. Matt se retourna. Jake Roderick la fusillait du regard.

« Le port de plaisance d'Howard nous amènera sans doute du monde, de l'argent, des emplois. Mais quels emplois ? Des petits boulots de barman, de jardinier chez les propriétaires des grosses maisons qui feront flamber les prix de l'immobilier. On construira des boutiques, mais pas des boutiques pour nous. Et alors, que nous restera-t-il ? La drogue. Il paraît que ça vient dans le sillage des yachts. C'est ça que vous voulez pour vos enfants ? »

Ella marqua une pause. Les gens étaient pensifs, Howard fronçait un sourcil mécontent. Puis elle sourit en écartant les bras, dans un geste d'espoir qui estompa le mordant de ses paroles. « Après tout, je peux me tromper. Merci de votre attention. »

Elle retourna s'asseoir à sa place et un silence plana sur la salle. Puis quelqu'un applaudit timidement, et Matt l'imita, suivi par quelques autres. Quand le bruit cessa, il entendit marmonner derrière lui : « Sale garce. »

Il n'eut pas besoin de se retourner pour savoir que c'était Jake Roderick.

À la fin de la réunion, il raccompagna Ella à sa voiture. Ils prirent le chemin des écoliers, par les quais. L'air nocturne était chaud, presque étouffant.

« Vous vous en êtes bien tirée », lui dit-il.

Elle sourit. « Merci. Mais il me semble qu'Howard a su se montrer convaincant. Il n'est pas bête, je le reconnais. »

C'était vrai. Howard avait marqué quelques points. Il avait préparé des graphiques et des tableaux simulant les bénéfices apportés par son projet, en assurant que les nouveaux commerces, boutiques, restaurants seraient réservés en priorité aux insulaires. « Je veux améliorer *notre* vie, pas celle des autres », avait-il dit, et il y avait eu des hochements de tête approbateurs.

« À mon avis, c'est tout de même vous qui avez eu l'avantage.

– Peut-être, dit Ella en fronçant les sourcils.

– Un souci ?

– C'est que... je ne sais pas. Les choses se gâtent. Il faut croire que je n'y étais pas préparée.

– C'est inévitable avec la politique.

– Ou avec l'argent.

– En général, ça va de pair. Howard n'est pas soutenu que par des gens bien. Jake Roderick, par exemple. J'ai comme l'impression qu'il a une dent contre vous.

– En effet. Et son frère aussi.

– Ils vous rendent la vie dure ?

– On peut dire ça comme ça. » Ils étaient arrivés à son pick-up. « En tout cas, merci d'être venu. J'étais contente de vous voir ce soir. » Elle hésita. « Je suis contente de vous savoir ici. Sur l'île. »

Sans réfléchir, il se pencha vers elle et leurs lèvres s'effleurèrent timidement. Il sentit son hésitation, puis elle s'écarta doucement.

« Matt... je n'ai pas eu que des aventures heureuses avec les hommes, dit-elle sur un ton qu'elle voulut détaché et souriant.

– Écoutez, je ne veux pas vous presser. Mon geste a dépassé ma pensée. Nous avons tout le temps. »

Elle sourit de nouveau, en hochant la tête. Mais dans ses yeux, il discerna une expression de doute, ou simplement de prudence.

« Bon, bonne nuit. » Avant de monter dans son camion elle marqua une pause. « Au fait, chouette costume.

– Bonne nuit, Ella », dit-il en lui fermant sa portière, tout sourire.

3.

Dave Baxter était policier à Saint George depuis plus de vingt-cinq ans, et commissaire depuis sept ans. À quarante-sept ans, il était le dernier d'une longue lignée de Baxter. Il vivait seul. Plus jeune, il avait eu pendant près de trois ans une liaison avec une femme qui, ne voulant plus se contenter de la relation superficielle mais agréable qu'ils entretenaient, avait fini par lui fixer un ultimatum. Comme il ne l'avait toujours pas demandée en mariage six mois plus tard, elle avait quitté l'île. Baxter avait envisagé de la suivre, comme elle l'espérait sans doute, mais il avait réfléchi un peu trop longtemps et elle avait épousé un épicier de Bangor. Depuis, il se contentait des amitiés masculines. Il ne comprenait pas les femmes, il avait même un peu peur d'elles.

Le mercredi matin après la réunion, il recevait dans son bureau Jake Roderick venu signaler la disparition de son frère. Il l'écouta jusqu'au bout, puis il se gratta l'oreille en récapitulant : « Vous n'avez pas vu Bryan depuis lundi soir, et vous n'avez pas de nouvelles. Il ne vous a pas appelé, rien ?

– Je vous l'ai dit, il a disparu.

– Il est peut-être allé faire une petite visite. »

Jake secoua la tête avec vigueur. « Son pick-up est chez lui. Je suis passé voir. »

Baxter tapota pensivement son crayon contre ses dents. D'un coup d'œil à la pendule, il vit qu'approchait l'heure d'aller prendre sa petite collation au café d'en face. Rien qu'en y pensant, il eut les narines chatouillées par l'odeur du bacon frit. Il envisagea de renvoyer Jake en lui disant d'attendre encore un jour, que Bryan avait dû s'absenter en négligeant ou en oubliant de lui dire où il allait. Pourtant, il dut admettre que c'était peu probable. À part les détails de sa vie privée, Bryan mettait toujours son frère au courant de ses moindres faits et gestes. Et, à en juger par la mine sinistre de Jake, Baxter comprit qu'il ne le bernerait pas aussi facilement. Il soupira et se leva.

« D'accord, on va jeter un coup d'œil. »

Ils montèrent dans la voiture de patrouille. Bryan habitait une clairière au milieu des bois de Stillwater Cove. Comme prévu, ils trouvèrent le camion dans la grange qui servait de garage. Quant à la maison, elle était propre et en ordre.

« Votre frère est un vrai petit homme d'intérieur. Il a quelqu'un qui vient ? » demanda Baxter en pensant à la pagaille monstre qui régnait chez lui.

Jake regarda autour de lui en plissant légèrement le front.

« Non, personne.

– Une copine ? Il voit bien quelqu'un ?

– Bryan voit tout un tas de gens. »

Baxter n'en fut pas étonné. Il se demanda si Jake était conscient d'avoir tiré la courte paille question physique. À part le même air un peu maussade, son jeune frère ne lui ressemblait pas du tout. Alors que Jake était trapu et courtaud, et ne s'exprimait que par monosyllabes, Bryan était grand et musclé, et plein de charme. Les femmes devaient apprécier son épaisse chevelure noire, ses larges épaules et son sourire radieux. Baxter rentra le ventre en s'apercevant dans un miroir.

Il ouvrit la porte de la pièce de séjour. Derrière, il y avait un râtelier à fusils. L'un des emplacements était vide ; il passa le doigt dessus : il n'y avait pas de poussière.

« Il manque une pièce, non ?

– Oui, un Remington, dit Jake après avoir regardé.

– Il est peut-être dans son pick-up. » En ressortant pour

aller vérifier, Baxter s'arrêta dans l'entrée, où il avait vu des clés dans une coupelle. « Ce sont ses clés ? demanda-t-il en prenant un trousseau.

– Oui. Il y en a une pour la maison et une pour la grange, celle-ci c'est celle du cellier et l'autre c'est celle du *Seawind.*

– Et l'autre trousseau ? » Il ne comprenait que la clé de la maison et celle de la grange.

Jake haussa les épaules. « Ça doit être des doubles. »

Le fusil n'était pas dans le pick-up. Baxter referma la porte de la grange et regarda la maison d'un air interrogateur. « La porte était ouverte quand vous êtes venu ?

– Elle n'est jamais fermée.

– Et vous avez regardé partout ? » Baxter inspecta la clairière. « Il a pu aller chasser, et qu'il lui soit arrivé quelque chose.

– J'ai regardé mais je n'ai rien trouvé.

– Bon, je vais appeler du renfort. » Baxter se dirigea vers sa voiture. Il calculait combien d'hommes il lui faudrait, et comment organiser des recherches dignes de ce nom. Les bois s'enfonçaient jusqu'au cœur de l'île, et montaient haut à flanc de colline. Si quelqu'un se cassait une jambe, ou pire, et ne pouvait pas signaler sa présence, on risquait de ne jamais le retrouver. Ces choses-là, ça arrivait, même si ce n'était jamais arrivé à Saint George. On était mercredi.

« Quand m'avez-vous dit l'avoir vu pour la dernière fois ? demanda Baxter.

– Lundi soir. Il venait de quitter Ella.

– Ella ?

– Ils s'étaient engueulés.

– Ah oui ? À quel sujet ?

– J'ai pas tout entendu. Elle s'était plainte qu'on lui avait bousillé son matériel, ou une connerie comme ça. »

Baxter n'en fut pas étonné. Ce ne serait pas la première fois qu'il y aurait eu des étincelles entre les frères Roderick et Ella parce qu'ils auraient sectionné les orins de ses casiers à homard ou accroché exprès ses orins de flotteurs. Ces deux-là, c'étaient des chacals. Depuis six ou sept ans qu'ils étaient sur l'île, ils s'étaient imposés par la force parmi les pêcheurs de homard. Les gens pêchaient chacun dans son coin, parfois au même endroit depuis des générations, et on respectait les territoires. C'était une règle tacite. Mais les frères Roderick avaient clairement fait comprendre que, désormais, c'étaient eux qui feraient la loi.

« L'engueulade, ça s'est passé où ? demanda Baxter.

– Sur le quai. Cette salope, elle le braquait avec un fusil.

– Ella ? Elle a fait ça ? Elle l'a menacé ?

– Vous êtes sourd ? » Jake plissa les paupières, comme s'il soupçonnait Baxter de douter de sa parole. « Vous êtes pas obligé de me croire, y avait des témoins. »

Baxter ne répondit pas. Il jeta un dernier regard à la maison et se fourra un chewing-gum dans la bouche. « Vous en voulez un ? »

Jake le fixa d'un œil mauvais. « J'ai du boulot, si c'est tout pour aujourd'hui.

– Oui, oui, c'est tout. » Baxter s'assit au volant. Il pensait à Ella pointant un fusil sur un homme que tout le monde savait qu'elle n'aimait pas, et qui venait de disparaître. Il n'y avait sans doute pas de quoi s'affoler. Mais il se sentit légèrement mal à l'aise.

4.

Ella accosta ; son mousse sauta à terre et elle lui jeta l'amarre après avoir coupé le moteur du *Santorini.* Du coin de l'œil, elle aperçut Dave Baxter au bout du quai. Appuyé contre une remise, il bavardait avec l'un des employés du bassin, mais il l'épiait. Leurs regards se croisèrent et elle lui fit bonjour de la main. Il lui répondit en souriant, mais elle eut un pincement au creux de l'estomac.

Aidée de Gordon, elle déchargea le bateau, ce qui ne prit pas longtemps car la pêche avait été maigre. Presque tous les casiers qu'ils avaient remontés ne contenaient pas plus de deux ou trois homards, la plupart trop petits.

« On fera mieux demain », dit-elle à Gordon quand ils eurent terminé. Elle l'espérait, car c'était l'époque où, normalement, les homards étaient gros et abondants. Elle vit Baxter qui venait vers elle. « Vas-y, je nettoierai, ajouta-t-elle.

– Mais non, pas de problème, répondit Gordon qui avait déjà un tuyau d'arrosage à la main.

– Vas-y », insista-t-elle.

Il se redressa en haussant les épaules. « Bon, si tu y tiens. À demain matin.

– Bon pied bon œil, et aux aurores. »

Baxter salua Gordon de quelques mots, puis il vint s'asseoir sur une caisse retournée, plissant les paupières dans le soleil encore chaud en ce début de soirée.

« La journée a été bonne, Ella ?

– J'ai connu mieux. Qu'est-ce que je peux pour vous, commissaire ? »

Baxter s'épongea le front. « On s'inquiète sans doute pour rien, mais Bryan Roderick a disparu. » Il eut un geste vague en direction de la pointe. « On ne l'a pas vu depuis deux jours. J'ai organisé une battue dans les bois. Vous ne sauriez pas où il est, par hasard ?

– Moi ? Et pourquoi le saurais-je ? dit-elle en secouant la tête.

– J'essaie de remonter jusqu'au dernier moment où il a été vu dans le coin. Le problème, c'est que j'ai entendu dire que vous aviez eu une petite altercation avec lui lundi.

– C'est exact.

– J'ai interrogé quelques personnes, dont Jake, Ella. Ils m'ont tous dit que vous l'aviez menacé avec un fusil. » Baxter avait presque l'air de s'excuser, et la grimace qu'il faisait dans le soleil aurait pu passer pour une grimace de douleur.

« C'est la vérité. Dites donc, commissaire, vous ne croyez tout de même pas que je l'ai descendu ? » dit-elle avec un grand sourire.

Baxter eut un rire un peu creux. « Bien sûr que non, Ella. Mais comprenez-moi, je suis payé pour poser ce genre de questions.

– Je plaisantais.

– Oui, oui, je sais. » Pourtant, Baxter n'avait pas l'air convaincu. Son regard s'attarda sur le port, puis se posa de nouveau sur elle. « Parlez-moi de cette dispute.

– Bryan était venu avec l'intention de s'amuser à mes dépens. Je crois qu'il avait bu. J'avais eu un problème avec mes casiers à Little Shoal Bay quelques jours plus tôt, et le *Seawind* y était justement, la veille. Le ton est monté.

– Oui, j'imagine bien comment ça peut se passer, dit Baxter. Mais tout de même, le menacer avec un fusil, c'est un peu fort, non ?

– Ce n'était pas à cause des casiers. Il a essayé de monter à bord. Or je n'aime pas les visites importunes. »

Baxter mesura des yeux la distance qui le séparait du *Santorini*, comme pour la mémoriser.

« Voyons, commissaire, vous le connaissez. Depuis que les frères Roderick et Howard se sont mis cette idée de port de plaisance en tête, je ne suis pas vraiment dans leurs petits papiers. Bryan m'a dit des choses que je n'ai pas appréciées. Je voulais le lui faire comprendre. De toute manière, le fusil n'était pas chargé.

– Quel genre de choses ?

– Des insultes personnelles. Pas besoin de tout vous répéter mot pour mot, j'imagine ? » Depuis son enfance, Ella était habituée aux commentaires désobligeants sur sa personne et sur sa profession, par pure provocation sexiste. Elle laissait glisser, même quand les gars poussaient trop loin, ce qui était rare. Elle avait dû accepter de susciter quelques jalousies en possédant son propre bateau. Et les jaloux enrageaient tellement de n'avoir aucun pouvoir sur elle qu'elle se contentait de les ignorer. Bryan, lui, était différent. Quand il la regardait, elle lisait dans ses pensées à livre ouvert et il le savait. Son petit sourire moqueur lui donnait la chair de poule.

« Non, inutile de répéter, dit Baxter. Bon, et après ?

– Après ? Rien. Il est parti.

– Et vous ne l'avez pas revu ?

– Mais non. »

Baxter se leva. « Bon, eh bien, tout est clair, n'est-ce pas ? À plus tard, Ella.

– Au revoir », dit-elle en le regardant repartir d'un pas nonchalant.

Howard avait garé sa Jeep Cherokee le long du front de mer. Appuyé pensivement contre la portière, il regarda Baxter monter dans sa voiture. Sur un mur, l'une de ses affiches électorales, qui reproduisait le dessin et le slogan de la banderole, avait été déchirée et remplacée par une autre, d'Ella, dont le sourire sain et franc le fit grincer des dents. Il sentit la sueur lui dégouliner dans le cou, souiller son col de chemise. Cette putain d'élection allait le tuer. Il observa Ella qui lavait son pont et eut un bref fantasme où elle coulait avec son foutu bateau au fond de l'océan. Malgré sa mauvaise humeur et l'ulcère qu'il sentait lui ronger le ventre, il apprécia la courbe de ses fesses quand elle se pencha en avant.

Plaisir fugace. Du coin de l'œil, il aperçut la masse sombre de son usine, qui lui rappela l'impasse dans laquelle il se trouvait. Construite par son père avant la guerre, à l'époque où il y avait du poisson en des quantités inimaginables aujourd'hui, elle avait fait la fortune familiale. Howard avait essayé de pousser son père à se développer, à ouvrir un commerce en gros sur le continent par exemple. Mais le vieil imbécile s'était imaginé que Saint George rivaliserait un jour avec Nantucket ou Martha's Vineyard auprès des estivants aisés, et il avait investi toutes ses liquidités dans des terrains, toujours plus de terrains. Hélas, les pêcheries avaient décliné, entraînant par le fond une économie autrefois prospère. L'île était restée un magnifique joyau, pur et méconnu. Et Howard la haïssait de toutes ses tripes.

Un passant lui jeta un regard curieux, et il se rappela un peu tard qu'il avait oublié de sourire. « Belle journée, n'est-ce pas ? se rattrapa-t-il.

– Ouais, ouais », fit l'autre, laconique.

Cette usine, qui crachait sa fumée grasse et épaisse et empestait le poisson, et qu'il voyait d'où qu'il se trouve, lui bouffait le foie. N'ayant ni les moyens de la fermer ni la possibilité de la vendre, il projetait de la transformer en hôtel une fois le port de plaisance construit et la clientèle fidélisée. Alors il pourrait quitter cette fichue île pour la Californie, ou le Nouveau-Mexique, n'importe où sauf Saint George.

Il consulta sa montre en se demandant où Bryan Roderick avait bien pu passer depuis deux jours. Les élections approchaient, et s'il les gagnait ce serait sur le fil du rasoir. Il n'avait aucune marge de manœuvre, et comptait sur Bryan et sur son frère pour donner le petit coup de pouce qui ferait pencher la balance en sa faveur. Il fit la grimace en pensant à la parcelle qu'il leur avait déjà quasiment abandonnée, ayant compris très vite qu'il fallait les intéresser concrètement à son projet. Il s'était toujours fait confiance pour neutraliser Ella politiquement, mais il trouvait stupide de laisser quoi que ce soit au hasard ; si quelqu'un pouvait dissuader Ella de se présenter contre lui, c'étaient les frères Roderick. Jusque-là, cela n'avait rien donné et il espérait ne pas avoir sacrifié son terrain pour rien. Évidemment, si Ella gagnait, un terrain de plus ou de moins ne changerait pas grand-chose : la terre ne vaudrait pas un sou et il serait ruiné. Malgré la chaleur, un doigt de glace lui chatouilla le dos. Où était donc Bryan ?

N'y tenant plus, il décida de chercher Jake. Il entra au *Schooner* et jeta un coup d'œil dans la salle. Assis seul à une table, Jake fixait sa bière d'un air morose. Howard lui en commanda une autre, et un whisky pour lui-même. Il essuya la chaise avant de s'asseoir, en prenant soin de ne pas mettre les coudes sur la table qui était couverte d'un mélange de bière et de cendres. L'endroit puait la cigarette, et une autre odeur qu'Howard n'avait pas trop envie d'identifier. Le vomi, peut-être.

« Où est Bryan ? J'avais rendez-vous avec lui. Tu sais, ça ne s'annonce pas trop bien. » Il se pencha et baissa la voix. « Si vous ne vous occupez pas d'Ella, toi et lui, elle pourrait bien gagner. C'est ça que vous voulez ? » Il secoua la tête d'un air exaspéré. « Bryan m'a juré qu'il pouvait la mettre hors jeu. Moi, j'attends toujours. »

Jake le regarda comme s'il n'avait pas entendu. Howard se demandait parfois s'il avait toute sa tête. Quand on lui parlait, on avait l'impression de s'adresser à un singe. Et encore, avec un singe le message passerait mieux. Il avait entendu dire qu'on enseignait le langage des signes aux chimpanzés. Avec Bryan la communication était plus facile. Il n'était pas vraiment une lumière, et il tapait sur les nerfs d'Howard avec ses airs de se prendre pour un étalon. Merde, il croyait que toutes les femmes de l'île mouillaient leur culotte en le voyant passer. Mais au moins, il comprenait de quoi on parlait. L'argent, langage universel. Qu'est-ce qu'il foutait donc, nom de Dieu ?

« Il est parti, dit Jake.

– Quoi ? » Howard attendait des explications, mais Jake le regarda sans ajouter un mot. « Parti où ? Qui est parti ? Bryan ?

– Je l'ai pas vu depuis lundi. »

Howard explosa. « Qu'est-ce que vous foutez, tous les deux ? Tu sais que si Ella gagne, tu peux dire adieu au port de plaisance. Et tu as autant à perdre que moi, ne l'oublie pas. » Il pointa sur lui un doigt accusateur. « Vous étiez censés la persuader de se retirer de la course ; maintenant, le temps presse. Je te conseille de retrouver ton frère et de le lui rappeler.

– Bryan est mort. »

Howard cligna les paupières. « Mort ? Où ? Comment ? »

Dans les yeux de Jake brûlait une flamme qui évoqua à Howard un brasier d'un autre monde.

5.

Matt leva les yeux sur la pendule dont il avait hérité avec son bureau : elle indiquait six heures moins le quart. Elle avait pris vingt minutes d'avance depuis la veille, mais il se dit que cela ne ferait aucune différence s'il partait dès maintenant. Il se leva et s'étira. Il entendit alors des pas dans l'escalier, puis on frappa à la porte. Il alla ouvrir. C'était Ella, l'air peu sûre d'elle.

« Entrez, entrez. » Ravi de cette heureuse surprise, il s'effaça pour la laisser passer. Il avait envisagé de l'appeler ce soir, mais préférait jouer la prudence. Doucement, mon gars, s'était-il dit. Il pensait beaucoup à elle mais ne voulait rien hâter, ni pour elle ni pour lui.

« Je ne pensais pas vous trouver à cette heure-ci, dit-elle en regardant autour d'elle, vaguement curieuse.

– Je croule sous le travail. »

Elle jeta un coup d'œil dubitatif à son bureau, où quelques instants plus tôt il faisait des mots croisés.

« Bon, d'accord, je ne suis pas du tout débordé. J'allais partir. Vous venez prendre un verre avec moi ?

– Ou mieux que ça. Êtes-vous libre à dîner ?

– Mais... oui. Dites-moi où et à quelle heure. »

Elle lui indiqua où elle habitait et l'invita pour sept heures. Ils descendirent ensemble. Il lui trouva un air absent, comme préoccupé. Il se demanda si sa visite avait un autre motif.

« Tout va bien, Ella ? »

Elle le regarda en hésitant une seconde, puis elle hocha la tête. « Oui, oui. À tout à l'heure.

– Comptez sur moi. »

Il arriva avec quelques minutes d'avance, après s'être douché et changé, une bouteille de bourgogne blanc à la main. Il avait un instant songé à mettre une veste et même une cravate, mais il lui avait suffi d'imaginer le regard d'Henry pour changer d'avis. Le fait que l'idée lui ait traversé l'esprit l'obligeait à admettre qu'il était mordu. Il ne s'en plaignait pas. Ella était intelligente et agréable, et jolie, en plus, sans compter qu'elle lui plaisait beaucoup. Ce sentiment était nouveau et inattendu. Arrivé à sa porte, il se sentit nerveux comme un gamin à son premier rendez-vous, et sourit tant il se trouvait bête. Ella vint ouvrir à son coup de sonnette, et s'encadra dans un halo de lumière.

« Bonsoir. Je ne suis pas trop en avance ?

– Non, non, entrez. » Elle le précéda dans le séjour. « J'espère que ça ne vous dérange pas, mais ma mère va dîner avec nous. J'ai pensé que ça lui ferait plaisir de vous rencontrer. Elle ne sort guère.

– Le plaisir sera réciproque, surtout si elle vous ressemble. »

Ella accepta l'éloge avec un sourire, et prit la bouteille qu'il lui tendait. « Faites comme chez vous. »

Il y avait des photos sur le manteau de la cheminée. Les meubles étaient fatigués mais la pièce confortable, et imprégnée de sa présence. Elle alla déboucher la bouteille à la cuisine. En humant les fumets qui s'en échappaient, Matt eut l'eau à la bouche. Il examina une photo, sur le mur, qui montrait un enfant avec deux adultes. La photo était un peu floue, et il eut du mal à dire si c'était un garçon ou une fille. Un garçon, peut-être. L'homme était grand et mince, avec des yeux qui disparaissaient dans l'ombre de ses arcades sourcilières. Ella revint en lui tendant un verre.

« Mes parents.

– C'est votre père ? » demanda Matt en regardant de nouveau.

Les yeux sur la photo, elle but une gorgée de vin. « Oui. Il est mort l'hiver dernier.

– J'en suis désolé. » Il y avait de la tristesse dans ses yeux, mais aussi autre chose, qu'il avait du mal à interpréter. « Comment est-ce arrivé ?

– Une violente tempête. Son bateau a sombré et il s'est noyé. » Il la sentit sur le point d'ajouter quelque chose, mais elle se tut. « Venez, asseyez-vous. J'espère que vous aimez le bœuf.

– J'adore. Pour être franc, je pensais que nous allions manger du homard et... je n'en ai jamais été fana.

– Moi non plus. Quand on en pêche tous les jours, on s'en dégoûte un peu.

– J'imagine.

– Vous savez, dit-elle, hésitante, je me souviens de vous quand vous veniez passer les étés ici. Vos parents avaient une maison sur la pointe. Les pointus.

– Les pointus ? s'étonna Matt.

– C'est comme ça qu'on appelait les vacanciers.

– Nous aussi nous avions un nom pour vous : les homards. »

L'espace d'une seconde, elle eut l'air choqué, puis elle rit. « Bien vu. » Et elle ajouta : « Je ne voulais pas vous le dire, mais quand j'étais gamine j'avais le béguin pour vous.

– Ah bon ? » Matt était stupéfait de ne pas l'avoir remarquée, même à l'époque. Elle devait avoir trente et un ou trente-deux ans, soit quatre ou cinq ans de moins que lui, ce qui lui en faisait quinze ou seize la dernière année où il était venu en vacances sur l'île.

« Je ne serais pas vexée que vous ne vous souveniez pas de moi, dit-elle en riant. J'étais différente, et quand on se mélangeait aux pointus, en général c'était pour se battre. »

Tout à coup, l'enfant de la photo, qu'il avait pris pour un garçon, éveilla un vague souvenir. « C'est vous, là ? »

Visiblement, son étonnement la mettait en joie. Peut-être, oui... une image lui revint, d'une fille d'environ treize ans, petite, cheveux décolorés par le soleil, poings serrés et visage crispé de colère. À ses pieds, un garçon mordait la poussière et essuyait un filet de sang sur sa lèvre, éberlué qu'une fille ait pu le mettre à terre. Les autres gosses regardaient la scène et, tout d'un coup, la fille avait eu l'air timide et gêné.

« C'était vous ? Cheveux courts, maigre comme un coucou ? » Elle fit oui de la tête, amusée de son air ébahi.

Maintenant qu'il la situait, d'autres incidents du passé lui revinrent. Un jour, avec son frère, il l'avait croisée dans la rue. Mince dans son jean, cheveux coupés à la garçonne, taches de rousseur sur le nez, elle marchait vite. Paulie avait secoué la tête en disant : « Drôle de gamine. » Mais Matt se souvint de l'avoir vue, un soir, sur les quais : elle aidait quelqu'un qui devait être son père à décharger le produit d'une journée de pêche.

« J'aurais dû me douter que c'était vous. » Il essaya de se rappeler s'il avait deviné le sentiment qu'elle nourrissait à son égard, et conclut avec certitude que non.

« Ella était un vrai garçon manqué, à l'époque », dit une voix féminine.

Matt se leva. Une femme entrait en boitant, le bras gauche serré contre elle, comme paralysé par une attaque. À cette différence près qu'elle avait été brune, comme cela se voyait sur la photo et encore aujourd'hui malgré ses cheveux gris ; il trouva qu'Ella lui ressemblait beaucoup. Elle tenait visiblement de sa mère sa force intérieure, son courage. À en juger d'après son léger accent et ses traits typés, Matt se dit que Mrs Young venait d'Europe centrale ou d'Europe du Sud. De Grèce, peut-être.

« Je vous présente ma mère, Helena, dit Ella. Et voici Matt Jones, dont je t'ai parlé, maman. »

Ils se serrèrent la main. Helena était menue et frêle, mais sa poignée de main, bien que brève, fut ferme. Son sourire, comme celui de sa fille, la transformait.

« Enchanté, Mrs Young.

– Appelez-moi Helena. » Elle posa sur Ella un regard plein de tendresse. « Vous savez, quand elle était petite, je crois qu'elle aurait bien voulu être un garçon. Elle a dû porter sa première robe à seize ans. Elle suivait son père partout, depuis le jour où elle a appris à marcher. Elle lui cassait les pieds pour qu'il l'emmène sur son bateau. Il disait toujours qu'elle le dérangeait, mais en fait il était ravi. À quatorze ans, elle savait démonter un moteur et elle connaissait les eaux côtières de l'île aussi bien que n'importe qui. »

Ella posa une main sur celle de sa mère, et, un instant, elles partagèrent quelque chose de très intime, de beaucoup plus profond que ce qui peut souder une mère et une fille, dont Matt se sentit exclu.

« On va passer à table », dit Ella en se levant.

Au dîner, ils parlèrent de l'île. Helena raconta comment elle y était venue, pour se marier. Puis la conversation dévia sur les élections, et elle rayonna de fierté à l'idée que sa fille puisse devenir le prochain maire. En entendant le nom d'Howard, elle eut un geste méprisant.

« Je le revois, quand il rentrait de la fac, c'était avant la mort de son père. Il avait toujours l'air d'avoir sucé un citron. » Elle rit. « Il n'aime pas Saint George. »

Elle demanda à Matt des détails sur sa vie personnelle, et il lui apprit qu'il était divorcé et avait un fils, que ses parents habitaient toujours Boston, que son père avait pris sa retraite. Ella savait qu'il avait été marié à une certaine Kristin, mais guère davantage.

« Ella me dit que vous avez été procureur à Boston ?

– Oui.

– Et qu'est-ce qui vous amène ici ? Remarquez, je me mêle sans doute de ce qui ne me regarde pas. »

Matt sourit. Comment expliquer toutes ses raisons ? Il n'allait pas lui avouer son sentiment d'échec après un mariage brisé, ni lui dire qu'il avait travaillé comme un forcené, au point qu'il connaissait à peine son fils. « À un moment, j'ai eu besoin de changer d'existence, dit-il. J'ai toujours aimé cet endroit, depuis tout petit.

– Vous aviez un frère, non ? demanda Ella.

– Oui, dit-il, légèrement sur ses gardes. Il avait deux ans de plus que moi. Il est mort quand j'étais encore en fac de droit.

– Quel malheur... Je me souviens de lui. Débordant de vie.

– Il était comme ça. Il vivait à toute vitesse, il dévorait le monde. » Il se mit à bredouiller. Il n'avait pas envie d'entrer dans les détails, mais en même temps il savait qu'il faudrait bien, un jour, regarder la vérité en face. Cette mort lui avait empoisonné l'existence, alors autant apprendre à côtoyer ce souvenir au quotidien. C'était en partie pour cette raison qu'il avait choisi de revenir vivre à Saint George.

« Paulie venait de s'installer comme architecte quand il a été tué. Un acte stupide, inutile. Un matin, il est entré dans une épicerie pendant un braquage. Le type armé avait dû se shooter, il a paniqué et Paulie a pris une balle.

– Mais c'est épouvantable, dit Helena, les yeux écarquillés. Vos pauvres parents !

– Ç'a été très dur, en effet, dit Matt. Un choc terrible pour eux. » Il prit son verre, soudain désireux de changer de sujet. « Mais c'était il y a longtemps. Il ne faut pas que ça gâche ce succulent dîner. À la santé de la cuisinière. » Il leva son verre et Ella rit mais, à la manière dont elle l'observait, il sut qu'elle n'était pas dupe de sa prétendue décontraction.

Après le repas, Matt aida à débarrasser la table, puis Helena s'excusa. « Je ne rajeunis pas, vous savez. Je vais me coucher. J'espère avoir le plaisir de vous revoir.

– Moi aussi. »

Ella l'accompagna, et revint en fermant la porte du couloir.

« Votre mère m'est très sympathique, dit Matt. Je n'ai pas fait trop mauvaise impression ?

– Dans notre famille, nous ne portons pas de jugements hâtifs. Mais à mon avis, le test est réussi. »

Au café, ils se découvrirent un peu mieux. Matt parla de son ex-femme et de son fils, qui habitaient dans le Massachusetts.

« Alex a sept ans. J'espère qu'il viendra me voir à l'automne. »

Matt savait qu'Ella avait été mariée. Elle en parla sans se faire prier, mais sans lui apprendre grand-chose vu qu'elle s'était mariée jeune et l'était restée moins d'un an.

« Je ne sais même plus où il vit. Aux dernières nouvelles, il était au Mexique.

– Quand il y a des enfants, c'est plus compliqué », dit Matt. Il était sûr que Kristin aurait bien voulu qu'il disparaisse de sa vie, mais avec Alex c'était impossible. Au bout d'un moment, la conversation revint sur Paulie, mais cette fois-ci Matt fut sûr de ne pas l'y avoir amenée lui-même.

« Vous êtes devenu procureur à cause de ce qui est arrivé à votre frère ?

– Qu'est-ce qui vous fait penser ça ?

– Je ne sais pas. La manière dont vous parliez de lui, tout à l'heure. Vous étiez proches, non ?

– Sans doute, oui. Il était le grand frère athlétique et fort en thème. Vous voyez le genre, bon en tout. Mais je n'ai jamais eu l'impression de vivre dans son ombre. Simplement, il était un modèle. À sa mort, j'ai été fou de colère. En devenant procureur, d'une certaine manière je rendais les coups. »

En fait, la mort de Paulie l'avait miné longtemps. Il s'en ouvrit auprès d'Ella, reconnaissant qu'il s'était adonné avec passion à son travail à l'exclusion de toute autre chose ; c'était même devenu une obsession. Sa mission était de boucler les méchants et de jeter la clé. Pour venger Paulie. Mais il n'y avait rien gagné, au contraire : il avait perdu sa famille. Et un jour, il s'était réveillé avec le sentiment de n'avoir rien accompli de valable dans sa vie.

« Je voulais faire le bien, expliqua-t-il, mais j'avais parfois l'impression de me cogner la tête contre un mur. Le système me dégoûtait. Les avocats magouillaient pour réduire la gravité des charges à condition de plaider coupable, ou sinon, au procès, ils convainquaient le jury d'une histoire qu'ils inventaient de toutes pièces : c'était un accident, ou un cas de légitime défense, ou encore l'accusé avait eu une enfance pourrie, il était donc normal qu'il ait poussé sa femme sous une voiture. C'est arrivé, remarquez. Le type qui a fait ça avait une maîtresse, mais sa femme se droguait, et la défense a prétendu qu'elle faisait le trottoir pour payer sa came. Le jury a tout gobé et a accepté la ligne de défense : le type avait agi dans un moment de démence passagère parce que sa mère était une putain et l'avait abandonné enfant, et c'était pour ça qu'il était devenu barje et qu'il avait accidentellement poussé sa femme sous une voiture. Il est sorti libre comme l'air. »

Matt secoua la tête, conscient de s'être laissé aller à l'amertume. Il s'aperçut que ses doigts étaient crispés sur la tasse à café, et il la posa. « Désolé, je m'emporte.

– Non, aucun problème. Ça s'est passé comme ça pour le type qui a tué votre frère ? Il s'en est tiré ?

– Il n'a jamais été pris. »

Ella observa un silence pensif. « Je peux vous demander quelque chose ? hasarda-t-elle enfin. Je sais que ce qui est arrivé à votre frère est horrible, mais n'avez-vous jamais pensé que parfois, lorsque nous nous retrouvons confrontés à certains actes qui peuvent paraître atroces, il nous suffirait de savoir ce qui se passe dans la vie ou dans la tête de leurs auteurs pour apprendre à juger au-delà des apparences ? Une mauvaise action ne veut pas toujours dire que les gens sont foncièrement mauvais...

– J'imagine que j'ai vu trop de coupables échapper à leurs responsabilités. On oublie trop souvent les victimes. »

Il s'était considéré comme le chevalier blanc chargé de délivrer le monde des méchants. Au début, Kristin ne lui avait pas reproché de ne pas avoir choisi une branche plus lucrative, même quand sa voiture refusait de démarrer sur le parking du supermarché et qu'elle se retrouvait avec un gamin sur les bras et des surgelés en train de fondre dans le coffre. Mais elle lui en voulait de ne jamais être là. Ils s'étaient disputés, en présence d'Alex que ces scènes faisaient pleurer. Matt avait mis six jours à remarquer que son fils marchait. Il se souvenait encore du silence de pierre et du regard accusateur de sa femme, qui l'avaient atteint bien plus profondément que des mots acerbes.

« Mais vous ne trouvez pas que les faits ne suffisent pas à tout expliquer ? insista Ella en se penchant vers lui, les yeux plongés au fond des siens.

– Je ne sais pas. Il est difficile de répondre à une question théorique sans connaître les détails. Et vu ma situation, je ne suis probablement pas le mieux placé pour le faire. »

Ella se tut, et, comme tout à l'heure devant son cabinet, il eut l'impression que quelque chose la préoccupait.

« Vous pensez à un cas particulier ? lui demanda-t-il.

– Non. Ça m'intéressait de savoir ce qui vous avait amené ici.

– Mon but était de prendre un nouveau départ. D'échapper à une vie qui a failli me détruire. Et vous savez quoi ? Là, maintenant, je suis heureux de l'avoir fait. Je suis heureux d'être ici avec vous. »

Elle sourit, mais il y avait quelque chose de lointain et d'insondable dans ses yeux.

« Encore un peu de café ?

– Volontiers. »

Elle gagna la cuisine ; quand elle revint avec une cafetière pleine, ils changèrent de sujet, mais l'atmosphère n'était plus à l'insouciance. Ella fut peu loquace, un brin absente, même, et quand il estima qu'il se faisait tard, il prit congé. Elle le raccompagna.

« Merci beaucoup pour cette soirée. Vous êtes un cordon-bleu.

– Merci.

– J'aimerais vous rendre la pareille. Je cuisine, moi aussi, mais je ne peux pas vous promettre aussi bien. Disons que je sais à peu près faire cuire des spaghettis.

– D'accord. Un de ces jours. »

Il allait prendre date, pendant le week-end peut-être, mais il avait senti une pointe de réticence dans sa réponse et il jugea préférable d'attendre un peu. Il se souvint de son commentaire sur sa malchance avec les hommes, et il eut le sentiment qu'avec elle, la précipitation ne le mènerait nulle part. Dans son comportement, quelque chose lui dicta de ne pas répéter le baiser de la veille – et pourtant l'idée avait de quoi séduire.

« Bonne nuit, dit-elle.

– Bonne nuit, Ella. » En gagnant la grille, il entendit la porte d'entrée se refermer doucement.

6.

Le soleil embrasait la voûte bleue du ciel. À un demi-nautique au large de l'île, le *Santorini* accusait une houle d'un mètre. Ce langoustier de trente-huit pieds avait été construit à Portland près de trente ans auparavant. Ella l'avait peint elle-même en bleu ciel. La timonerie était à la poupe, laissant le pont bien dégagé pour le transport des appâts et des casiers. Derrière, une trappe menait à la salle des machines, à une petite coquerie et une cabine. Ella l'avait acheté dès l'âge de vingt-cinq ans, avec ses propres économies et un prêt bancaire qui couvrait également les casiers et un pick-up. Quand elle avait commencé à pêcher dans les baies et les eaux côtières de l'île, cela avait fait des remous dans le petit monde de Sanctuary. On l'avait observée du coin de l'œil en attendant qu'elle se casse le nez. Certains grommelaient qu'une femme pêcheur, ce n'était pas bien, ce n'était pas normal, même si son père était l'un des meilleurs pêcheurs de l'île. Elle avait su faire taire les critiques. En hiver, quand c'était encore possible, elle pêchait la crevette, et le reste du temps le homard. Pendant quelques années elle s'était plutôt mieux débrouillée que la moyenne, d'où les jalousies, mais ensuite le gouvernement avait augmenté la taille réglementaire des homards et adopté des mesures de protection des ressources. Dans certaines eaux territoriales du Maine, dont Saint George, la population des homards avait chuté. Les temps étaient devenus difficiles pour beaucoup de gens et, même si Ella avait tenu le coup, les deux dernières années n'avaient pas été une partie de plaisir.

Aidée de Gordon, Ella relevait un chapelet de casiers qu'ils avaient posés deux jours plus tôt. Ils avaient quitté le port une heure avant l'aube. Ella n'avait volé que quatre petites heures d'un sommeil agité. Chaque fois qu'elle avait cru s'endormir, elle avait été réveillée par un cauchemar : son frère mort nourrisson, la tempête de février, le coup de fil affolé de sa mère en pleine nuit.

Ses flotteurs étaient de la même couleur que son bateau, mais avec des anneaux jaunes et blancs alternés qui permettaient d'identifier leur propriétaire. Un à un, Gordon les détachait des orins des casiers, et reliait ceux-ci au treuil. À dix-sept ans, il était le mousse d'Ella depuis un an. Chacun son tour, l'un travaillait au treuil, remontant les casiers du fond marin tout en manœuvrant le bateau entre les bouées, pendant que l'autre vidait et réappâtait chaque casier. Gordon mit le moteur hydraulique en route et attendit que le casier remonte de ses dix-huit mètres.

Le moment de vérité. Il regarda Ella en essayant de sourire. Sentant qu'on arrivait au bout, il se pencha par-dessus bord pour voir le casier émerger, crachant son eau. L'appât avait disparu mais il était vide. Il le fit passer par-dessus le bastingage.

« Ça fait combien, maintenant ? demanda Ella.

– Vingt-quatre.

– Merde ! »

Elle se détourna pour lui cacher ses larmes de rage, qu'elle chassa, mâchoires serrées.

« Bon, on réappâte. »

Gordon hésita.

« Qu'est-ce qu'il y a ?

– Et si ça recommence ?

– On réappâtera. Et on continuera de poser. »

Elle avait mis dans son ton plus de résolution qu'elle n'en ressentait. Tous les casiers étaient vides. Le manque à gagner d'une seule journée était un gros préjudice, qui s'ajoutait encore aux pertes de la veille au soir, où ils avaient vécu le même scénario. Une semaine ainsi et elle serait obligée de licencier Gordon ; sans lui ce serait dur. Entre les remboursements sur le camion et le bateau, et l'emprunt pour la maison de sa mère, elle ne pourrait bientôt plus faire face à ses dettes. C'était effrayant comme un petit coup du sort pouvait la fragiliser. Sauf que le sort n'y était pour rien.

Ella prit des appâts. Elle utilisait des arêtes de limandes – les restes des poissons une fois qu'on avait découpé les filets –, qui coûtaient soixante-quinze dollars la barrique. Elle piqua le fer dans les yeux de trois carcasses et les enfila sur le brin qui passait dans le casier. Elle travaillait avec de petits gestes agressifs ; puis elle ferma la trappe. Gordon l'observait. Elle lui jeta le casier avec une telle force qu'il manqua tomber.

« On va pas y passer la journée. Je me mets au treuil », dit-elle sèchement.

Il eut l'air surpris et blessé, mais il s'écarta pour la laisser travailler.

« Bon », dit-elle.

Gordon fit glisser le casier le long du rail ; il heurta la surface en lançant une gerbe et disparut, suivi par la course serpentine de l'orin.

Ella se dirigea vers la bouée suivante, virant serré contre le courant. Le bruit du moteur épousait ses évolutions expertes. Gordon attrapait les flotteurs d'un geste fluide, les remontait à bord à l'aide d'une gaffe, enroulait l'orin sur le treuil. Il travaillait dans un silence de plomb qui fit regretter à Ella son geste d'humeur.

« Excuse-moi. Ce n'est pas à toi que j'en veux. Ne fais pas attention à ce que je dis.

– Pourquoi est-ce qu'on le laisse s'en tirer à si bon compte ? dit-il soudain.

– Qui ? »

Il secoua la tête avec impatience. « Jake. Tu sais bien que c'est lui.

– On n'a pas de preuves.

– Qui d'autre ferait ça ? »

Il avait raison, elle le savait. Depuis quatre jours que Bryan avait disparu, on racontait que les recherches étaient suspendues. Dès que le nom de Bryan était prononcé, on racontait aussi qu'elle s'était disputée avec lui et l'avait menacé. Qu'elle détestait les frères Roderick, surtout Bryan.

Ils reprirent le travail, avec des gestes automatiques. L'un après l'autre, tous les casiers remontaient vides. Gordon jetait à Ella des regards pleins de sous-entendus et réappâtait inlassablement, sans rien dire. Quant à Ella, elle s'obligea à penser à autre chose pour conserver un semblant de moral. Elle se mit à fouiller les recoins de sa mémoire.

Elle devait avoir douze ou treize ans lorsque, un jour, elle avait vu Matt en train de lire un livre sur la plage de la crique. Son frère et leurs copains nageaient ou faisaient du bateau. Elle ne voyait jamais Matt dans l'eau. Quand les autres l'appelaient en s'ébattant dans la mer, il les regardait d'un air étrangement vulnérable.

Enfant, elle fréquentait peu les pointus. Les habitants de Saint George étaient des insulaires, et considéraient les estivants un peu comme des extra-terrestres. Et pourtant, en votant pour Howard, ils votaient pour l'invasion de leur île par des étrangers.

Matt était le premier garçon à avoir attiré son attention, à avoir éveillé en elle des sentiments nouveaux et troublants. Quand elle le croisait dans la rue, elle aurait aimé échanger quelques mots avec lui mais elle ne trouvait jamais rien à lui dire. Il était plus âgé, pour lui elle n'existait pas. Elle n'avait pas plus idée de ce que pouvait être sa vie loin de Saint George qu'il n'aurait pu comprendre de quoi était fait son quotidien. Parfois, elle le voyait parler à une pointue en jolie robe à volants, lèvres fardées, et elle en aurait vomi de jalousie et de mépris.

Et puis, l'été de ses seize ans, elle était allée à sa première boum. Elle s'était enfin acheté une robe, avec l'aide de sa mère, et commençait à se laisser pousser les cheveux. Elle se sentait apprêtée comme un sucre d'orge enveloppé de papier brillant, et les garçons découvraient avec surprise une nouvelle Ella. Matt était là ; elle avait attendu qu'il la remarque, qu'il vienne lui parler, mais chaque fois qu'elle risquait un coup d'œil dans sa direction, il regardait ailleurs. Un garçon de Saint George était vaguement venu flirter avec elle, mais ses manières, si différentes de ce qu'elle connaissait jusqu'alors, l'avaient déroutée. Elle s'était échappée dès que possible, cherchant le réconfort de l'obscurité et de l'air frais. Elle n'avait plus revu Matt jusqu'au jour où il était revenu s'installer sur l'île.

Et maintenant, il occupait sans arrêt ses pensées. Lentement, fil par fil, chacune de leurs rencontres avait tissé entre eux une toile de plus en plus serrée. Quand il l'avait embrassée après la réunion, le désir qu'elle avait ressenti lui avait fait prendre conscience des sentiments qu'elle nourrissait à son insu. Cela l'avait fait réfléchir, car il y avait longtemps qu'elle ne s'était pas sentie proche d'un homme. La devinant, sans doute, sa mère avait eu l'idée de l'invitation à dîner. Ella revoyait la soirée, détendue d'abord, puis plus grave quand il s'était mis à évoquer sa carrière délaissée. La mort de son frère l'avait visiblement affecté au point de l'emplir d'amertume. Malgré son revirement professionnel, il portait toujours sur le monde le même regard réducteur, qui lui faisait tout voir en blanc ou noir. Cela la tracassait. Il ne pouvait pas s'établir de relation entre deux êtres si l'un d'eux abritait des secrets. Elle avait espéré pouvoir lui confier ce qui s'était passé, mais en l'écoutant elle avait dû admettre qu'elle prendrait un risque trop grand, et cela l'attristait.

Tout le jour, elle et Gordon travaillèrent, remontant les casiers qu'ils avaient posés sur les hauts-fonds mais aussi d'autres placés près d'une protubérance rocheuse qui pointait depuis Seal Bay, au sud, là où la côte était très découpée. Ses deux cent dix-huit casiers étaient remontés vidés de leurs appâts, mais sans homards non plus. Ella se demanda pourquoi Jake n'avait pas simplement sectionné ses orins, lui faisant subir une perte supplémentaire de soixante dollars par casier, mais elle le soupçonna d'avoir voulu prolonger sa torture. D'avoir voulu la voir revenir tous les soirs bredouille, après avoir passé dix heures en mer.

L'après-midi touchait à sa fin quand ils mirent le cap sur

Sanctuary. Ils étaient à un nautique de la côte lorsque, à quelques centaines de mètres à bâbord, un mouvement attira l'attention d'Ella. Une nageoire fendit la surface de l'eau, puis une autre. Elle appela Gordon, et ils s'extasièrent ensemble devant le groupe de baleines tueuses qui se dirigeait vers le nord, montant et plongeant en épousant les vagues. Les orques venaient régulièrement dans le golfe à cette époque de l'année, mais toujours en petit nombre, et Ella ne se lassait jamais de les voir. Elles chassaient les poissons migrateurs, mais, ceux-ci se faisant rares, elles s'approchaient de plus en plus près des côtes et tombaient sur des pêcheurs du genre des frères Roderick, qui leur tiraient dessus en prétextant qu'ils n'avaient pas besoin de concurrence. Un jour, elle avait vu Bryan Roderick debout sur le pont du *Seawind*, pointant son fusil sur un groupe d'orques qui avait aussitôt fait demi-tour. Voyant que le *Seawind* se lançait à leur poursuite, Ella avait menacé par radio de dénoncer l'équipage, et cela avait suffi sinon à les calmer, du moins à les arrêter. Elle se souvint du regard mauvais de Bryan, qui, rapproché par les jumelles, lui était apparu terriblement menaçant.

Ramenée à la réalité, Ella ressentit une vague tristesse en voyant les orques s'éloigner, rapetissant peu à peu vers l'horizon, emportant à tout jamais quelque chose avec elles.

Dans le ciel, une mouette tridactyle isolée les suivait.

Le mâle dominant remarqua au passage le bruit que faisait le moteur du petit bateau. Il vit les deux silhouettes à bord et entendit le crissement du treuil et le chuintement du casier qui remontait dans l'eau. Il était habitué aux activités humaines, à voir extirpées du sein de la mer, par filet ou par crochet, de grandes quantités de poissons. Il avait aussi compris que certains bateaux étaient dangereux et redoublait de prudence quand le groupe s'en approchait.

Plus tard dans la matinée, le groupe vira vers l'ouest et arriva tout près du continent. Un banc d'aloses se nourrissait sur sa trajectoire, que le mâle repéra grâce à son sonar. Trois orques encerclèrent les proies, deux autres plongèrent pour leur couper une retraite vers le fond, et le reste fonça, en silence d'abord, puis dans un vacarme de *clic* et de cris perçants dont le double but était de localiser puis d'effrayer les aloses. Celles-ci fuirent aussitôt, mais se retrouvèrent canalisées près de la surface en un flot de plus en plus dense. Devant les attendaient les trois orques qui montaient la garde de loin.

À un signal du mâle les épaulards attaquèrent avec des bruits terrifiants. Les aloses paniquèrent, les premiers rangs se retournant sur les autres ; bientôt, la surface de l'eau grouillait de poissons et les orques jaillissaient entre les vagues, plongeant dans de grands éclaboussements dont les ondes puissantes estourbissaient les proies. Ensuite, un par un, chacun alla se nourrir au sein du banc.

Dans un petit hors-bord mouillé non loin, deux hommes pêchaient tranquillement à la ligne. À l'attaque des orques, les aloses tentèrent de chercher refuge près du canot et les hommes se retrouvèrent subitement entourés de milliers de poissons de trois livres chacun.

Stupéfaits, ils jetèrent leurs appâts dans l'eau, mais les poissons ne mordaient pas.

« On dirait que quelque chose leur a fichu les jetons », dit l'un d'eux.

L'autre inspecta la mer. Environ deux cents mètres plus loin, la surface de l'eau bouillonnait ; autour de cette marée pullulante, il vit plusieurs nageoires.

« Merde. »

Tout près, une orque fusa à six ou sept mètres dans les airs, son grand corps noir et sa poitrine blanche bien visibles, puis retomba en s'écrasant sur les flots.

« Seigneur Dieu ! » s'exclama le veilleur.

Son compagnon lâcha sa ligne et se précipita à la poupe pour remettre le moteur en route. Dans les vagues créées par les orques, le bateau avait du mal à tenir la mer. Soudain, l'autre pointa un doigt en poussant des cris affolés. Une énorme nageoire fendait les flots à vingt-cinq nœuds : elle venait droit sur eux.

Les yeux écarquillés de terreur, les deux pêcheurs empoignèrent le plat-bord. Au dernier moment, l'orque les évita. Mais dans le sillage de ses six tonnes en mouvement, le bateau tangua et l'un des deux hommes tomba à la mer. L'autre lui cria quelque chose en lui tendant le bras. Mais l'orque revenait à la charge.

Le naufragé nageait aussi vite que le lui permettaient ses vêtements et ses chaussures. Lisant toute l'horreur de la situation sur les traits de son compagnon qui lui criait « Vite, vite ! », il s'affola et se mit à agiter les bras dans tous les sens.

Soudain, il se sentit soulevé, et attendit le moment où il serait broyé, réduit en bouillie entre deux mâchoires puissantes. Hurlant de terreur, il but la tasse et commença à s'étrangler. Bizarrement, il sentait les aloses fuir sous ses mains. Puis tout à coup il retomba, et se laissa porter par une vague jusqu'au bateau, où l'autre lui saisit la main.

Il ne comprit pas tout de suite ce qui lui arrivait, puis il vit le regard de son compagnon, vide et hagard mais non plus terrorisé, fixé sur un point, loin derrière lui. La nageoire de l'orque s'éloignait, épousant la vague, et il crut entendre un cri aigu. De nouveau, ce fut le calme plat, que ne troublait qu'un souffle de brise.

Les aloses qui n'avaient pas été dévorées s'étaient dispersées. Jugeant peu rentable de se lancer à leur poursuite, les orques s'étaient regroupées pour continuer leur chemin. Le jeune mâle qui avait taquiné le bateau les rejoignit. Il n'avait jamais considéré l'homme comme une proie potentielle, pas plus qu'il n'aurait tué une de ses congénères pour se nourrir. Il l'avait ignoré malgré sa vulnérabilité. Bien que jeune, il avait depuis longtemps appris à décoder les ondes cérébrales d'un prédateur hautement évolué, dont l'intelligence égalait la sienne.

7.

À quai à côté du *Seawind*, un groupe d'hommes bavardait tranquillement en jetant des regards hostiles au *Santorini*, qui rentrait au port en fin d'après-midi sans avoir pris un seul homard. Jake Roderick était parmi eux, et Ella crut distinguer sur ses lèvres un sourire sinistre.

Elle accosta en les ignorant de son mieux. Gordon sauta à quai pour arrimer le bateau puis, sans prévenir, il attrapa une gaffe et s'avança vers eux. Ella lui cria de s'arrêter, et dut lui courir après en voyant qu'il ne l'écoutait pas. Il se planta devant eux, pieds écartés, soupesant sa gaffe.

« Quel est celui d'entre vous, bande d'enfoirés, qui a été saboter nos casiers ? » Il les fixait l'un après l'autre. Eux, surpris d'être pris à partie par un gosse, cherchaient la réponse dans les yeux des copains.

« Y a quelque chose qui vous chiffonne ? Personne n'a le cran de venir se battre d'homme à homme ?

– Fais gaffe à ce que tu dis, l'avertit l'un d'eux, qui lorgna le crochet de fer et ne bougea pas.

– Ou alors ? » le railla Gordon.

Jake écarta les autres et vint se camper face à lui d'un air décontracté. « Tu ferais mieux de retourner téter ta mère avant que je te donne une correction dont tu te souviendras, gamin. Qu'est-ce que tu comptes faire avec ce truc-là ? Faut des tripes pour s'en servir, tu sais ? »

Ébranlé par la menace tranquille de Jake, Gordon baissa les yeux sur la pointe d'acier acéré.

« Tu pourrais tuer quelqu'un avec ça. Tu t'en sens capable ? Parce que si tu me cherches, tu pourrais bien me trouver. » Jake jeta un coup d'œil alentour puis, sans se presser, il se pencha par-dessus le plat-bord du *Seawind* et attrapa une gaffe maculée de sang. Il la soupesa et, sans prévenir, il la lança sur une caisse à poisson en polystyrène. La gaffe fusa et la pointe alla se ficher dans la caisse, qui éclata avec un gros *crac.*

Jake alla la récupérer en tirant d'un coup sec. « Tu pourrais me faire ça ? »

Gordon n'avait pas bougé, mais il avait perdu son aplomb. Les autres attendaient le moment où il reculerait.

« Si t'es sur tes pieds à l'heure qu'il est, poursuivit Jake, c'est parce que t'as encore du lait qui sort quand on te presse le nez, et parce que je connais ton père. Sinon, je t'aurais déjà fait regretter le dérangement. Alors fais gaffe à tes manières avant que j'oublie les miennes. » Il parlait d'une voix presque basse, un peu traînante, avec un détachement qui se voulait insultant.

Cramoisi, Gordon hésita, la paume moite. Sous tous ces regards, ces quelques sourires triomphants, il craqua. Les épaules tendues, il allait faire un pas en avant, commettre l'irréparable.

« Gordon, pas ça ! » Ella l'avait attrapé par le bras. Profitant d'un instant d'hésitation, Jake lui arracha sa gaffe et la lança dans le port, où elle s'enfonça dans les eaux.

« Faut pas envoyer un gosse faire un boulot d'homme, Ella », lui dit Jake.

Elle lui tourna le dos sans répondre et se planta en face de Gordon, qui serrait les poings, rouge de colère.

« Ne l'écoute pas, dit-elle. Je sais que tu veux me défendre mais ce n'est pas comme ça qu'il faut s'y prendre. » Tout en ménageant sa fierté masculine, elle cherchait par tous les moyens à lui faire entendre raison, à l'écarter d'un combat qu'il ne pouvait que perdre.

« Je t'en prie, Gordon, retiens-toi. Si tu te fais tabasser, qu'est-ce que je ferai sans toi à bord du *Santorini* ? C'est ce qu'il cherche. Nous gagnerons, mais pas comme ça. Il n'en vaut pas la peine.

– Tu ferais mieux de l'écouter, gamin. Ton père est bien trop coulant avec toi. Si j'étais lui, je ne te laisserais pas travailler pour cette sale garce.

– C'est de la provocation, ne réponds pas. »

Enfin, sentant qu'il cédait, elle le prit par le bras et le ramena vers le *Santorini*. Jake cria après eux : « On n'en a pas fini toi et moi, Ella. Ne crois pas que tu vas t'en tirer comme ça après ce que t'as fait. »

Elle ne se retourna pas. « Tu vas prendre tes affaires et rentrer chez toi. Je t'attends en pleine forme demain matin.

– J'ai pas peur de lui.

– Je sais. »

Gordon jeta un coup d'œil au petit groupe. Les hommes souriaient franchement en se poussant du coude.

Ella l'obligea à la regarder, et, de la tête, il lui fit signe qu'il lui obéirait.

Lorsqu'il s'éloigna, elle le suivit des yeux pour être sûre qu'il ne faisait pas demi-tour. Sentant l'épisode clos, le groupe se sépara et Jake retourna à son bateau. Ella tenta de se concentrer sur le nettoyage du pont, mais les images de ses casiers remontant vides l'un après l'autre, toute la journée mais aussi la veille, ne cessaient de la hanter. Elle déchargea sur le quai ceux qui avaient besoin d'une réparation et le baril d'appâts, qui était vide. Elle sentait sur sa nuque brûlante le regard de Jake, et entendait les rires gras.

Son œil tomba par hasard sur un morceau de bois d'un mètre de long, dix sur cinq de section. Elle le ramassa instinctivement et, le cachant derrière sa jambe, elle s'avança à grands pas vers le *Seawind*. Jake parut surpris de la voir mais il sauta à quai et s'avança au-devant d'elle.

« Tu vas arrêter de fricoter avec mes casiers, espèce de salaud, ou sinon je ne réponds plus de mes actes », dit-elle, la voix tremblante de rage.

Il la foudroya du regard. « Toi, Bryan a toujours dit qu'il te fallait quelqu'un qui te mate.

– Tu m’étonnes ! Pour ce qui est de mater les femmes, il s’y connaît, Bryan, hein ?

– Ta gueule !

– Ah oui ? Ou sinon ? Allez, montre ce que t’as dans le ventre, espèce de fumier. »

Jake hésita une seconde, puis il se rua sur elle. Ella réagit d’instinct. Elle abattit de toutes ses forces le bout de bois sur sa tête, accusant l’impact dans son poignet. Jake tenta d’esquiver le coup, mais il le prit en pleine tempe et le sang gicla. Sur son visage, la stupeur céda à une grimace de douleur, et il s’effondra.

8.

Dave Baxter ne s'était jamais fait d'illusions sur son physique. À part ses tempes grisonnantes et ses pantalons qui rétrécissaient chaque année depuis qu'il avait arrêté de fumer, il était à peu près en forme. Il s'épaississait, d'accord, mais il tenait le coup. Avec son nez qu'il s'était cassé deux ou trois fois, il aurait pu passer pour un ancien boxeur. Mais en fait de boxe, il n'avait jamais fait que séparer quelques excités quand l'atmosphère s'échauffait au Schooner.

Il se gara le long du trottoir et descendit de sa voiture de patrouille. Il avait passé sa journée, comme toutes les autres de cette semaine, à ratisser les bois avec vingt autres policiers. Abandonnant l'espoir de retrouver Bryan Roderick, il avait décidé d'arrêter les recherches. Il fit une petite halte sous un peuplier baumier, à côté de la supérette, et prit un chewing-gum dans sa poche. Depuis qu'il ne fumait plus, il en consommait deux paquets par jour.

Un break Mercedes était garé en face. Baxter reconnut la voiture, et il chercha Kate Little des yeux. Il savait qu'elle faisait ses courses à la supérette, et il espéra donc la trouver là.

« Salut Dave, lui lança Julie Eggert, une copine d'enfance qui, après six grossesses, avait grossi encore plus que lui et soufflait comme une baleine dès qu'elle marchait plus de cent mètres. Comme d'habitude ? »

Elle lui tendit dix paquets de chewing-gums à la menthe poivrée.

« Merci. » Il lui donna un billet et, en attendant qu'elle encaisse, il jeta un coup d'œil entre les rayons. « Pendant que j'y suis, je prendrais bien quelque chose pour le dîner, ajouta-t-il.

– Vas-y. »

Histoire d'être crédible, il prit une barquette de hamburgers dans le congélateur, puis il parcourut une à une toutes les allées, mais en vain. Il finit par trouver Kate à la caisse, qui déchargeait un chariot plein. Tout en présentant les codes-barres au lecteur, Julie lui proposa de passer à la caisse à côté pour ne pas attendre.

« J'ai tout mon temps », dit Baxter qui attrapa un magazine et se mit à le feuilleter en observant Kate à la dérobée. Elle avait des cheveux de jais qui lui descendaient à mi-épaule, si brillants et si lisses qu'ils lui firent penser à une fine pluie d'été. Il en imagina le toucher sous ses doigts. Son vernis à ongles était assorti à son rouge à lèvres, et elle avait retroussé les manches de son chemisier sur ses poignets fins. À voir ses vêtements et les bagues qui ornaient ses doigts, des diamants sans doute, il était évident qu'elle avait de gros moyens.

Julie tapa son total, prit sa carte de crédit sans un sourire et, pendant que la machine enregistrait l'opération, elle lui tourna le dos pour échanger quelques mots en privé avec l'autre caissière. Si Kate remarqua la subtile insulte, elle n'en laissa rien paraître. Elle attendit calmement en regardant au-dehors. Baxter fronça les sourcils.

« T'as vu ça ? s'indigna Julie quand Kate fut sortie. Deux bouteilles de vodka ! »

Une semaine plus tôt, Dave avait trouvé le mari de Julie ivre mort par terre devant le Schooner, gémissant à côté d'une flaque de vomi, et il avait dû le raccompagner chez lui. Mais il ne dit rien.

« Si c'est Howard Larson qui gagne, il faudra qu'on s'habitue à en voir des paquets comme elle, ajouta-t-elle.

– Tu vas voter pour Ella, si je comprends bien.

– Je sais pas, dit-elle. Dan parlait d'ouvrir un petit truc où on vendrait des moules marinées et du homard. Il dit que les vacanciers en raffolent. Et puis avec tout ce qu'on raconte sur Ella, et Bryan qui a disparu... » Elle s'interrompit brusquement, se rappelant tout à coup à qui elle parlait.

« Tu devrais savoir qu'il ne faut pas écouter les ragots », dit Dave qui sortit en imaginant Dan Eggert patron de sa propre affaire. Quand il ne travaillait pas comme employé sur un chalutier, la *Rose Marie*, il cuvait sa bière. Les gens étaient vraiment inconscients.

Kate chargeait son coffre. Baxter fut sur le point de lui proposer un coup de main, mais le temps qu'il se décide elle avait terminé. Il la regarda démarrer d'un air songeur, et fut tiré de sa rêverie par le crépitement de sa radio. Il se pencha dans sa voiture par la vitre ouverte et attrapa le micro.

« Oui, Martha ?

– Chef ? Je viens de recevoir un appel de Tom Spencer. Un problème sur les quais. Vous devriez y aller.

– Quel genre de problème ?

– Ella Young se serait battue avec Jake Roderick. »

Baxter fronça les sourcils, mais il n'était pas surpris. Il redoutait un incident de ce genre. « OK, j'arrive. »

Anne Laine était depuis neuf ans l'un des deux médecins de Sanctuary Harbor. La première fois qu'elle était venue à Saint George, c'était pour passer des vacances loin du bruit et de la fureur ; cette île, c'était à peu près aussi loin qu'on pouvait aller sans quitter le pays. Elle s'y était plu et avait décidé d'y rester. Même si les hivers étaient un peu longs, elle n'avait jamais regretté sa décision. Elle gagnait moins bien sa vie qu'ailleurs, mais les vues infinies sur le golfe, la quiétude des bois compensaient cet inconvénient. Les gens avaient bien un peu l'esprit de clocher, mais elle pouvait sortir sans verrouiller sa porte, ce qui n'était pas rien, de nos jours. Elle finit de bander la tête de Jake, puis elle lui donna ses instructions d'un ton professionnel, en lui tendant une ordonnance qu'il prit sans la regarder.

Dans la salle d'attente, Baxter subissait les protestations indignées d'Howard.

« Et elle espère que les gens vont voter pour elle ! » disait-il en secouant la tête.

Baxter ne l'écoutait pas. Anne interrompit son calvaire en ouvrant la porte. Il se leva. « Comment va le patient ?

– Il survivra. Il a pris un bon coup, mais apparemment, il n'a pas de fracture.

– Ouais. Il a le crâne dur. » Anne haussa les sourcils en souriant.

Howard faisait grise mine. « Il me semble que vous ne prenez pas cette affaire très au sérieux, commissaire. Vous auriez dû le voir quand je l'ai amené. Bon Dieu, il pissait le sang ! Il a eu de la chance de ne pas y laisser sa peau.

– Je doute qu'Ella ait eu l'intention de le tuer, Howard. »

Anne leur donna la permission d'aller voir le malade et Baxter entra, suivi d'Howard qui parlait toujours.

« Je ne sais pas, moi. Cette femme a un fichu caractère, on ne peut pas dire le contraire. D'ailleurs, c'est peut-être pas la première fois qu'il arrive quelque chose comme ça », ajouta-t-il.

Saisissant l'insinuation, Baxter s'arrêta. « On ne s'emballe pas, d'accord ?

– Allons, commissaire. Tout le monde sait qu'Ella a menacé Bryan. Et vos recherches dans les bois n'ont toujours rien donné, si je ne m'abuse ? »

Cela avait l'air de lui faire plaisir, et Baxter comprit aisément pourquoi. Tout point marqué contre Ella l'était en faveur d'Howard. Sur les bassins, la rumeur allait bon train, et s'enflait à mesure que descendaient les pintes de bière. « On va le voir débarquer un de ces jours », dit-il sans conviction. En vérité, il commençait à s'inquiéter sérieusement.

« Vous devriez la boucler avant qu'elle tue quelqu'un d'autre. Bon Dieu, regardez dans quel état elle l'a mis ! »

Assis dans un fauteuil, Jake se tâtait le crâne avec précaution.

Baxter se demanda si Howard ne faisait pas exprès d'exagérer l'incident, et jusqu'à quel point il était innocent. « Ce n'est pas en parlant de la sorte que vous allez arranger les choses », lui dit-il. Il prit une chaise et s'assit en face de Jake. « Bon, si vous me racontiez ce qui s'est passé ?

– C'est cette garce d'Ella. Elle m'a eu par surprise. Elle aurait pu me tuer, nom de Dieu ! »

Baxter déballa un chewing-gum. Une petite tache de sang s'élargissait sur le pansement de Jake, et il la regardait, fasciné. Il ne pouvait s'empêcher de se demander comment Ella avait pu mettre KO un type deux fois plus costaud qu'elle et dix fois plus méchant. À contrecœur, il dut reconnaître qu'il l'admirait, même s'il était un peu déstabilisé : poussée à bout, de quoi serait-elle capable ?

« Ça a commencé comment ?

– Merde, vous avez qu'à lui demander.

– C'est prévu. Pour l'instant, c'est vous que je veux entendre.

– Pendant que vous y serez, vous allez lui parler de Bryan ? Ça fait quatre jours maintenant, putain de merde.

– On en a déjà discuté, on a fait le tour de la question. » Depuis mercredi, Jake était venu le voir deux fois par jour. Il se demanda si Howard ne le poussait pas au cul. Fort probable.

« Elle l'a menacé avec un fusil, bon Dieu ! s'exclama Howard. Et devant témoins.

– Oui. Et ils l'ont tous vu repartir sur ses deux jambes. Ne dites pas de bêtises, Howard. Dites, Jake, vous n'allez rien arranger en déclarant la guerre à Ella. J'ai discuté avec Tom Spencer, et il m'a dit que depuis deux jours quelqu'un vide tous les casiers d'Ella de leurs appâts. Vous savez quelque chose ?

– Dites tout de suite que c'est moi.

– J'essaie simplement de comprendre comment la dispute a démarré. À mon avis, Ella n'a pas agi sans raison.

– Demandez-le-lui, dit Howard.

– Elle a déjà été interpellée. Je vais l'interroger, ne vous en faites pas. »

Howard sourit franchement. « Elle a été arrêtée ?

– Ne vous montez pas la tête, Howard. Jake, vous voulez porter plainte pour coups et blessures ?

– Bien entendu, quelle question ! » répondit Howard, du tac au tac.

Baxter ne releva pas. « Parce que dans ce cas-là, Jake, poursuivit-il, ça veut dire qu'on va devoir examiner les deux versions de l'affaire, fouiller tous les détails. La presse pourrait s'en mêler... » Il laissa Jake imaginer les habitants de l'île apprenant par l'*Island Herald* qu'il s'était fait tabasser par une femme.

Jake le fusilla du regard.

« Bon, alors c'est non ? » Baxter se leva. « À plus tard, Howard. » Il sortit en riant sous cape.

Matt prenait un café à la cafétéria lorsqu'il surprit une conversation entre deux clients. En entendant le nom d'Ella mêlé à une histoire de bagarre, il crut à une erreur. De retour à son bureau, il appela le commissariat, et on lui confirma qu'elle était bien là.

« En garde à vue ?

– Il faudra demander au chef. Il doit revenir d'une minute à l'autre. »

Matt raccrocha, suspendit un écriteau sur sa porte et traversa la place. Il trouva Baxter qui revenait juste de chez le médecin.

Les deux hommes se serrèrent la main. En arrivant sur l'île, Matt avait tenu à lui rendre une visite de courtoisie ; Baxter lui était apparu comme le type même du policier qu'on rencontrait dans les petites villes, au courant de tout, connaissant tout le monde. Ils avaient pris un café ensemble, et Baxter lui avait avoué qu'à Saint George, la criminalité se limitait à un acte de vandalisme ou à un chapardage de temps en temps, généralement sans dépôt de plainte. Souvent, ces petits écarts étaient les symptômes de vieilles disputes entre pêcheurs, que les intéressés réglaient eux-mêmes. Malgré son air de ne pas y toucher, le policier lui avait donné l'impression d'ouvrir l'œil et d'être prêt à intervenir avant que les choses ne dérapent.

En lui serrant la main, Matt le sentit sur ses gardes. « On m'a prévenu de votre appel. Vous représentez Ella, Mr Jones ?

– Elle a besoin d'un avocat ? lui renvoya Matt aussitôt. Et au fait, appelez-moi Matt.

– Eh bien, Ella n'est pas en garde à vue, si c'est ce que vous voulez savoir. Elle ne m'a pas dit qu'elle vous avait contacté.

– Elle ne m'a pas contacté. J'ai surpris une conversation à la cafétéria et je suis passé voir si je pouvais être utile. »

Baxter le lorgna d'un air vaguement soupçonneux.

« Je ne suis pas venu traquer le client, précisa-t-il. Ella est une amie, c'est tout.

– Je n'ai jamais pensé ça, dit Baxter, sur un ton tel que Matt aurait parié le contraire.

– Bon. Que s'est-il passé au juste ? J'ai entendu parler d'une bagarre sur le bassin ? »

Baxter eut l'air pensif, soucieux même. « Ouais. J'aurais dû me douter qu'il arriverait un truc de ce genre. On ne peut pas dire qu'Ella et les frères Roderick aient jamais été en bons termes, mais j'ai l'impression que la situation s'est envenimée. Ella s'est disputée avec Jake cet après-midi. Ça s'est terminé qu'elle lui a décollé un morceau de crâne avec un bout de bois.

– Elle a fait ça ? » Matt essaya de se représenter la scène. Il la savait coriace, il la voyait fort bien tenir tête à quelqu'un dans une dispute, mais de là à mettre un homme KO dans une bagarre, il y avait un pas de géant.

« Elle ne nie rien, dit Baxter. J'ai vu le médecin, Jake n'a rien de grave. Il ne va pas porter plainte non plus. Ça l'a un peu refroidi quand il a imaginé la réputation qu'il aurait une fois que toute l'île saurait qu'il s'est fait arranger le portrait par une femme.

– On ne fait pas ça sans raison. Elle devait se protéger, dit Matt, qui cherchait toujours à s'expliquer son geste.

– Dans un sens oui, elle défendait son gagne-pain. Quelqu'un lui avait vidé tous ses casiers, et elle a travaillé toute la journée pour rien.

– Et c'était Jake ? Il a avoué ? »

Baxter fit non de la tête. « Pas besoin. C'est lui.

– Mais pourquoi faire ça ?

– Ça arrive, vous savez. Les gens ne sont pas d'accord pour savoir si untel a le droit de pêcher ici ou là, ou alors ils règlent leur différend entre eux. D'habitude, ça se limite à un ou deux orins de casiers sectionnés ou encore à un brin dépouillé de son appât. Mais c'est rare qu'on en arrive là. Les pêcheurs ont leur code à eux, leurs règles de conduite, ils s'y tiennent. Aller tripatouiller les casiers d'un voisin c'est une chose ; ça ne l'envoie pas dans le mur au point que la banque lui pique son outil de travail. Mais avec ce qui vient de se passer, on est bien au-delà des limites. » L'expression soucieuse de Baxter s'accentua.

« Qu'est-ce qui a poussé Jake à franchir la ligne ?

– Vous étiez bien à la réunion l'autre soir ? Alors vous êtes au courant du projet de port de plaisance. Ça fait un moment qu'Ella et les frères Roderick se bouffent le nez à cause de ça. Le torchon brûle, et maintenant que Bryan a disparu, je peux vous dire que ça jase. » Baxter s'aperçut que Matt ne le suivait plus. « Vous êtes au courant ? »

Depuis deux jours, Matt aidait Henry à creuser les fondations de la remise destinée à abriter la presse à cidre, et il n'avait fait que deux brefs allers et retours en ville pour vérifier ses messages. Il n'avait pas établi le rapprochement entre Ella et la disparition de Bryan.

« Qu'est-ce qui se dit ? »

Baxter lui expliqua ce qui s'était passé, en précisant qu'Ella ne niait pas les faits mais qu'elle prétendait que le fusil n'était pas chargé.

« Attendez, vous ne voulez tout de même pas dire qu'il y a un rapport entre cette dispute et la disparition de Bryan ?

– Le problème n'est pas ce que je pense, mais ce qu'on raconte. Jake n'est pas du genre à rester les bras croisés une fois qu'il s'est mis une idée en tête. Ella jure qu'elle n'a plus revu Bryan depuis l'incident, et des témoins l'ont vu quitter le port. Je ne sais pas ce qu'il est devenu.

– Bon, j'aimerais bien parler à Ella, maintenant, dit Matt.

– Faites donc. Elle est dans mon bureau », dit Baxter en pointant le doigt vers sa porte.

Ella eut l'air étonnée de le voir. Il s'assit en face d'elle en tentant de lui cacher combien il était ébranlé par ce qu'il venait d'apprendre, en particulier l'épisode du fusil. Il se disait qu'entre l'approche des élections et le harcèlement des frères Roderick, elle devait subir des pressions qu'il ne soupçonnait même pas. Il n'osa pas imaginer qu'elle puisse savoir ce qui était arrivé à Bryan. Il lui sourit en espérant la réconforter par sa présence amicale.

« Comment ça va ? lui demanda-t-il.

– Pas trop mal, dit-elle avec un sourire triste. Que faites-vous ici ?

– J'ai entendu dire que vous aviez des ennuis. Est-ce que je peux vous aider ? Je viens de parler à Baxter. Jake ne porte pas plainte. »

Elle n'eut pas l'air surprise, mais elle le scruta comme pour chercher à pénétrer ses pensées. « Je n'aurais pas dû le frapper. Il faut croire que tout ce qui se passe depuis un moment m'a plus durement éprouvée que je ne le croyais.

– Baxter m'a parlé de vos problèmes avec Jake et Bryan. Il y a longtemps que ça dure ? »

Ella secoua la tête d'un air las. « Plusieurs mois. Trois, quatre, peut-être. J'ai toujours eu des problèmes avec eux, mais depuis que j'ai annoncé que je me présentais, c'est pire. J'ai reçu des coups de fil ; quand je décrochais, personne. Un jour, mon pick-up a refusé de démarrer : on m'avait piqué ma batterie. Des pas qui me suivent la nuit, et quand je crie "Qui va là ?", pas de réponse.

– Vous avez porté plainte ?

– Plainte pour quoi ? Pour une erreur de numéro ? Contre quelqu'un qui raccroche ? Quelqu'un qui marche dans la rue ? »

Non, évidemment. Pris isolément, aucun de ces incidents ne

représentait davantage qu'un simple larcin, qu'une nuisance. Accumulés, ils avaient de quoi intimider, mais comment prouver quoi que ce soit ?

« J'ai l'impression qu'on a tenté de pénétrer par effraction à bord du *Santorini* il y a quelque temps. Ils voulaient sans doute saboter le moteur, un truc comme ça.

– Les frères Roderick ?

– J'en suis quasiment sûre. À mon avis, les appels téléphoniques, les pas dans la nuit, c'était plutôt le style de Bryan, mais de toute manière, ils sont aussi pourris l'un que l'autre.

– La dispute avec lui, lundi, c'était à cause de ça ? »

Elle le regarda sans ciller, et il trouva ses yeux vairons un peu déconcertants. « Oui, dit-elle.

– Baxter m'a dit que vous étiez armée.

– Le fusil n'était pas chargé.

– Mais vous l'avez menacé ?

– Oui.

– Vous savez que, maintenant qu'il a disparu, toute la ville cancane ?

– Il paraît. »

Matt attendit vaguement qu'elle ajoute quelque chose – quoi, il l'ignorait. Qu'elle nie être impliquée dans l'affaire ? Il se souvint du sentiment qu'il avait éprouvé l'autre soir, en la voyant avec sa mère ; quelque chose semblait la tracasser. Était-ce à cela qu'elle pensait ? Il se rappela les questions qu'elle lui avait posées sur sa réaction à la mort de Paulie, et sur ce qu'il pensait du système judiciaire. Il se demanda s'il y avait un lien. Elle l'observait ; à son expression, il aurait parié qu'elle lisait en lui à livre ouvert.

« Vous auriez dû m'en parler avant, dit-il, tout en se rendant compte qu'il avait l'air de lui faire la leçon.

– Avant quoi ? Avant que je me décide à me défendre ? J'ai eu tort de me défendre, c'est ça ?

– Je dis juste que braquer quelqu'un avec un fusil, ça ne résout rien. »

Une seconde, ses yeux brillèrent d'un éclat furieux, puis elle se radoucit, et eut simplement l'air las.

Matt se dit qu'il aurait mieux fait de se taire. Ce dont elle avait besoin pour l'instant, ce n'étaient pas de réprimandes mais d'un soutien moral. Il y eut un silence gêné. « Écoutez, la journée a été rude. Vous êtes libre de partir. Je vais vous raccompagner chez vous. »

Elle hésita brièvement, puis elle hocha la tête. « Merci. »

En la voyant sortir, Baxter lui demanda si tout allait bien. Il l'avertit, si jamais à l'avenir elle avait de nouveau des ennuis avec Jake, de venir le trouver avant de se faire justice elle-même. Ella le lui promit.

« Allez, faites attention à vous. »

Arrivé à la porte, Matt jeta un coup d'œil en arrière. Baxter observait Ella, l'air pensif, soucieux, même.

9.

La journée avait été longue. Baxter se préparait à rentrer chez lui lorsque son planton lui annonça une visite. Il était plus de huit heures, il avait faim. L'incident entre Jake et Ella lui avait laissé un goût amer dans la bouche et un sentiment de malaise dont il n'arrivait pas à se débarrasser. Si Bryan ne réapparaissait pas, la tension allait monter. Et vraiment, aujourd'hui, il avait eu plus que sa part de problèmes à régler.

« Ça ne peut pas attendre demain matin ?

– C'est Carl Johnson, chef. À mon avis, ce qu'il a à vous dire va vous intéresser. »

Baxter soupira. « C'est bon, faites-le entrer. »

En jean et T-shirt taché de sueur, Carl Johnson donnait l'impression de venir directement des bassins, ou peut-être du bar car, mêlés à son odeur de poisson, Baxter détecta dans son haleine des relents d'alcool. Ils se serrèrent la main. Celle de Carl était osseuse et calleuse, ses yeux d'un bleu délavé.

« Qu'est-ce que je peux pour vous, Carl ?

– Eh bien, c'est que... je me suis absenté deux jours et je suis revenu cet après-midi seulement ; j'ai appris toutes les choses qui se passent. »

Baxter le somma d'être plus clair. « Quelles choses ?

– Eh bien Bryan. Il paraît qu'il a disparu. »

Baxter dressa l'oreille. « Vous l'avez vu ?

– Non, non. Enfin, pas exactement.

– Pas exactement ? » Baxter n'était pas d'humeur à jouer

aux charades. « Écoutez, Carl. Si vous savez quelque chose, parlez.

– Eh ben, on... enfin je veux dire Billy Pierce et moi... vous savez que Billy travaille pour moi ? On quittait le port dans la nuit de lundi à mardi. Lundi, c'est pas le jour où on a vu Bryan pour la dernière fois ? Bon. On faisait cap au nord-est, vers Coffin Shelf, et on a vu le bateau d'Ella. Le *Santorini.* »

En entendant prononcer le nom d'Ella, Baxter leva une main. « Attendez une minute. » Il lui fit signe de s'asseoir et retourna à son bureau. Il ne savait pas s'il était ou non sur une piste, mais mieux valait noter. Il prit une feuille de papier dans son tiroir. « Donc, vous avez vu Ella. Quelle heure ?

– Trois heures et quart du matin, par là. Bon. Environ une heure plus tôt, j'avais cru entendre quelque chose. Un coup de fusil.

– Un coup de fusil ?

– Enfin, c'est ce qu'on aurait dit. Il y en a peut-être eu plus d'un, mais ça, je peux pas l'affirmer vu que Billy manœuvrait le treuil et que j'entendais rien. J'ai ralenti le bateau pour pouvoir écouter, parce que je me demandais qui pouvait bien être en train de chasser à cette heure-là.

– Et c'est à ce moment que vous avez vu Ella ?

– Non, plus tard.

– Où étiez-vous ?

– Au large de Stillwater Cove, à environ quatre cents mètres du récif, je dirais.

– Bon. Vous avez entendu un coup de feu. Et après ?

– On a repéré un banc de maquereaux sur le sondeur. C'est rare qu'on ait une veine pareille juste en sortant du port, alors il fallait pas la laisser passer. On a commencé à jeter le chalut. Ça nous a pris un moment, mais on a fait une prise correcte. Les poissons s'éparpillaient, on aurait dit que quelque chose leur avait fichu la trouille. Des requins, peut-être. Bon, le temps de remonter le filet, on repassait au large de la crique, mais plus loin cette fois-ci. C'est là qu'on a vu le *Santorini.*

– Vers trois heures et quart, vous avez dit ?

– Par là, oui. Elle n'avait pas mis ses feux. J'ai pensé qu'elle avait un problème, alors on a ralenti.

– Vous êtes sûr que c'était le *Santorini* ? Si elle n'était pas éclairée...

– Oui, oui. On était assez près, et j'avais les jumelles. D'ailleurs, je lui ai passé un message radio.

– Vous avez parlé à Ella ?

– Oui. Comme je vous l'ai dit, je croyais qu'elle était en panne. En tout cas, quand on a ralenti elle est allée dans la timonerie et elle a allumé ses phares. Rien de grave, elle m'a dit, juste un câble déconnecté. Ensuite elle a fait demi-tour, cap vers le port. »

Carl se tut. Baxter résuma mentalement ce qu'il venait d'apprendre et n'y trouva rien de significatif. Un détail avait dû lui échapper.

« Et c'est tout ? » dit-il enfin, agacé.

Carl se gratta le menton. « Euh, elle avait quelque chose qui pendait de son bossoir.

– Et c'était quoi ?

– J'ai pas bien vu. C'était long et étroit. Un truc emmailloté. »

Il y eut un autre silence, qui dura plusieurs secondes. « Vous voulez dire un casier ? lui souffla Baxter.

– Non, plus grand.

– Grand comment, alors ?

– Un mètre cinquante, peut-être un mètre quatre-vingts. Difficile à dire.

– Un mètre quatre-vingts ? » répéta Baxter, qui se fit l'effet d'un perroquet.

Carl hocha la tête lentement. « Oui. À peu près votre taille. Sur le coup, j'ai pas fait très attention. Ça m'intriguait, c'est tout. Mais plus tard, je me suis demandé ce qu'elle fabriquait. J'ai trouvé bizarre qu'elle navigue sans lumières, et tout.

– Je croyais qu'elle avait un câble déconnecté.

– Qu'elle a dit.

– Vous ne l'avez pas crue ?

– Je sais pas. J'ai l'impression qu'elle tenait pas à se faire repérer. »

Baxter s'adossa à son fauteuil. « Bon, et ensuite ?

– Ben, ensuite rien. Elle est repartie en direction du port.

– Et ce truc que vous avez vu, ce paquet emmailloté ?

– Euh, je suis pas bien sûr. Je crois qu'elle l'avait toujours, mais son treuil était sur l'autre bord, alors je voyais mal.

– C'est tout ? »

Carl hésita. « Comme je vous l'ai dit, sur le moment ça m'a pas frappé, alors on est repartis nous aussi. Mais quelques minutes plus tard, je me suis retourné, je me souviens. Il m'a semblé qu'elle s'était arrêtée une fois de plus.

– Et pour quelle raison, à votre avis ?

– Toutes sortes de raisons, je sais pas, moi. »

Baxter attendit patiemment, devinant que Carl n'avait pas tout dit et se demandant s'il allait se décider. Enfin, celui-ci se lança.

« Bon, bien sûr je peux jurer de rien, mais peut-être qu'elle se débarrassait de son truc.

– Vous l'avez vue ? »

Carl secoua la tête. « Il faisait nuit, et elle était trop loin. Je dis juste que *peut-être* c'était ça. »

Il y eut un long silence. Sentant la migraine venir, Baxter se frotta les tempes. Il se demandait, parmi tout ce que venait de lui raconter Carl, quelle était la part de ce qu'il avait imaginé depuis qu'il avait appris les ragots, et celle de ce dont il pouvait témoigner. Il appuya ses avant-bras sur le bureau et se pencha en avant, la mine grave.

« Réfléchissez bien avant de me répondre, dit-il. Si je comprends bien, vous n'êtes pas sûr d'avoir vu Ella jeter quelque chose par-dessus bord, c'est bien ça ? »

L'autre pesa ses mots. « Bon, admettons, je peux pas dire que je l'ai vue. Simplement, ça avait tout l'air d'être ça. »

Baxter se leva bientôt. « Merci de vos renseignements, Carl. Il va falloir que vous nous fassiez une déposition en bonne et due forme, d'accord ?

– Oui, oui.

– Ah, et je vais avoir besoin de poser quelques questions à Billy. Dites-lui de passer demain matin, voulez-vous ? » Au moment où Carl allait sortir, Baxter eut une inspiration. « Au fait, pour qui avez-vous l'intention de voter aux municipales ? »

Carl haussa les épaules, mais il eut l'air décontenancé. « Howard Larson, sans doute. Il parle d'un projet qui va nous amener du monde et des emplois, alors moi je suis pour. La pêche est complètement sinistrée de nos jours. Pourquoi ? Quel rapport ?

– Rien, rien. Autre chose : ce que vous venez de me dire, je suis le seul à le savoir ?

– J'ai pu en parler à deux ou trois gars.

– C'est ce que je pensais. Merci encore, Carl », répéta-t-il, sans aucune sincérité cette fois-ci.

10.

Matt fut réveillé de bonne heure par des bruits de scie et de marteau. Il s'habilla et sortit. Après une nuit moite, le soleil réchauffait déjà l'air humide au-dessus du golfe.

On avait livré une pile de bois devant chez Henry, qui avait attaqué la construction de la remise et montait la structure. Matt alla l'aider. Pendant deux heures, ils profitèrent de la fraîcheur du matin et travaillèrent dans un relatif silence, Henry étant peu bavard.

Matt avait pensé à Ella une bonne partie de la nuit, et il continuait à voir se succéder dans son esprit une kyrielle de questions sans réponses. En quittant le commissariat, la veille, il l'avait raccompagnée chez elle ; pendant le trajet, ils n'avaient guère échangé plus de deux ou trois phrases. Une fois devant chez elle, il lui avait conseillé de l'appeler si elle avait besoin de quelque chose.

« Merci, promis », avait-elle dit.

Après un bref moment de gêne, elle était descendue de voiture. Le subtil changement qu'il avait senti s'opérer en elle le soir du dîner mettait désormais une distance tangible entre eux. Lui qui trouvait qu'ils s'entendaient si bien... Soit il s'était imaginé des choses, soit ils avaient tous les deux failli basculer dans une relation qui les aurait entraînés trop loin trop vite. Il ne pensait pas s'être trompé en devinant qu'elle partageait ses sentiments, même si elle les abordait avec davantage de prudence que lui. C'était compréhensible, et il n'était pas contre l'idée de prendre un peu de recul car ni lui ni elle ne pouvaient se permettre un fiasco sentimental de plus. Il savait aujourd'hui qu'il lui serait facile de tomber amoureux d'elle, mais il n'oubliait pas la promesse qu'il s'était faite : la prochaine fois que cela lui arriverait, ce serait pour la vie.

Tout en tenant une jambe de force dans laquelle Henry enfonçait ses clous de charpentier, Matt se demandait ce qui avait fait reculer Ella. Pour la énième fois, il l'imagina en train de pointer son arme contre Bryan, pour la énième fois il en fut mal à l'aise. Que disait le dicton, déjà ? Ne pointe un fusil que si tu es prêt à t'en servir ? Il ne pouvait s'empêcher de soupçonner qu'il y avait un lien entre la froideur d'Ella et la disparition de Bryan.

Un peu après huit heures, le téléphone sonna chez lui. C'était Ella, la voix tendue. Elle était au commissariat.

« Le commissaire Baxter m'a convoquée pour m'interroger. J'ai demandé à vous prévenir.

– Jake a changé d'avis ? Il porte plainte ?

– Je ne crois pas qu'il s'agisse de Jake. » Puis, avec l'air presque de s'excuser : « Matt, je ne vous aurais pas dérangé, mais vous m'avez dit de vous appeler en cas de besoin. »

Il tenta de calmer le tremblement de sa voix. « Vous avez bien fait. Je suis content.

– Merci. » Son soulagement était manifeste.

« Que vous a dit Baxter ?

– Pas grand-chose, mais j'ai l'impression que c'est à propos de Bryan. » Elle semblait soucieuse.

« Peu importe, dit-il d'un ton assuré, même si son inquiétude croissait de seconde en seconde, nous allons arranger ça. Passez-le-moi... De quoi s'agit-il, commissaire ? » dit-il lorsqu'il eut Baxter en ligne.

Le policier hésita, et Matt comprit qu'Ella était à côté de lui. « Le mieux serait que vous veniez et qu'on en parle de vive voix.

– J'arrive. Repassez-moi Ella, s'il vous plaît... Ella ? Ne dites rien avant que j'arrive, d'accord ?

– D'accord.

– Et ne vous faites pas de souci », ajouta-t-il avant de raccrocher.

Il se changea et alla dire à Henry qu'il était appelé en ville. En chemin, il passa rapidement à son bureau. De sa fenêtre, il regarda les gens du quartier qui vaquaient à leurs occupations malgré l'heure matinale : la vendeuse de fruits et légumes, à qui il achetait des pêches ou des melons, les clients du café, avec qui il échangeait quelques mots... Certains commençaient à le saluer dans la rue. Il savait qu'à leurs yeux il serait toujours un pointu, mais il espérait, avec le temps, les voir sortir de leur réserve. Quant à lui, sa vie prenait un rythme nouveau et il était de plus en plus persuadé d'avoir fait le bon choix en quittant la coquille vide qu'avaient été ses années bostoniennes pour l'authenticité de Saint George. Depuis que Kristin était partie avec Alex, il ouvrait les yeux, il se rendait compte qu'il avait vécu dévoré par le besoin de venger Paulie. Dans ses rêveries, Alex venait vivre avec lui, ils apprenaient à se connaître et rattrapaient le temps perdu. Et Ella n'était pas absente de ces fantasmes dans lesquels ils s'entendaient à merveille tous les trois. Pour une fois, l'avenir s'annonçait plutôt rose.

Sauf que tout d'un coup, des forces contraires tiraillaient ses rêves et menaçaient de les déchirer en lambeaux.

En arrivant au commissariat, il trouva Baxter perché au bord d'un bureau dans la salle d'accueil. Il n'avait pas dû dormir beaucoup.

« Ella est dans mon bureau. On lui a donné une tasse de café et proposé un doughnut, mais elle n'a pas faim.

– Merci de votre geste. Laissez-moi lui parler deux minutes, et ensuite vous me mettrez au courant, d'accord ?

– Parfait. »

Comme Matt tournait les talons, Baxter le rappela : « Matt ?

Ce n'était pas un geste, comme vous dites. Je connais Ella quasiment depuis qu'elle est née. »

Matt hocha la tête, accusant la subtile remontrance. Il y avait de bons flics, et des flics comme Baxter qui travaillaient dans les villes où ils avaient passé toute leur vie, et qui aimaient les gens qu'ils étaient payés pour protéger. « Excusez-moi. Je ne voulais pas vous vexer.

– Y a pas de mal. »

Il trouva Ella déconcertée. Elle n'avait pas touché à son café. Elle le regarda brièvement, puis détourna les yeux en serrant les lèvres en un pli obstiné.

« Comment allez-vous ? dit-il en avançant une chaise en face d'elle. Décidément, ça devient une habitude. Bon, vous avez une idée de ce qui vous amène ici ?

– Non. Tout ce que je sais c'est que Baxter veut m'interroger sur ce que j'ai fait lundi soir après que Bryan a quitté les bassins. J'ai aussitôt demandé à vous prévenir. Euh... votre présence ici... ça veut dire que vous êtes mon avocat ? »

Matt s'était posé cette question. Leur relation semblait sur le point de changer encore une fois ; cela le déroutait, mais il décida que l'heure était mal choisie pour s'en préoccuper. « Nous verrons plus tard. Pour l'instant, j'ai besoin de quelques minutes avec Baxter pour remettre tout ça à plat. »

Au moment de franchir la porte, il faillit lui demander si elle n'avait rien d'autre à lui confier, mais il se ravisa : elle l'aurait fait si c'était le cas.

Baxter lui rapporta la visite de Carl Johnson, et Matt devina toutes les questions qu'il se posait, les mêmes qu'il s'efforçait de chasser de son propre esprit.

« J'aimerais entendre Ella avant d'échafauder trop d'hypothèses, conclut Baxter.

– Mais vous en pensez bien quelque chose, non ? Parce que pour autant que je sache, il n'y a pas de loi qui interdise de sortir en mer la nuit.

– Pas de loi contre ça, je vous l'accorde. Écoutez, cette histoire ne me plaît pas davantage qu'à vous. Mais je suis obligé de l'interroger, vous le savez. Vu tout ce qui s'est passé entre elle et Bryan, quand on vient me raconter qu'on a entendu un coup de feu près de l'endroit où il habite et qu'on a vu Ella se comporter bizarrement en pleine nuit, et même peut-être jeter quelque chose à la mer, reconnaissez qu'il y a de quoi avoir des soupçons.

– Peu importent les apparences, dit Matt. Bryan a été vu quittant le port ce soir-là, et ensuite, aucun incident ne permet d'effectuer un rapprochement entre lui et Ella. Vous m'avez dit vous-même que le témoignage de Johnson ne tient pas debout. Il ne vaudrait rien devant un tribunal. Un simple concours de circonstances, c'est tout ce que vous avez. »

Baxter fut pris de court. « Mais... personne n'a parlé de tribunal. Je veux simplement entendre Ella. »

Matt comprit qu'il était sincèrement tracassé par cette affaire et qu'il n'avait tiré aucune conclusion de la déposition de Carl Johnson.

« Bon, laissez-moi deux minutes avec elle, dit-il.

– Prenez votre temps. Mais demandez-vous tout de même pourquoi elle vous a appelé, si elle n'a rien à se reprocher. »

Ce détail n'avait pas échappé à Matt. À la seconde même où il la revit, il sentit qu'elle devinait toutes les incertitudes qu'il essayait de lui cacher.

« Alors ? dit-elle.

– Carl Johnson est venu lui dire qu'il vous avait vue dans la crique la nuit de lundi à mardi et qu'il avait entendu des coups de feu. Et vous avez reconnu avoir menacé Bryan avec un fusil lundi soir.

– Je n'avais aucune raison de le nier.

– Que s'est-il passé exactement ? Vous vous souvenez de ce que vous vous êtes dit ? »

Elle lui répéta ce qu'elle avait déjà expliqué à Baxter, et Matt fit intérieurement la grimace en imaginant la scène avec Bryan, puis l'échange de coups avec Jake. Il décida de s'en tenir strictement aux accusations de Carl Johnson, et sortit les notes qu'il avait prises en écoutant Baxter.

« Donc, vous étiez près de la crique cette nuit-là ? C'est bien votre bateau qu'a vu Johnson ? » Elle confirma d'un signe de tête. « Et il vous a parlé par radio ? À quelle heure ?

– Je ne sais pas. Si Carl dit trois heures, ce devait être trois heures. »

Il nota. « Et que faisiez-vous là-bas ? »

Il l'observa attentivement et remarqua qu'elle hésitait une fraction de seconde avant de répondre.

« Je pêchais.

– À quelle heure avez-vous quitté le port ?

– Vers neuf heures, neuf heures et demie.

– Ce qui faisait combien de temps après votre altercation avec Bryan ?

– Environ une demi-heure. »

Matt nota de nouveau. « Vous étiez seule ?

– Seule ?

– Oui, vous pêchiez seule ? Il n'y avait personne avec vous ?

– Non. C'est-à-dire, oui, j'étais seule.

– Il vous arrive souvent de pêcher seule la nuit ?

– Souvent non, mais ça m'arrive.

– Cette nuit-là, vous avez pris beaucoup de homards ?

– Un peu.

– Johnson a dit que vous n'étiez pas éclairée. Est-ce exact ?

– Oui. La batterie fonctionnait mal.

– En effet, c'est ce que vous lui avez dit. Vous vous souvenez de lui avoir parlé ?

– Naturellement. »

Il écrivit encore quelque chose. Sa page était pleine de croix. Jusque-là, tout ce qu'elle lui avait dit confirmait la version de Johnson.

« La nuit était claire ? On voyait bien ?

– La lune brillait, mais elle était souvent cachée par les nuages.

– Vous voyiez distinctement le bateau de Johnson ? Il était loin ?

– Il faisait sombre. Il était... je ne sais pas... à cent cinquante mètres, peut-être un peu plus.

– Mais vous le voyiez bien ?

– Je le voyais. »

Matt prit une seconde pour noter quelque chose ; il en profita pour lui poser sa question suivante sans la regarder. « Carl Johnson pense avoir aperçu une sorte de gros balluchon attaché à votre bossoir. Il a eu l'impression que vous le jetiez par-dessus bord. Qu'est-ce que c'était, Ella ? » Il n'était pas certain d'avoir su conserver son ton professionnel.

« Il n'y avait pas de balluchon. Je ne sais pas de quoi il parle. Il a pu voir un casier, un paquet d'algues, il me semble me souvenir que ce soir-là, j'en ai remonté un à un moment. »

Matt avait entendu des milliers de témoins à la barre, et il savait reconnaître l'accent de la vérité. Il comprit tout de suite qu'elle mentait. Affecté, attristé de voir qu'elle lui cachait quelque chose, il eut un mouvement de colère. Il la regarda au fond des yeux.

« Je suis prêt à vous aider, Ella, mais pour ça il faut que vous me disiez la vérité. » Il marqua une pause pour la laisser s'imprégner de ce mot. « Parce que vous vous rendez compte de la situation, n'est-ce pas ? Vous vous disputez avec un type dont toute la ville sait que vous le détestez, et à qui vous vous opposez sur un projet qui lui tient à cœur ; vous le menacez avec une arme, devant témoins. Ensuite, il disparaît et, comme par hasard, on vous voit la nuit suivante jetant quelque chose à la mer près de l'endroit où il habite, peu après qu'un coup de feu a été tiré. D'ailleurs, vous l'avez entendu, vous, ce coup de feu ?

– Mais non, merde ! Je n'ai pas entendu de coup de feu. Pourquoi ne pas le dire tout de suite ?

– Quoi ?

– Que vous ne me croyez pas. Allez, dites-le ! C'est écrit en toutes lettres sur votre visage.

– Ah, parce que vous vous étonnez que je puisse avoir des doutes ? » Il n'en croyait pas ses oreilles. Il n'arrivait pas à chasser de son esprit l'image d'Ella braquant son fusil sur Bryan, car il savait d'expérience que quand on faisait ce geste, il s'en fallait d'un cheveu qu'on presse la détente.

Ella lui répondit, d'une voix maîtrisée mais où perçait l'émotion : « Je vous ai dit quel genre de harcèlement me font subir Jake et Bryan. Vous trouvez que ce sont des broutilles ? Peut-être, mais c'est loin de se limiter à ça. J'ai grandi sur les bassins, au milieu des bateaux et des hommes qui vivent de la mer, et au cas où vous ne l'auriez pas remarqué, je suis la seule femme. Au cas où vous ne l'auriez pas remarqué non plus, je côtoie tous les jours des gens qui n'ont pas vraiment l'esprit ouvert. Depuis l'âge de quatorze ans, je suis en butte aux humiliations de types qui pensent que la place d'une femme est partout sauf en mer. Certains sont envieux parce que je pêche bien, et même mieux que beaucoup d'entre eux. À votre avis, quel effet ça fait de passer devant des types qui nettoient leurs filets et qui reniflent leurs doigts en se tordant de rire et en me lorgnant d'un air salace ? Et pas originaux, avec ça ! Ces choses-là, ce n'est pas seulement de mauvais goût, c'est méchant. C'est la spécialité des frères Roderick. Surtout Bryan. Vous n'imaginez pas toutes les remarques, tous les sous-entendus, tous les sales coups que j'ai dû encaisser de leur part. Mais sachez une chose : ils ne m'ont jamais entamé le moral. En tout cas je ne le leur ai jamais montré. Je n'ai jamais baissé les bras, ni la tête, et c'est pour ça que, quand Bryan a cru pouvoir s'inviter tout seul à bord de mon bateau, je lui ai fait comprendre qu'il n'en était même pas question. Et je vais vous dire autre chose : ça a marché. Alors si vous croyez que j'ai réagi trop violemment en le menaçant, ou que j'aurais dû me laisser priver de mes moyens de subsistance par les coups tordus de Jake, alors vous n'avez aucune idée de ce que j'endure, vous ne savez rien de moi ! »

Pendant un moment, ils gardèrent le silence. Matt reconnut en son for intérieur qu'en effet, il était loin d'imaginer tout ce qu'elle avait dû supporter dans sa vie. Peut-être la jugeait-il selon des critères qui ne s'appliquaient pas ici, et encore, cela restait à prouver. Il n'était sûr que d'une chose : se disputer ne mènerait à rien.

« Malheureusement, peu importe ce que je pense. Baxter va vous poser les mêmes questions que moi. Il va partir du fait que vous avez menacé un homme, il va faire le rapprochement avec ce que Carl Johnson lui a raconté, et il va vouloir savoir ce que vous faisiez au large de la crique cette nuit-là. Alors, vous ne voulez pas me redire ce que vous y faisiez ?

– Je vous l'ai dit, je pêchais. »

Dans son œil gris et son œil vert, il voyait comme deux personnes distinctes. Il se demanda s'il avait eu tort de mettre sa parole en doute. Si elle disait qu'elle pêchait, pourquoi ne pas croire qu'elle pêchait ?

« Et maintenant, à moi de vous poser une question.

– Oui ?

– Vous voulez la vérité ? Vous voulez savoir si j'ai tué Bryan ? Eh bien voici : je n'ai pas tiré sur Bryan Roderick. Je ne l'ai pas tué. Je ne l'ai plus jamais revu après l'incident de lundi soir. » Elle avait parlé en détachant les mots, sans le quitter des yeux. « Alors à présent, répondez : vous me croyez ? »

Sa réponse s'exprima tout entière dans le temps qu'il mit à la lui donner. Il restait persuadé qu'elle lui cachait quelque chose.

« Si vous le dites, je vous crois », dit-il, tout en sachant qu'il n'avait pas su lui dissimuler son manque de conviction. Sa réaction le surprit. Elle le regarda, elle hocha la tête une seule fois, comme se confirmant intérieurement une impression, et cela l'affecta bien davantage que ne l'aurait fait une explosion de colère.

Baxter interrogea Ella pendant quarante minutes. Il reprit tout ce que Johnson avait vu ou cru voir, remontant jusqu'à l'altercation avec Bryan. À deux reprises, il marqua une pause, eut l'air de réfléchir, revint sur ses questions ; enfin, il se persuada qu'il n'avait aucune preuve tangible contre elle. Pour terminer, il lui demanda si la pêche avait été fructueuse cette nuit-là, et Matt perçut dans sa voix une nuance qui éveilla sa méfiance. Ella répéta que la pêche avait été correcte.

« Je vais vous demander de voir votre fusil, Ella, dit Baxter.

Si vous voulez, j'envoie mon planton le chercher avec vous au *Santorini*.

– Mon fusil ?

– C'est juste une vérification de routine.

– C'est que... je ne l'ai plus. Je l'ai perdu avant-hier. » Baxter jeta un coup d'œil à Matt, qui resta impassible.

« Comment est-ce arrivé ? lui demanda-t-il sans cacher son incrédulité.

– J'ai dû tuer un requin, et je l'ai laissé tomber par-dessus bord. »

Baxter laissa glisser, mais il eut l'air contrarié. « Une dernière chose. Êtes-vous déjà allée chez Bryan ?

– Non. Qu'aurais-je été faire là-bas ?

– Est-ce que je sais, moi..., dit-il en haussant les épaules. Bon, j'ai terminé, vous êtes libre. »

Comme elle allait sortir avec Matt, Baxter rappela celui-ci. « Ça vous intéressera peut-être de savoir que j'ai parlé au grossiste d'Ella. Elle ne lui a vendu aucun homard mardi matin, et peu dans l'après-midi.

– Ce qui veut dire ?

– Elle prétend qu'elle pêchait cette nuit-là. Qu'est-ce qu'elle a fait de ses prises ?

– Les pêcheurs n'ont pas une réserve dans laquelle ils peuvent garder une partie de leur pêche ?

– Ouais », dit Baxter, comme s'il y avait pensé lui aussi. Il déballa un chewing-gum et Matt sentit qu'il avait une idée derrière la tête.

« Qu'est-ce qu'il y a ?

– Je voulais vous demander... Est-ce qu'elle nous laisserait prendre ses empreintes pendant qu'elle est là ?

– Pour quoi faire ?

– Pour éliminer des hypothèses. On a prélevé tout ce qu'il y avait chez Bryan, c'est-à-dire pas grand-chose. On a identifié celles de Bryan d'après celles relevées sur le *Seawind*, mais on en a trouvé une différente sur le robinet de la cuisine.

– Et c'est tout ? s'étonna Matt.

– Oui. À croire que quelqu'un a pris soin de tout faire disparaître. » Il fixa sur Matt un regard plein de sous-entendus : pourquoi se donner le mal de nettoyer sinon pour cacher quelque chose ?

« Je ne suis pas d'accord avec votre requête. Même si c'étaient ses empreintes, ça prouverait simplement qu'elle est allée chez lui récemment.

– Elle prétend n'y avoir jamais mis les pieds. Je peux l'accuser de coups et blessures sur la personne de Jake et en profiter pour les lui prendre, mais je préférerais qu'elle s'y prête de son plein gré. »

Voyant qu'elle n'avait pas le choix, Matt alla expliquer à Ella que Baxter avait les moyens de faire prélever ses empreintes qu'elle le veuille ou non, même s'il n'était pas sûr qu'il arrive à cette extrémité.

« Bon, d'accord », dit-elle, et Matt se sentit soulagé. Question de principe mise à part, sa bonne volonté prouvait qu'elle avait la conscience tranquille. L'opération prit quelques minutes.

« Soyez gentil de me prévenir s'il y a du nouveau et si vous souhaitez parler à Ella, d'accord ? dit Matt lorsque Baxter les raccompagna.

– Vous serez prévenu », dit Baxter.

Matt raccompagna Ella à son pick-up. Ils marchaient en silence, et Matt sentait un abîme entre eux.

« L'affaire en reste là ? demanda Ella une fois arrivée à son véhicule.

– Tant qu'il n'y a pas d'autres preuves, oui.

– Des preuves ?

– Un corps. C'est pour ça qu'il a voulu voir votre fusil. Au cas où on retrouverait Bryan avec une balle dans le corps. »

Ella détourna les yeux en relevant ses cheveux sur son front. Matt aperçut son bleu, qui avait bien désenflé. Son explication, une chute, et la manière dont elle avait changé de sujet quand il s'en était inquiété, le soir de la réunion, lui revinrent à l'esprit. Il eut un choc. Suivant son regard, elle faillit porter une main à sa blessure, mais arrêta son geste.

« Bien, merci. Vous me direz combien je vous dois ? »

Ils se serrèrent la main avec distance. « Rien du tout. Je n'ai quasiment rien fait. Attendons la suite. »

Elle le fixa, le visage impénétrable.

« Pendant que vous parliez à Baxter, je me disais que nous avons peut-être tort... nous ferions mieux de nous en tenir là. »

Matt mit quelques secondes à comprendre. « Vous ne voulez pas de mes services ?

– Je pense que c'est mieux ainsi. Mais je tiens à vous remercier pour le soutien que vous m'avez apporté. »

Sans lui laisser le temps de répondre, elle monta en voiture. Il claqua sa portière et recula, puis elle s'éloigna sans même le regarder.

En rentrant chez lui un peu plus tard, Matt vit qu'Henry avait fini de monter la structure et commençait à remplir les panneaux. Il alla le rejoindre sur son perron et ils dégustèrent une bière dans la moiteur silencieuse. Matt laissa son regard vagabonder au-dessus des bois, vers la partie sud de la ville qui sommeillait comme une belle endormie dans la demi-obscurité. L'océan brillait d'éclats d'or dans le couchant, des maisons en bois ponctuaient de leurs taches blanches le vert des frondaisons, et un clocher d'église mettait le point d'orgue à ce tableau que ne troublaient ni un gratte-ciel de verre, ni le roulement ininterrompu des voitures et des camions.

« Qu'est-ce qui te tracasse, Matt ?

– Je réfléchis.

– Tu penses à Ella ?

– Oui. » Et il lui expliqua les événements de la journée.

« Tu crois pas qu'elle a buté ce gars, hein ? Elle te l'a dit en face, d'ailleurs.

– Je ne la crois pas coupable, non, fit Matt, bien que toujours convaincu qu'elle lui avait menti sur ses activités de la nuit de lundi à mardi.

– Tu le lui as dit ?

– Je ne suis pas sûr qu'elle m'ait cru. » Il reconnut intérieurement qu'il était très secoué par les révélations de ces derniers jours, qui lui avaient montré une Ella si différente de ce qu'il imaginait. « Tu sais, Henry, Ella refuse de me dire ce qu'elle faisait dans la crique, et moi qui ai l'habitude d'entendre des témoignages, je suis sûr qu'elle ne pêchait pas.

– Elle doit avoir ses raisons. »

Matt pensa à son frère mort parce qu'un fêlé avait braqué un fusil sur lui. Il savait qu'Ella n'avait pas forcément bon caractère, et elle venait de prouver qu'elle pouvait être violente. Il voulait bien admettre qu'elle avait ses raisons, mais lesquelles ?

DEUXIÈME PARTIE

11.

Leur quête de nourriture avait amené les orques à traverser le golfe. Elles suivaient un courant froid qui les déportait au sud-ouest, et se nourrissaient, au hasard de leurs rencontres, de maquereaux, de merlus et autres poissons. Deux jeunes mâles se poursuivaient en jouant, croisant dans un sens puis dans l'autre la trajectoire du groupe, sautant dans les vagues et atterrissant un peu n'importe où.

Le soir venu, le mâle dominant pensait déjà au prochain repas. Il guida le groupe vers les rivages qu'il connaissait des saisons précédentes. De temps en temps, les orques repéraient le bruit de baleines à bosse qui se nourrissaient jusqu'à cent soixante mètres de profondeur et, une ou deux fois, elles passèrent tout près de petits rorquals qui s'enfuirent à toute allure en les entendant.

Depuis quelques jours, la nourriture se faisait un peu irrégulière, mais la quantité de fretin semblait augmenter, et avec elle le nombre de ses prédateurs. Pourtant, le mâle dominant cherchait quelque chose de bien particulier. Il y avait de plus en plus de thons comme ceux que les orques avaient acculés dans la crique la semaine précédente, et il espérait bientôt voir arriver l'espèce géante. Certains spécimens mesuraient près de quatre mètres de long et pesaient jusqu'à quinze cents livres ; ils étaient trop rapides et agiles en eaux profondes mais, plus près des côtes, les orques avaient de meilleures chances de les attraper par surprise.

Chaque année, les thons rouges, dont les géants, migraient du Mexique en suivant les courants côtiers chauds où ils trouvaient leur nourriture. Dernièrement, le temps s'était réchauffé, au détriment de la vie marine. Ajouté à l'activité de tous les bateaux qui sillonnaient le golfe, ce phénomène avait quasiment vidé la mer de ses ressources et éloigné des côtes les thons rouges, donc les orques, ainsi que les baleines qui se nourrissaient d'anguilles de sable et de harengs. Mais cette année, un nouveau refroidissement du golfe avait provoqué dans les eaux superficielles bien oxygénées une explosion de vie trop tentante pour les prédateurs voraces tels que le thon géant.

Ce soir-là, les orques se rapprochèrent d'un point, à plusieurs nautiques de la côte de Saint George, où un large haut-fond remontait à une cinquantaine de mètres sous la surface. Le mâle dominant et la doyenne des femelles s'étaient détachés du groupe avec un autre mâle, et nageaient en avant. La femelle repéra la première des prédateurs puissants et rapides lancés à la poursuite de leurs proies. Elle analysa les ondes captées et en conclut qu'un vaste banc de thons géants chassait environ un nautique en avant d'elle, selon une trajectoire parallèle à la sienne. Les trois orques rejoignirent aussitôt le groupe.

Le mâle avait aussi remarqué le bruit d'un navire convergeant par le nord, moteurs à plein régime.

Cinquante-deux pieds, coque en acier, le *Seawind* avait été construit au début des années quatre-vingt à Portland. Conçu à l'origine comme chalutier, il était logiquement équipé pour accueillir des filets. Cependant, la méthode préférée de Jake était la pêche à la palangre, même s'il ne dédaignait pas de pêcher le homard en pleine saison. La timonerie était à l'avant, perchée au-dessus du gaillard où l'équipage se tassait dans les cabines et la minuscule cuisine. À l'arrière, le long pont bien dégagé permettait de travailler à l'aise. La poupe était pourvue d'un portique et de daviers, et la palangre passait par-dessus en partant d'un treuil qui occupait le centre du navire. Après avoir acheté le bateau, Jake et Bryan lui avaient apporté des améliorations, l'équipant de deux moteurs diesel neufs qui lui donnaient la puissance d'un hors-bord. Ils avaient aussi ajouté un long beaupré muni d'une petite plate-forme, où un homme pouvait se tenir debout armé d'un harpon. C'était utile à certaines saisons, quand on chassait l'espadon.

Jake surveillait son équipage depuis la timonerie. Il avait travaillé de longues années sur le pont, attachant sur la palangre, à mesure qu'on la déroulait par-dessus la poupe, les lignes qui portaient les hameçons appâtés. Il avait hissé les prises à bord par tous les temps, glacé et trempé jusqu'aux os par les embruns quand la proue plongeait dans de grands creux de houle. Sur un bateau où le gaillard était à l'avant et le pont à l'arrière, ce n'était pas catastrophique car la structure faisait paravent, mais on respirait la puanteur graisseuse du diesel ; de toute manière, protection ou pas, par gros temps c'était aussi pénible que sur n'importe quel bateau. Sitôt sortis, les poissons étaient décrochés des hameçons et entassés sur le pont, puis vidés et jetés à fond de cale, les lignes soigneusement enroulées dans des caisses, prêtes à être réutilisées.

En bas, sur le pont, l'équipage avait ramené la palangre et nettoyait le poisson, des bars d'Amérique pour la plupart, mais aussi quelques petites lamies et un thon rouge de temps en temps. Beaucoup de hameçons étaient remontés nus. La pêche n'était pas miraculeuse, loin de là. Jake amorça un demi-tour en hésitant sur le cap à prendre pour faire une autre tentative. Il jeta un coup d'œil au sondeur, et vérifia la température de la mer. Apparemment, les eaux environnantes n'étaient pas poissonneuses. Il envisagea d'aller au large chercher la ligne de rencontre entre le Gulf Stream et les eaux côtières plus froides. Comme quasiment tous les pêcheurs de Sanctuary, il vivait une existence financièrement précaire. Un emprunt important courait sur le *Seawind*, et quand il avait payé l'équipage et couvert ses dépenses, il ne lui restait jamais de quoi faire des folies.

Calder Penman, qui remplaçait Bryan comme second,

monta rejoindre Jake dans la timonerie. Sous un ciel pâle voilé de cirrus, le *Seawind* filait sans peine huit ou neuf nœuds sur une mer qui chatoyait de bleus, de verts et de turquoise profond.

Les yeux sur la masse mouvante de l'océan, Jake se mit à penser à Bryan et sa main se crispa sur le gouvernail. Il était sûr que son frère gisait au fond de la fosse, là où Johnson avait aperçu Ella l'autre nuit. Et elle, elle continuait sa petite vie tranquille grâce à son grand monsieur d'avocat.

Il toucha son pansement. Ah, s'ils avaient été seuls, l'autre jour, il lui aurait réglé son compte à cette garce. C'était sans doute la seule manière d'obtenir justice pour Bryan, puisque Baxter ne faisait pas le poids en face d'un gars de la ville comme Matt Jones.

« Salope, murmura-t-il.

– Qui ça ? s'étonna Penman.

– Ella, tiens ! Comment t'expliques que Baxter l'ait pas encore arrêtée ?

– Pour ça il faut des preuves.

– Ah oui ? Carl a tout vu. Ça leur suffit pas, nom de Dieu ? »

Penman eut la sagesse de ne pas répondre.

Juste à ce moment-là, un membre de l'équipage poussa un cri en pointant l'index, à tribord, vers un vol de fous de Bassan qui tournoyaient au-dessus de l'eau. De temps en temps, l'un d'eux plaquait ses ailes sur son corps et piquait telle une flèche. Jake prit ses jumelles.

« Qu'est-ce que tu vois ? » demanda Penman.

Jake ne répondit pas tout de suite. Les fous avaient trouvé du poisson à la surface, mais quelle espèce et de quelle taille, il n'aurait su le dire. Souvent, le menu fretin était rabattu vers la surface par des dauphins ou d'autres prédateurs, ce qui pouvait être une aubaine pour les pêcheurs. Tout à coup, un éclair bleu argenté jaillit hors de l'eau, frappé par les rayons du couchant dans une explosion de lumière.

« Bon Dieu ! » Jake lâcha ses jumelles, remit les gaz et tourna le gouvernail à toute vitesse. Les moteurs rugirent ; un instant, le bateau sembla être en suspension sur l'eau, puis les hélices mordirent et il fit un bond en avant en arrachant une gerbe d'écume. « Des thons rouges. Ces putains de thons géants ! »

Penman se précipita au bastingage. En trente ans de pêche dans le golfe, il en avait rarement vu. Il était tout excité. « Merde ! C'est quelque chose, tout de même ! »

Avec leurs trois bons mètres de long, les thons rouges devaient peser au moins mille livres. Ils chassaient en se déplaçant à sept ou huit nœuds, et en bondissant de temps en temps hors de l'eau.

« T'en vois combien ? » lui cria Jake.

Penman compta pendant qu'ils se rapprochaient. « Une trentaine. Quarante, peut-être.

– Gréez les harpons. »

Penman descendit l'échelle à toute allure et courut crier ses instructions. Jake se rapprochait des thons sans les perdre de vue. De toute sa vie de pêcheur, il n'avait jamais vu un banc de cette taille. Autrefois ils abondaient, mais seuls les amateurs de pêche sportive s'intéressaient à eux car ils n'avaient aucune valeur marchande. Si l'usine de conditionnement en proposait dix cents la livre, c'était un maximum. Aujourd'hui, en revanche, ils étaient très demandés sur le marché du sushi. Un poisson en bon état et bien préparé, chair impeccable, ni trop maigre ni trop gras, pouvait aller chercher entre vingt et quarante dollars la livre. En multipliant par mille, cela donnait une idée de ce pouvait rapporter un seul poisson. On les acheminait par avion dans la nuit jusqu'au Japon, où ils étaient fort appréciés. L'occasion d'en attraper risquait de ne plus jamais se représenter.

Sur le pont, l'équipage au complet s'attelait aux préparatifs, gagné par la frénésie. En complément d'un salaire de base assez maigre, les hommes étaient payés à la commission sur les prises ; un géant représentait des centaines, voire des milliers de dollars par personne. Ils s'agglutinèrent au bastingage. Soudain, un cri fusa.

Jake suivit des yeux le doigt pointé. Un groupe d'orques

approchait du sud-ouest, selon une trajectoire qui les menait droit sur les thons. Elles allaient vite, exposant leurs grands corps noir et blanc dans les creux des vagues.

Jake en compta au moins huit. Sa mine s'assombrit.

« Les salopards », dit-il entre ses dents.

Tout proche, un énorme thon, gras et dodu comme une torpille, la tête profilée comme une balle, le dos bleu nuit et le ventre argenté, jaillit hors des flots. Jake en aperçut plusieurs autres qui filaient sous la surface. Ayant repéré sa cible, il vira de quelques degrés, un œil toujours sur les orques.

Le vieil épaulard avait reconnu le bruit des moteurs du *Seawind*, une embarcation qu'il avait déjà eu l'occasion de mémoriser comme dangereuse.

Le groupe avançait en silence pour ne pas alerter les thons tant qu'ils ne seraient pas prêts à attaquer. Le chuintement des corps puissants qui fendaient l'eau se fit plus fort, et le mâle perçut les battements des cœurs et des queues musclées. Soudain, un thon fusa vers la surface derrière un bar de dix livres. L'épaulard réagit aussitôt ; il fit demi-tour, l'intercepta dans les airs et lui trancha la queue. Ils s'écrasèrent ensemble dans les flots, où une flaque de sang s'élargissait déjà. L'orque laissa couler le géant blessé et continua, rejointe par ses congénères dans un combat impitoyable et sanglant. Elles travaillaient par paires, l'une plongeant, l'autre attaquant à la surface. En une minute, elles avaient fait sombrer une demi-douzaine de géants en leur sectionnant la nageoire caudale ; elles iraient les rechercher plus tard. La priorité était d'en tuer ou d'en amputer le plus grand nombre avant que le banc ne se disperse. Déjà, plusieurs avaient fui, gagnant une vitesse époustouflante grâce à leur queue puissante. C'est au milieu de cette mêlée que le *Seawind* surgit, Penman sur le beaupré, harpon brandi, prêt à frapper.

Une orque plongea pour couper la retraite à un thon. Celui-ci remonta en flèche, émergeant à quelques mètres de la coque du *Seawind*. Elle le pourchassa, comprenant un peu tard les signaux que lui envoyait le mâle.

Au premier lancer, Penman manqua sa cible : le thon avait changé brutalement de direction pour échapper à son prédateur, mais s'était fait attraper par un autre. Depuis la timonerie, Jake regarda ses vingt mille dollars s'évanouir en une seconde. Il jeta un coup d'œil à son casier à fusil, mais il ne pouvait pas l'attraper sans lâcher le gouvernail, et Penman lui faisait signe qu'il avait une autre cible.

« Merde ! »

Il changea encore de cap. À cinquante mètres à bâbord, une orque bondit, exposant son ventre blanc neige, et retomba dans un nuage rosé. Un thon se débattait dans sa bouche. Tout d'un coup, ce fut le carnage ; Jake observa le massacre en grinçant des dents. Les géants ne pensaient plus qu'à fuir ; dans quelques secondes, il n'y en aurait plus un seul.

En bas, Penman visait de nouveau. Un thon bondit, il lança, mais le poisson se tordit sur lui-même en plein saut ; le harpon le manqua de peu et alla se ficher dans la nageoire d'une orque. Penman voulut prendre son couteau pour couper la ligne.

« Laisse ! » lui cria Jake.

La ligne se tendit : retenue par l'inertie du bateau, l'orque se débattait pour ne pas se noyer, mais Jake savait qu'à la vitesse où allait le *Seawind*, elle se fatiguerait vite. Il attendrait que les thons se soient dispersés et, alors, il lui tirerait une balle dans la tête et couperait la ligne du harpon. Mais la blessure saignait abondamment ; bientôt, les requins seraient attirés. Comme l'orque serait incapable de se défendre, Jake calcula qu'avec un peu de chance, il ferait l'économie d'une balle.

Sur le pont, un cri retentit : un homme avait harponné un thon de près de trois mètres.

Le vieil épaulard entendit le cri de détresse de la femelle ; tout en nageant vers elle, il sentit le goût de son sang qui se répandait dans l'eau. Il resta à une trentaine de mètres du bateau pendant que les hommes s'affairaient, lentement, péniblement, à hisser à bord le thon qui cherchait encore à leur échapper par le fond en tirant sur ses quarante mètres de ligne, mais qui perdait inexorablement du terrain. Quant aux autres, ils s'étaient dispersés dans toutes les directions.

Le mâle dominant intima l'ordre de rester à l'écart au reste du groupe, qui avait cessé l'attaque pour venir s'occuper de la blessée. Il plongea à sept mètres sous la surface et alla se frotter contre la femelle, qu'il tenta de réconforter par une série de *clic* et de petits couinements. Le harpon solidement fiché dans sa nageoire dorsale, elle était désormais reliée au bateau par la ligne tendue. Subitement, le bruit du moteur s'apaisa, les hélices ralentirent. Le mâle vit un homme sortir à l'avant du bateau ; il tenait quelque chose au creux de son bras.

Tout en s'approchant du bastingage, Jake chargea son fusil.

« Y en a deux ! » lui cria Penman, doigt pointé.

Jake reconnut l'orque à la double encoche de sa nageoire. Il connaissait ce groupe, il savait qu'il tenait le mâle dominant.

Un large sourire lui fendit le visage : « Alors, tu viens aux nouvelles ? Parfait. Ça m'en fera deux pour le prix d'un. »

Il actionna la culasse et épaula. Le mâle plongea, mais Jake le laissa faire. En attendant qu'il refasse surface, il s'occuperait de l'animal harponné. Quand il eut trouvé la nageoire dans sa lunette, il promena son fusil vers la tête et visa un point juste au-dessus de l'œil. Il cala bien la crosse au creux de son épaule, et son doigt se resserra lentement sur la détente.

Soudain, la surface de l'eau explosa ; une forme immense emplit sa lunette. Il y eut un bruit de gifle monumentale, et il mit une seconde pour comprendre ce que c'était. Il jura, rectifia sa visée, et fit feu.

Le mâle descendit à trente-cinq mètres puis leva la tête pour regarder vers la surface. Le cœur de la femelle battait comme un fou. Il lui envoya des signaux réconfortants, puis, en quelques coups de queue, il creva la surface à une vitesse étonnante, saisit la ligne du harpon entre ses dents coniques, la mordit de toutes ses forces. Elle cassa avec un bruit sec, et il retomba dans les flots. La femelle plongea aussitôt ; il y eut des coups de feu et, tout autour d'eux, de fines flèches grises fendirent l'eau.

Ils rejoignirent le groupe. Une fois hors de danger, le mâle s'arrêta pour inspecter la blessure. Il saisit le harpon entre ses dents, par sa pointe, puis le tira sur toute sa longueur, ainsi que le bout de ligne, à travers le trou. Le sang jaillit mais il coagulerait bientôt, et la blessure cicatriserait. Reconnaissante, la femelle se frotta contre lui. Tous les épaulards vinrent l'accueillir, établissant tour à tour avec elle des contacts physiques qui resserraient les liens du clan.

Ensuite, ils allèrent récupérer tous les thons qu'ils avaient tués ; ils se les partagèrent et se délectèrent de leur chair succulente et ferme. Quand ils eurent terminé, le vieux mâle retourna vers le *Seawind.*

Jake jura en voyant les orques lui échapper, mais, occupé par le thon qu'on ramenait vers le bateau, il ne se lança pas à leur poursuite. Il alla assister au treuillage. Le poisson se dépréciant rapidement en fonction de son état, il était important de ne pas le laisser se débattre car sinon la température spinale montait et la chair commençait à se gâter de l'intérieur. Plus vite il serait tué et préparé, plus il aurait de valeur. Le géant était maintenant à la surface, à quelques mètres seulement du bateau. Deux hommes l'attendaient, armés de gaffes et de cordes. Jake émit un sifflement. Sans ces saloperies d'orques, il en aurait sans doute pris un deuxième, peut-être même trois ou quatre, mais il calcula qu'à lui seul celui-ci lui rapporterait dans les quinze mille dollars minimum. Voire plus, beaucoup plus.

« Remontez-le sans à-coups, dit-il. C'est votre prime que vous tenez là, les gars. »

Le thon était magnifique avec ses lignes profilées, sa peau lisse et brillante creusée d'une sorte de logement pour accueillir la nageoire pectorale et la première nageoire dorsale, ses carènes latérales qui renforçaient la queue et facilitaient l'écoulement de l'eau. L'équipage l'amenait le long du bord, et s'apprêtait à lui passer des cordes autour de la tête et de la queue pour le hisser grâce au treuil. Jake se pencha par-dessus le bastingage et jeta un coup d'œil en bas.

« Attention avec la corde, merde ! » grogna-t-il à l'attention du type à côté de lui.

Quelque chose dans l'eau attira son attention. Aveuglé par le soleil, il plissa les paupières en se demandant s'il rêvait ou s'il y avait bien une silhouette sombre, un peu plus loin. Tout d'un coup, une immense forme noir et blanc creva la mer au milieu d'une gerbe d'eau. Les hommes reculèrent en hurlant de terreur ; mâchoires grandes ouvertes sur ses rangs de dents mortelles capables de couper un homme en deux, l'orque se ruait sur eux. Elle saisit le thon d'un coup de gueule et disparut. Une seconde plus tard, la corde mollissait.

Cela s'était fait en un clin d'œil. La surface de l'eau se referma doucement, et tout redevint calme ; seuls les cœurs des marins tambourinaient.

Trop éberlué pour parler, Jake écarquillait des yeux incrédules. Puis il poussa un hurlement de rage, un cri d'animal en furie. Les hommes d'équipage échangèrent avec Penman des regards en coin pleins de nervosité.

12.

Quand Matt entra à la cafétéria, le matin de bonne heure, il n'y avait qu'un seul client attablé devant un café et une assiette de crêpes au bacon, qui lisait un livre en prenant des notes. Avec son T-shirt publicitaire, ses lunettes rondes et sa barbiche, il avait l'air d'un touriste, ou encore d'un prof de fac en vacances. Matt choisit une table près de la fenêtre ; Sally Brewster, la barmaid, lui apporta sa commande et se glissa sur la banquette en face de lui en sortant de sa poche un paquet de cigarettes mentholées.

« Ça ne vous dérange pas ? C'est l'heure de la pause.

– Je vous en prie. » Il était content d'avoir de la compagnie. La petite trentaine, divorcée, Sally était une jolie femme d'abord facile.

« Alors, Matt, vous allez vous décider à m'inviter, un de ces soirs ? lui demanda-t-elle à travers la fumée de sa cigarette.

– Ici, je ne connais pas d'endroit assez bien pour une femme comme vous, sinon je vous aurais fait signe. »

Elle pencha la tête de côté. « Vrai ?

– Bien sûr. »

Elle soupira. « Menteur... comme tous les hommes. Mais c'est gentil tout de même. Tenez, j'aimerais bien voir où vous habitez... savoir comment vous vivez, tout seul là-haut.

– Je ne suis pas seul. J'ai Henry. »

Elle se pencha en avant, comprimant ses seins sur le bord de la table. « Comparé à moi, je suis sûre que le vieux Henry ne fera pas le poids », dit-elle avec un clin d'œil.

Il lui fit un sourire et avala une gorgée de café. Vu qu'elle flirtait avec la moitié de ses clients, sans doute pour atténuer la monotonie de ses journées, il ne savait jamais s'il fallait prendre Sally au sérieux.

« Alors, Matt, ça vous plaît la petite vie tranquille ? demanda-t-elle avec une pointe d'ironie. Je parie qu'en venant vous installer ici, vous ne vous attendiez pas à vous trouver plongé dans une histoire de meurtre.

– Un meurtre ? Je ne suis pas au courant.

– Alors c'est que vous êtes sourd. Moi, je n'entends plus parler que de ça. » Elle sortit de sa poche un papier qu'elle déplia et lissa du plat de la main. C'était une affiche d'Ella. À côté de « Votez pour Ella Young », quelqu'un avait remplacé « et préservez votre île » par « sinon elle vous tuera ».

« Bon sang, jusqu'où iront-ils ?

– Disons que ce que Carl Johnson a vu l'autre nuit fait couler de la salive. »

Matt regardait fixement l'affiche. Derrière la plaisanterie de mauvais goût, il y avait une véritable intention de nuire. « Dites-moi, Sally, vous devez bien connaître Bryan. Quel genre d'homme est-ce ? » lui demanda-t-il en veillant à utiliser le temps présent.

Sally tira une bouffée de sa cigarette. « Oh, il était plutôt beau gosse, dit-elle, songeuse, en glissant sans s'en rendre compte vers l'imparfait. Mais il faut dire qu'ici, sauf exception – elle le regarda dans les yeux –, il n'était pas gêné par la concurrence. Il était comme la plupart des mecs, il n'y avait qu'une chose qui l'intéressait.

– Il pouvait être assez désagréable, à ce qu'il paraît. »

Sally haussa les sourcils. « C'est Ella qui vous a dit ça ? Ma foi, c'est vrai. Il pouvait se conduire comme un parfait salaud, doré sur tranche, croyez-moi. Mais en admettant qu'il soit mort, je ne vois vraiment pas pourquoi tout le monde accuse Ella. Parce que si elle avait voulu le tuer, il aurait fallu qu'elle prenne son tour ; croyez-moi, la file d'attente est plutôt longue.

– Vous parlez d'expérience ? »

Elle éteignit sa cigarette. « Franchement, ce n'est pas moi qu'on verra pleurer à son enterrement... je ne l'ai pas tué, remarquez. Mais tenez, voici quelqu'un qui pourra vous éclairer », ajouta-t-elle en désignant du menton le graffiti sur l'affiche et en se levant.

Howard Larson venait d'entrer. Apercevant Matt, il vint s'asseoir à la place de Sally. « Vous permettez, Matt ? Hé, Sally, un café ! »

Il suivit du regard sa jupe bien tendue sur ses formes. Puis il aperçut l'affiche sur la table, la prit et se mit à secouer la tête avec un sourire goguenard. Il s'arrêta subitement lorsqu'il remarqua l'expression de Matt.

« Quoi ? Allez ! Reconnaissez que c'est marrant.

– Je ne dois pas avoir le sens de l'humour. »

Howard eut un geste pour signifier que cela ne le choquait pas. « Écoutez, vous ne pouvez pas empêcher les gens de parler. Et ces coups-là, c'est la rançon de la politique. Je n'approuve pas, naturellement, mais quand on veut jouer avec le feu il faut être prêt à se brûler les ailes.

– Ça va tout de même au-delà des risques de la politique, non ?

– Oui, oui, bon. » Soudain pressé de changer de sujet, il replia l'affiche et la poussa vers le bord de la table. « Vous comprenez, ce n'est pas parce que je me présente contre Ella que je ne l'apprécie pas. Mais je ne vais pas faire croire que j'ai le cœur brisé alors que l'avantage tourne en ma faveur. Les emmerdes, ça fait partie de la vie. Et je préfère qu'elles arrivent à elle plutôt qu'à moi. Ce port de plaisance, j'y crois pour le bien de l'île. Ce sera le premier pas vers notre développement économique.

– C'est fou ce que vous avez bon cœur. Je suppose que vous ignoriez tout de cette histoire d'affiche qui arrange si bien vos affaires ?

– Hé, vous croyez que j'ai besoin de ça pour gagner ? Ella a encore des partisans, mais de moins en moins ; vous verrez, un jour, tout le monde me remerciera. Parce que vous savez, cette bande de têtes de nœud, ils sont incapables de voir où est leur intérêt. Et mon projet, c'est encore ce qui peut leur arriver de mieux : ça veut dire du tourisme, des constructions, des activités économiques. Les choses vont changer, et la plupart des gens en sont conscients. Ça m'étonne que, vous-même, vous y soyez insensible. C'est bien joli la nostalgie du passé, mais les gens, faut qu'ils bouffent. Vous savez combien ont quitté l'île l'an dernier parce qu'ils ne trouvaient pas de boulot ? Un paquet, croyez-moi. »

Il avala d'un trait le café que Sally venait de poser devant lui, en promenant ses yeux baladeurs sur son décolleté.

« Moi, j'essaie de rendre la vie plus facile sur cette petite île de merde. Ici, la moitié des gens vivent à l'écart du monde. Il nous faut des gens comme vous, qui ne font pas dans leur froc dès qu'on veut toucher à quelque chose. » Il marqua une pause, puis poursuivit d'un ton finaud : « N'oubliez pas ce que je vous ai dit l'autre soir. Il va y avoir des tas d'opportunités. Venez donc à mon bureau, on regardera les plans, on parlera. Notre monde a besoin de leaders, de visionnaires, pour ouvrir les yeux des autres. »

Matt termina son café. « Howard, vous savez quelle est la différence entre Ella et vous ? Elle, elle est ici chez elle. Vous prétendez vouloir le bonheur d'autrui, mais en réalité vous voulez faire du fric avec vos terrains. Je parie que moins d'un an après l'opération, vous aurez quitté cette petite île de merde, comme vous dites, pour un endroit qui conviendra mieux à vos goûts. »

Il se leva. La compagnie d'Howard lui était devenue insupportable. Quand il l'avait vu se réjouir des soupçons qui pesaient sur Ella, il avait eu envie de lui faire avaler l'affiche. Il aurait parié tout ce qu'il avait en banque, même si cela ne représentait pas grand-chose, qu'il n'était pas étranger à l'apparition subite de ces saletés.

Le sourire d'Howard s'estompa. « Vous savez quelle est l'autre différence entre Ella et moi ? Moi, je n'ai tué personne. »

Matt ne répondit pas. Comme il allait sortir, Howard lui cria : « N'allez pas dire que je ne vous ai pas donné une chance. Vous ne valez pas mieux que cette bande de ploucs. De toute manière, Ella est fichue, maintenant. Vous croyez que les gens vont avoir envie de voter pour elle ? Réfléchissez un peu. »

Lorsqu'il sortit, Matt adressa un signe de tête à l'homme au T-shirt, qui leva sur lui des yeux perplexes.

La route traversait une corniche, puis plongeait à travers bois, le long d'une crique aux eaux sombres et lisses comme du verre dans lesquelles se reflétait la forêt de sapins, d'érables et de chênes.

La maison de Bryan se cachait au milieu des arbres. Au large de l'entrée de Stillwater Cove, une trace d'écume blanche signalait la présence du récif. Matt sentit un nœud glacé durcir au creux de son estomac. Combien de bateaux s'étaient échoués là, combien de gens s'étaient noyés... Les courants marins et sous-marins étaient traîtres, surtout par gros temps. Même les pêcheurs, qui les connaissaient, s'en méfiaient. Et lui-même était bien placé pour savoir à quel point la crique pouvait devenir dangereuse. Les eaux maintenant tranquilles et pittoresques étaient d'un calme perfide ; il les imagina grises et écumantes, fouettées par les vents, s'écrasant lourdement sur les rochers. Il imagina un homme tombé à la mer, coulant, perdant ses forces, peu à peu gagné par l'inertie.

Il dépassa le virage qui menait à la pointe, là où la forêt abritait les grandes villas des estivants. Il cherchait le chemin qui bifurquait vers le rivage. Il le trouva, et déboucha bientôt dans une clairière où se dressait une maison en bois avec une véranda fermée d'une moustiquaire. Il remarqua un garage et une petite grange attenants. Matt coupa le moteur et se laissa gagner par l'absolue tranquillité de la scène.

Dans un silence que rompait le seul chant des oiseaux, une lumière dorée dardait sur la clairière ses rayons obliques. La peinture blanche de la maison était un peu défraîchie. Le toit d'ardoise avait été réparé par endroits et une fenêtre remplacée sur la façade. Peut-être, se dit Matt, était-ce le plaisir non dissimulé d'Howard à voir la ville montée contre Ella qui l'avait amené ici. Peut-être avait-il commencé à s'inquiéter de Bryan parce qu'il ne voulait pas voir Howard emporter la mairie. Ou encore, peut-être agissait-il dans son propre intérêt, car il était clair que tant que la situation ne serait pas élucidée, un gouffre le séparerait d'Ella. Malgré ses protestations d'innocence, qu'il était prêt à croire, elle lui taisait visiblement des choses. En théorie, il s'estimait capable de l'accepter différente de ce qu'il avait imaginé, de s'habituer à l'image d'elle pointant un fusil sur un homme ; mais cette disparition inexpliquée restait un obstacle sur lequel il butait. Et sur lequel elle butait aussi, il le sentait, mais sans savoir pourquoi. S'il le savait, sans doute aurait-il la clé de l'énigme.

Bref, quelle que soit sa motivation, il fallait qu'il découvre ce qui était arrivé à Bryan Roderick.

Il fit le tour de la maison, mais ne releva aucun indice. À l'autre bout de la clairière, un sentier partait à travers bois et débouchait cinquante mètres plus loin sur une petite plage de sable qui ourlait la baie. Au sud, les arbres descendaient presque dans l'eau, et le sable cédait la place aux rochers. Le sol montait en pente douce vers les maisons dont Matt apercevait les toits ici et là. De l'autre côté, environ un kilomètre au nord, la plage épousait le pied des falaises qui bordaient cette moitié de la crique, jusqu'à l'entrée où les vagues s'écrasaient sur les rochers. Un éclat brilla ; Matt mit sa main en visière et repéra un hors-bord au mouillage, un peu au large d'un gros rocher noir, mais il ne vit personne.

Au bord de l'eau, il y avait un ancien abri à bateau. La porte était entrouverte et Matt alla jeter un coup d'œil à l'intérieur. Il était vide. Il sentait le moisi, et, sur la paroi du fond, des rais de lumière s'infiltraient entre les espaces laissés par des planches manquantes. Une rampe descendait dans l'eau déjà profonde à en juger d'après sa couleur, et une petite jetée en bois s'avançait sur vingt mètres au-dessus des flots. Ni l'abri ni la jetée n'existaient dans son enfance.

Il hésita avant de s'engager sur le ponton. Il faisait chaud, il n'y avait pas un souffle d'air, mais une sueur froide perla sur son front et son cœur s'emballa. Le calme de l'eau lui parut trompeur. Il s'avança, testant les planches l'une après l'autre. En regardant par les interstices, il vit que le fond marin descendait presque à pic. Un peu plus loin, de grandes taches sombres suggéraient des profondeurs abyssales. Il essuya ses paumes moites sur son pantalon. Dans ses oreilles, un vacarme résonnait : il crut reconnaître les rires d'enfants de jadis. Il s'efforça de regarder loin devant lui, tout au bout de la jetée, suant de plus belle dès qu'une planche couinait, dès qu'un clou grinçait sous son poids. À un moment, il s'arrêta et baissa les yeux. Il ne voyait plus le fond. Son vertige fut tel qu'il faillit perdre l'équilibre. Il respira profondément en comptant jusqu'à trente, puis, arrêté par un trou de cinquante centimètres qu'il ne se sentit pas la force de franchir, il rebroussa chemin en faisant bien attention aux endroits où il posait les pieds.

Il resta un moment sur la plage à écouter le ressac de la mer qui polissait sans relâche les petits galets. Il s'accroupit et ramassa une poignée de cailloux doux et lisses. Il revit Paulie qui le tirait de l'eau, le visage ruisselant, les cheveux plaqués sur le crâne. Il se revit respirant à grands coups pour reprendre son souffle. Il se leva et jeta les cailloux dans l'eau.

De nouveau, un éclat brilla dans le soleil. Sur la plage, une silhouette se déplaçait à côté du gros rocher noir. Curieux, Matt s'avança, et s'aperçut que ce n'était pas un rocher. D'une forme et d'une texture trop douces, l'objet lui parut vaguement familier, même s'il fut incapable de mettre un nom dessus.

Il était encore à deux cents mètres lorsque la brise lui apporta une puanteur qui l'arrêta net. Une odeur de poisson, mais mêlée à une pestilence qui dérangeait fortement, comme une odeur de chairs en décomposition. Il hésita, et à ce moment un homme apparut, qui lui fit un signe amical en l'apercevant.

La chose était à moitié hors de l'eau ; elle n'était pas entièrement noire, mais marquée de taches claires. À cinquante mètres, Matt reconnut un animal marin. Vu sa taille, ce devait être une baleine.

L'homme s'avança vers lui en souriant, et Matt reconnut le client de la cafétéria.

« Bonjour. Ben Harper.

– Matt Jones », dit-il en serrant la main qu'il lui tendait.

D'un geste, il désigna l'animal. « Qu'est-ce que c'est ? »

Harper le regarda, enleva ses lunettes et les essuya soigneusement sur son T-shirt en plissant les paupières pour se protéger de la réverbération du soleil sur l'eau. « Ça, dit-il, c'est l'animal le plus magnifique qui existe sur terre, à mes yeux du moins. Celui-ci est mort. C'est une orque.

– Une baleine tueuse ? » Matt savait qu'il en venait de temps en temps dans le golfe, mais il n'en avait vu qu'à la télé. Il trouva celle-ci, grandeur nature, bien plus impressionnante avec ses nageoires, sa tête immense. « De quoi est-elle morte ? »

Juste à ce moment, un souffle d'air apporta un remugle de pourriture, et il eut un haut-le-cœur.

« On s'y habitue, dit Harper qui avait l'air parfaitement à l'aise.

– Ça ne vous fait rien, à vous ?

– Je suis biologiste marin à l'institut océanographique de Woods Hole. Des animaux morts, j'en vois tous les jours. En fait, je suis en vacances en ce moment, mais j'ai trouvé cette orque la semaine dernière et, depuis, j'essaie de répondre à la question que vous venez de me poser. À mon avis, elle est morte de pneumonie. »

Cédant à la curiosité, Matt surmonta son dégoût et s'approcha. Il vit un tas de matières grisâtres sur le sable et comprit ce que faisait Harper. À côté d'une salopette couverte de boue et d'un grand sac, gisaient des instruments chirurgicaux géants. Il avait fendu le ventre de la baleine de la tête à la queue et sorti ses intestins, ainsi que d'autres organes.

« Les poumons étaient pleins de mucus, précisa Harper sans se rendre compte que Matt avait verdi. C'est une femelle, assez âgée à en juger d'après ses dents. Soixante, soixante-dix ans. Elle a dû venir s'échouer ici pour mourir. » Il marqua une pause, puis sembla prendre tout à coup conscience de la présence de Matt. « Ça ne va pas ? Vous êtes tout blanc. »

Ils s'éloignèrent de quelques pas pour échapper à la puanteur. « J'ai oublié l'effet que ça fait quand on n'a pas l'habitude, dit Harper.

– Qu'est-ce que vous allez faire de votre trouvaille ? » demanda Matt lorsqu'il put parler. Il pensait à toutes les entrailles éparpillées sur la plage.

« Je vais prélever des échantillons, quelques dents, et laisser la nature s'occuper du reste. »

Déjà, les oiseaux marins qui tournoyaient dans le ciel en attendant leur chance s'étaient abattus sur la carcasse.

« Elle est d'une efficacité redoutable quand il s'agit de faire le nettoyage. Dans un mois, il ne restera plus que les os. C'est pas normal, tout de même, ajouta-t-il pensivement.

– Qu'est-ce qui n'est pas normal ?

– De trouver une orque comme ça. D'habitude, elles meurent en mer, et coulent par le fond.

– Mais celle-ci est venue s'échouer, vous m'avez dit ?

– Oui. Mais ce n'est pas dans leurs habitudes. Je ne sais pas ce qu'elle était venue faire dans cette crique. Les orques voyagent en groupe d'une douzaine d'animaux. Je les ai étudiées au large de Terre-Neuve et aussi sur la côte Ouest, dans les eaux de Vancouver Island. Par ici, on n'en voit pas tellement, même s'il arrive qu'on en aperçoive au large du Cap Cod. Celle-ci a pu se perdre, ou perdre son sens de l'orientation parce qu'elle était malade.

– Excusez-moi, mais... vous m'avez dit avoir trouvé cette baleine il y a combien de temps ?

– Cette orque, le corrigea Harper. Au sens strict, ce ne sont pas des baleines. Elles appartiennent à la famille des dauphins. » Il réfléchit, puis : « C'était mardi. J'étais venu de bonne heure pour pêcher.

– Vous n'avez vu personne ? Un homme ? » Il lui donna une description de Bryan aussi fidèle que le lui permettait sa mémoire.

« Non, désolé.

– Vous étiez loin, dit Matt en haussant les épaules.
– Mais j'ai vu une femme, si ça peut vous être utile.
– Une femme ? Ici ?
– À peu près là où est la jetée, là-bas. C'est important ?
– Peut-être. Quelle heure ?
– Un peu après six heures. Il y avait du brouillard et j'avais mouillé l'ancre un peu plus loin, à environ cinquante mètres de la plage. Je ne m'attendais vraiment pas à rencontrer quelqu'un. J'ai même sursauté en la voyant déboucher du sentier sur la plage. Elle ne devait pas savoir que j'étais là, à cause du brouillard. C'était assez étrange, vous savez, cette atmosphère cotonneuse, cette tranquillité totale, et tout d'un coup cette femme, là.
– Où est-elle allée, ensuite ?
– Au bout d'un moment elle a suivi la plage dans cette direction. » Du doigt, il désigna la pointe.
Presque à contrecœur, et l'estomac noué, Matt lui demanda : « Vous pourriez me la décrire ?
– Mince. Jolie. La trentaine.
– Blonde ? Brune ?
– Je ne sais pas. Elle avait un sweat à capuche, et un jean, je crois. »
Ce pouvait être Ella, se dit Matt. Mais ce pouvait être aussi bien n'importe qui. « Vous avez dit qu'elle était à pied. Vous n'avez pas vu de bateau ?
– Non.
– Le brouillard aurait pu vous le cacher ?
– Je ne crois pas. Et puis je l'aurais au moins entendu. Or je n'ai pas bougé jusqu'à ce que ça se lève, et il n'y avait pas de bateau.
– Cette femme… vous pourriez la reconnaître ? »
Harper réfléchit quelques secondes, puis il hocha la tête. « Oui, je crois que je la reconnaîtrais. »

13.

Howard habitait une maison construite soixante ans auparavant par son père dont le portrait veillait au-dessus de son bureau. Il l'avait accroché là pour ne jamais oublier que Larson senior avait voulu qu'il consacre sa vie à faire prospérer sa saloperie d'usine de conditionnement de poisson.

« On n'en serait pas là si tu m'avais écouté », dit-il en avalant une gorgée de bourbon, les yeux levés vers le mur. La porte était ouverte, et sa femme, qui passait devant, s'arrêta.

« Tu parles encore à ce tableau, Howard ? Ça va faire quinze ans qu'il est mort.

– Il est toujours sur mon dos, le vieux grigou, crois-moi. Qu'est-ce que tu paries que ça le fait rigoler de me voir plonger ? »

Ce jour-là, Howard avait reçu de mauvaises nouvelles de son comptable, qui l'avertissait qu'au train où son usine bouffait de l'argent il serait ruiné en moins d'un an. « Je lui avais dit de vendre il y a quinze ans. Il n'a jamais voulu. C'était pourtant facile de voir que la profession allait sombrer. J'avais raison. »

Angela entra dans la pièce. « Voyons, ce n'est pas pour ça que tu voulais vendre, lui dit-elle avec un sourire. Et tu le sais très bien. Tu ne t'es jamais plu ici.

– Ça t'étonne ? À quarante-sept ans, regarde-moi : je suis coincé dans cette ruine qui s'écroule de partout, je me fais un sang d'encre et je me crève la paillasse pour continuer de la faire marcher. Je te le dis, un beau matin tu vas te réveiller avec un cadavre dans ton lit.

– Arrête donc de t'en faire comme ça », murmura Angela d'un ton absent, en appliquant la paume de sa main sur sa joue. Ses yeux tombèrent sur les plans étalés sur le bureau.

« Viens voir, lui dit Howard, je vais te montrer où je vais construire le yacht-club. Et tiens, qu'est-ce que tu penses de ça ? » Il lui montra les dessins qu'il avait fait faire par un architecte : un supermarché avec son parking, et une station-service. « Tu sais où c'est ? C'est ce terrain où le vieux voulait planter une pinède. Et là, c'est le front de mer. Je l'ai découpé en vingt-cinq lots viabilisés de quatre cents ares. Le jour où je gagnerai la mairie, ils vaudront cent mille chacun. Et peut-être le double dans un an. »

Howard rayonnait, rêvant d'immeubles, de commerces, de contrats avec les promoteurs, de villas de luxe, de yachts et de hors-bord, il se voyait à la tête de son petit empire.

« Tu as raison, Angela, je n'ai jamais eu envie de vivre ici. La ville dépérit un peu plus chaque année, la pêche se casse la figure... je t'assure, sans moi, encore quelques années et ce sera une ville fantôme. Mais tu sais, une fois que ça commencera à bouger, en moins de deux ans ça attirera les investisseurs et ça démarrera pour de bon. On pourra faire construire sur la colline, au-dessus du port. J'ai déjà choisi le terrain. Le meilleur de l'île. On rencontrera des gens nouveaux, les membres du yacht-club. On ira leur rendre visite en hiver. »

Howard s'arrêta, gêné, et ramené à la réalité par le sourire d'Angela qui masquait un vague ennui mais où, surtout, il lut de la pitié.

« Merveilleux, dit-elle. Bon, je suis fatiguée, je vais me coucher. » Elle lui déposa un petit baiser sur la joue.

Howard lui posa brièvement une main sur la hanche. Au contact de son corps, à l'odeur de son parfum, sa chair se recroquevillait. Il se sentit tout d'un coup horripilé. Il savait qu'il y avait longtemps qu'elle le prenait pour un velléitaire.

« Bonne nuit, lui dit-il.

– Ne tarde pas.

– Non, non. »

Dans cinq minutes elle serait plongée dans le monde imaginaire d'un roman, et dans un quart d'heure elle éteindrait la lumière. Il attendrait qu'elle soit endormie pour aller la rejoindre. Il avait toujours pensé ne pas mériter cette fille de bonne famille élevée en Nouvelle-Angleterre, et il se demandait maintenant ce qu'elle pensait de lui et de leur vie après dix-huit ans de mariage, elle qui avait su conserver sa beauté alors qu'il avait grossi. Il ne se faisait pas d'illusions. En se regardant dans le miroir, il détestait ce qu'il était devenu, même s'il essayait de rejeter en partie la faute sur cette saloperie d'île.

Autrefois, il aurait pu passer pour un beau parti. Au moment de son mariage, la famille d'Angela connaissait des difficultés financières, et personne ne savait alors que les pêcheries étaient condamnées. Il pensait lui avoir toujours inspiré de l'affection, il se disait même qu'au début elle avait cru que cette affection finirait par se changer en amour. Mais maintenant que sa fortune et ses aspirations étaient parties en fumée, elle éprouvait pour lui un mélange d'amitié et de tendresse. Il ne l'émouvait pas, elle avait simplement pitié de lui.

Howard en avait pris conscience peu à peu, et tout à coup, il y avait un an de cela, la vérité lui avait éclaté en pleine figure. Depuis, il était incapable de lui faire l'amour. Elle qui avait toujours été réservée, collet monté, même, elle ne fit aucun commentaire sur ce changement. Elle semblait ne pas l'avoir remarqué. Ou alors, cela l'arrangeait tellement qu'elle ne voulait pas risquer de compromettre ce nouveau statu quo en abordant le sujet.

Quand elle quitta la pièce, Howard éprouva une familière absence de sensation à l'entrejambe. Il se consola en regardant ses plans. Si ce projet échouait, il était un homme fini. L'usine le mettrait en faillite et, moralement, il ne s'en relèverait pas. Jamais Angela ne serait fière de lui. Les dîners avec les riches propriétaires de villas, qui seraient aussi ses clients, les tête-à-tête sur la terrasse de leur nouvelle maison surplombant une ville qu'il aurait fait renaître, les soirées qui se termineraient dans l'intimité de leur chambre à coucher, il pourrait tirer un trait sur tout cela.

Howard se servit un deuxième bourbon et se mit à penser à Ella. Elle lui inspirait des sentiments mitigés. D'un certain côté, il l'admirait. Elle était séduisante. Plus que séduisante : époustouflante. Elle avait des couilles, il fallait le reconnaître. Il lui était même arrivé de rêver que, marié à une femme comme elle, il aurait eu une vie différente. Elle l'aurait encouragé, soutenu jusqu'au bout, pas comme Angela qui souriait sans conviction à ses idées. Il y avait de quoi se marrer, tout de même. Parce que, d'un autre côté, elle risquait de signer sa perte. Elle avait réussi à faire peur, avec ses histoires du vilain monde extérieur qui viendrait corrompre l'île si jamais le port se construisait. Il ne comprenait pas pourquoi les gens redoutaient tant une chose aussi inévitable que le progrès. En dépeignant les habitants de l'île comme des citoyens de deuxième zone transformés en larbins des riches envahisseurs, elle avait touché un point sensible. Elle avait dressé un tableau somme toute assez juste, mais qu'importe ? Un petit boulot c'était mieux que pas de boulot du tout.

Howard prit dans un tiroir des papiers attachés par un trombone. Sur chacun, il y avait deux colonnes de noms. Les partisans d'Ella, et les siens. Il avait fait lui-même son petit sondage. Certains noms avaient été barrés de la liste d'Ella et reportés sur la sienne. Les gens changeaient de cheval au milieu du gué, car Ella n'avait pas su s'attacher les loyautés. Elle touchait principalement les jeunes et les vieux, or les vieux n'appréciaient pas plus les femmes pêcheurs qu'ils n'aimaient le changement. Étant une enfant du pays, elle bénéficiait d'une certaine indulgence, mais avec tout ce qui se racontait, les gens commençaient à lui battre froid. Howard se félicita de sa petite astuce avec l'affiche, qui avait bien attisé la rumeur. Si on devait voter demain, il était sûr de gagner. Mais on était à dix jours du scrutin et en politique, même à Sanctuary, il pouvait se passer des tas de choses en dix jours. Les gens commenceraient à accorder le bénéfice du doute à sa rivale, et même à oublier Bryan. Avec tous ces *si* et ces *peut-être*, Howard n'avait pas vraiment les coudées franches. Et il avait beaucoup trop à perdre pour prendre aucun risque.

Il réfléchit un moment, puis il consulta sa montre et vida son verre d'un trait. En sortant de chez lui, il marqua un temps d'arrêt, soudain conscient qu'il était sur le point de franchir une limite. Il hésita, puis il repensa à ce que deviendrait sa vie s'il était battu et décida que, face à certains enjeux, il ne fallait pas se laisser démonter par un petit désagrément.

Jake regardait la télé quand la sonnette de la porte d'entrée retentit. Sa femme alla ouvrir et revint en annonçant Howard Larson. Jake se leva, curieux de savoir ce qui l'amenait.

« Je me suis dit : tiens, je vais passer voir comment va Jake, dit Howard. On parle beaucoup de Carl Johnson.

– Qu'est-ce qu'il a Carl Johnson ? »

Howard accusa le coup. « Eh bien... j'ai entendu répéter ce qu'il a vu. C'est une chose terrible. »

Jake ne répondit pas. Il n'avait jamais aimé Howard. C'était Bryan qui avait eu l'idée d'acheter un terrain là où Larson voulait construire son port de plaisance. Jake, lui, n'était pas emballé. Bien qu'attiré par l'appât du gain, il n'avait pas envie d'être obligé de se maquer avec des types comme Howard.

« Je voulais te dire que je suis de tout cœur avec toi », dit Howard pour combler le silence. Il attendait visiblement d'être invité à entrer, et Jake le reçut dans la cuisine. Il ouvrit une bière et en offrit une à Howard en posant sur lui un regard interrogateur.

« Vous pouvez vous asseoir », dit-il.

Howard prit une vieille chaise et s'assit à la table. Appuyé contre le plan de travail, Jake buvait au goulot. Il attendait.

Howard avala une gorgée. « Comme je te l'ai dit, je suis avec toi. Si tu veux mon avis, Ella devrait être en taule. »

Jake buvait toujours, en se demandant ce que l'autre avait derrière la tête. Il sentait venir les prémices d'une migraine. Cela lui arrivait souvent, depuis quelque temps ; cela allait même en empirant. Sa vision se troublait parfois. Il se massa la nuque d'un air absent.

« On ne peut plus faire confiance à la justice, par ici, poursuivit Larson.

– Quoi ? Pardon ? »

Howard réprima un mouvement d'humeur. « Je disais, personne ne t'en voudrait si tu prenais les choses en main. »

Jake fut frappé par une note bizarre, dans son ton, et trouva Howard plutôt nerveux. Mais de quoi parlait-il, bon Dieu ? Une douleur sourde battait dans ses tempes ; la voix d'Howard lui parvenait déformée, irréelle. Ah, si l'autre pouvait s'en aller, pour qu'il aille s'allonger dans le noir !

« Sans son copain avocat, elle serait probablement déjà derrière les barreaux.

– Quel avocat ?

– Matt Jones. Ils sont plutôt en bons termes, ces deux-là. Tu sais comment sont les avocats, tu leur montres un flingue encore tout chaud et ils essaient de te persuader que c'est un allume-cigare. »

Jake sirotait sa bière, toujours aussi obtus.

« Enfin, quoi, c'est pas joli-joli, quand un homme a son frère qui se fait assassiner et que les coupables restent impunis. Hein ? poursuivit Howard. Comme j'ai dit, si tu décidais de régler le problème toi-même, je suis sûr que personne ne t'en tiendrait rigueur. »

Il avait la voix rauque et la gorge sèche. Il avala une gorgée de bière et s'humecta les lèvres.

« Qu'est-ce que vous êtes venu foutre ici ? dit enfin Jake, à bout de patience. Vous avez quelque chose à me dire ? Parce que si c'est le cas, pourquoi vous crachez pas le morceau une bonne fois pour toutes ? »

Abasourdi, Howard ne répondit pas. Il se leva. « Bon, je... je m'en vais. »

Jake n'avait pas envie de discuter. Il le raccompagna et claqua la porte derrière lui. De retour dans la cuisine, il vit qu'Howard avait à peine touché à sa bière. Il monta s'allonger dans l'obscurité, et ses paroles lui revinrent à l'esprit : personne ne lui en voudrait s'il prenait les choses en main.

Howard rentra chez lui déconcerté. Ce type n'avait décidément pas toute sa tête. Il n'avait pas entendu un dixième de ce qu'il lui avait dit. Après tout, ce n'était pas plus mal. Il se sentit vaguement soulagé. Il devait bien exister de meilleurs moyens de régler le sort d'Ella.

14.

Ella signa le reçu que lui tendait Art Turner en l'observant, les traits de son visage maigre anormalement tirés. Elle lui rendit son carnet et son crayon, et il en détacha son exemplaire en souriant de ses dents jaunes.

« Je peux avoir un chèque maintenant ? demanda Ella.

– Maintenant ? Faut voir.

– Ça me rendrait bien service. »

Il hésita, puis il haussa les épaules. « Oh, et puis zut... c'est bon. » Il prit un chéquier dans un tiroir de son bureau fatigué.

Ella attendit qu'il ait rédigé le chèque en regardant par la fenêtre. Art était l'un des quatre négociants en homard de l'île. Il servait d'intermédiaire entre les pêcheurs et les grossistes du continent. Normalement, il payait à la fin de chaque semaine, mais il connaissait Ella depuis assez longtemps pour faire une petite entorse à la règle.

« Tiens, dit-il en lui tendant le chèque.

– Merci. »

Elle jeta un coup d'œil au montant, qui lui permettrait tout juste de payer Gordon et de renflouer son compte à la coopérative. Elle avait déjà un paiement de retard sur le *Santorini* et, à la banque, elle ne pouvait plus emprunter.

« Tout va bien ? lui demanda Art.

– Oui, oui. Parfait. J'étais ailleurs, excusez-moi.

– Le marché est correct en ce moment. Il y a de l'argent à faire.

– Je sais, je sais. » Elle sourit. Depuis le temps qu'elle traitait avec lui, pas une seule fois il n'avait essayé de la voler d'un centime. « Simplement, je ne cracherais pas dessus s'il y en avait un peu plus, ajouta-t-elle d'un air triste.

– Je suis prêt à t'acheter tout ce que tu m'apporteras, dit Art.

– Oui, oui, dit-elle, sourcils froncés.

– J'ai entendu parler de tes problèmes avec Jake. On raconte qu'il tripote tes casiers.

– Quelqu'un, en tout cas. »

Art baissa les yeux. Il dansait d'un pied sur l'autre. Enfin, il dit, sans la regarder : « T'en fais pas pour ce qu'on raconte. Les gens sont bêtes. J'ai travaillé longtemps avec ton père et je me souviens de toi enfant. » Il s'interrompit en rougissant. « S'il y a quoi que ce soit que je peux faire pour toi, Ella, une avance, par exemple...

– Merci, Art. J'apprécie, mais je me débrouillerai, répondit Ella, surprise et touchée de son offre.

– Ce sera de bon cœur.

– Merci, merci beaucoup. »

En se rendant à la banque, Ella s'arrêta au coin de la place. Le bureau de Matt était tout près, elle hésita. Quelques semaines plus tôt elle avait eu l'impression que sa vie prenait un nouveau tournant, agréable, même si elle restait prudente. Il y avait longtemps qu'elle n'avait pas éprouvé ce qu'elle ressentait pour lui. Depuis son mariage, elle était sortie avec quelques hommes, mais l'étincelle ne s'était pas produite, et, à mesure que le temps passait sur la petite île, les occasions de rencontrer quelqu'un se faisaient rares. Redoutant de devoir passer le reste de sa vie seule, elle avait fréquenté plusieurs mois un veuf qui avait deux enfants et habitait une île voisine. Quand il lui avait demandé de l'épouser, ils avaient su tout de suite tous les deux qu'elle ne l'aimait pas assez, et il ne lui en avait plus jamais reparlé. La perspective de vivre le cœur sec l'avait attristée tout autant que lui le constat d'éprouver un amour sans réciprocité.

En revoyant Matt, elle avait repris espoir de tomber amoureuse un jour. Au début, elle n'avait pas su si son cœur battait pour un béguin ancien ou s'il y avait autre chose. Au fil de leurs rencontres, elle s'était peu à peu rendu compte que le temps passait vite en sa présence, qu'ils parlaient de tout et de rien, du passé en général et du leur en général, qu'ils échangeaient des remarques, des opinions, des anecdotes amusantes, tristes aussi, parfois, et elle s'était mise à envisager son avenir autrement que dans un lit froid et solitaire.

Mais les événements avaient brisé ses espoirs comme une tempête brise une épave sur les rochers. Des fissures, des différences inexpliquées étaient apparues entre eux, et une fois de plus elle craignait de se retrouver seule au monde.

Maintenant, les autres aspects de sa vie, tout ce qu'elle aimait et qu'elle n'avait jamais imaginé de voir changer, étaient menacés aussi. Peu importait le tournant que prendrait sa vie personnelle, elle aimerait toujours son île, et la mer. Son refuge c'était le paysage, la solitude des criques boisées qui bordaient la côte, l'océan aux mille costumes qui la nourrissait et qui changeait de couleur avec les saisons, les jours, et même avec le passage d'un nuage. Elle respectait l'océan, le cycle de la vie en son sein et alentour, et elle avait toujours su que, si elle le traitait avec respect, si elle ne lui prenait que ce qu'il pouvait se permettre de perdre, il la protégerait.

Elle n'avait jamais été tentée de quitter Saint George. Les avantages l'emportaient largement sur les défauts d'une petite communauté insulaire où tout se savait. Tout le monde mangeait à sa faim. Si un homme perdait son boulot, ses voisins l'aidaient. Il y avait bien quelques petites disputes sur les droits de pêche, qui pouvaient dégénérer en rancunes tenaces, mais en cas de coup dur, quand un pêcheur perdait son bateau par exemple, on l'aidait à en reconstruire un sans lui mettre le couteau sous la gorge pour rembourser.

Howard Larson avait beau essayer de faire valoir les avantages économiques de son projet, sa véritable motivation était le profit. Et avec l'argent venaient la cupidité et l'envie, puis le crime, la drogue, et tous les maux de la société moderne et du chacun pour soi. Les prairies seraient éventrées pour construire des routes et des maisons, les bois abattus pour abriter des villas, les eaux côtières encombrées de bateaux de plaisance et polluées par les scooters des mers. Ella avait cru pouvoir stopper les gens qui prenaient sans jamais rendre. Ironie du sort, vivant, Bryan avait échoué à l'évincer de la course aux élections, mort, il risquait d'y parvenir.

Même ses actes d'intimidation ne l'avaient pas ébranlée dans sa résolution. Un soir où elle rentrait chez elle, elle s'était sentie suivie. Elle avait pris un raccourci devant l'église, par un chemin bordé d'un mur d'un côté et de grands arbres qui s'égouttaient de l'autre, car il avait plu. Les pas accéléraient en même temps que les siens. Elle s'était arrêtée après avoir tourné à un angle, mais les pas s'étaient rapprochés. Le cœur battant, elle avait voulu partir en courant, mais une main s'était refermée sur sa bouche et elle s'était sentie tirée en arrière.

Elle s'était débattue en vain. Il n'avait rien dit, mais elle avait reconnu son odeur. Le sentant sur le point de lui casser les côtes, elle avait cessé de lutter. Il avait légèrement desserré l'étau. Le corps pressé contre le sien, les seins comprimés par son bras, totalement impuissante, elle s'était sentie à la merci de sa force mâle, et elle avait compris le message. Elle avait cédé à une vague de panique et de répulsion.

Tout d'un coup, il l'avait repoussée. Elle était tombée à genoux ; le temps qu'elle se remette sur ses pieds, il avait disparu.

Ce souvenir la fit frissonner. Sur le mur, à côté d'elle, il y avait une de ses affiches, que quelqu'un avait essayé d'arracher mais sans pouvoir enlever le bas, où l'on pouvait encore lire « sinon elle vous tuera ». Elle finit de la déchirer, puis elle se dirigea vers la banque.

En sortant, elle retourna au *Santorini*, où elle trouva Gordon qui achevait de laver le pont. Elle lui tendit ce qu'elle lui devait ; il en garda la moitié et lui rendit l'autre.

« Qu'est-ce que tu fais ?

– Je n'en ai pas besoin pour l'instant.

– Garde ça. C'est à toi. » Elle lui referma la main sur les

billets, et, voyant qu'il allait protester, elle serra plus fort. « J'apprécie beaucoup, mais c'est inutile. Prends ce que je te dois. »

Il jeta un coup d'œil à l'emplacement du *Seawind*, qui était vide. La veille, ils avaient pris la précaution de déplacer certains casiers sur le haut-fond et de les poser un peu plus loin que d'habitude à cette époque de l'année.

« Ne t'en fais pas, lui dit-elle en devinant ses pensées. Écoute, rentre chez toi. Je finirai toute seule. Je t'attends demain matin. »

Il allait protester lorsque son regard se fixa derrière elle, et il se leva en hâte. « D'accord, j'y vais, dit-il. De toute manière, j'avais presque fini. »

Ella se retourna. Alan Neelon, le père de Gordon, venait vers eux ; il rentrait chez lui après sa journée à l'usine de conditionnement où il travaillait depuis qu'il avait vendu son bateau. Elle avait toujours été en assez bons termes avec lui, même si, depuis qu'il ne pêchait plus, il lui paraissait aigri ; elle se demandait s'il ne lui en voulait pas de réussir là où il avait échoué, surtout depuis que Gordon travaillait pour elle.

Elle le salua, mais il répondit à peine. « Allez, viens, dit-il à Gordon. Ta mère a préparé le souper, on ne va pas la faire attendre. »

Gordon jeta à Ella un regard gêné.

« À demain », lui lança-t-elle comme si elle n'avait rien remarqué.

Le père revint sur ses pas en la foudroyant du regard. « Inutile de compter sur lui. Il ne travaille pas pour rien. Vous lui devez la semaine dernière.

– Je viens de le payer.

– C'est vrai, papa », dit Gordon en lui montrant les billets.

Au lieu de le calmer, la vue de l'argent l'excita davantage. « Cette semaine, oui, mais la semaine prochaine ? Et la suivante ?

– J'ai toujours payé tout ce que je devais.

– Je peux le faire embaucher à l'usine. La paye est régulière. Vous allez peut-être pas pouvoir le garder indéfiniment.

– Je reconnais que les temps ont été difficiles, mais on va s'en sortir. De toute manière, c'est Gordon qui décide. S'il veut partir, je ne le retiens pas.

– Je reste », dit celui-ci sans hésiter.

Neelon regarda son fils, puis Ella. Il sembla sur le point de lâcher quelque chose qui lui brûlait la langue, mais il tourna les talons en silence. Gordon le rattrapa, et lui dit quelques mots qui déclenchèrent une dispute. Elle devina sans peine l'argument d'Alan : il ne voulait pas que son fils travaille pour une femme qui était peut-être un assassin.

En fin de journée, elle ferma le *Santorini* à clé et alla faire quelques courses en ville avant de rentrer. La caissière lui sourit en prenant son billet.

« Comment ça va, Ella ? »

En levant les yeux, Ella surprit son image dans la vitrine. Son visage était creusé de grandes rides soucieuses. « Ça pourrait aller mieux. »

La caissière lui rendit sa monnaie en lui donnant une petite pression sur la main.

« Ne te laisse pas bouffer par ces salauds, lui glissa-t-elle à voix basse avec un clin d'œil complice.

– Promis, dit Ella, que ce petit geste avait réconfortée. Merci. »

Elle traversa la place jusqu'à la poste. Au bas des marches, elle chercha dans son sac la lettre qu'elle voulait poster et, en relevant les yeux, elle faillit se heurter à quelqu'un qui descendait l'escalier.

Les mots d'excuse moururent sur ses lèvres. C'était Kate Little. Elles se dévisagèrent une ou deux secondes, abasourdies. Un instant, Ella se crut transportée dans les bois, la nuit où elle l'avait aperçue sur le sentier. Elle bafouilla.

Kate avait repris ses esprits la première. « Excusez-moi », dit-elle tranquillement avant de passer son chemin.

Ella la suivit des yeux, blanche comme un linge, le cœur battant à tout rompre. Enfin, elle se décida à gravir le perron, et elle disparut dans les profondeurs fraîches de la poste.

Matt était dans sa voiture, garé le long du trottoir d'en face. Il fut frappé par la scène, par l'expression des deux femmes, tellement inattendue qu'il eut l'impression que le temps s'arrêtait. Sur le siège du passager, Ben Harper regardait de tous ses yeux à travers le pare-brise.

« C'est la femme que vous avez vue dans la crique ? demanda Matt.

– Oui.

– Vous en êtes sûr ?

– Absolument. »

Matt eut beau se dire que cela ne prouvait rien, il ne put s'empêcher de céder au doute et au découragement. La présence d'Ella dans la crique le lendemain de la fameuse nuit soulevait bien des questions. Il pensa à ce qu'avait dit Baxter, à la disparition des empreintes digitales chez Bryan, comme si quelqu'un avait tout nettoyé. Était-ce cela qui avait occupé Ella la seconde partie de la nuit ?

La femme qui avait croisé Ella montait dans un break Mercedes. À son allure, Matt flaira aussitôt l'estivante. On voyait bien qu'elle n'était pas du coin, avec son jean et son chemisier griffé, ses cheveux noir corbeau bien peignés en arrière. Il remarqua que Ben l'observait lui aussi.

« Vous la connaissez ?

– Je l'ai vue ce matin-là, c'est tout. »

Matt mit une ou deux secondes à comprendre. Il regarda la Mercedes s'éloigner. « La femme de la crique, c'est elle ?

– Eh bien oui, dit Ben. De qui croyiez-vous que je parlais ? »

15.

Matt quitta la route et s'engagea dans le chemin qui menait à la pointe. Il ralentit en longeant l'ancienne maison de ses parents, et vit une voiture garée devant et un vélo d'enfant sur la pelouse. La route, qui suivait quasiment la crête, épousait les contours de la côte en une série de lacets ; bordée d'érables et de cèdres qui la plongeaient dans l'ombre, elle traversait aussi parfois des clairières baignées de soleil et engourdies de chaleur. Matt s'arrêta dans l'une d'elles et alla s'asseoir sur un banc qui dominait, par-delà la pente boisée, Stillwater Cove. Froissée par une brise marine, l'eau reflétait les myriades de verts des forêts alentour. On aurait dit des taches de couleur posées sur le papier par un aquarelliste. La crique était déserte. À l'autre bout, on distinguait vaguement la masse de l'orque échouée, et les nuées d'oiseaux qui se nourrissaient avidement de la carcasse. Mais il n'y avait aucun signe du bateau de Ben Harper.

L'air apportait une vague odeur de sel. Au-delà de la ligne blanche du récif, l'océan brillait à l'infini. Matt laissa renaître ses souvenirs, écouta l'écho affaibli de l'enfance ; il eut l'impression qu'il s'était écoulé des lustres depuis qu'il cherchait des écureuils dans les bois avec son frère, ou allait s'étendre sur le sable grossier de la plage.

Il remonta en voiture ; quelques minutes plus tard, il franchissait un portail et empruntait l'allée qui conduisait à la maison de Kate et Evan Little. C'était une bâtisse en bois de style victorien, avec tourelles et clochetons, trois étages, façades blanches toutes fraîches et volets noirs, qui se dressait sur une pelouse parsemée de chênes et d'érables. Le break Mercedes était garé dehors. En se renseignant sur Kate Little, il avait vite découvert qu'elle jouissait d'une réputation sulfureuse. En interrogeant les commerçants de Sanctuary, il avait récolté plusieurs commentaires obliques, plusieurs sous-entendus : Kate Little buvait, et était visiblement moins appréciée des femmes que des hommes. Son mari était un riche homme d'affaires handicapé qui se rendait très rarement en ville. Ils venaient passer tous les étés sur l'île, le mari faisant parfois des séjours de plusieurs semaines à New York, où ils habitaient.

Il descendit de voiture et alla sonner à la porte d'entrée. Kate vint ouvrir, un petit sourire intrigué sur les lèvres.

« Bonjour... »

Elle portait un pantalon fauve et un chemisier crème noué au-dessus de la taille. Ses cheveux étaient retenus par un bandeau noir ; dans une main elle tenait un bouquet de fleurs, et dans l'autre une paire de ciseaux. Elle avait les yeux d'un bleu époustouflant, presque violet, qui formaient un contraste saisissant avec sa chevelure sombre.

Matt se présenta comme avocat en demandant à lui parler.

Elle lui donna une poignée de main ferme mais brève.

« Avocat ?

– Oui. »

Elle hésita, comme attendant qu'il s'explique davantage, puis s'écarta. « Entrez. » Elle le précéda dans une grande pièce aérée qui ouvrait par des portes-fenêtres sur une terrasse, et posa ses fleurs sur une table, près d'un verre de jus de fruit.

« En quoi puis-je vous aider, Mr Jones ?

– J'enquête sur la disparition d'un homme qui habitait dans la crique, non loin d'ici. La dernière fois qu'on l'a vu remonte à une semaine et tous les indices peuvent m'être utiles. »

Kate prit une cigarette dans un paquet. Elle inhala puis recracha une fumée bleue en direction de la porte ouverte. « La police est déjà venue, il y a quelques jours.

– Je sais. Et je ne voudrais pas abuser de votre temps, mais j'aimerais vraiment que vous m'accordiez quelques minutes.

– Bon. Mais je n'ai sans doute pas grand-chose à vous apprendre.

– Merci. Votre mari est-il là lui aussi ? J'aimerais vous parler à tous les deux, si possible. »

Elle le dévisagea quelques secondes, puis : « Par ici », dit-elle.

Il la suivit dans un couloir, notant son parfum, la simplicité trompeuse de ses vêtements. Ses cheveux longs encadraient un visage aux traits doux et masquaient en partie la courbe gracile de son cou. Il tenta de lui donner un âge, entre trente-cinq et quarante environ. Difficile à dire.

« À vous entendre, vous n'êtes pas d'ici, Mr Jones, dit-elle pour meubler la conversation.

– Non, mais quand j'étais petit, mes parents avaient une maison de vacances sur la pointe. Je suis venu m'installer il y a quelques mois. »

Elle s'arrêta devant une porte. « Le bureau de mon mari », précisa-t-elle. Elle frappa et on lui dit d'entrer.

À un bureau, un homme en fauteuil roulant travaillait à un ordinateur. Une longue table accueillait plusieurs autres ordinateurs, des imprimantes, un fax et un scanner. Cheveux coupés en une brosse grise très courte, l'homme leva les yeux, des yeux sombres enfoncés dans un visage émacié et pâle, mais qui brillaient d'un éclat intense.

« Qu'est-ce que vous foutez ici, vous ?

– Je te présente Mr Jones, avocat, dit Kate. Il a des questions à nous poser. Evan, mon mari », ajouta-t-elle à l'intention de Matt.

Evan Little s'approcha, et le sifflement électrique de sa chaise emplit le silence. Il s'arrêta devant lui sans lui tendre la main.

« Excusez mes manières. Nous ne voyons guère de monde.

– Désolé de vous interrompre.

– Je travaille tellement que je deviens un peu asocial. »

Dans un coin, Matt remarqua un divan surmonté d'un système de poulies.

« Que faites-vous ?

– Je possède une société de logiciels. Je paie des gens pour la diriger, mais j'aime garder le contact. L'aspect conceptuel m'intéresse davantage que la commercialisation. Bon, qu'est-ce que vous voulez savoir ? »

Matt lui répéta les explications qu'il avait données à Kate. Little alla chercher sur une table un verre qui devait contenir du whisky et en avala une gorgée. Il prit la parole en regardant sa femme.

« Je vais vous dire ce que j'ai dit à la police : nous ne fréquentons pas nos voisins, Mr Jones. Nous n'avons jamais entendu parler de cet homme. »

Debout devant la fenêtre, Kate regardait dehors, avec l'air de quelqu'un n'écoutant qu'à moitié une conversation qui ne la concerne pas.

« Étiez-vous tous les deux à la maison lundi soir ?

– C'est le soir où il a disparu, votre Roderick ?

– C'est la dernière fois qu'on l'a vu. Avez-vous entendu quelque chose d'anormal ? Vu quelque chose ?

– Quel genre de chose ?

– Il y avait un bateau dans la crique cette nuit-là. Le skipper a dit avoir entendu un coup de feu vers deux heures et quart du matin.

– À cette heure-là, on dort. »

Matt jeta un coup d'œil au lit, dont les draps défaits suggéraient qu'il avait été récemment occupé.

« Il m'arrive de dormir ici quand je travaille tard, dit Little en suivant son regard, une pointe d'irritation dans la voix. Mais pas cette nuit-là.

– Vous n'avez donc rien remarqué non plus, Mrs Little ? » Kate se détourna de la fenêtre et échangea un coup d'œil avec son mari. Matt lui trouva l'air hésitant ; quant à Evan, il paraissait s'amuser secrètement.

« Non.

– Je suis peut-être indiscret, mais... passez-vous souvent la nuit ici ? demanda Matt à Evan.

– En effet, vous êtes très indiscret. Quel rapport avec ce qui vous amène ?

– Eh bien, vous semblez tellement certain de ne pas avoir dormi ici lundi que je me demandais si vous aviez une raison particulière de vous en souvenir.

– Je n'ai pas besoin de raison particulière. Et bien que cela ne vous regarde en rien, laissez-moi vous dire que mon infirmité n'a pas affecté mon cerveau. Vous croyez que parce que mes jambes ne m'obéissent pas, ma tête ne fonctionne pas non plus ?

– Mais pas du tout. »

Evan Little le regardait fixement. Il vida son verre, puis il alla fouiller dans un tiroir de son bureau et prit une poignée de cachets qu'il avala d'un coup. Kate l'observait sans intervenir, et Matt s'étonna qu'elle le laisse absorber toutes ces drogues avec de l'alcool.

Little commençait à suer ; il agrippa son fauteuil à deux mains. « Rendez-vous compte, dit-il, la voix tendue, bien que plus calme. Sous prétexte que je suis en fauteuil, les gens me prennent pour un débile. Ils parlent comme si je ne comprenais rien. Ils demandent de mes nouvelles à ma femme, devant moi. Même les médecins font ça. “Comment va-t-il ?” Mais qu'ils me demandent à moi, bon Dieu ! Je suis là !

– Evan..., dit Kate, inquiète.

– Ça va, ça va, dit-il en la faisant taire d'un geste. Bon. Nous ne pouvons rien vous dire sur cet homme », conclut-il, signifiant que l'entretien était clos. Puis il alla taper sur son clavier comme si Matt n'était plus là.

« Merci de m'avoir reçu », dit celui-ci en suivant Kate qui le raccompagnait. Comme il allait franchir la porte, Little lui cria, soudain redevenu courtois : « Désolé de ne pas pouvoir vous aider davantage, Mr Jones. »

Matt repensa à la rencontre entre Kate et Ella, et au regard qu'elles avaient échangé. On aurait dit deux personnes qui s'évitaient en temps normal et ne savaient plus que dire ni que faire quand le hasard les mettait en présence l'une de l'autre.

« Excusez mon mari, dit Kate une fois à la porte. Il souffre beaucoup et doit prendre des médicaments. Cela affecte parfois son humeur.

– Je comprends. Mrs Little, j'aimerais vous demander quelque chose. Connaîtriez-vous, par hasard, une femme du nom d'Ella Young ? »

Il vit tout de suite qu'elle accusait le coup, mais, aussitôt, son regard se fit impénétrable. « Je ne vois pas, non, répondit-elle.

– Vous l'avez peut-être croisée sans savoir que c'était elle. Blonde, la trentaine, elle possède un langoustier, le *Santorini*.

– Je connais très peu de monde sur l'île, Mr Jones, dit Kate en secouant la tête. Mais ce nom me dit quelque chose.

– Vous avez dû voir ses affiches. Elle se présente aux municipales.

– Ça doit être ça.

– Mais vous ne l'avez jamais rencontrée ?

– Jamais.

– Bien. Une idée, comme ça. » Il fit mine de partir, mais s'arrêta comme frappé par quelque chose qui lui serait revenu à l'esprit. « Au fait, vous arrive-t-il d'aller vous promener dans les bois ? De descendre jusqu'à la crique ?

– Ça m'arrive, oui.

– Et mardi dernier, vous n'y étiez pas, de bonne heure, vers six heures ?

– Si.

– Vous n'auriez pas aperçu quelqu'un ?

– Non. »

Matt hésitait à la croire. Elle soutenait son regard sans ciller, sans mot dire.

« Bon, merci, Mrs Little », lui dit-il en lui serrant la main.

Sur le chemin du retour, il repensa à ce couple. Décidément, le mari ne lui plaisait pas, et pour ce qui était de mentir, ils faisaient la paire.

Il s'arrêta au commissariat en demandant à être reçu par le commissaire Baxter.

« Que puis-je pour vous, Matt ? lui demanda celui-ci en le faisant asseoir dans son bureau.

– Je passais voir si vous aviez du nouveau dans l'affaire Bryan Roderick. »

Baxter prit un paquet de chewing-gums dans son tiroir, en offrit un à Matt puis, se basculant sur sa chaise, il se mit à mâcher en se tapotant l'ongle du pouce avec un crayon. « Eh bien, j'ai arrêté les recherches, pour l'instant du moins. Je ne peux pas mobiliser des gars pendant des lustres.

– Ce qui veut dire que vous n'avez pas d'éléments nouveaux ?

– J'ai reçu le rapport du laboratoire sur les empreintes digitales. » Il prit un fax dans le fouillis qui régnait sur son bureau. « Ce ne sont pas celles d'Ella. »

Matt fut soulagé sans l'être, car il s'en doutait. Dans le cas contraire, il en aurait déjà entendu parler. « Donc, récapitulons : où en êtes-vous ?

– Bonne question. À mon avis, à peu près toujours au même point.

– Mais vous pensez qu'il est mort ? demanda Matt en voyant Baxter un peu dépassé par les événements.

– Ben, oui. Bryan n'était pas du genre à disparaître dans la nature sans prévenir. Sans compter que chez lui, tout est à sa place : vêtements, brosse à dents, nécessaire de rasage, et même son pick-up. Il n'y a pas eu un seul mouvement sur son compte en banque. La seule chose qui a disparu c'est son fusil, et je ne m'explique pas comment.

– Reste donc l'hypothèse qu'il soit parti chasser et qu'il lui soit arrivé quelque chose. »

Baxter alla se placer devant une carte punaisée au mur. Il désigna toutes les zones ratissées, qui s'étendaient bien au-delà de la crique. « À pied, même fortement motivé, je ne vois pas comment il aurait débordé de ce périmètre. Bien sûr, même avec les chiens on peut l'avoir manqué, mais j'en doute. Il n'était pas fana de chasse, mais quand il sortait, c'était là qu'il allait, dans les collines. Il n'y a pas grand-chose autour de la crique.

– Donc, vous croyez au meurtre.

– À moins que vous n'ayez une meilleure hypothèse.

– Non.

– Je sens venir votre prochaine question. Vous allez me demander si je crois Ella coupable du meurtre.

– Et c'est le cas ? Remarquez, je ne vous pose pas la question en tant qu'avocat. Elle m'a en quelque sorte révoqué.

– Qu'est-ce que vous faites ici, alors ?

– Je suis venu à titre amical.

– Elle est au courant ?

– Non, et je ne sais pas ce qu'elle dirait si elle le savait.

– Bien, dit Baxter au bout d'un moment. Pour répondre à votre question, je ne crois pas Ella capable de tuer avec préméditation. Elle a du caractère, elle est dure quand il le faut. Sinon, vu le métier qu'elle a choisi, elle ne s'en sortirait pas. Mais au fond, c'est quelqu'un de bien. »

Sentant qu'il n'avait pas tout dit, Matt attendit.

« J'ai beaucoup réfléchi, poursuivit Baxter. Bryan a pu avoir un accident. Lui et Ella ne s'entendaient pas, c'est vrai, et nous savons qu'ils se sont disputés ce soir-là. Nous savons aussi qu'Ella est repartie en bateau peu après. Disons qu'elle pêchait dans la crique et que – reste à savoir pourquoi – elle y a accosté. Ce ne sont pas les endroits qui manquent. Elle a pu trouver ses casiers vidés ou sectionnés et mettre ça sur le dos de Bryan. Ils se disputent à nouveau, et Bryan se prend une balle. Un accident, à la limite, pourquoi pas ? Ella panique, elle charge le corps à bord du *Santorini*, elle le leste et va le jeter dans la fosse. »

Matt l'avait écouté en reconnaissant qu'il avait imaginé le même scénario à peu de chose près. Mais depuis que Ben Harper avait reconnu en Kate Little la promeneuse de la crique, il commençait à échafauder d'autres hypothèses. Qu'avait dit la barmaid, déjà ? Qu'Ella aurait dû faire la queue pour le tuer, tant il y avait de candidats ? Une remarque cavalière, mais pas anodine. De plus, il trouvait le scénario de Baxter bancal.

« Ella m'a dit que Bryan avait essayé de l'intimider. Ça tient debout ?

– À mon avis, oui. Bryan se croyait d'un charme irrésistible. Il était beau parleur, et il devait plaire à un certain type de femme. Mais la médaille avait son revers. Il avait un côté vicieux.

– Vicieux ? releva Matt en repensant aux histoires de coups de fil et de pas dans la nuit.

– Bryan et Jake, ils n'hésitaient pas à retirer le pain de la bouche des autres quand ils voulaient quelque chose. Ils ont eu des démêlés avec pas mal de gens depuis qu'ils sont ici, et même des empoignades plutôt coton. C'est comme ça qu'Ella a commencé à se chamailler avec eux, quand ils pêchaient dans ses eaux ou qu'ils lui bousillaient son matériel. Mais depuis le début de la campagne, c'est pire. En admettant qu'Ella soit allée dans la crique cette nuit-là, je crois tout à fait Bryan capable de la menacer d'un fusil. Par pures représailles. Le projet d'Howard, ça va chercher plus loin que quelques kilos de homards.

– Justement, c'est ça qui me dérange. Pourquoi Ella seraitelle allée exprès lui chercher noise chez lui, alors qu'elle sait comment il est ? Ce n'est pas logique. Elle n'est pas stupide, dit Matt, en voyant que Baxter adhérait à son point de vue. Mais, d'accord, admettons qu'elle l'ait fait, et qu'ils aient échangé des coups de feu. Comment aurait-elle chargé le corps sur son bateau ? Il pesait dans les combien, Bryan ?

– Plus de cent kilos.

– Beau morceau. Impossible qu'elle l'ait déplacé toute seule. Et même en admettant ça aussi, elle serait retournée nettoyer la maison pour effacer toute trace de lutte, toute trace de sa présence. Les seules empreintes que vous ayez trouvées ne sont pas les siennes. Ça ne veut rien dire, mais ça ne l'accuse pas non plus. Et puis il y a le fusil. Elle dit avoir perdu le sien, or celui de Bryan a disparu également. Elle ne l'aurait pas tué avec les deux armes. Vous me suivez ? Il y a trop de choses qui ne collent pas. Et on en revient à ce que vous avez dit tout à l'heure. Vous ne la croyez pas capable de préméditation. Or, pour aller le rechercher jusque chez lui, il aurait précisément fallu qu'elle ait prémédité son meurtre. Non, plus j'y pense, moins j'y crois. »

Matt se garda d'ajouter qu'en dépit de tout ce qu'il venait d'exposer, il restait persuadé qu'Ella en savait plus long qu'elle ne voulait bien le dire.

Baxter pointa son crayon sur lui. « Reste à savoir ce qu'elle faisait cette nuit-là. Moi, je ne crois pas qu'elle pêchait comme elle le prétend. J'ai demandé à Tom Spencer si on pouvait faire descendre un plongeur à l'endroit où Carl Johnson l'a aperçue. »

Tom Spencer était le capitaine de port.

« Oui ?

– Il affirme que la fosse qui part perpendiculairement à l'île est beaucoup trop profonde, dit Baxter en haussant les épaules. La seule méthode efficace serait d'envoyer un submersible, mais mon budget ne me le permet pas. Bref, en admettant que vous ayez raison, qu'elle ne l'ait pas tué ; qu'est-ce qui a pu lui arriver ?

– Je tiens peut-être une piste. »

Baxter écarquilla les yeux. « Ah bon ?

– Pour le moment, partons du principe qu'il a été assassiné, mais pas par Ella. Donc, forcément par quelqu'un d'autre, d'accord ?

– Évidemment, dit Baxter, prudent.

– Qui d'autre pouvait vouloir sa mort ? C'est toujours en partant du mobile qu'on arrive aux suspects.

– Pour ce que ça nous aide... Bryan n'était guère aimé, mais de là à ce qu'on veuille le tuer...

– La plupart des victimes sont assassinées par des familiers. Une dispute entre mari et femme, entre deux amants. Bryan voyait quelqu'un, dernièrement ? Vous m'avez dit qu'il aimait les femmes.

– Aux dernières nouvelles, il était avec Jill Peterson. Ça a duré trois, quatre mois. Mais c'était l'hiver dernier.

– C'est un bon début. »

Baxter secoua la tête. « Elle a quitté l'île il y a deux mois. Je crois qu'elle avait trouvé du travail à Portland. Pour autant que je sache, elle n'est jamais revenue.

– Quelqu'un d'autre ?

– Je ne vois pas, non, mais je peux me renseigner.

– Imaginons qu'il n'ait pas eu envie que ça se sache ? Qu'il ait eu une liaison avec une femme mariée ?

– Ce n'est pas impossible », dit Baxter en fixant Matt, paupières plissées. Il reprit son crayon et se tapota le menton. « C'est bizarre, j'ai l'impression qu'on tient enfin un fil.

– Peut-être, dit Matt. Je n'ai pas de preuves, quelques soupçons seulement, mais ça vaut bien autre chose comme point de départ. » Il lui raconta ce que Ben Harper avait vu dans la crique. « Kate Little. Ce nom vous dit quelque chose ? »

Baxter stoppa net, crayon en l'air. Au bout d'un moment, il hasarda : « Qu'est-ce qu'elle a Kate Little ?

– Elle habite au-dessus de la crique. Elle a pu connaître Bryan. Elle prétend que non, mais moi je suis sûr qu'elle ment.

– Vous lui avez parlé ?

– Je viens de chez elle. J'ai l'impression qu'entre elle et son mari, ce n'est pas l'amour fou. Or elle est jolie, et les femmes mariées ne l'apprécient en général pas autant que leurs maris. C'est l'impression que j'ai retirée de ma petite enquête. »

Un peu tard, Matt s'aperçut que Baxter avait changé d'attitude. Penché par-dessus son bureau, il lui disait : « Vous devriez savoir qu'il ne faut pas écouter les ragots, et d'ailleurs vous n'aviez aucune raison d'aller importuner les gens. Rien ne permet d'établir une relation entre Kate Little et cette affaire.

– D'accord. Mais il n'y a pas de mal à essayer de raviver les souvenirs de la nuit où Bryan a disparu. Je me trompe peut-être, mais je dis simplement que si vous croyez à l'hypothèse du meurtre, vous devriez reconnaître qu'il y a d'autres suspects qu'Ella.

– On va s'en occuper, dit Baxter en se levant. Mais autant être clair : à l'avenir, je vous demande de ne pas refaire le boulot derrière mes enquêteurs. J'aurais pu vous dire tout de suite que tout le monde dormait et que personne n'a rien entendu. »

Baxter se dirigea vers la porte et Matt le suivit sans insister.

« À partir de maintenant, je vous saurai gré de me laisser mener mon enquête, dit Baxter d'un ton impénétrable. De toute façon, elle ne vous concerne plus, n'est-ce pas ? »

Matt allait lui faire remarquer qu'il semblait penser le contraire encore dix minutes plus tôt, mais il jugea plus fin de laisser passer l'orage. Il traversa tout l'accueil en sentant peser dans son dos le regard appuyé du policier.

16.

Quatre nautiques à l'est de Saint George, le *Santorini* se laissait doucement ballotter sur une mer calme. Le soleil brûlant miroitait en déversant sa chaleur à flots sur un jour à bout de souffle. À l'horizon, une fine ligne de nuages sombres aux bords effilochés en barbules annonçait l'arrivée d'un front atlantique. Le taux d'humidité était élevé, l'atmosphère lourde. Ella mit sa main en visière : un bateau venait sur son avant. Elle essuya un filet de sueur qui lui coulait du front.

« Tu t'en sors ? dit-elle à Gordon qui était dans la salle des machines, torse nu, les joues maculées de taches de graisse.

– Tu avais raison, Ella, je crois que c'est la pompe à fuel. »

Elle s'essuya les mains sur un chiffon. Une heure et demie plus tôt, le moteur avait crachoté puis calé pour de bon. Elle était descendue par la trappe vérifier les branchements électriques, puis la pompe, qui avait déjà fait des siennes par le passé. Gordon lui avait proposé de jeter un coup d'œil à son tour.

« Merde et merde », dit-elle dans sa barbe. Décidément, il était écrit qu'elle n'aurait pas un instant de répit. « Tu peux réparer ?

– Pas sûr. »

Ella réfléchit qu'une panne de pompe l'obligerait à lancer un message radio. Au mieux, elle pouvait espérer se faire remorquer jusqu'au port, ce qui équivalait à une journée de travail perdue. Ils étaient encore à un demi-nautique de l'endroit où ils avaient posé le chapelet de casiers.

Le front barré d'un pli soucieux, Gordon examinait la pompe démontée. « Je peux peut-être tenter quelque chose.

– Je te fais confiance. » Ella n'avait jamais rechigné à se salir les mains. Le *Santorini* était un vieux bateau qu'elle connaissait comme sa poche, mais Gordon avait des doigts de fée lorsqu'il s'agissait de ressusciter les moteurs défunts. À eux deux, ils avaient dû rafistoler chaque pièce du rafiot.

Elle le regarda travailler de ses doigts agiles. Plus l'éventualité de le perdre se concrétisait, moins elle envisageait de pouvoir se passer de lui. Il n'avait rien dit sur la scène de la veille, mais il était moins bavard que d'habitude et elle le sentait préoccupé. Elle ne voulait pas être la cause d'une rupture entre lui et son père, mais, depuis un an qu'il travaillait pour elle, elle l'avait vu changer et elle le savait assez mûr désormais pour prendre ses propres décisions.

Elle remonta sur le pont, où il soufflait une petite brise. Debout à la proue, elle inspectait ses bouées à la jumelle. Espérant que la chance lui sourie enfin, elle avait posé en eaux profondes deux chapelets de cinquante casiers chacun, avec une bouée à chaque extrémité. L'autre bateau s'éloignait, et elle observa quelque temps, à bord, les hommes qui remontaient une senne. La pêche paraissait maigre.

Elle abaissa ses jumelles. Les six derniers mois avaient été très durs. Son père était mort en laissant une situation financière catastrophique. La maison, que sa mère croyait payée depuis longtemps, était en fait hypothéquée, les assurances n'avaient pas été reconduites. Ella ne l'avait pas dit à sa mère ; elle avait réussi à faire face aux remboursements, en plus du prêt sur son bateau. Lentement, elle avait eu l'impression de redresser la barre en dépit des problèmes constants, matériel saboté, casiers perdus, pour lesquels elle savait pouvoir remercier les frères Roderick. Cependant, depuis qu'elle s'était présentée contre Howard, tout allait de mal en pis. Honnêtement, elle n'était pas sûre de pouvoir tenir l'hiver. Ses dettes l'empêchaient de dormir, mais pour l'instant, c'était bien le cadet de ses soucis.

Elle imagina à quoi ressemblerait l'île dans quelques années si Howard obtenait gain de cause. Les insulaires deviendraient l'huile nécessaire aux rouages d'une nouvelle économie. Les boutiques de souvenirs et de vêtements de mode remplaceraient les commerces traditionnels du centre-ville, et les marchands de fournitures pour bateaux seraient relégués dans de petites zones industrielles le long de la côte. Le port se remplirait de ferries d'excursion et de bateaux charters, McDonald's et les boutiques vidéo s'implanteraient sur les quais et les estivants inonderaient la petite ville, occupant leurs maisons nouvellement bâties sur le front de mer ou en bordure des golfs. Les pêcheurs se débarrasseraient de leur bateau pour se mettre à l'entretien des parcs et jardins ou pour vendre des glaces et des hot dogs à des adolescents blasés.

Qu'aurait dit son père, lui si vieux jeu, ce père idolâtré et détesté à la fois ? Idolâtré, bien que ce sentiment fût complexe, et détesté car elle s'était toujours sentie, dès son plus jeune âge, impuissante à combler le vide laissé par ce frère mort qu'elle avait vainement tenté de remplacer à ses yeux. Un jour, elle l'avait trouvé dans le salon, empestant l'alcool, au milieu de photos déchirées et d'objets brisés. Une fois dans sa chambre, elle avait entendu sa mère sangloter à travers la cloison. Elle chassa ces pensées et le maelström d'émotions qu'elles ravivaient.

À l'horizon, les nuages de brume s'épaississaient par endroits en une colonne noirâtre. Sa chemise collée à la peau, Ella souhaita l'arrivée de la pluie annoncée déjà pour la semaine précédente. Mais l'air chaud et humide qui stagnait au-dessus du golfe repoussait les fronts atlantiques. La dernière tempête remontait à février ; ce jour-là, les violentes bourrasques avaient confiné tous les bateaux au port. La pluie martelait les vitres de la petite maison qu'elle louait alors, le vent soufflait dans les combles, l'eau jaillissait en cascade d'une descente pluviale cassée. Elle s'endormait quand le téléphone avait sonné. Tirée de son premier sommeil, elle avait renversé un vase de fleurs en cherchant l'interrupteur. Elle avait décroché et, avant même d'entendre la voix de sa mère, elle avait senti se resserrer sur sa poitrine l'étau d'un sombre pressentiment.

Helena était folle d'angoisse. Elle s'était disputée avec son mari et il avait quitté la maison. Dans le téléphone, Ella entendait le vent et la pluie, et la voix de sa mère lui parvenait hachée.

« Où es-tu, maman ?

– Sur le port. Son bateau n'est plus là. Ella, ton père est sorti en pleine tempête. »

Le pressentiment se concrétisa. Elle enfila un manteau et traversa la ville dans les rues transformées en torrents. À un croisement, les feux bloqués au rouge se balançaient follement au vent. Elle retrouva sa mère près de la cabine téléphonique et s'engouffra dans sa voiture, trempée jusqu'aux os. Elle posa une main sur son bras pour la réconforter, et la vit faire la grimace.

« Qu'est-ce qu'il y a ? Tu as mal ?

– Non, non, ça va. Je suis tombée. » Et elle détourna les yeux. Elles ne dirent rien, puis Ella la prit doucement dans ses bras. Au-delà de l'emplacement où aurait dû être amarré le bateau de son père, le port était d'une noirceur d'encre ; vu la force des vagues qui s'écrasaient contre les quais, il était clair que la mer était démontée.

Au matin, les débris du bateau s'étaient échoués au pied des falaises, au large du récif qui fermait Stillwater Cove. Le corps de son père ne fut jamais retrouvé. Trois jours plus tard, une cérémonie réunissait la petite ville autour d'une tombe vide, à côté de celle de Danny, dont c'était le jour anniversaire de la mort. De deux ans plus jeune qu'Ella, il avait été emporté à trois mois par une mort subite du nourrisson.

Une semaine plus tard, elle retournait s'installer chez sa mère.

En se concentrant, elle voyait son père aussi distinctement que s'il se tenait devant elle. Il avait les yeux couleur de l'Atlantique par temps couvert, quand la mer se teintait de toutes les nuances de gris. Quand il souriait, ses pattes-d'oie se creusaient dans sa peau burinée, et quand il était de mauvaise humeur ses yeux ne vous voyaient plus, et il devenait mélancolique. Ce pêcheur fils de pêcheur élevé à la dure était peu bavard, peu expansif, et dégageait une impression de force. Mais le silence cache parfois une faille. Bourré d'amertume, il en voulait au monde entier d'avoir perdu son seul fils. Torturé par ce deuil qu'il n'arrivait pas à faire, il s'en prenait souvent avec violence aux êtres qu'il aimait. Ella avait grandi dans un foyer jalousement refermé sur son secret.

La radio crachota dans la timonerie, la tirant de sa rêverie. Elle alla répondre.

« C'est toi, Ella ? Ici Bo Winterman. Tout va bien ? »

Elle regarda par la fenêtre le bateau aux filets, et reconnut la *Rose Marie*. Elle posa sur Gordon un regard interrogateur.

« Je crois que je tiens le bon bout, lui dit celui-ci.

– Tout va bien, Bo. On a eu un petit problème avec la pompe à combustible, mais je crois que c'est réglé. Mon mousse est un génie, ajouta-t-elle à l'intention de Gordon, qui lui répondit par un grand sourire.

– Bon, tu es sûre, hein ? Appelle-nous si tu as besoin d'aide.

– Promis, merci. Ça mord bien aujourd'hui ?

– Comme ci, comme ça.

– Bonne chance, et merci encore. »

Ella coupa la communication. « Tu en as pour combien de temps, à ton avis ? demanda-t-elle à Gordon.

– Une demi-heure, à tout casser. »

À l'horizon, la bande noirâtre s'était épaissie ; dessous, de grandes traînées grises pendaient jusqu'à la mer. Il pleuvait. Ella resta à l'ombre en essayant de ne pas penser à la chaleur.

Le *Seawind* filait huit nœuds réguliers et venait sur l'arrière du *Santorini*. Il n'était plus qu'à un nautique quand Jake intercepta le message de Bo Winterman. Il chaussa ses jumelles, et ses doigts se resserrèrent dessus quand il aperçut Ella sur le pont de son bateau. Une douleur se mit à battre dans sa nuque, et monta en s'étendant telle une tache d'encre à tout son crâne. Il se massa l'occiput d'un geste machinal. Il ressentait la douleur comme une couleur. Grise d'abord, elle s'épandait comme un fluide et se solidifiait peu à peu en un film souple. Puis, en durcissant, le film rétrécissait et comprimait son cerveau. La douleur augmentait, noircissait. Parfois, elle coulait derrière ses yeux et il voyait le monde comme une photo en noir et blanc à gros grain.

Depuis la disparition de Bryan, les maux de tête de Jake empiraient. Dès le premier jour, il avait su que son frère était mort. Il le sentait. Et il n'avait pas besoin de cet enfoiré de Larson pour savoir qui l'avait tué. D'ailleurs, il n'y avait qu'une seule chose qui intéressait Larson : son élection.

La radio crépita de nouveau et Jake reconnut la voix de Bo Winterman.

« On a bientôt terminé. Tu es sûre que tu n'as besoin de rien, Ella ?

– Non, tout va bien. Gordon a réparé et on ne va pas tarder, nous non plus. Fais attention de ne pas accrocher mes lignes en partant.

– Pas de problème. Je vois tes bouées. Bonne chance.

– À toi aussi. »

Jake vit que la *Rose Marie* mettait cap au nord-est, ce qui plaçait les bouées d'Ella entre les deux bateaux ; aussitôt, il mit pleins gaz et fonça droit dessus. Remarquant le changement de régime, Penman apparut à la porte et jeta un coup d'œil au sondeur.

« On est sur quelque chose ?

– Ouais, on est sur quelque chose. »

Penman leva les yeux. « Tiens, c'est pas le *Santorini* ? »

Jake ne se donna pas la peine de répondre. « Poste un gars à tribord avec une gaffe. » Il voulait crocher la première bouée au moment précis où le *Santorini* serait dans l'alignement entre la *Rose Marie* et lui, puis tirer l'orin et tous les casiers avec, ni vu ni connu.

Devinant ses intentions, Penman hésita. « Il faut faire attention, tout de même, avec la *Rose Marie* tout près. » Jake eut un grand sourire. « Les accidents, ça arrive, Calder. C'est la vie. »

Penman ne se démonta pas. « Écoute, Jake, on est tous avec toi : Ella mérite ce qui va lui tomber dessus. Mais sois raisonnable. Lui vider ses casiers la nuit c'est une chose, lui tirer ses lignes en plein jour, au nez et à la barbe des autres pêcheurs, c'en est une autre.

– Discute pas, Penman. Si tu veux pas être obligé de chercher du boulot demain, fous-moi la paix et fais ce que je te dis. Qu'un gars m'attrape cette bouée. »

À contrecœur, Penman alla donner ses ordres.

Tandis que les deux bateaux convergeaient, les orques arrivaient par le nord. Elles nageaient au ras de la surface, et le vieux mâle écoutait les baleines à bosse qui chassaient en eaux profondes. Baignées de lumière, les eaux côtières éclataient de mille couleurs dans les tons de bleu et de turquoise. Des forêts d'algues ondulaient, vertes, brunes, jaunes. Un monde sous-marin peuplé de sons. Le mâle filtrait ceux qui étaient significatifs. Il reconnut, par exemple, les bruits sourds émis par des baleines à bosse qui chassaient la seiche. Il sut que l'un des bateaux qui travaillaient un peu plus loin vidait ses eaux de cale. Il put identifier chacun des trois autres, qui étaient regroupés plus au sud, au ronronnement de leurs moteurs. L'un d'eux venait de remonter une senne. Cela faisait le même bruit que le vent quand il écumait la surface de l'eau ; les treuils, eux, vrombissaient dans un registre plus grave. Grâce à son sonar, il tenta de localiser les poissons autour du bateau, mais il n'y en avait pas.

L'un des bateaux avait pris de la vitesse, car le lent battement de son moteur avait été remplacé par un grondement continu. Soudain, il détecta un nouveau son. Pas d'erreur possible : c'étaient des thons rouges qui arrivaient par l'ouest, et qui viraient et plongeaient avec puissance et agilité. Ils nageaient en formation lâche et, vu leur trajectoire, ils allaient bientôt croiser les bateaux. Le mâle se méfiait du *Seawind*, mais la faim et les besoins du groupe primaient tout, et les orques accélérèrent.

Bo Winterman avait repéré Jake. Taylor, son second, fumait une cigarette à côté de lui.

« À mon avis, ce salopard va lui couper ses orins, dit-il.

– C'est ce que je pense aussi. »

Le *Santorini* avait repris sa route, mais il était beaucoup plus petit et plus lent que le *Seawind.*

« Je ne vais pas laisser faire ça », dit Taylor en crachant par la porte pour donner plus de poids à ses paroles.

Bo réfléchissait : les frères Roderick n'étaient guère aimés dans le port, surtout parmi les pêcheurs de homard, mais la profession était soudée par une sorte d'instinct tribal et elle avait vite trouvé ses chefs en Jake et Bryan. D'un autre côté, en plus des jalousies latentes, depuis cette histoire d'élections et cette dispute avec Bryan, Ella n'avait pas vraiment la cote non plus. Bo l'avait toujours connue, et avant elle son père, et jusque récemment il n'avait pas prêté attention aux racontars. Mais depuis que Carl Johnson clamait urbi et orbi ce qu'il avait vu dans la crique, il commençait à douter.

« Alors, on y va ou pas ? » s'impatienta Taylor.

Le *Seawind* était presque sur la première bouée. Bien que peu motivé pour intervenir, Bo se dit que Jake n'avait pas non plus à agir en lieu et place de la justice, sans compter qu'il enfreignait la loi et qu'il le savait.

« Il ne l'emportera pas au paradis », marmonna-t-il. Il empoigna le gouvernail et fit faire demi-tour à la *Rose Marie.*

Juste à ce moment-là, un gars de l'équipage poussa un cri en pointant un doigt sur l'océan. À quatre cents mètres à l'ouest du *Santorini*, la surface de l'eau éclatait, percée par de gros poissons qui brillaient d'un éclat argenté dans le soleil.

« Des thons rouges », souffla Taylor.

Ils les observèrent en silence, hypnotisés par le spectacle des thons géants qui se rapprochaient à vive allure. Certains faisaient jusqu'à trois mètres de long et devaient peser pas loin de mille livres. Bo ne se souvenait pas d'en avoir jamais vu, même enfant.

« Regarde là-bas », dit Taylor.

Venant du nord et fonçant droit sur les bateaux, plusieurs grandes nageoires noires fendaient les flots.

« Des orques », dit Bo tranquillement. Calculant qu'elles

allaient intercepter leurs proies à l'endroit précis où se trouvait la *Rose Marie*, il hésita entre aller porter secours à Ella et tenter de capturer des thons. Il n'avait pas le temps de jeter une senne, mais il avait des harpons.

De nouveau, il changea de cap et s'éloigna du *Seawind*. Il se consola d'un remords passager en se disant qu'un seul géant en bon état valait beaucoup d'argent, qu'il était bien obligé de gagner sa vie et que personne ne savait de quoi était fait l'avenir. Il ne pouvait pas laisser passer une chance unique comme celle-ci.

« Gréez les harpons », dit-il.

Gordon venait de terminer sa réparation et de relancer le moteur, mais le sourire d'Ella s'évanouit très vite. En voyant le *Seawind* se diriger droit sur sa première bouée, elle avait tout de suite compris. S'ajoutant au manque à gagner, il fallait compter plus de quatre mille dollars pour remplacer un chapelet de cinquante casiers. C'était au-dessus de ses possibilités. Dans quelques instants, elle aurait perdu tous ses moyens de subsistance.

En voyant la *Rose Marie* virer de bord, elle avait repris espoir ; hélas, Bo avait presque aussitôt fait demi-tour.

« Qu'est-ce qu'il fait ? » avait dit Gordon, atterré.

Complètement découragée, elle voyait Jake debout dans la timonerie, elle imaginait son sourire de triomphe, la haine qui couvait au fond de ses yeux. Quelqu'un se pencha pour harponner la première bouée, et elle se représenta mentalement ses casiers traînés sur le fond, s'ouvrant, se tordant, rebondissant sur les rochers. Les orins s'emmêleraient sans qu'on puisse jamais les démêler, ils finiraient par casser, et tout cela se passait sous ses yeux sans qu'elle puisse rien faire. Elle serra les doigts de toutes ses forces sur le gouvernail et se mordit les lèvres jusqu'au sang.

« Ella. »

Gordon l'avait attrapée par le bras et lui montrait quelque chose à tribord. Elle aperçut les reflets argentés, les gerbes arrachées à l'eau par les grands corps qui retombaient, et elle sut pourquoi Bo Winterman l'avait abandonnée. Son sabotage terminé, Jake changea de cap lui aussi. Les thons avançaient vite, selon une trajectoire qui les placerait bientôt entre les deux bateaux. La mort dans l'âme, Ella dut constater qu'ils passeraient loin du *Santorini* et qu'elle n'avait pas la puissance nécessaire pour les rattraper. Mais elle s'aperçut bientôt que le banc était très étalé, et que certains poissons s'en écartaient sur le flanc sud. Il y avait une chance infime, mais une chance tout de même, d'en attraper un à condition de poser des lignes tout de suite.

Moteur au ralenti, elle se mit au travail, aidée de Gordon avec qui elle n'avait pas eu besoin d'échanger une seule parole. Il prépara les lignes et les hameçons, et ils appâtèrent. Ensuite, Ella enroula la ligne sur le treuil, dont elle s'aidait pour remonter les grosses prises quand, à différentes époques de l'année, elle pêchait à la palangre.

À une centaine de mètres sur son avant, un poisson sauta ; il pourchassait un bar. Ella retint son souffle : c'était une magnifique bête de quatre mètres de long qui devait aller chercher dans les mille livres de chair extra. Une prise comme celle-ci suffirait à lui faire oublier ses problèmes d'argent pendant un an. Poussés par l'urgence, elle et Gordon préparaient leurs lignes dans une sorte de frénésie.

Quelque chose, tout d'un coup, attira son attention. Une nageoire émergeait des flots. « Regarde là-bas », dit-elle.

Un groupe d'orques se rapprochait du banc de thons. Prédateurs et proies allaient tous se rejoindre au même endroit. Ella eut un pressentiment.

Jake observait les orques, qui s'étaient engagées entre les deux autres bateaux et semblaient rester dans le voisinage de la *Rose Marie*. Il prit son fusil, et le tint contre sa poitrine en cherchant le grand salopard à la nageoire dorsale doublement crantée. Quand il eut repéré le mâle dominant, il épaula.

« Tiens, attrape ça, mon salaud », dit-il. Mais l'orque plongea et disparut. Les autres suivirent l'animal et ne remontèrent plus que pour respirer. Jake surveillait la zone où il espérait voir émerger le vieux mâle, mais l'orque sortit cinquante mètres plus loin. Il tira une balle dans la précipitation, et manqua sa cible.

« Merde. » Il se demandait ce qui retenait les orques entre le *Santorini* et la *Rose Marie*, mais il comprit bientôt. « Ce vieux salopard, il se sert de nous pour préparer son attaque sans se faire repérer. » Il alla dans la timonerie passer un message à la *Rose Marie.*

« Oui, Jake ? demanda Bo dans la friture du micro.

– Ces putains de cétacés tueurs se cachent derrière nos bateaux. Dès que les thons auront compris ce qui se passe, ils seront à cent nautiques d'ici en une minute. Tu vas rester les bras croisés en attendant qu'on nous pique notre bouffe ? Sors ton putain de fusil.

– C'est inutile, Jake.

– Mais qu'est-ce qui te prend, Winterman ? T'es fou ? Tu sais combien ça vaut un thon géant ? J'en ai déjà perdu un il y a deux jours à cause de ces saloperies d'orques, j'ai pas envie de remettre ça.

– T'as tout faux, Jake, vérifie toi-même. Regarde derrière les thons. »

Jake vit alors trois épaulards qui nageaient en ligne environ deux cents mètres en arrière du banc.

« Garde un œil sur ces trois-là, Jake, ça t'apprendra des choses », dit Bo.

À ce moment précis, un cri retentit à la proue. Jake lâcha son micro en jurant.

« Ils se barrent ! » hurla Penman.

À moins de cent mètres de là, les thons avaient subitement viré au sud-ouest quand les premiers rangs avaient repéré les orques embusquées derrière les bateaux. Jake saisit son micro.

« Peut-être que la prochaine fois tu m'écouteras, Winterman, espèce de connard ! » Il mit les gaz et fit demi-tour. Des milliers de bars filèrent le long de la proue, poursuivis par les thons. Lancés à plein régime, les moteurs brassaient une écume abondante ; dès que Jake eut stabilisé sa trajectoire, il brancha le pilote automatique. À toute vitesse, il sortit du coffre derrière lui une boîte de grenades et courut sur le pont les distribuer à l'équipage.

À bord de la *Rose Marie*, Bo Winterman s'époumonait dans son micro ; il finit par abandonner, furieux et écœuré.

« Cet idiot va tout foutre par terre », dit-il en entendant les premières explosions.

Bo pêchait dans ces eaux depuis cinquante ans, et il savait comment opéraient les orques. Il savait que les trois positionnées derrière les thons obéissaient à une stratégie, et il put constater qu'elles réagissaient au changement de trajectoire de leurs proies en les contournant par le sud et en battant de la queue pour faire connaître leur présence. Si Jake avait laissé faire les choses, ils auraient canalisé les thons paniqués entre les bateaux, vers le reste du groupe, et ils les auraient piégés. Il y aurait eu amplement de quoi partager avec les humains. Bo avait déjà vu des orques amener des poissons dans une senne. Le skipper les avait laissées se servir avant de refermer le filet. Mais à cause de Jake, les orques effrayées laissaient les thons se disperser.

« Espèce de crétin », gémit-il, mi-furieux mi-désespéré.

Les trois orques positionnées à l'arrière du banc avaient réussi à encadrer les thons ; elles émettaient maintenant des cris terrifiants et des *clic* à un rythme de mitrailleuse, bientôt imitées par le reste du groupe.

Mais tout à coup, un cri strident transperça de douleur les oreilles sensibles du vieux mâle. À ses côtés, un jeune hurlait, à la torture. Il y eut une autre explosion, puis encore une troisième. Le bruit était si insupportable que les orques tournoyaient dans tous les sens en essayant d'y échapper. Le mâle partit dans la direction opposée puis, quand il fut plus au calme, il appela ses congénères. Un par un, ils se branchèrent sur sa voix comme sur une balise et le rejoignirent à l'aveuglette. Quand le troupeau fut reformé, il guetta ce qui se passait à bord du *Seawind*. Les hommes continuaient de jeter dans l'eau des objets qui émettaient, bien qu'assourdie, la même explosion. Les thons libérés avaient fui. Une occasion perdue.

Le mâle dominant compta ses troupes et les emmena au nord-ouest, vers un banc où il savait d'expérience qu'on trouvait des tassergals.

Une fois les orques dispersées, Jake avait vite déchanté. Ses bombes avaient aussi fait fuir les thons, qui filaient vers le sud, vers la liberté. À l'arrière du banc, un poisson isolé fendit l'eau, juste sous la surface, en rasant la proue. Penman, qui se tenait prêt, harpon brandi, indiqua par signaux à Jake comment se positionner. En braquant à bâbord, Jake remarqua que la *Rose Marie* se rapprochait. Bo avait dû repérer le thon.

Aussitôt, Winterman l'avertit : « Pousse-toi, Jake ! »

Jake prit son micro. « Va te faire foutre ! »

Il avait les yeux rivés sur Penman, qui lui faisait de grands gestes.

« Ce thon, il est à moi, Winterman », cracha-t-il avant de lâcher le micro pour mieux tenir le gouvernail.

Bo jura mais ne dévia pas d'un pouce. Il avait déjà vu le thon quand le *Seawind* avait changé de cap, le poisson lui revenait donc de droit.

Au dernier moment, il comprit que Jake ne céderait pas. À la proue de leurs bateaux respectifs, Taylor et Penman se tenaient prêts à harponner. Bo ne voulait pas céder lui non plus. Il hésita une seconde de trop, puis, traitant Jake de tous les noms, il tourna le gouvernail comme un fou mais trop tard. À la dernière seconde, les deux skippers tentèrent de s'éviter ; les proues s'écartèrent avec une lenteur exaspérante dans les eaux écumantes, et il y eut un long, un horrible grincement. La collision projeta les hommes un peu partout sur les ponts. Le fracas du bois et du métal brisés retentit en un déchirement atroce. Perdant l'équilibre, Bo se cogna la tête sur le boîtier métallique du sondeur et s'ouvrit le front. Il tomba à genoux, sonné.

À tribord, le *Seawind* tanguait. Déséquilibrés par le choc, les deux harponneurs avaient perdu leurs armes, et le thon s'était échappé.

De tristesse et d'impuissance, Ella secoua la tête en entendant les premières explosions. Comme Bo, elle avait compris que, si Jake avait laissé faire les orques, il y aurait eu assez de poisson pour tout le monde. Mais Jake n'était pas du genre à coopérer ou à partager les richesses de l'océan. S'il avait pu, il aurait tué les orques, et Ella lui en voulait amèrement.

Soudain, l'une de ses lignes commença à se dévider à toute vitesse. Tout d'abord, elle la regarda comme hypnotisée, puis elle comprit. Subitement galvanisée, elle saisit l'autre bout de la ligne et le passa dans une poulie reliée au treuil hydraulique. À soixante mètres du bateau, un thon de trois mètres bondissait hors de l'eau tel un missile, se tordait et s'arquait pour essayer de se débarrasser de l'hameçon.

Ella augmenta la tension de la ligne de façon que la bobine la ralentisse, puis elle remit tout entre les mains de Gordon et se rua sur le gouvernail. Du coin de l'œil, elle avait bien vu que le *Seawind* et la *Rose Marie* convergeaient, mais elle ne pensait plus qu'à attraper ce thon.

Elle le suivit lentement, se laissant traîner par lui. Elle voulait le fatiguer avant de le ramener, mais sans l'affoler, afin de préserver la qualité de la chair. Le poisson plongea et Gordon lui reprit un peu de ligne. Bientôt, le thon bondit dans les airs et fila à toute vitesse vers l'est. Gordon relâcha la tension et Ella mit les gaz. Ils le poursuivirent ainsi sur plusieurs nautiques. Ils travaillaient en tandem, elle contrôlant la vitesse et le cap, lui jugeant quand laisser filer le thon et quand lui reprendre quelques mètres. Le poisson avait des réserves d'énergie insoupçonnées, et il les tint en haleine jusqu'au couchant, à l'heure où l'océan virait du bleu cobalt aux tons de cuivre et d'argent.

Enfin, ses forces s'épuisèrent. Il fallut trois heures et demie pour l'amener le long du bord. Gordon lui planta une lance dans le crâne, et la mort fut instantanée. Ils l'attachèrent par des cordes à la tête et à la queue, et le hissèrent à bord ; puis, sans perdre une minute, Gordon le vida et lui enleva la colonne vertébrale. Ils le saignèrent par plusieurs incisions, qu'ils remplirent ensuite de glace. Quand ils eurent fini, ils admirèrent leur prise.

Ella ne sentait pas sa fatigue. Soulagée de savoir ses problèmes momentanément réglés, elle prit Gordon dans ses bras et ils exécutèrent sur le pont une petite danse d'ivrognes. Ils se séparèrent en riant comme des fous.

« Il va chercher dans les combien, à ton avis ? demanda Gordon quand ils furent calmés.

– Je ne sais pas. Mais tu devrais bientôt pouvoir t'acheter la moto de tes rêves.

– Et toi ? Qu'est-ce que tu vas t'acheter ? »

Elle réfléchit, puis : « Un peu de temps », dit-elle avec sobriété.

À leurs pieds, l'animal taillé pour la vitesse et la puissance, pour une vie précaire dans une mer sauvage où il était la proie des requins, des orques et des hommes, luisait dans les derniers rayons du soleil. Bien qu'un peu triste de le voir mort, Ella était encore tout excitée par la chasse. Elle baissa les yeux sur son pantalon ciré tout taché de sang et de matières.

Sa vie, se dit-elle, était marquée par le contraste entre la vie et la mort, entre la lutte et la survie, des absolus aussi anciens que la mer.

17

Matt s'éveilla de bonne heure entortillé dans ses draps, en sueur et oppressé. Il cligna des paupières dans l'obscurité, ne sachant plus où il était. De son rêve bientôt déchiré, il ne lui resta plus qu'un lambeau étrange, une odeur de mer. Le rideau s'agita dans la brise et Matt comprit qu'il n'était plus dans son appartement de Boston. Il se leva et gagna la fenêtre. Dehors, le ciel velouté était parsemé de points brillants. La brise était chaude, l'air humide.

Il y avait longtemps qu'il n'avait pas rêvé de son frère. Quand Paulie avait treize ans, et lui onze, ils étaient sortis, un jour, dans le petit bateau qu'ils amarraient à Stillwater Cove. Ils étaient tous les deux bons nageurs, même si Paulie était plus baraqué, comme leur père, et Matt plutôt élancé, comme on l'était du côté maternel. On leur avait appris à respecter la mer, et ils ne sortaient que par beau temps, sans jamais s'aventurer jusqu'au récif. Mais en grandissant, Paulie avait peu à peu confondu prudence et couardise. Un jour, donc, il avait insisté pour sortir, malgré un ciel qui changeait rapidement. Matt se revit sur la plage, fasciné par les crêtes acérées qui hachaient les vagues dès que le vent forcissait, se faisant traiter de poule mouillée par son frère. Ils avaient embarqué, et s'étaient dirigés droit sur l'entrée de la crique, tout près des tourbillons. Il s'était mis à pleuvoir, le vent avait fraîchi tout d'un coup.

« On devrait rentrer », dit Matt.

Paulie observa le ciel, qui était noir et menaçant. La houle grossissait de minute en minute. « Bon, d'accord », répondit-il de l'air de lui faire une concession, mais, en travers de son front, un pli soucieux démentait son air décontracté.

Ils firent demi-tour et se mirent à tirer des bords serrés, car le vent soufflait fort au large. À un moment, la bôme empenna, la voile se gonfla. Surpris par une violente bourrasque, ils dessalèrent ; le bateau chavira. Ils n'avaient pas de gilet, mais ils s'étaient déjà renversés plusieurs fois et ils avaient l'habitude de relever le voilier et de remonter dedans comme s'il ne s'était rien passé. Cette fois-ci, l'eau était glacée.

Matt refit surface en crachant, mais ne vit ni Paulie ni le bateau. Il pleuvait dru, par plaques entières portées par le vent, et le monde fut soudain uniformément gris. Les yeux pleins de sel, il nagea à l'aveuglette en essayant de ne pas se laisser gagner par la panique. À un moment, porté par une vague, il aperçut Paulie qui s'accrochait à la coque. Il lui criait de le rejoindre d'une voix terrifiée qui acheva d'affoler Matt. Entre eux, la distance grandissait. De temps en temps, il apercevait Paulie, le visage ruisselant, une main toujours sur le bateau, l'autre tendue. Matt se sentit gagné par la fatigue et par le découragement, car malgré ses efforts il n'arrivait pas à le rejoindre. Plus il avait peur, plus il s'affolait et moins il coordonnait ses mouvements. Contre le récif tout proche, l'eau bouillonnait. Il sentait les courants et les remous s'agripper à son corps de mille doigts invisibles et crochus.

Leur père leur avait pourtant conseillé cent fois de respirer profondément, de ne pas faire de gestes inutiles, de ne pas gaspiller leur énergie, mais il se débattait, c'était plus fort que lui. À un moment, il but la tasse. Juste après, une deuxième vague le submergea. Il remonta, puis coula sous une troisième. À partir de là, tout se passa au ralenti. Son esprit était comme dédoublé entre une partie consciente seulement de ses mouvements entravés par l'eau, avec le sentiment d'être prisonnier d'une pince géante refermée autour de sa poitrine, et une autre partie qui vagabondait. Il voyait ses parents et Paulie assis autour de la grande table de chêne. Son père découpait un rôti, sa mère souriait à une remarque de Paulie. La pièce était éclairée d'une lumière douce tandis que dehors, dans la nuit, les flocons de neige se déposaient sur les vitres. C'était un souvenir de l'hiver précédent : Paulie s'était cassé le bras en jouant au foot et il avait profité de ce qu'il était dans le plâtre pour attirer l'attention sur lui. Matt était dans la pièce, mais tout s'éloignait de lui ; il essayait d'appeler, mais aucun son ne sortait de sa bouche et tout le monde se détournait de lui, l'abandonnant à son désarroi et à sa solitude. Puis les images se fragmentaient, les personnages devenaient des fantômes ; tout d'un coup, Matt fut ramené à la réalité par le froid de l'eau sur sa peau et la brûlure dans ses poumons. Il cessa de lutter et sut qu'il était en train de mourir.

Une main l'attrapa et le hissa à la surface. L'air glacé lui fouetta le visage, et il respira.

« Nage, Matt, nage donc, merde ! »

C'était la voix de Paulie. Mais Matt ne comprenait pas ce qu'il lui disait. Pris de panique, il s'agitait dans tous les sens.

« Ne te débats pas comme ça ! »

Il sentit le bras de son frère se refermer autour de sa poitrine, et voulut se retourner pour s'agripper à lui.

« Arrête, petit con, tu vas me faire couler ! »

Cette fois-ci il comprit, et se tint tranquille. Lorsqu'ils rejoignirent enfin le bateau, le grain était passé, le ciel dégagé. Quand Matt avait senti la coque lisse et dure sous sa main, il s'était rendu à l'évidence : son heure n'était pas venue.

À une époque, il avait fait ce rêve presque toutes les nuits. Depuis ce jour-là, il avait peur de l'eau. Et depuis la mort de Paulie, il se reprochait de ne pas avoir pu lui sauver la vie à son tour, de ne pas avoir remboursé la dette dont il se sentait redevable envers lui. C'était cette culpabilité qui l'avait poussé à se jeter à corps perdu dans son travail de procureur. C'était cette même culpabilité qui, aujourd'hui, le faisait douter de la femme qu'il aimait.

Il passa une heure à travailler avec Henry sur la nouvelle remise. Ils garnissaient la structure de grosses planches qu'ils coupaient eux-mêmes pour faire les murs. Tout en travaillant, Matt repensa à la réaction de Baxter quand il avait prononcé le nom de Kate Little. Il finit de scier une planche à la bonne longueur, puis il arrêta la machine.

« T'as des soucis, Matt ?

– Je pensais à Baxter. Il n'est pas marié ?

– Non. Il serait plutôt du genre célibataire endurci.

– Tu ne saurais pas par hasard s'il voit une certaine Kate Little ?

– Jamais entendu ce nom-là.

– Elle habite une maison sur la pointe, avec son mari, Evan Little. Ils ne viennent que l'été.

– Tu sais, moi, je peux pas dire que je fréquente beaucoup les gens de là-bas. Pourquoi cette question ?

– Comme ça. » Matt avait caressé l'idée qu'il pouvait y avoir quelque chose entre eux, mais plus il y pensait, plus cela lui paraissait saugrenu. Malgré tout, il avait le sentiment que Baxter n'était pas prêt à le suivre sur la piste qu'il venait d'ouvrir.

Il consulta sa montre et enleva ses gants, se rappelant qu'il avait un cabinet et qu'il était censé s'en occuper, même s'il n'avait pas encore de clients. La veille, une femme qui disait soupçonner son mari d'infidélité lui avait laissé un message sur son répondeur. Elle voulait le consulter sur les modalités de divorce. Apparemment, le mari travaillait sur le ferry qui faisait la navette entre les îles et le continent, et, ces derniers temps, il se serait absenté plus souvent que de coutume. Bien que conscient que ce n'était pas le genre d'affaire qui lui apporterait de grandes satisfactions, Matt savait aussi qu'il ne pouvait se permettre de faire le difficile.

« Il faut que je descende en ville, dit-il à Henry. J'essaierai de m'échapper cet après-midi.

– Je serai là. »

Arrivé dans Sanctuary, Matt passa par le port et le trouva plus animé que d'habitude. Il y avait des voitures et des pick-up garés sur le front de mer, et les bateaux de plaisance amarrés dans le port regorgeaient de monde. Les bassins, en revanche, étaient quasiment déserts. En temps normal, il y avait toujours quelques bateaux revenus au port entre deux sorties, ou en réparation, mais aujourd'hui tous les emplacements étaient vides. Matt ralentit. Tout à coup, il reconnut la vedette de Ben Harper à quai ; il se gara et descendit. Ben était sur le pont arrière, son capot moteur ouvert, des pièces détachées étalées tout autour de lui. Il leva les yeux en voyant approcher Matt, et le soleil se réfléchit un instant sur ses lunettes.

« Un problème ? demanda Matt.

– Cette saloperie de truc n'arrête pas de caler.

– C'est quoi tout ce bazar ? demanda Matt en embrassant d'un geste large les bateaux à moteur et les petits yachts au mouillage.

– Vous n'êtes pas au courant ?

– Au courant de quoi ?

– Il y a quelqu'un qui est revenu avec un rouge géant hier soir. Plus de neuf cents livres. Il paraît qu'il y en avait tout un banc. La moitié de la ville est là ; c'est la grande attraction. » Il désigna d'une main son déballage de pièces. « Sans ces trucs-là, j'y serais moi aussi. » Il se rendit compte que Matt ne savait pas de quoi il parlait. « Quand on dit un "rouge", on veut dire un thon géant. Ça peut valoir une fortune, surtout qu'ils se font rares de nos jours. Un poisson de neuf cents livres, en bon état, ça va chercher dans les, quoi... disons quinze à vingt mille dollars. »

Matt laissa échapper un sifflement d'admiration. « C'est beaucoup pour un poisson.

– Et comment ! Si vous revenez demain, vous ne trouverez pas un seul bateau au port.

– Pas même le vôtre, j'imagine.

– J'espère bien. Mais ce n'est pas la pêche qui m'intéresse. J'ai entendu dire qu'un groupe d'orques se balade dans le golfe et j'aimerais aller y jeter un coup d'œil. » Toujours accroupi, Ben redressa le torse. « Ça m'étonne, que vous ne soyez pas au courant.

– Moi, le seul thon que je connaisse c'est celui que j'achète en boîte au supermarché. Mais pourquoi ça vous étonne ?
– Pourquoi ? La femme à qui vous vous intéressiez l'autre jour, dit Ben avec un grand sourire. Celle qui se présente aux municipales. Elle est bien pêcheur, n'est-ce pas ?
– Ella Young ?
– Oui, c'est ça. Eh bien c'est son bateau qui a ramené le rouge. Le *Santorini.* »

Matt passa le reste de la journée à surveiller sa pendule. Il n'avait reçu aucun coup de fil et n'avait vu personne, à part la jeune femme qui voulait divorcer. Elle avait appelé en milieu de matinée, et pris rendez-vous juste avant le déjeuner. Elle était arrivée à l'heure, en jean et T-shirt, en regardant autour d'elle avec curiosité. Plus jeune que ne l'avait imaginée Matt, elle ne devait pas avoir la trentaine.

« C'est la première fois que je consulte un avocat », dit-elle en prenant le siège qu'il lui offrait.

Il imagina sans peine que son bureau minable ne ressemblait guère à ce qu'elle avait pu voir dans les séries télé. Il lui offrit un café, et pendant qu'il le préparait elle se mit à parler d'elle. Elle s'appelait Ruth Thorne, était mariée depuis cinq ans et avait deux enfants en bas âge. Charlie, son mari, travaillait pour l'Island Ferry Company qui desservait la demi-douzaine d'îles au large de la côte, dont Saint George, la plus éloignée. Elle ne lui apprit pas grand-chose de neuf. Son mari devait parfois passer la nuit sur le continent, en fonction des horaires à assurer. Récemment, elle avait remarqué que ses absences se répétaient ; il avait prétendu que la rotation des équipes avait changé, mais elle ne l'avait pas cru et, à plusieurs reprises, elle avait téléphoné au gîte où il logeait d'habitude. Chaque fois, on lui avait répondu qu'il n'avait pas retenu de chambre.

« Vous lui en avez parlé ?

– Oui. Il a dit qu'il s'était fait héberger par un ami à la dernière minute. Mais je voyais bien qu'il mentait, ajouta-t-elle d'un air triste.

– Peut-être pas forcément.

– J'aimerais le penser, je vous assure. Mais le fait est que depuis quelque temps, ça va plutôt mal entre nous. Quand il est à la maison, nous nous disputons tout le temps. Charlie ne gagne pas très bien sa vie, et parfois on a du mal à joindre les deux bouts. »

Elle lui demanda quelles étaient les procédures de divorce et il les lui expliqua. Il lui dit qu'il pouvait contacter quelqu'un si elle voulait savoir ce que son mari faisait lors de sa prochaine escapade.

« Vous voulez dire le filer ? » dit-elle en se mordant la lèvre et en écarquillant les yeux. Elle réfléchit une minute, puis : « Ça va me coûter combien tout ça, Mr Jones ? Je ne suis pas riche. J'ai bien quelques économies, mais... »

Il lui donna son devis et lui conseilla de prendre le temps de réfléchir.

« Oui, oui. Mais ce n'est pas l'argent le plus important. Si Charlie me trompe, c'est fini entre nous. Je n'ai pas besoin d'un mari comme ça. Je me débrouillerai seule s'il le faut. »

Matt la raccompagna et lui dit de l'appeler si elle souhaitait donner suite. Il espérait qu'elle s'était mis martel en tête pour rien, et qu'il ne la reverrait jamais. Elle lui plaisait. L'éclair de rébellion qui avait brièvement brillé dans ses yeux lui rappelait Ella, et il trouvait que s'il trompait sa femme, Charlie Thorne était un imbécile.

À l'heure du déjeuner, il se rendit à la cafétéria, qu'il trouva moins fréquentée que de coutume. Sally vint s'asseoir en face de lui et alluma une cigarette en regardant autour d'elle.

« Ç'a été comme ça toute la journée. La ville entière ne parle que du poisson d'Ella. J'imagine que vous êtes au courant.

– Oui.

– Eh bien, je suis contente pour elle. Ce n'est pas trop tôt qu'il lui arrive quelque chose de bien. Plutôt elle que Jake Roderick.

– Jake ?

– Il paraît qu'il y était aussi. » Sally lui raconta tous les ragots. « Je parie qu'il a plutôt mal pris qu'Ella le grille sur un coup pareil.

– En effet. » Matt termina son sandwich et retourna au bureau, chagriné de savoir que Jake avait un nouveau grief à ajouter à la longue liste accumulée contre Ella. Vers la fin de l'après-midi, ne trouvant plus rien à faire pour s'occuper, il brancha son répondeur et descendit sur les bassins. La plupart des bateaux de plaisance étaient partis. À bord des autres, on travaillait toujours, on adaptait son équipement à la pêche au thon. Matt s'assit sur une bitte d'amarrage et observa un homme dans un canot, qui rejoignait à la rame un bateau à moteur. L'homme lança des rouleaux de lignes sur le pont puis, quand il eut lui-même grimpé à bord, il se mit à hisser une sorte de grand fagot de pieux. Matt se demandait à quoi cela pouvait servir, puis il se rendit compte que c'étaient des harpons. Des autres embarcations lui parvenaient des bruits de perceuses : on effectuait en hâte les réparations éternellement repoussées. Un moteur toussa, démarra enfin, dégageant un nuage de fumée bleuâtre.

Les premiers bateaux de pêche rentrèrent au port vers cinq heures. Une nuée de goélands argentés tournoyait autour d'un chalutier qui venait le long du quai. Il amarra et l'équipage se mit à décharger, attirant une petite foule à laquelle Matt se joignit de loin. Il n'y avait pas de thon, et un murmure de déception courut parmi les badauds. Quelqu'un demanda à un homme d'équipage s'il en avait vu. L'homme se redressa, cigarette au coin des lèvres.

« Pas un seul. Et si vous voulez mon avis, on va pas être les seuls à rentrer bredouilles. »

La foule se déplaça néanmoins vers le bateau suivant. Matt attendait le *Santorini*, qui traversa bientôt le port en rythmant sa course de son teuf-teuf régulier. Quand il eut accosté, tout le monde sut qu'on n'avait pas vu de thons aujourd'hui. La foule fut bientôt dispersée. Sans se faire voir, Matt observa Ella et son mousse qui déchargeaient leurs prises. Trois caisses furent bientôt alignées sur le quai ; elles contenaient chacune huit ou dix homards, pinces attachées par de gros élastiques pour les empêcher de se battre.

Quand elle eut fini, Ella se rendit chez le négociant, et Matt attendit qu'elle ressorte. Il ne savait pas très bien pourquoi il était venu, sinon que le retour de son rêve lui avait rappelé tout ce qu'il avait déjà perdu dans sa vie parce qu'il s'était laissé hanter par les fantômes du passé. Ella était partiellement responsable de la distance qui s'était instaurée entre eux, mais il n'avait pas très bien réagi non plus quand elle lui avait dit en face qu'elle n'avait pas tué Bryan. Il cherchait l'occasion de lui parler. Certes, il avait des doutes, mais il pouvait s'en expliquer. Il fallait absolument rétablir le contact, sinon ils perdraient tous les deux quelque chose de précieux. Et cela, il ne le voulait pas. Il espérait qu'il en était de même pour elle.

Un bruit de pas l'arracha à ses pensées. C'était elle. Quand elle le vit, elle s'arrêta, et son visage trahit une émotion qu'il ne sut déchiffrer.

« J'ai appris que vous aviez fait une belle prise, Ella. J'ai tenu à venir vous féliciter. Je suis content que ça vous soit arrivé à vous. »

Elle accueillit ses paroles avec l'ombre d'un sourire. « Merci. »

Ils ne dirent plus rien pendant quelques instants, puis reprirent la parole en même temps. Matt lui demanda de l'écouter.

« Je suis venu vous présenter mes excuses. J'ai douté de vous l'autre jour, et je le regrette. » Elle voulut intervenir, il l'arrêta d'une main. « Laissez-moi terminer, s'il vous plaît. J'ai dû exercer trop longtemps le métier de procureur. Ça rend soupçonneux, ça fait voir le mal partout. Pour être tout à fait honnête avec vous, je vous avouerai que j'ai été plutôt estomaqué en apprenant votre dispute avec Bryan et le coup que vous avez porté à Jake. Je le reconnais. Mais je crois vous avoir dit que je voulais refaire ma vie ici, et je commençais à penser que vous pouviez en faire partie. J'aimerais pouvoir remonter le temps jusqu'à avant toutes ces histoires, à condition que vous m'accordiez une deuxième chance. »

Elle l'avait écouté sans le quitter des yeux, et il la voyait réfléchir à tout ce qu'il lui disait. Quand il eut terminé, elle regarda loin sur le port, vers les passes. Le soleil illuminait ses traits et formait un halo doré autour de ses cheveux. Il attendit ; enfin, elle se tourna vers lui.

« Matt, vous n'avez pas à vous excuser. Je n'aurais pas dû réagir comme je l'ai fait. Simplement, dans votre regard, j'ai lu – comment dire – j'ai lu une condamnation.

– Il faut peut-être que je m'habitue à l'idée de sortir avec Annie Oakley. »

Elle sourit. « Écoutez, ça me fait très plaisir de vous voir ici, et tout ce que vous m'avez dit me fait très plaisir aussi.

– Donc, je l'ai ma deuxième chance ?

– Ce n'est pas la question. C'est difficile, Matt. Je ne suis pas sûre que le moment soit bien choisi. Il y a des choses que je ne peux pas vous expliquer pour l'instant.

– Ella, ça ne peut marcher que si nous arrivons à parler. Vous ne pouvez pas essayer de me faire confiance ? »

Elle sembla chercher ses mots. « Ce n'est pas que je ne veuille pas, dit-elle.

– Écoutez, vous n'êtes pas obligée de vous confier tout de suite. Nous avons le temps. Le temps de faire de nouveau connaissance. » Il crut lire dans ses yeux qu'elle serait prête à se confier, oui, mais qu'avant tout, il fallait qu'il sache gagner sa confiance. « Écoutez, lui dit-il d'un ton léger pour lui faciliter le premier pas. Vous feriez bien de profiter de l'occasion, parce qu'il y a une énorme demande sur un type comme moi, genre avocat à succès, gros cabinet et tout et tout. »

Elle sourit lentement. « Oui, j'imagine. Naturellement, vous parlez à la propriétaire d'un empire industriel naissant, grosses pêcheries, et tout et tout. Autant vous dire qu'il en faut plus que ça pour m'impressionner.

– Voilà qui est mieux. On dîne ensemble demain ? Un endroit tranquille, en tête à tête ? »

Il attendait sa réponse quand une voiture de patrouille s'arrêta au bout du quai ; Baxter en descendit. En voyant son expression, Matt s'alarma aussitôt. Comme Baxter s'avançait vers eux, Ella regarda autour d'elle pour voir où était le problème.

« Qu est-ce qu'il veut, celui-là ? » dit Matt, mais Ella ne répondit pas.

Arrivé à leur hauteur, Baxter eut un petit sourire d'excuse et essuya son front luisant de sueur. Il regarda Matt, puis Ella.

« Je suis désolé, Ella. Je dois vous arrêter. Vous êtes soupçonnée de meurtre sur la personne de Bryan Roderick. » Il chercha machinalement ses menottes à sa ceinture, puis se rappelant où il était et à qui il parlait, il se reprit et fit un geste gauche en direction de sa voiture.

« Je vais être obligé de vous demander de me suivre. »

18.

Une fois par semaine, le juge Walker présidait les audiences du tribunal correctionnel de Saint George ; il consacrait le reste de son temps au magasin de fournitures pour bateaux qu'il possédait sur les quais. Les cas plus graves, qui étaient rares à Saint George, étaient déférés au parquet sur le continent, et s'il y avait jugement, les prévenus comparaissaient devant le tribunal de Brunswick.

En arrivant au commissariat, Matt s'aperçut que Baxter avait déjà pris rendez-vous avec le juge Walker pour le lendemain matin ; l'audience devrait permettre d'établir si les preuves contre Ella étaient suffisantes pour la déférer à la juridiction de l'État du Maine. En attendant, Ella était en garde à vue dans une cellule à l'arrière du bâtiment. Matt demanda à parler à Baxter dans son bureau.

« Qu'est-ce que c'est que cette histoire ? lui dit-il quand ils furent seuls.

– Je n'ai pas pu faire autrement, répondit Baxter. J'ai de nouvelles preuves depuis cet après-midi.

– Vous avez trouvé le corps ?

– Le corps, non. Mais un témoin oculaire, qui a fait une déposition sous serment. Lundi soir, il aurait été chez Bryan et il l'aurait vu par la fenêtre gisant par terre, couvert de sang, et Ella debout avec un fusil à la main. »

Sous le choc, Matt fut incapable de répondre. Il avait l'impression qu'on venait de renverser d'un coup son univers, de piétiner ses espoirs dans la fange. Baxter le regardait avec sympathie.

« Je suis désolé pour vous, dit-il en s'asseyant sur un coin de son bureau. J'ai appelé à votre cabinet mais vous n'y étiez pas. »

Matt chercha une chaise. « Ce témoin, qui est-ce ?

– Un certain Jerrod Gant. Il habite sur la route nord. »

Le nom ne lui disait rien. Il était incapable d'aligner deux pensées. Une image prédominait dans son esprit, celle d'Ella tournant vers lui, quand Baxter était venu l'arrêter, un regard qui était un appel à l'aide, ou à la compassion, il n'aurait su le dire. Il avait tenté de la rassurer, même si l'expression de Baxter lui disait que l'affaire était grave.

Maintenant que son esprit se remettait à fonctionner, il s'en voulut de sa réaction. Si toutes ses années de tribunal lui avaient appris une chose, c'était que les preuves les moins fiables étaient celles fournies par les témoins. Les témoins étaient humains, donc faillibles. Contrairement à un bon rapport médico-légal, ils se trompaient, ils mentaient, quand ils n'obéissaient pas à leurs propres motivations, un règlement de comptes par exemple, ou encore le racisme, auxquels on devait nombre de parjures sous serment. Il ne fallait jamais prendre un témoignage pour argent comptant, mais au contraire l'éplucher en recherchant les incohérences, les partialités. Cette leçon vite oubliée rappela à Matt combien il était prêt à douter d'Ella, en dépit de ce qu'il lui avait dit moins d'une heure auparavant. Une question, évidente, s'imposa à lui.

« Comment se fait-il que ce Jerrod Gant ait attendu neuf jours pour se manifester ?

– Il prétend ne pas avoir voulu d'ennuis.

– Pas d'ennuis ? Vous plaisantez ? Être témoin d'un meurtre ce n'est pas comme griller un feu rouge. Qu'est-ce qui l'a fait changer d'avis ? Un remords de conscience, tout d'un coup ? »

À son air gêné, Matt comprit que Baxter était aussi sceptique que lui. « Voyons, vous ne croyez tout de même pas ce type ? Ce témoignage est un écran de fumée. Qu'est-ce qui se passe, ici ? »

Baxter prit la mouche. « Vous croyez que j'arrêterais Ella sans motif ? J'ai une déposition sous serment, moi. Gant a passé la moitié de l'après-midi ici, et il refuse de changer un seul mot à sa version des faits. Je suis bien obligé de le croire sur parole. S'il ment, ce sera à la police du Maine de s'en débrouiller. » Il se passa une main dans les cheveux, puis, d'un ton plus conciliant : « Écoutez, à mon avis c'est encore ce qu'on pouvait faire de mieux. Démêler ce foutoir avant qu'il arrive du mal à quelqu'un d'autre.

– À quelqu'un d'autre ?

– Vous savez qu'Ella a attrapé un thon hier ? Eh bien, Jake était dans les parages ; il sabotait les lignes qu'elle avait posées. Bo Winterman a tout vu. Déjà que Jake croit qu'elle a tué son frère, comment pensez-vous qu'il va réagir à cette pêche miraculeuse ? Combien de temps avant qu'il fasse une grosse bêtise ? Si Ella est ici, c'est aussi pour assurer sa protection. »

Matt sentit Baxter sincère, en partie du moins, ce qui ne lui donnait pas raison pour autant. « Voyons, commissaire, vous ne pouvez pas boucler Ella en prétendant la protéger, protesta-t-il.

– Je n'ai pas dit ça. Elle est ici à cause d'un témoignage.

– Un témoignage auquel vous ne faites même pas semblant de croire.

– C'est vrai, il a des failles. Mais ça ne veut pas dire que Gant l'a inventé de toutes pièces. »

Matt repensa à Kate Little, et ne put s'empêcher de se demander une fois de plus si Baxter n'avait pas une raison secrète pour remettre Ella entre les mains de la justice. Mais Baxter fut intraitable.

« Je veux voir Ella, et je veux une copie de la déposition, dit Matt.

– Tout ce que je possède est à votre disposition. J'ai envoyé un de mes gars chez elle prendre quelques affaires. Je ne tiens pas à lui rendre la vie plus dure qu'elle ne l'est, croyez-moi. »

Incapable de résister à l'envie de voir la réaction du policier,

Matt lui demanda à brûle-pourpoint : « Au fait, vous avez eu l'occasion de vous renseigner sur Kate Little ? Vous savez si elle a connu Bryan ? »

Baxter le dévisagea. « Je ne comprends pas pourquoi vous vous obstinez avec cette femme. Elle n'a rien à voir dans cette histoire », dit-il avec force.

Mais, dans son attitude, Matt sentit quelque chose qui n'était pas naturel.

Ella leva les yeux quand Matt entra dans sa cellule. Lorsqu'ils furent seuls, il alla s'asseoir à côté d'elle. Pour la première fois, il trouva qu'elle avait perdu de son assurance. Elle posa sur lui un regard interrogateur.

« Baxter m'a rapporté ce que Gant a dit contre moi. Tout est faux, Matt. Je vous le jure. »

Même s'il en avait douté, il lui aurait suffi de la regarder pour savoir qu'elle disait vrai. « Je sais », répondit-il. Elle parut soulagée. « Et de plus, je pense que Baxter le sait aussi. Il prétend vous protéger, ajouta-t-il en la voyant perplexe. Est-il exact que Jake vous a sectionné vos lignes ? » Elle confirma d'un signe de tête. « Baxter n'a peut-être pas tort. Méfiez-vous de ce type.

– Et comment !

– Bon, je crois que notre dîner devra attendre un peu. Pour l'instant, le plus urgent c'est que vous m'engagiez comme avocat. » Elle hocha la tête. « Ensuite, on s'occupera de vous faire sortir d'ici. Malheureusement, je ne peux rien faire avant l'audience de demain. D'ici là, je trouverai un moyen de convaincre les juges que le témoignage est faux.

– Vous pouvez me faire libérer ?

– Naturellement. Je suis un avocat hors pair, ne l'oubliez pas. Il faut que je lise la déposition de Gant. Vous avez une idée de ce qui a pu l'amener à raconter ces salades ? Il aurait une raison de vous en vouloir personnellement ? »

Elle secoua la tête. « Je le connais à peine. »

Matt choisit soigneusement ses mots. « Ella, il dit vous avoir vu chez Bryan ce soir-là. » Elle allait protester, mais il l'arrêta d'une main. « Écoutez-moi jusqu'au bout.

– Bon.

– Si vous voulez que je vous aide, il faut que ce soit réciproque. Que s'est-il passé ce soir-là ? »

Elle ne le quitta pas des yeux, et il lui sembla qu'il entendait les rouages de son esprit se mettre en branle à toute vitesse.

« Je n'ai pas tué Bryan, je le jure. Et je ne suis jamais allée chez lui, ni lundi soir ni aucun autre soir. »

Elle n'avait pas répondu à sa question, mais il sentit que s'il la poussait dans ses retranchements elle se fermerait, et il ne voulait pas perdre le peu de terrain qu'il avait reconquis. Pour l'instant, il suffisait qu'il la croie. Il la rassura d'une petite pression sur la main.

« Merci », dit-elle, et il ne sut si elle le remerciait de son aide ou de ne pas avoir insisté. Il lui proposa de prévenir sa mère mais elle lui dit qu'elles étaient en contact.

« Annoncez-lui votre retour pour demain matin », dit-il en espérant ne pas faire de promesses en l'air.

La déposition de Gant lui confirma ce que Baxter lui avait appris. Par-dessus le marché, elle était aussi accablante qu'un pistolet encore fumant. Matt la lut sur son perron en buvant une tasse de café. Il chercha des incohérences dans la chronologie, dans les détails, et, n'en trouvant pas, il se demanda s'il n'y avait pas une ambiguïté à exploiter quelque part. Sa longue expérience lui avait appris que, dans le cas d'un incident vu de nuit, surtout à travers une fenêtre, ou de loin, les identifications étaient douteuses. Mais Gant disait qu'il était juste derrière la fenêtre, que la lumière était allumée dans la pièce et qu'Ella était tournée face à lui. Aucune ambiguïté, donc. Matt reposa le document. Gant était le témoin parfait. Trop parfait. C'est pourquoi il se convainquit qu'il mentait. Il s'en convainquit d'ailleurs d'autant plus facilement que Gant avait mis longtemps à se manifester et que la raison qu'il en donnait ne tenait pas debout. La question était : pourquoi ce mensonge et, surtout, comment arriver à convaincre le juge Walker que c'en était un ?

Un peu plus tard, Henry vint lui apporter une assiette de tomates du jardin fraîchement lavées et perlées de gouttes d'eau.

« Tu le connais, ce Jerrod Gant ? lui demanda Matt.

– Oui. Il tient la boutique de réparations marines sur la côte sud.

– Quel genre de type est-ce ? »

Henry roula une cigarette, emprisonnant adroitement les brins de tabac dans le papier entre ses doigts. « À vrai dire, je ne l'ai jamais trouvé très intéressant. Il a vécu ici toute sa vie, mais il n'est jamais arrivé à grand-chose. Il a épousé une fille d'une autre île ; je n'ai jamais compris ce qu'elle lui trouvait, remarque.

– Tu le crois capable d'inventer une histoire pareille ?

– Il y a des gens qui feraient n'importe quoi quand ils sont le dos au mur. Depuis quelque temps, m'est avis que la boutique ne va pas fort. Mais d'ici à mentir sur toute la ligne...

– Le mieux serait peut-être d'aller lui poser la question, dit Matt.

– Ce serait le mieux, oui. »

Gant habitait une maison sur la route nord, plusieurs kilomètres après Stillwater Cove. Dans sa déposition, il prétendait avoir été occupé à poser des pièges quand il avait entendu un coup de feu. Matt y repensa tout en conduisant. Un homme entend un coup de feu, il se dirige vers la maison la plus proche, il regarde par la fenêtre, il voit une femme qu'il connaît qui vient de tirer sur le propriétaire des lieux, qu'il connaît aussi. Il tourne les talons et se tait pendant plus d'une semaine. C'est non seulement illogique, mais aussi carrément risible.

Matt ralentit en approchant de l'endroit où il imaginait la bifurcation ; la boîte aux lettres et le panneau de bois apparurent dans ses phares. Il suivit un chemin de terre sur quatre cents mètres, puis arriva à une petite maison avec une véranda à demi écroulée, qui était étayée sur un côté par des caisses en bois. Dans la cour – une vague pelouse brunâtre et un enchevêtrement de mauvaises herbes qui poussaient dans une carcasse de camion rouillée – était garée une petite Ford qui avait connu des jours meilleurs. Les fenêtres du rez-de-chaussée étaient éclairées ; quand Matt descendit de voiture, une flaque de lumière jaune éclaboussa la véranda et les marches, et une silhouette frêle s'encadra dans la porte.

« C'est toi, Chuck ? demanda une voix de femme.

– Mrs Gant ? Je me présente : Matt Jones, avocat, dit-il en s'avançant dans la lumière pour qu'elle puisse le voir.

– Oh, dit-elle.

– Bonsoir. Vous êtes Mrs Gant ?

– Oui..., dit-elle d'un ton hésitant.

– Je cherche votre mari. » Elle le regarda sans répondre. « Jerrod. Il est là ?

– Il est absent.

– Pour longtemps ? » Matt monta sur la véranda pour mieux la voir. Il fut surpris de découvrir une jeune femme d'environ vingt-cinq ans. D'après ce que lui avait dit Henry, il imaginait que Gant avait au moins la quarantaine. Ses cheveux châtain clair encadraient son visage en mèches irrégulières. Elle fixait sur Matt des petits yeux pâles et méfiants, tel un animal prêt à bondir. Il lui sourit, en se disant que, sans cette méfiance instinctive, elle pourrait être jolie à sa manière.

« Il a pas dit quand il revenait. » Elle ne l'invita pas à entrer, au contraire : elle se tenait plantée au milieu de la porte, comme pour lui barrer le passage. Derrière elle, Matt apercevait une grande cuisine encombrée de meubles fatigués, au milieu de laquelle trônaient une grande table pas toute jeune et des chaises dépareillées.

« Vous savez où je peux le trouver ?

– Je ne sais pas où il est. Des fois il va chercher du travail sur les autres îles. D'habitude, quand il s'en va, c'est pour deux, trois jours. Cet après-midi, j'ai su au dernier moment qu'il partait.

– Écoutez, aujourd'hui, votre mari a témoigné auprès de la police d'un incident qui aurait eu lieu la semaine dernière. Vous ne trouvez pas bizarre qu'il ait disparu ? » Elle le fixa sans répondre. « Vous êtes au courant ?

– Il ne me dit pas tout. »

Elle avait l'air sincère. « Il s'agit d'un meurtre, Mrs Gant. Votre mari prétend avoir été témoin d'un meurtre. Il ne vous en a pas parlé ?

– Je ne sais rien », insista-t-elle obstinément.

Il était clair qu'elle refusait de lui parler.

« Il s'agit d'une affaire grave. J'aimerais entrer en discuter avec vous. Est-ce possible ? » Il la sentit hésiter, se demander s'il posait une simple question ou si, en tant qu'avocat, il avait le pouvoir de s'imposer.

« Ce serait peut-être mieux maintenant que demain au tribunal, lui souffla-t-il.

– C'est pas rangé », dit-elle en s'écartant à contrecœur. En refermant la porte, elle scruta les ténèbres, comme pour y chercher quelqu'un.

Il s'avéra qu'en effet elle n'était au courant de rien. Lucy Gant avait épousé très jeune un homme de quinze ans son aîné pour échapper à une vie sordide, et elle se retrouvait perdue au milieu des bois dans une maison délabrée, sans amis. Elle semblait habitée par un mélange de désillusions et de résignation. Nerveuse, elle fumait cigarette sur cigarette, mais elle répondit sans ruse, sans rien cacher. Elle ne savait rien ; visiblement, cela ne l'intéressait pas et elle n'était pas même surprise que son mari ait pu rentrer un soir sans lui dire qu'il avait été le témoin d'un meurtre.

« Lundi dernier, vous vous rappelez à quelle heure il est rentré ?

– Désolée. Les jours sont tous pareils », répondit-elle après avoir tenté quelques instants de raviver ses souvenirs.

Il prit congé. Elle sourit pour la première fois, comme soulagée par la fin d'une épreuve ; elle regardait sans cesse vers la porte et, quand elle le raccompagna, il la sentit pressée de se débarrasser de lui.

« Merci de votre coopération. Si votre mari revient, dites-lui de m'appeler. Ou si un détail vous revient à l'esprit. » Il lui tendit sa carte et elle la prit sans la regarder.

« D'accord. »

Matt monta en voiture en l'imaginant en train de la jeter à la poubelle.

19.

L'audience était à dix heures. Depuis six heures du matin, Matt essayait d'étayer son intime conviction que le témoignage était au mieux bancal, au pire forgé de toutes pièces. Il se rendit à l'atelier de Jerrod Gant, qui était, comme le lui avait dit Henry, à l'écart de la ville. C'était la première fois qu'il allait dans ces faubourgs, où l'Ash se jetait dans un bras de mer protégé par un port naturel. C'était là que Howard Larson projetait de construire son port de plaisance et, plus tard, les services et activités qui le feraient vivre. Plus au sud, entre la côte rocheuse et les collines boisées, s'étendaient de vastes prairies qui feraient des sites constructibles parfaits. La vue sur le golfe était spectaculaire, et Matt remarqua que les lots étaient déjà délimités. Il imagina les fleurs sauvages enterrées sous le béton, les routes, les stations-service et les pizzerias.

À l'embouchure du cours d'eau, au milieu d'une petite zone industrielle, l'atelier décrépit était signalé par un écriteau dont la peinture s'écaillait. Une cale de lancement en partait, qui descendait dans la mer, au milieu de pièces de machines rouillées à moitié enfouies dans la boue. La porte de bois résista aux efforts de Matt. L'endroit avait un air triste et abandonné. Il se rendit dans le bâtiment voisin, « Decoy-réparations automobiles », devant lequel était garé un camion rouge. À l'intérieur, un homme travaillait sous le capot d'une Jeep, une lampe suspendue au-dessus de la tête. Il se redressa et répondit par la négative quand Matt lui demanda si Jerrod était dans les parages. Il sortit et jeta un coup d'œil le long du rivage.

« Son bateau est parti. Réessayez demain, ou après-demain.

– Merci. » Au moment de s'en aller, Matt désigna la prairie d'un geste de la main. « Si le lotissement se construit, ça va doper vos affaires.

– C'est ce qui se dit. Faut voir. » Il alluma une cigarette. « Mais tout ça, ce sera fini, dit-il en montrant les petits ateliers.

– Fini ?

– Les plans d'aménagement prévoient une extension du port le long de la rivière. Et nous autres, on sera déménagés tout là-bas », ajouta-t-il en montrant un terrain derrière une ceinture de bouleaux.

Il n'avait pas l'air heureux à cette perspective, ce que Matt eut du mal à comprendre car il lui semblait que les propriétaires des terrains côtiers, dont Jerrod Gant, vendraient à bon prix. L'homme le détrompa.

« Ici, tout est en location. C'est Howard Larson qui possède presque tous les terrains. En fin de compte, vous savez, on ne sera pas gagnants. On aura peut-être plus de boulot, mais comme on sera obligés d'aller s'installer ailleurs, vous pouvez parier que Larson en profitera pour augmenter nos loyers. Qu'est-ce qu'on peut contre ça ? »

Il retourna à son travail, et Matt resta à contempler d'un air pensif le bâtiment qui abritait l'atelier de Gant.

Quand il arriva au tribunal, tout le monde l'attendait. L'audience devait se tenir dans le bureau de Walker, et Matt trouva Baxter et Larson en conversation au bout du couloir. Ils s'interrompirent, et Baxter vint l'accueillir devant la porte.

« Ella est à l'intérieur, dit-il.

– C'est Howard que j'ai aperçu, là ? »

Baxter fit semblant de vérifier, puis lança un laconique : « Ouais.

– Il y a un rapport avec Ella ? »

Baxter le regarda fixement. « Pourquoi voulez-vous qu'il y ait un rapport avec Ella ?

– Je vous le demande. »

Baxter ouvrit la porte sans répondre. « Allons-y. »

Matt alla saluer le juge, puis s'approcha d'Ella qui lui parut anxieuse, mais soulagée de le voir.

« Je me faisais du souci.

– Désolé de mon retard. Répondez en toute franchise aux questions qui vous seront posées, d'accord ? Et ne vous en faites pas, vous serez bientôt dehors. »

Ella se mordit la lèvre et hocha la tête.

Maigre et voûté, presque chauve, le juge Walker devait avoir la soixantaine. Il portait un costume gris, une chemise bleue et une cravate bordeaux nouée de travers. Mais il posa sur Matt un regard inquisiteur et intelligent, et celui-ci se garda de se laisser tromper par les apparences. Il s'assit à son bureau, chaussa ses lunettes et commença sans préambule. « Bon, voyons cette affaire. Tout va bien, Ella ? Avez-vous besoin de quelque chose ?

– Non, merci, monsieur le juge.

– Bien. Comme vous le savez, nous sommes réunis pour décider si, oui ou non, nous avons des preuves suffisantes pour étayer l'accusation portée contre vous par le commissaire Baxter. Si nous décidons que oui, votre dossier sera confié à la juridiction du Maine, sur le continent. » Il la regarda par-dessus ses lunettes. « Ce qui veut dire que nous vous remettrons entre les mains de la police de l'État du Maine. Nous sommes bien d'accord ? »

Ella jeta un coup d'œil à Matt. « Oui. »

Le juge se tourna vers Baxter. « Je crois que c'est à vous de commencer. »

Les chefs d'inculpation étaient on ne peut plus simples. Baxter fit valoir comme preuves la menace d'Ella contre Bryan, le témoignage de Carl Johnson, et, la plus accablante de toutes, la déposition de Gant. Matt l'écouta sans l'interrompre. Baxter ne regardait ni Ella ni lui, et parut soulagé lorsqu'il eut terminé.

Le juge prit des notes, mais ne fit pas de commentaire. « La parole est à la défense, dit-il à Matt.

– Tout d'abord, j'aimerais revenir sur l'altercation entre

Ella et Bryan. Ella ne nie rien, mais de nombreux témoins ont vu Bryan repartir sur ses deux jambes. La dispute ne peut donc pas être retenue contre elle. » Il démonta ainsi les autres preuves comme purement circonstancielles, et sans aucune valeur tant qu'elles ne seraient pas corroborées par d'autres.

« Et la déposition ? Ça ne vous suffit pas ?

– Monsieur le juge, j'estime que ce témoignage ne vaut pas le papier sur lequel il est écrit. » Il raconta sa visite de la veille chez Gant, son entretien avec sa femme, et exposa son raisonnement, tout en dénonçant l'absurdité de l'accusation.

« C'est à voir, l'interrompit le juge. Moi non plus, je ne dis pas tout à ma femme. » Matt sourit, et le juge l'encouragea à poursuivre. « Mais j'ai saisi votre point de vue, dit-il.

– Ensuite, Gant attend neuf jours pour se décider à contacter la police, sans donner d'explication plausible. Ça ne tient pas debout.

– Le nombre de choses que font les gens et qui ne tiennent pas debout... », commenta Walker. Puis il se tourna vers Baxter. « Vous êtes bien discret, vous n'avez pas de commentaire à faire ?

– Je reconnais que ce détail me dérange aussi. Mais j'ai passé deux heures avec Jerrod hier. Il jure qu'il dit la vérité ; est-ce que je pouvais faire autrement que de convoquer Ella ? J'ai à cœur de vous protéger, Ella, croyez-moi bien. Je crains le pire et je ne veux pas qu'il arrive du mal à quiconque. Monsieur le juge, je vous précise que les choses vont déjà très mal entre Jake et Ella. J'ai peur de la réaction de Jake s'il apprend que j'ai relâché Ella après ça.

– Nous ne sommes pas ici pour faire ce que veut Jake, lui rappela le juge.

– Je sais, je sais. Mais c'est à nous de prouver que Gant a produit un faux. En attendant, si la police du Maine s'occupait de l'affaire, ça permettrait de laisser retomber la vapeur.

– Voyons, voyons, intervint Matt avec véhémence. Depuis quand boucle-t-on les gens parce que c'est un expédient commode ? Si le commissaire craint quelque chose de la part de Jake, c'est lui qu'il faut mettre sous les verrous. Pas Ella.

– Attendez, tous les deux. Nous sommes ici pour examiner le témoignage de Jerrod Gant, puisque tout repose dessus J'aimerais l'entendre moi-même, ce Gant.

– Il a disparu. Même sa femme ne sait pas où il est. Son bateau n'est plus à son atelier. » En voyant l'expression de Baxter, Matt comprit qu'il lui apprenait quelque chose. « Et si on ne peut pas l'interroger sur son témoignage, celui-ci est nul et non avenu. » Il prit son document. « Comme par hasard, Gant était tout près de chez Bryan quand il a entendu le coup de feu ; il se souvient même de l'heure exacte, ce qui tombe drôlement bien parce que ça corrobore parfaitement les déclarations de Carl Johnson. Ensuite, il regarde par la fenêtre et il voit Bryan Roderick par terre et Ella une arme à la main ? Enfin messieurs, soyons sérieux...

– Monsieur le juge, l'interrompit Baxter, si Matt pense que Gant ment, il faut qu'il puisse l'interroger au tribunal. »

Le juge le fit taire d'un geste. « Le procureur du Maine va nous tirer les oreilles si nous lui envoyons un dossier sans preuves solides, commissaire. Je vous écoute, Matt. Donc, vous ne le croyez pas. Mais pourquoi aurait-il inventé tout ça ?

– J'aimerais bien le lui demander, mais comme par hasard, il s'est volatilisé. Pour moi, cette histoire est un coup monté.

– Un coup monté ? Nous sommes à Saint George, pas à Chicago. Qui pourrait en vouloir à ce point à Ella ?

– Quelqu'un qui aimerait l'évincer de la course à la mairie, par exemple. Les affaires de Gant ne marchent pas très fort, mais son atelier est situé à l'emplacement prévu pour le port de plaisance. Or tout le monde sait qu'Ella est opposée à ce projet, et si elle est déférée à la police du Maine, elle peut dire adieu à son élection. » Matt marqua une pause pour laisser le temps à son auditoire de digérer ses paroles. Puis, les yeux sur Baxter, il ajouta : « Il n'est sans doute pas le seul que la candidature d'Ella dérange.

– Comment ça ?

– Voyez-vous, monsieur le juge, pour moi cette histoire de témoignage sent le soufre, or c'est la seule preuve qu'il y ait contre Ella. Nous ne sommes même pas sûrs que Bryan soit mort. Mais s'il l'est, il devait avoir pas mal d'ennemis, et je ne pense pas qu'on ait accordé à la question de savoir qui d'autre aurait eu une raison de le tuer toute l'importance qu'elle mérite. »

Craignant soudain de comprendre où il voulait en venir, Baxter lui jeta un regard pénétrant. Il voulut intervenir, mais le juge leva une main. « Attendez, commissaire. Je n'ai pas encore entendu Ella.

– Je ne sais pas ce qui a poussé Jerrod Gant à fournir ce témoignage, répondit-elle, mais je jure que je n'ai pas tué Bryan Roderick. Si Gant a vu quelqu'un chez lui lundi soir, ce n'était pas moi. »

Le juge hocha la tête lentement, l'air pensif. « Bon, dit-il au bout d'un moment. Je ne peux qu'adhérer à l'analyse de Matt. Cette déposition me paraît louche, d'autant plus que Gant s'est évaporé depuis. Donc, tant qu'il n'est pas réapparu, j'estime les preuves insuffisantes pour remettre Ella entre les mains des autorités de l'État. Mais je ne peux pas passer outre à cette déposition sous serment non plus. Voici donc ce que je vais faire. Retrouvons Jerrod Gant et convoquons-le ici pour que je puisse l'interroger, et ensuite nous verrons si son histoire tient la route ou s'il est en train de jouer un sale petit jeu pour évincer Ella. Je vous donne rendez-vous dans une semaine, au lendemain des élections. Si vous ne l'avez pas retrouvé, et s'il n'a pas jugé bon de refaire surface tout seul, je remets cette affaire entre les mains de la police du Maine. »

Il regarda Ella. « J'ai fait pour vous tout ce qui était en mon pouvoir. Le fait est que si Matt a vu juste et s'il n'arrive pas à retrouver Gant et à le confondre avant les élections, j'ai peur de ne pas vous rendre un grand service en vous relâchant. L'affaire va s'ébruiter et Gant vous aura sapé vos chances, de toute manière. En attendant, vous êtes libre. »

20.

Ella raccrocha après avoir parlé à sa mère, et se tourna vers Matt. « Bon. Où en sommes-nous ?

– Comme vous l'a dit le juge, vous êtes libre. Je ne crois pas qu'il ait accordé plus de foi que moi à ce témoignage.

– Pour ce que ça change..., dit-elle avec amertume. Je n'avais peut-être pas beaucoup de chances au départ, mais maintenant c'est fichu. Le juge a raison. Les gens vont penser qu'il n'y a pas de fumée sans feu. Je sais comment ils fonctionnent. »

Matt ne discuta pas. Même si Ella n'était plus en état d'arrestation, elle allait se promener avec des casseroles à la queue dans toute la ville. Il ne le lui dit pas, mais si Gant revenait et confirmait sa déposition, elle aurait des soucis un peu plus importants à se faire que de perdre une élection. Ella lui demanda ce qui le préoccupait.

« En fait, j'aimerais bien savoir pourquoi Gant a menti. Quand je dis que ça a un rapport avec les élections, je m'avance à l'aveuglette.

– Quelle autre raison aurait-il ?

– Il n'a peut-être pas menti sur tout. Je ne veux pas dire que vous étiez chez Bryan, mais il a pu voir quelqu'un, et même, croire de bonne foi que c'était vous. »

Ella réfléchit. « Si je vous comprends bien, l'accusation contre moi risque d'être maintenue.

– À condition que Gant lui-même maintienne sa déposition. » Matt la laissa s'imprégner de ses paroles. « Naturellement, il y a un moyen d'éviter ça, poursuivit-il, et d'empêcher Howard de gagner les élections.

– Et ce serait ?

– Il suffirait de prouver que vous n'avez pas tué Bryan. Et pour ça, il faut que je trouve le ou la coupable. »

Il attendit qu'elle réagisse, mais elle se contenta de poser sur lui un regard énigmatique.

« Ella, l'autre jour vous m'avez dit que vous ne pouviez pas m'expliquer, et quand je vous ai demandé ce que vous faisiez ce soir-là, vous avez éludé la question. Je veux bien croire que vous n'êtes pas coupable, et que vous n'êtes jamais allée chez Bryan, mais je pense que vous en savez plus long que vous ne le dites. »

Elle le regarda, et ses yeux prirent leur couleur gris-vert un peu trouble qu'ils avaient parfois. Elle semblait à la torture.

Il tenta sa chance une fois de plus : « Que s'est-il passé ce soir-là ?

– Je ne sais pas », dit-elle.

Elle mentait, et il en fut accablé. Mais elle avançait le menton d'un air obstiné, et il comprit qu'il valait mieux ne pas insister.

« Désolée, il faut que j'y aille », dit-elle.

En rentrant chez elle, elle trouva sa mère pâle et inquiète, et l'obligea à s'asseoir. « Tu as pris tes médicaments ?

– Je vais bien, ne fais pas tant d'histoires, lui répondit Helena avec un geste d'impatience. Et toi, Ella ? »

Elle la rassura, lui décrivant sa nuit en prison comme une nuit à l'hôtel, alors qu'en fait l'épreuve avait été plus dure qu'elle ne l'aurait cru. Voir quelqu'un verrouiller une porte sur soi et savoir que cette personne avait tout pouvoir sur sa liberté et sur sa vie, décidait de son emploi du temps, des heures où on pouvait manger, dormir, voir le ciel et respirer l'air frais, quelle leçon d'humilité ! Vivre la même chose dans une prison étrangère, où elle n'aurait connu ni les locaux ni ses geôliers, était totalement impensable.

« Ella. » Helena prit les mains de sa fille dans les siennes. Ella remarqua combien celles de sa mère étaient fragiles, sa peau presque friable au toucher. L'attaque qu'elle avait subie après la mort de son mari l'avait vidée de ses forces et de sa vitalité, et en l'espace de six mois elle avait vieilli de dix ans. Elle venait d'une famille grecque. Sur les photos, les hommes bombaient le torse et relevaient le menton, et les femmes, assises, fixaient sur l'objectif un regard stoïque. Helena s'était enfuie à vingt-deux ans pour se marier, et n'avait plus jamais reparlé à son père depuis.

« Je crois qu'il faut tout dire à Matt, dit-elle.

– Non », objecta Ella avec conviction. Sa nuit en prison l'avait confortée dans ses positions. « Tout s'arrangera, maman, je te le promets. »

Helena hocha la tête, acceptant de croire que sa fille disait la vérité.

Ella n'imaginait pas de vivre sans pouvoir sortir tous les jours sur le *Santorini.* Elle connaissait les criques, les baies, les pointes comme sa poche. Et aussi les pentes boisées qui grimpaient à l'assaut de la crête, les prairies, au nord, où paissaient des vaches, les bourbiers à canneberge dans l'est de l'île. Elle connaissait la palette changeante des couleurs au rythme des saisons. Le vert profond des sapins du Canada et des cèdres, qui persistait tout l'hiver, les fleurs qui illuminaient les prairies au printemps, étincelles d'indigo, de jaune et d'orange, les embrasements pourpres des érables et les bruns dorés des chênes à l'automne. Elle voyait tout cela depuis la mer. Elle le voyait en été, quand les planches du pont brûlaient la plante des pieds, en hiver quand l'océan se soulevait en plaques grises et fluides et que le ciel pesait, que l'eau passait du bleu au noir charbon puis au gris pâle moucheté de blanc ; quand les embruns fouettés par la bise lui piquaient le visage de mille aiguilles, quand ses mains bleuissaient de froid et, en se réchauffant, lui causaient une douleur atroce. Tout cela faisait partie de la vie, de sa vie, et Ella n'aurait pas voulu qu'il en soit autrement. Même si elle avait du mal à boucler les fins de mois, elle survivait, et elle n'était pas la seule. Les pêcheurs, derniers représentants des peuples d'autrefois qui vivaient de chasse et de cueillette, étaient intimement mêlés au cycle de vie et de mort, de dépérissement et de renaissance, et elle ne voulait pas les voir disparaître. Elle ne voulait pas voir les prairies de son île éventrées par les pelleteuses, les rues bordées de restaurants à la mode envahis de gens à la mode, elle ne voulait pas voir construire des routes et un yacht-club bientôt bondés de voitures et de bateaux de luxe.

L'ironie c'était qu'en se taisant elle risquait de tout perdre. Mais elle ne voyait pas d'autre solution.

Lorsqu'elle se rendit sur les quais, dans l'après-midi, elle se sentit l'objet de toutes les curiosités. Elle devina que tout le monde était au courant de son arrestation et qu'on spéculait ferme sur son compte. Par deux fois, elle eut l'impression que les gens changeaient de trottoir, mais elle se traita de parano. Elle avait tout de même la désagréable impression qu'on se taisait à son approche, pour reprendre les conversations, à voix basse, quand elle avait passé son chemin. Elle gagna son bateau la nuque cuisante.

Assis sur le pont du *Santorini*, Gordon était occupé à réparer des casiers. Il l'accueillit avec un grand sourire. Il restait peu de bateaux au port, les autres étant tous sortis en quête des thons qu'on ne voyait jamais.

« Il paraît qu'on en a aperçu au sud, près du continent, lui dit Gordon. On raconte même que quelqu'un en a attrapé un ce matin près de Bear Island. »

Ella passa au bureau d'Art Turner ; en la voyant arriver, il bondit sur ses pieds et tint absolument à la faire asseoir. Puis il ouvrit son tiroir et lui tendit un chèque. En lisant le montant, elle écarquilla les yeux.

« Vous avez pris votre marge ?

– Quinze pour cent. Tout le reste est pour toi. »

Elle relut le montant, vérifiant le nombre de zéros. Ils

s'étaient battus longtemps avec le thon, et la chair n'était pas en excellent état. Elle s'était attendue à toucher moins de la moitié de ce que lui payait Art.

« À l'heure qu'il est, lui dit-il, il est découpé en sushis dans un restaurant chic de Tokyo. Ça me tue, moi, ce que les Japonais sont prêts à payer pour un poisson, mais enfin je ne vais pas me plaindre.

– Moi non plus. » Ella se leva et, dans son euphorie, elle planta un baiser sur la joue d'Art. « Bon, je cours à la banque. »

Elle déposa les deux tiers de l'argent sur son compte. Même si une bonne partie allait servir à rembourser ses retards de paiement, il en resterait suffisamment pour vivre quelque temps l'esprit tranquille. Elle retira le reste en liquide et alla le remettre à Gordon, dont elle fit taire les protestations en lui refermant les mains sur la liasse, amusée de le voir arrondir de grands yeux. « Tu gardes ça pour toi, Gordon. Tu l'as bien mérité. »

Ce soir-là, elle attendit que sa mère soit endormie et s'assit près du téléphone. Le numéro de Kate Little était noté sur le calepin. À plusieurs reprises, elle tendit la main vers le combiné, puis la laissa retomber. Elle s'était répété cent fois ce qu'elle allait dire, et chaque fois elle s'embrouillait, les mots lui échappaient. Enfin, comprenant que passer ce coup de fil était au-dessus de ses forces, elle éteignit la lumière et alla se coucher.

TROISIÈME PARTIE

21.

Allongé sur le lit, les mains derrière la tête, Howard regardait Amy Tucker qui sortait de la salle de bains. Ses seins blancs tressautèrent quand elle vint le rejoindre ; elle reprit le chewing-gum qu'elle avait collé sur la tête de lit et se le mit dans la bouche. Howard aperçut sa langue rose ; captant son regard, elle prit son pénis flasque dans sa main.

« À quoi tu penses, Howard ?... comme si je ne le savais pas, remarque. »

Elle l'enfourcha, et, en voyant la fente sombre entre ses jambes, il se sentit bander.

« Wouah, Howard, t'es une bête, je te jure. »

Amy se pencha pour l'embrasser, fourrant sa petite langue dure entre ses lèvres. Sous le goût acidulé du chewing-gum fruité, il sentit un arrière-goût de cigarette, moins agréable. D'une main elle le guida, et s'installa sur lui en agitant les hanches comme quelqu'un qui se carre dans son fauteuil préféré.

« Dis donc, Howard, tu sais où me trouver. » Elle ferma les yeux comme en extase, lèvres entrouvertes, et poussa des miaulements de chaton en se trémoussant. « Dieu que c'est bon, c'est fou ce que tu m'excites, Howard. »

Howard savait très bien qu'il y avait une part de cinéma dans ces démonstrations, et sans doute Amy savait-elle aussi qu'il ne s'y laissait pas prendre ; c'était donc sans importance. Un jeu. La vie était un jeu, avec des gagnants et des perdants, se dit-il, satisfait de pouvoir se compter parmi les premiers. Même si ses rapports avec Amy n'étaient pas tout à fait sincères, elle était bonne au lit, aucun doute là-dessus. Il lui prit les mains et les lui posa sur les seins.

Sans s'arrêter de bouger et de gémir, elle se mit à se caresser entre pouce et index. Il se sentit prêt à jouir. Elle le sentit elle aussi, ouvrit un œil et s'enfonça davantage ; quelques secondes plus tard, en nage, elle s'effondrait sur lui. Ils haletaient comme deux chiens un jour d'été.

« Wouah, t'es un vrai pistolet, tu sais.

– Et quand y en a plus y en a encore, dit-il, flatté.

– On pourrait faire ça tous les soirs si tu voulais », lui dit-elle sur un ton qu'elle imaginait mutin.

Howard s'assit, et le lit d'Amy s'enfonça sous son poids. Par la fenêtre ouverte entraient les odeurs du port qui enveloppaient la ville d'une brume molle et humide. Il sentit qu'elle boudait.

« Allons, tu sais bien que si on faisait ça tous les soirs ça ne nous amuserait plus. On se lasserait vite.

– Moi, non, je ne me lasserais pas de toi.

– Oh, si, surtout si tu ne me savais pas sur le point de faire fortune.

– Ah, c'est ce que tu penses ? dit-elle en l'enlaçant. L'argent, je m'en fiche. Je me demande pourquoi tu restes avec ta femme. C'était quand la dernière fois qu'elle t'a fait l'amour comme moi ? »

Elle avait marqué un point, mais ce qu'il ne pourrait jamais lui dire, c'était que le mollet de sa femme avait plus d'allure que toutes les courbes charnues et vulgaires d'Amy. Il y avait des femmes taillées pour la gaudriole, d'autres pour le mariage. Il savait qu'elle n'insisterait pas. Il la soupçonnait même de préférer son statut de maîtresse, qui lui permettait de se faire entretenir à l'occasion, sans avoir à supporter la routine de la vie domestique.

Elle le lâcha et prit son paquet de cigarettes. Il enfila ses chaussettes et chercha son caleçon. En se levant, il aperçut dans la glace son ventre pâle et mou et ses jambes maigres, et s'inspira un vague dégoût.

« Question fortune, tu n'es tout de même pas Rockefeller, Howard.

– Dans un an, tu ne diras plus ça. Quand je serai maire et que j'aurai le feu vert pour le port de plaisance, l'argent va couler à flots. Les investisseurs se bousculent.

– *Si* tu es maire. » Amy recracha sa fumée.

« T'en fais pas pour ça. Tu ne sais pas qu'Ella a été arrêtée ? Après ça, qui va vouloir voter pour elle ?

– Arrêtée, mais relâchée, Howard. Et personne ne sait où est passé Jerrod Gant. »

Howard allait répondre mais il se reprit, un grand sourire sur les lèvres.

« Qu'est-ce qui te fait rigoler comme ça ?

– Rien. De toute façon, relâchée ou pas, peu importe. Elle est cuite. »

Amy tira sur sa cigarette et le lorgna de l'air de le jauger. « Tu vas vraiment être riche, Howard ?

– Oh, ça oui. Pas de problème.

– Assez riche pour qu'on parte en vacances comme on avait dit, tu sais, une croisière aux Bahamas, un truc comme ça ?

– Pourquoi pas ? Enfin, dès que j'aurai de nouveau un peu de temps. Je vais être très occupé pendant un moment, tu sais. » Il trouva son caleçon et l'enfila. Pour être tout à fait franc, il commençait à se dire qu'il serait peut-être obligé de se séparer d'elle. Si les choses tournaient comme il l'espérait, il ne pouvait pas prendre le risque qu'on découvre sa liaison. Il allait avoir des amis riches, des contacts, connaître des gens importants qui se lieraient avec sa femme, il ne pouvait pas lui faire cet affront. Dommage. Amy était vraiment un bon coup.

Sans descendre du lit, elle s'approcha de lui. « On se revoit quand ?

– Dans quelques jours. » Rien ne pressait.

Il sortit par la porte de derrière en prenant soin d'inspecter la rue auparavant. Il avait laissé sa voiture près de son bureau, sur les quais. La nuit tombait, le port était bondé. Les bars et les restaurants étaient pris d'assaut par la foule hétéroclite qui s'était subitement abattue sur la petite ville dès le lendemain du jour où Ella avait capturé le thon géant. En milieu de matinée déjà, des embarcations de toutes sortes entraient au port ; des bateaux charters amenaient des groupes entiers, mais il y avait aussi des professionnels équipés pour la pêche au homard, et des opportunistes venus tenter leur chance sur des vedettes et des yachts de toutes tailles. Même le bac affichait complet, car beaucoup espéraient, une fois à Saint George, pouvoir acheter un passage sur un bateau de pêche. C'était incroyable, tous ces gens qui croyaient au coup de veine, au poisson à dix mille dollars. Une véritable ruée vers l'or.

Howard s'arrêta pour regarder un homme en train de peindre grossièrement un écriteau : il proposait d'emmener des groupes pêcher pour deux cents dollars par personne. Howard le reconnut : c'était un type qui avait travaillé à l'usine l'an passé, mais qu'il avait licencié parce qu'il arrivait souvent ivre dès le matin. Il regarda le crabier amarré à quai, avec sa peinture tout écaillée et son moteur rouillé, en se disant qu'il faudrait qu'on le paie pour monter dedans. « Alors, il y a de la demande ?

– Oui. Deux gars du Connecticut en vacances sur le continent. »

Howard secoua la tête. Pour un peu d'argent, les gens étaient vraiment prêts à faire n'importe quoi.

22.

Matt avait passé son après-midi à tenter, mais sans succès, de retrouver la piste de Jerrod Gant. Tom Spencer, le capitaine de port, lui avait passé la liste de ses homologues sur les îles avoisinantes ; Matt les avait tous contactés. Gant était connu, mais personne ne l'avait vu ces derniers jours.

Ruth Thorne l'avait rappelé dans la journée. « Finalement j'ai bien réfléchi, Mr Jones, lui avait-elle dit. Je suis décidée à faire suivre Charlie. S'il me trompe, il ne m'arrive pas à la cheville et je ne veux pas passer une minute de plus avec lui. »

Elle parlait d'un ton résolu, dont Matt la félicita intérieurement même si le rôle qu'elle lui demandait de jouer ne lui plaisait guère.

Il lui dit de le prévenir dès qu'elle saurait quand son mari devrait s'absenter pour la nuit. « Nous nous reverrons quand j'aurai du nouveau, et alors vous pourrez décider de la conduite à tenir, d'accord ? Procédez par étapes, et vous me paierez de même. Tenez, puisque vous êtes ma première cliente cette semaine, je vous fais une réduction spéciale de quarante pour cent. » Il se traita aussitôt de fou, mais elle fut si contente qu'il ne le regretta pas.

En raccrochant, il espéra qu'il y aurait beaucoup de demandes pour le cidre d'Henry, car il commençait à douter de jamais gagner sa vie comme avocat.

Il rentra chez lui, se changea et faillit appeler Ella, mais il se dit qu'après sa nuit en prison elle aimerait sans doute pouvoir rester seule avec sa mère. À la nuit tombée, il eut besoin d'un changement de décor et se rendit en ville. Il se demandait si Baxter avait eu plus de chance que lui dans ses démarches, en admettant qu'il ait seulement essayé de retrouver Gant. En réalité, il ne savait plus que penser du policier. Il aurait été curieux de savoir ce que lui et Howard se disaient, l'autre jour, dans le couloir du tribunal.

Matt gara sa voiture devant le Lobster Pot, un bar situé sur la partie des bassins où étaient amarrés les bateaux de plaisance. En traversant la rue, il vit la Mercedes de Kate Little garée devant.

La porte du Lobster Pot était au niveau de la rue, mais donnait accès par quelques marches étroites à la salle qui surplombait légèrement le port. L'intérieur était sombre, abat-jour rouges sur les tables, ambiance début des années quatre-vingt. Au mur, à côté de vieilles marmites, un filet poussiéreux était parsemé de homards, mollusques et poissons en plastique.

Il y avait beaucoup de monde, des touristes surtout, qui ne semblaient pas gênés par le décor et dégustaient homard, crabe et autres spécialités de la mer en échangeant avec animation les dernières rumeurs sur les bancs de thons.

Matt alla commander une bière au bar, et le barman gonfla l'addition d'un dollar. Il s'excusa quand Matt exprima sa surprise.

« Pardon, je vous croyais avec eux », dit-il en désignant du menton une table occupée par des clients qui avaient l'air d'être des citadins. « Pour les gens d'ici, c'est moins cher », ajouta-t-il en pointant un doigt vers le nouveau tarif affiché derrière lui. Depuis quelque temps, Saint George subissait une inflation galopante.

Matt repéra Kate Little assise seule à une table, dans un coin, et qui regardait au-dehors. Elle portait un pantalon clair et une veste bleu marine. Dans la lumière de la lampe, ses cheveux luisaient comme des braises. Il tenta de se faire une première impression. Devant elle, il y avait un verre presque vide et un cendrier plein de mégots. Le regard vague, elle semblait perdue dans ses pensées, et son visage se reflétait dans la vitre avec, en toile de fond, les lumières du port.

Matt dit deux mots à une serveuse et s'approcha de sa table. « Me permettez-vous de vous tenir compagnie ? »

Elle sursauta, leva les yeux, puis, le reconnaissant, lui désigna la chaise en face d'elle. « Je vous en prie. »

Il s'assit, et la serveuse apporta un cocktail. « Votre verre est presque vide, alors je me suis permis... », expliqua Matt.

Elle le fixa pendant cinq bonnes secondes, hésitant à accepter, puis elle hocha légèrement la tête en le remerciant.

« Vous dînerez ? demanda la serveuse.

– Je peux vous inviter ? demanda Matt à Kate.

– Merci, mais Evan m'attend. » Elle alluma une cigarette, et ses diamants brillèrent sur ses longs doigts fins.

Matt leva son verre, et ils trinquèrent. « Si je comprends bien, il y a plusieurs années que vous venez sur l'île. Vous y passez tout l'été ?

– Environ trois mois.

– Ça doit être très calme, quand on vient de New York.

– C'est ce que recherche Evan. Il n'aime pas avoir du monde autour de lui. Vous avez du nouveau avec votre disparu ? ajouta-t-elle après une petite pause.

– Bryan Roderick ? Pas encore.

– Les recherches dans la crique n'ont rien donné, n'est-ce pas ?

– Non.

– Vous le croyez mort ? »

Elle avait posé la question d'un air qu'elle avait voulu détaché sans y parvenir tout à fait. « Je ne sais pas, dit Matt.

– J'ai entendu dire qu'on avait arrêté quelqu'un hier ? dit-elle en lui soufflant sa fumée presque dans la figure.

– Oui, Ella Young. La jeune femme dont je vous ai parlé. Elle a été relâchée ce matin. C'est ma cliente. »

La surprise de Kate éclata sur son visage.

« Comment va Mr Little aujourd'hui ? demanda Matt pour faire diversion.

– Un peu mieux. Il a des hauts et des bas.

– Si je ne suis pas trop indiscret, je peux vous demander comment il s'est blessé ?

– Au cours d'une randonnée à skis. Il a heurté un arbre de plein fouet. Il a eu de la chance de s'en sortir vivant. »

Elle vida son verre, le reposa, puis s'en fit apporter un autre. Matt se demanda combien elle en avait déjà pris. Elle ne paraissait pas ivre, mais les buveurs invétérés avaient le plus souvent l'air sobre même en ayant ingéré des quantités qui auraient fait rouler n'importe qui sous la table.

« C'est arrivé il y a longtemps. Il était très actif avant son accident. » Elle regarda par la fenêtre, et Matt la sentit absorbée par ses souvenirs. Elle ne sembla se rappeler sa présence que quand la serveuse revint.

« Nous étions mariés depuis dix-huit mois. J'étais mannequin quand nous nous sommes rencontrés. »

Il la crut sans peine. C'était une belle femme. « À New York ?

– Oui. » Elle sourit pour la première fois. « Au début, il ne me plaisait pas. Il était déjà riche, il avait démarré sa société de logiciels avant l'heure. Il jetait son argent à la figure des gens pour les impressionner. Quand il a vu que ça ne marchait pas avec moi, il a commencé à me considérer comme une sorte de défi à relever. Il a dû recourir aux vieilles méthodes, celles qui ont fait leurs preuves. » Elle but une longue gorgée. « Alors il est devenu différent. Charmant, drôle. Je suis tombée amoureuse presque sans m'en rendre compte. Son accident l'a changé.

– Vous m'avez dit que ses médicaments affectaient son humeur ?

– Ils exagèrent ses travers. Evan a toujours été un peu obsessionnel. C'est pire maintenant.

– Ç'a dû être difficile pour vous.

– Plutôt, oui », dit-elle avec une pointe d'amertume, mais surtout avec tristesse.

Matt but une gorgée de bière. Il ne pouvait qu'imaginer la nature exacte de sa relation avec son mari, mais il devinait que leur couple était malheureux, et ce probablement depuis longtemps. « Il y a beaucoup de gens qui, à votre place, auraient eu du mal à gérer ce genre de situation.

– Vous voulez dire l'auraient quitté ?

– Non, non, mentit Matt, assez mal.

– En général, on pense que c'est sa fortune qui me retient. On se trompe. » Elle écrasa sa cigarette, et il se demanda combien de fois on lui avait collé l'étiquette de chercheuse d'or. « Les gens vous accusent toujours du pire. L'amour et la haine sont des sentiments extrêmes ; on dit que la limite entre les deux est très mince, et c'est sans doute vrai. »

Bien que ne sachant pas exactement ce que cela voulait dire pour elle, il se souvint de la haine qu'il avait éprouvée pour Kristin quand elle était partie avec un autre homme, mêlée à l'humiliation d'avoir été trahi. Il avait même sombré dans la boisson, ressassant l'échec de son mariage et nourrissant des sentiments contradictoires qui fluctuaient constamment entre amour et haine.

Kate rangea ses cigarettes dans son sac et consulta sa montre. « Je dois rentrer.

– J'ai une petite question à vous poser, dit Matt. Votre mari m'a semblé absolument certain de ne pas avoir dormi dans son bureau la nuit où Bryan Roderick a disparu. Avec tous les médicaments qu'il prend, pourrait-il se tromper ?

– C'est possible.

– Et vous-même, vous ne vous rappelez pas où il a passé la nuit ?

– Non. Evan et moi faisons chambre à part, même quand il dort à l'étage. Il a un sommeil très agité et il a besoin d'un lit spécial. »

Matt réfléchit à ce qu'elle venait de dire. « Donc, quand il dit que vous dormiez tous les deux à deux heures et quart cette nuit-là, l'heure où des coups de feu ont été entendus dans la crique, il ne pouvait parler que pour lui-même. En ce sens qu'il ne pouvait pas savoir si vous étiez dans votre chambre ?

– En effet, reconnut-elle.

– Et vous, avez-vous entendu quelque chose, Mrs Little ?

– Non.

– Vous avez passé toute la nuit chez vous ? »

Pendant plusieurs secondes, elle fixa sur lui un regard impénétrable. « Oui. »

D'instinct, Matt eut soudain l'intime conviction qu'elle mentait.

Elle termina son verre d'un trait. « Et maintenant, si vous n'avez plus de questions, il faut que je m'en aille.

– Je vous laisse tranquille, dit-il en se levant en même temps qu'elle. Bonsoir, Mrs Little.

– Bonsoir. »

Par la fenêtre, il la vit sortir et traverser la rue jusqu'à sa voiture, et se fit la réflexion, mais un peu tard, qu'elle n'était pas en état de conduire. Elle leva les yeux en s'installant au volant, et leurs regards se croisèrent un instant. Matt ne lut rien dans celui de Kate.

Il s'attarda pour finir sa bière ; ses pensées se bousculaient dans sa tête. La serveuse vint débarrasser, et, tout à trac, il lui demanda si Kate était une cliente régulière.

« Assez, oui.

– Elle fréquente quelqu'un en particulier ? »

Elle lui jeta un regard finaud, s'imaginant qu'il s'intéressait à elle. « Vous voulez dire un homme ? Elle est mariée, vous savez.

– Non, ce n'est pas ce que je voulais dire. » Il lui glissa cinq dollars de pourboire.

« Eh bien, quelquefois, elle est accompagnée, oui. Il y avait un type, Jordan Osborne, avec qui elle venait pendant un moment. Mais c'était l'année dernière. »

Matt nota le nom mentalement. « Et récemment, personne ? Bryan Roderick ? »

Elle secoua la tête. « Non. Bryan ne venait pas beaucoup ici, mais elle aurait bien été son genre. C'était le type de femme qu'il trouvait "classe" », ajouta-t-elle en faisant la grimace comme pour signifier qu'elle ne partageait pas cette opinion.

Matt la remercia, vida son verre et partit. Il avait envie d'aller manger un morceau, mais tous les restaurants affichaient désormais complet. Chez lui, il n'avait qu'une miche de pain rassis et le poisson fumé d'Henry. N'ayant le courage de faire ni les courses ni la cuisine, depuis quelques jours il se nourrissait exclusivement de ce que lui apportait son voisin. Il se sentit tout à coup l'appétit coupé.

Comme il regagnait sa voiture, il croisa Ben Harper qui revenait des bassins et échangea quelques mots avec lui. Ben n'avait pas fini de réparer son bateau. Comme Matt allait dans la direction de son auberge, il lui proposa de le ramener.

« Et vos recherches sur la baleine, ça avance ? lui demanda-t-il en chemin.

– L'orque ? J'ai prélevé quelques échantillons que je vais rapporter à Woods Hole. Je ne peux pas me charger davantage. Je laisse la nature faire le reste. Et vous, vous avez identifié la femme que j'ai vue dans la crique ?

– Je la connais. Mais ça ne me paraît pas très utile pour l'instant.

– J'ai appris l'arrestation d'Ella Young. C'est votre cliente ?

– Oui.

– Toute la ville ne parle que d'elle. Et de son thon, bien entendu.

– Qu'est-ce qu'on dit ?

– On parle surtout du meurtre, et du témoignage. D'après ce que j'ai entendu, l'opinion est divisée, mais avec un petit avantage à ceux qui la croient coupable, dit Ben, de l'air de s'excuser d'être porteur de mauvaises nouvelles. Enfin, je peux me tromper.

– Non, vous ne vous trompez pas », dit Matt avec lassitude. Ils arrivaient à l'auberge.

« Je parie que vous la croyez innocente ? Excusez-moi si je me mêle de ce qui ne me regarde pas.

– Pas de problème. Oui, je la crois innocente. » En partie par besoin de se confier et de faire le point dans son esprit, en partie parce que Ben savait écouter, il lui rapporta tous les tenants et aboutissants de l'élection et lui parla des témoignages de Johnson et de Gant.

« Et vous ne savez pas où est passé ce Gant ?

– Non, mais il faut absolument que je le retrouve et que je lui fasse cracher ce qu'il a vu l'autre nuit. Ou alors, que je découvre qui a tué Bryan. » Il regarda Ben, qui semblait absorbé dans ses pensées. « Qu'est-ce qu'il y a ?

– Je me disais, si quelqu'un a vu Ella jeter quelque chose par-dessus bord, pourquoi n'envoyez-vous pas un plongeur ? Ça clarifierait les choses, non ?

– On y a pensé, mais à cet endroit il y a une fosse qui part perpendiculairement à la côte. Elle est trop profonde pour plonger. Merci tout de même de la suggestion.

– J'aimerais bien me rendre utile.

– Si vous avez une autre idée, n'hésitez pas.

– Promis, dit Ben en descendant de voiture. Et merci. » Il vit Matt qui regardait l'écriteau annonçant « complet ». « Ils m'ont offert cinquante dollars au-dessus du prix de ma chambre si j'acceptais de partir, dit-il. J'ai parlé à un gars qui partage une chambre avec deux copains, ils paient trois cents dollars la nuit. » Il secoua la tête d'un air scandalisé et lui fit au revoir de la main.

23.

Le chantier naval de Jordan Osborne consistait en deux petits hangars et un vaste espace pavé entouré d'un grillage, d'où partait une cale de lancement. Il était situé sur le côté sud du port, en face de l'usine d'Howard Larson qui envoyait droit dessus, portée par le vent, sa fumée nauséabonde.

Matt demanda à un homme qui travaillait sur la carcasse d'un bateau d'aller chercher Osborne. Au large, et jusqu'à l'horizon, des embarcations de toutes tailles émaillaient l'océan, regroupées par endroits tels des troupeaux de prédateurs.

« C'est le vent. Quand il vient du nord, comme aujourd'hui, on a l'impression d'être à deux pas de l'usine », dit une voix.

Matt se retourna et serra la main que lui tendait Jordan Osborne en ajoutant : « Même nous, on a du mal à s'y habituer. »

Matt se présenta. Comme l'ouvrier était revenu et s'apprêtait à calfater la coque, il demanda à voir Osborne seul à seul.

« On n'a qu'à aller dans mon bureau », dit celui-ci en désignant du menton l'un des bâtiments.

Par la porte ouverte d'un hangar, Matt aperçut un bateau de pêche de quarante pieds de long, timonerie à la poupe, qui commençait à prendre forme. Protégé par un masque de soudeur, un ouvrier le polissait à la ponceuse électrique. L'air était imprégné d'une forte odeur de solvant. Le deuxième hangar était presque vide. Dans le fond, une petite pièce avec fenêtre avait été aménagée sous un plafond abaissé. À l'intérieur, un bureau, deux chaises et quelques meubles classeurs. Osborne s'assit en se balançant sur sa chaise.

« Ce hangar nous sert dans les dernières étapes de la construction, qui demandent pas mal d'espace. Pour l'instant, il n'est pas encombré, ajouta-t-il, la mine sombre. Le bateau que vous avez vu dans le hangar voisin, c'est une commande pour un gars du continent qui est client chez nous et qui connaît notre travail. Mais je couvre à peine les frais. J'ai réduit les effectifs à deux ouvriers. Et dans la cour, c'est un bateau que j'ai mis en chantier de mon propre chef, sans commande, ce qui veut dire qu'une fois qu'il sera fini il faudra que je trouve quelqu'un pour l'acheter. Ça fait beaucoup d'argent immobilisé.

– Mais qui dit que les affaires ne vont pas reprendre ? Il n'y a pas un seul bateau au port aujourd'hui.

– Mmoui.

– Vous n'avez pas l'air très optimiste.

– J'aimerais bien l'être, croyez-moi. Mais ces thons, par exemple, c'est une lubie. Il y a trop de pêcheurs et pas assez de poisson. Bon, vous n'êtes pas venu ici pour m'entendre me plaindre.

– Je voulais vous parler de Kate Little. »

Jordan aurait fait un mauvais joueur de poker. Son sourire s'évanouit d'un seul coup. « Oui ?

– Je suis l'avocat d'Ella Young et j'enquête sur la disparition de Bryan Roderick. Le nom de Kate a été prononcé.

– Et qu'est-ce qui vous permet de penser que je pourrais vous être utile ?

– Il paraîtrait qu'elle et vous, vous ayez passé un peu de temps ensemble. Ce que vous me direz ne sortira pas d'ici », ajouta Matt qui s'était renseigné et savait qu'Osborne était marié.

Osborne se leva et mit les mains dans ses poches. Il traversa la pièce, fit volte-face. « J'ai toujours eu peur que Mary l'apprenne.

– Si elle l'apprend, ce ne sera pas par moi, en tout cas.

– Qu'est-ce que vous voulez savoir ? demanda Osborne qui vint se rasseoir après avoir manifestement pris le temps de jauger la confiance qu'il pouvait placer en Matt.

– Vous confirmez ?

– Kate et moi, ça a duré deux mois, l'an dernier. On se voyait une ou deux fois par semaine, dès que je pouvais m'échapper sans éveiller les soupçons de ma femme.

– Comment vous êtes-vous rencontrés ?

– Je la connaissais de vue. Un soir, j'ai engagé la conversation avec elle au Lobster Pot. On a bu quelques verres.

– Et ç'a été le début ?

– Sans doute, oui. L'affaire marchait mal, ça se ressentait à la maison. Je ne me cherche pas d'excuses, mais je crois que ça n'allait pas fort entre Kate et son mari. Ça s'est fait un peu tout seul.

– Où vous retrouviez-vous ?

– Ici quelquefois. Et dans divers endroits. Oh, je sais ce que vous pensez, avec son mari en fauteuil... Si ç'avait été quelqu'un d'autre, j'aurais eu mauvaise conscience, mais ce type est un connard.

– Elle vous parlait de lui ?

– Pas vraiment. Mais j'ai pu comprendre qu'il la rabaissait, qu'il la dévalorisait. C'est sans doute pour ça qu'elle boit. Vous savez, à mon avis elle avait besoin de compagnie. Je ne suis même pas sûr que le côté sexuel l'intéressait ; elle avait l'air presque contente quand c'était fini.

– Pourquoi avez-vous cessé de la voir ?

– C'est elle qui a rompu, à la fin de l'été. Quinze jours avant son retour à New York. Je m'y attendais. On se doutait l'un et l'autre que ça ne durerait pas éternellement.

– Parce que vous êtes marié ?

– Probablement. Je ne me suis jamais cru son premier amant, mais je le répète, c'est une femme qui se sent seule, et qui avait besoin de compagnie. Son but n'était pas de détruire les couples. Elle me demandait de lui parler de ma femme, et je voyais bien qu'elle culpabilisait. Au début, je ne comprenais pas pourquoi elle restait avec son mari. Je croyais que c'était pour le fric.

– Et plus maintenant ?

– Non. Je crois qu'elle l'aime encore.

– Donc, depuis la rupture, plus rien ? Pas même quand elle est revenue cette année ? »

Osborne hésita. « Pour être franc, je n'aurais pas dit non, mais quand nous nous sommes revus, Kate m'a fait comprendre que c'était fini. Polie, gentille, mais sans plus. Je n'ai pas insisté. Dans un sens, j'étais soulagé. À cause de ma famille.

– Elle voyait quelqu'un d'autre ?

– Comment voulez-vous que je le sache ?

– Elle aurait pu vous en parler. Vous auriez pu la surprendre. »

Osborne se mit à tripoter un crayon. « Bryan Roderick ?

– Pourquoi est-ce le premier nom qui vous vient à l'esprit ?

– Pour qui d'autre seriez-vous venu me parler de Kate ?

– Il y avait quelque chose entre eux ?

– Pas que je sache, dit Osborne en se levant et en évitant son regard. Écoutez, je vous ai dit tout ce que je sais. Si nous avons terminé, j'ai du travail qui m'attend. »

Matt le suivit jusqu'à la porte. « Ah, une dernière chose. Où étiez-vous dans la nuit de lundi à mardi dernier ? »

Il avait eu l'impression qu'Osborne mentait. Or, si celui-ci savait que Kate couchait avec Bryan, il pouvait avoir des raisons d'en vouloir à Bryan.

« J'ai passé toute la nuit à la maison. Avec ma femme.

– Elle serait prête à confirmer ? » Ce n'était guère adroit. S'il l'interrogeait, l'épouse risquait de découvrir la liaison de son mari. Osborne le comprit et son expression se durcit.

« Je croyais qu'elle ne devait rien apprendre par vous ?

– J'enquête peut-être sur un meurtre, lui répondit Matt.

– Si vous me croyez coupable, vous avez tout faux. Et si vous voulez interroger ma femme, allez-y. Elle vous dira ce que je viens de vous dire. »

Matt le crut, sur ce point au moins. « Mais sur Kate et Bryan, vous savez quelque chose ? »

Trop tard, Osborne était braqué ; il ne reviendrait plus en arrière.

« Je ne sais rien », dit-il, insondable.

De retour en ville, Matt s'arrêta au commissariat en demandant à parler à Baxter. Celui-ci vint l'accueillir avec méfiance. « Qu'est-ce que je peux pour vous ?

– J'aimerais vous voir seul », dit-il, sentant que le planton avait dressé l'oreille.

Quand ils furent dans le bureau du policier, celui-ci s'assit à son bureau et se fourra un chewing-gum dans la bouche. « C'est pour quoi ? »

Visiblement, Baxter était encore vexé depuis que Matt avait insinué en termes à peine voilés, au tribunal, qu'il avait des raisons personnelles de vouloir boucler Ella. Cela le dispensait, par exemple, de rechercher d'autres suspects, Kate Little pour ne pas la nommer. Mais Matt envisageait d'autres scénarios. Il avait lui-même été approché par Howard, et par des moyens pas très subtils. Peut-être celui-ci avait-il tenté sa chance de la même manière auprès de Baxter dans le couloir du tribunal. Baxter ne lui faisait pas l'effet d'un flic facile à corrompre, mais sait-on jamais ? En tout cas, Matt avait décidé de lui laisser le bénéfice du doute pour la bonne raison que, s'il voulait apporter son aide à Ella, il avait besoin de celle du policier.

« Je suis venu enterrer la hache de guerre. Vous et moi, nous ferions mieux de tirer un trait sur nos petits différends et de repartir du bon pied. Il me semble que si nous voulons atteindre notre but commun, le meilleur moyen est encore de coopérer.

– Aux dernières nouvelles, nous n'étions pas du même bord, répondit Baxter.

– Allons, si je croyais qu'Ella avait tué Bryan Roderick, je ne serais pas ici. Et quelque chose me dit que vous êtes de mon avis. Je suis persuadé que nous recherchons tous les deux la vérité. »

Baxter réfléchit. Quand il reprit la parole, il était moins sur la défensive. « D'accord, je reconnais que je ne la crois pas capable de tuer de sang-froid. Mais je dois rester ouvert à toutes les hypothèses.

– On ne peut pas demander mieux.

– Comme vous, j'ai toujours eu des doutes sur le témoignage de Gant. Mais je vous l'ai dit, je ne pouvais pas l'envoyer promener, et je persiste à croire que ce n'est pas une mauvaise idée de mettre Ella hors circuit en attendant que les choses se calment.

– Vous la croyez en danger ?

– Je crois surtout Jake pas mal remonté, et j'ai autre chose à faire que de le surveiller. Hier soir, un type a jeté une brique dans la vitre du Striper Grill, et ensuite il est entré dans le resto armé d'une hache et il a réduit une demi-douzaine de tables à l'état de petit bois. » Baxter hocha la tête, ahuri devant tant de violence.

« Qui aurait fait une chose pareille ?

– Eh bien, dit Baxter, l'air peiné, Kurt prétend que c'est Dave Lamont. Le propriétaire du Surfside, vous connaissez ? »

C'était un petit bar-restaurant près des quais. Matt était passé devant.

« D'après Lamont, Kurt aurait dit à des gars qui descendaient d'un bateau charter qu'ils feraient mieux d'éviter le Surfside s'ils ne voulaient pas s'empoisonner. En ce moment, il n'y a que des histoires comme ça. Vous avez vu le nombre de bateaux qu'il y avait au port ce matin ? Avec tous les gens qui débarquent attirés par ces histoires de thons, vous n'imaginez pas le nombre de bagarres dans lesquelles on a dû intervenir hier soir. Je veux parler des insulaires qui se battent entre eux pour se faire quelques dollars sur le dos des touristes. Le pire, c'est que même en faisant trois services, il n'y aurait pas assez de restaurants en ville pour accueillir tout le monde, dit-il d'un air las. Bref, tout ça pour dire que je ne peux pas garder l'œil sur Jake vingt-quatre heures sur vingt-quatre. »

Matt, qui avait toujours considéré comme un faux prétexte la préoccupation du policier pour la sécurité d'Ella, commençait à prendre au sérieux la menace potentielle que représentait Jake. D'où l'importance de prouver l'innocence d'Ella.

« Vos recherches ont donné quelque chose ? » demanda-t-il. Baxter fronça les sourcils : il avait remonté les mêmes filières que Matt, plus quelques autres, sans succès.

« Récemment, Jerrod a travaillé pour plusieurs personnes sur les autres îles. Nous continuons de vérifier auprès d'elles.

– J'ai peut-être une piste, hasarda Matt. À mon avis elle vaut la peine d'être explorée. » Il observa Baxter attentivement. « Je crois que Bryan voyait quelqu'un, une femme mariée. Je crois aussi que vous devriez l'interroger. Qui sait si elle n'avait pas un motif de le tuer ?

– Qui est-ce ? » demanda Baxter, aussitôt sur ses gardes.

Matt lui rapporta sa visite à Jordan Osborne. La mine aussitôt assombrie, Baxter ne fit aucun commentaire.

« Comment se fait-il que chaque fois que je prononce le nom de Kate Little vous avez envie de me foutre dehors ? »

Baxter se mit à tapoter avec un crayon sur le bord de son bureau. « Et comment se fait-il que vous n'arrêtez pas de citer le nom de cette femme alors que vous ne savez même pas si elle connaissait Bryan ?

– Elle n'est pas heureuse en ménage, et elle a eu une liaison avec Osborne. Pourquoi pas avec Bryan, surtout vu sa réputation ? La nuit où il a disparu, elle ne peut pas prouver qu'elle était chez elle. Son mari ne peut pas lui fournir d'alibi parce qu'ils font chambre à part. Elle aurait pu se disputer avec lui, et qu'il arrive un accident. N'oubliez pas que Ben Harper l'a aperçue dans la crique le lendemain matin. Qu'est-ce qu'elle y faisait, si tôt ?

– Des hypothèses, tout ça. Vous n'avez pas l'ombre d'une preuve.

– Exact. Mais justement, vous ne croyez pas que ça vaudrait la peine d'en chercher ? Parce que si Bryan a été assassiné et si ce n'est pas Ella qui l'a tué, c'est forcément quelqu'un d'autre. »

Il ne parla pas de la scène qu'il avait surprise entre les deux femmes sur les marches de la poste, et qui continuait d'occuper inconfortablement un petit coin de son esprit.

« Appelez ça de l'instinct, mais quand j'ai parlé à Kate j'ai eu l'impression qu'elle mentait. Et aujourd'hui, même chose avec Osborne : je suis sûr qu'il ne m'a pas tout dit. »

Baxter le regarda fixement. « Je vais enquêter », dit-il enfin, mais sur un ton tel que Matt fut aussitôt persuadé du contraire.

24.

Howard arrêta de boutonner sa chemise et regarda la mer par la fenêtre de la chambre conjugale. Il y avait des bateaux partout ; on aurait dit des jouets jetés par poignées sur les eaux du golfe.

« Et merde, marmonna-t-il d'un ton amer.

– Qu'est-ce qu'il y a ? » demanda Angela, dans un bruissement soyeux de chemise de nuit ; des effluves de parfum se répandirent dans son sillage.

« Regarde-moi ça. Toute la ville ne pense plus qu'à ces satanés poissons. »

Angela lui jeta un regard perplexe. « C'est parce qu'ils valent beaucoup d'argent, Howard. »

Il le savait, nom d'un chien ! Le problème c'était que, tout d'un coup, on semblait avoir oublié Ella. Et ça n'arrangeait pas du tout les affaires d'Howard. Pour l'instant du moins. Les gens étaient devenus comme fous. La veille, on avait attrapé encore deux ou trois poissons, pas aussi gros que celui d'Ella mais assez pour attiser la fièvre qui s'était emparée de l'île. On avait repéré plusieurs bancs importants, et on racontait qu'il y en avait d'autres plus loin, tout le long de la côte du Maine et du Massachusetts, jusqu'au Cap Cod.

Angela rappela à Howard que son petit déjeuner l'attendait. Il la dévisagea, et se rendit compte subitement qu'elle n'avait aucune idée de ce qu'il endurait. Sa vie entière, et celle de sa femme par la même occasion, reposait sur sa victoire aux élections. Il ne lui avait pas dit à quel point il était engagé sur ses projets. Elle ne savait pas toutes les sommes déjà englouties en études et investissements, en achats de terrains et biens divers, dont, si tout marchait normalement, la valeur devait quadrupler. Il était sur la corde raide. Certes, pour l'instant Ella n'avait aucune chance de le battre, mais il ne pouvait se permettre de prendre aucun risque. Il ne fallait pas que les gens oublient.

« Je n'ai pas faim », dit-il. Il attrapa sa veste et descendit.

Il était près de midi quand Baxter aperçut Howard qui venait droit sur lui, sur le trottoir, à l'extrémité nord des bassins. Il tenta de l'esquiver, mais trop tard. Howard l'avait vu.

« Alors, commissaire, comment ça va ? » l'interpella-t-il d'une voix de stentor. Il suait abondamment et avait grise mine. « Quelle chaleur, hein ? Je prendrais bien un petit Coca. Vous avez une minute ? Tenez, il y a un peu d'ombre, là. »

Baxter se retrouva propulsé contre son gré vers le comptoir de la sandwicherie. Howard lui mit un Coca dans la main et le guida vers un muret, à l'ombre d'un érable.

Il s'essuya le front avec un mouchoir. Avec son costume beige froissé et pas très net, il avait l'air de quelqu'un qui perd pied mais qui tente de maintenir les apparences. On eût dit un homme toujours pressé d'aller autre part que là où il était, et toujours en empruntant une côte ardue qui le faisait peiner en plein soleil. Un de ces jours, il y laisserait sa peau.

« Alors, quoi de neuf, commissaire ? Vous devez avoir du pain sur la planche ces jours-ci. »

Le port était vide. Tous les bateaux l'avaient quitté avant l'aube. Baxter et ses hommes étaient sur le pied de guerre, avec tous les touristes qui avaient passé la nuit à s'amuser et à boire, excités par les bancs de thons. Pour les pêcheurs, les thons étaient une affaire sérieuse, une chance d'alléger quelque temps leurs tracas financiers, et ils voyaient d'un mauvais œil ces amateurs qui pêchaient dans des eaux qu'ils considéraient comme leur territoire. Ils appréciaient encore moins les professionnels venus des autres îles, car ils avaient davantage de chances d'attraper quelque chose. Il y avait de la tension dans l'air.

Partout dans la ville, les boutiques, les bars et les restaurants s'éveillaient. On ouvrait portes et fenêtres, on empilait les ordures, on déballait les cartons de livraison, tout cela dans une sorte de torpeur, comme sous l'effet d'une gueule de bois collective. Les prix flambaient. Les commerçants se découvraient des rivalités, s'accusaient mutuellement. Au commissariat, on avait du mal à faire régner l'ordre. Oui, en effet, il y avait du pain sur la planche.

« Je parie que des problèmes, vous en avez assez sans qu'on vienne vous embêter avec les histoires de Bryan Roderick. Alors comme ça, on vous a obligé à relaxer Ella ? » Il secoua la tête d'un air stupéfait. « Les avocats, hein, tout de même... Ce Matt Jones, pour qui il se prend à débarquer ici et à faire la pluie et le beau temps chez nous ? »

Baxter dégustait son Coca. Il n'avait pas beaucoup de temps à consacrer à Howard, mais ce petit rafraîchissement était le bienvenu. Plus tard, les bars seraient pleins, des bagarres éclateraient. Il soupira intérieurement. Howard avait raison une fois de plus, il n'avait vraiment pas besoin d'un meurtre en ce moment.

« Ce n'est pas Matt Jones que j'ai vu sortir de votre bureau hier ? attaqua celui-ci. Qu'est-ce qu'il y faisait ? Je parie qu'il venait encore fourrer son nez dans vos affaires. »

Baxter laissa son esprit vagabonder, pas mécontent de laisser l'autre mariner un peu. Il ne se souvenait pas qu'Howard l'ait jamais salué autrement qu'en passant ; en tout cas, il ne l'avait jamais invité à boire un verre. Sans doute Baxter aurait-il dû se sentir vexé d'être pris pour un imbécile, trop stupide pour se rendre compte de ce petit manège, mais il ne se vexait pas facilement. Ce n'était pas quelqu'un qui s'emballait facilement, ce qui expliquait que sa vie eût si peu d'envergure. Il n'avait pas d'ambition, pas envie de surpasser les autres ; il se contentait de ce qu'il avait, une jolie maison, un bateau pour pêcher le week-end, et un pick-up sur lequel ne courait aucune traite.

Il aimait la mer, et il sortait dès qu'il en avait l'occasion. De chez lui, il voyait le golfe au sud de l'île, et par beau temps il apercevait la côte du Maine. Cela lui suffisait. À part qu'il se sentait parfois un peu seul.

« Il n'y a rien de neuf, n'est-ce pas ? dit Howard qui commençait à s'impatienter.

– Pas que je sache.

– Toujours aucune nouvelle de Jerrod Gant, donc. »

Baxter le regarda en se demandant si le bonhomme n'en savait pas plus qu'il ne le disait. Au tribunal, la veille, Howard lui avait paru très renseigné sur la scène surprise par Gant.

« Vous savez ce que je pense ? dit Howard. Matt Jones s'y prend si bien que sous peu, on passera tous pour une bande de crétins. Un type voit Ella Young en train de commettre un meurtre, et qu'est-ce qu'on fait ? On la laisse partir libre comme l'air. Remarquez, je ne vous reproche rien, vous n'y pouviez rien. Ce Jones, il n'a fait que ça toute sa vie, faire libérer des criminels. Ah, les bavards de la ville. Contre un gars comme lui, vous n'aviez aucune chance.

– Il a été procureur, précisa Baxter.

– Oui, enfin, c'est la même chose quand on y regarde bien. »

Baxter termina son Coca et posa sa canette sur le muret. « Bon, le devoir m'appelle. »

Howard se leva lui aussi. « Je vais faire quelques pas avec vous. Vous savez, je me disais, ce serait peut-être aussi bien de s'en remettre dès maintenant à la police du Maine. »

Baxter s'arrêta. « Le juge Walker nous a donné une semaine. Un délai qui inclut les élections. Peut-être que d'ici là Gant refera surface.

– Le juge Walker n'a pas plus d'expérience que nous dans ce genre d'affaire. Merde, c'était quand le dernier meurtre sur l'île ?

– Suspicion de meurtre, le corrigea Baxter. Nous ne savons toujours pas ce qu'est devenu Bryan.

– Nom de Dieu, commissaire, on croirait entendre Matt Jones ! Bryan est mort, tout le monde le sait. Ce que je dis, moi, c'est laissez les rênes à la police de l'État. Qui est-ce qui nous oblige à laisser un avocaillon de Boston marquer les points ? Vous ne voulez tout de même pas passer pour un péquenot ? Si vous voulez mon avis, mettez l'affaire entre les mains de la police de l'État.

– Dites donc, ça vous tient drôlement à cœur ce truc-là, hein ? dit Baxter.

– Vous savez, moi, j'essaie simplement de vous rendre service. »

C'est ça, pensa Baxter. Et moi je suis la reine d'Angleterre.

« Vous avez un bateau, n'est-ce pas, Dave ? demanda Howard tout à trac.

– Ouais.

– C'est bien ce que je pensais. Je vous ai vu rentrer au port à la rame l'autre jour. Moi, si j'avais un bateau, j'aurais envie qu'il ait sa place dans un joli port de plaisance. Vous voyez le tableau ? Un ponton rien qu'à vous, pas loin d'un petit bistrot avec des tables au bord de l'eau où on s'assied pour déguster une bière servie par une jolie fille. Ce serait pas chouette ? » Howard laissa sa question en suspens et empoigna l'épaule de Baxter « Bon, vous réfléchissez à ce que je vous ai dit, d'accord ?

– Oui, c'est ça », dit Baxter, énigmatique.

Howard fronça les sourcils, puis décida d'interpréter sa réponse comme un acquiescement. « Bonne journée ! », lui lança-t-il en souriant.

Baxter le regarda s'éloigner. Il aurait aimé se dire qu'il n'y avait aucune chance qu'il réfléchisse jamais à une proposition d'Howard, mais force était de constater que rien n'était moins sûr. Le fait que Matt ne cesse de citer le nom de Kate Little en relation avec Bryan le dérangeait. Il pensa à elle, à son regard triste quand ses yeux vagabondaient au loin. Howard n'était plus qu'une minuscule silhouette.

Baxter regarda le ciel et s'épongea le front. Il faisait une chaleur d'enfer. Sur la chaussée, l'asphalte fondait en flaques visqueuses et, au-dessus des boutiques, les enseignes tremblaient comme des mirages.

25.

La dernière réunion électorale était prévue à sept heures le samedi. Devant la mairie, Matt croisa Howard Larson qui était en conversation discrète avec un vieil homme hirsute en chemise hawaïenne décolorée. En le voyant, Howard se tut et attira son interlocuteur par le bras dans un coin tranquille où il reprit sa conversation.

Matt était arrivé avec un quart d'heure d'avance, mais il vit tout de suite qu'il n'y aurait pas foule. La salle était tout juste remplie au tiers et, dehors, la place était déserte. Il alla rejoindre Ella et George Gould, qui affichaient tous les deux un optimisme forcé.

« Bonsoir, merci d'être venu », lui dit Ella qui lui sourit en lui posant quelques secondes une main sur le bras. Malgré des signes de fatigue autour des yeux et un sourire pas trop vaillant, compte tenu de tout ce qu'elle avait traversé dernièrement il la trouva en forme. Elle portait un jean et un chemisier bleu fané, et s'était relevé les cheveux. Il ne pouvait détacher les yeux du petit creux sous le lobe de son oreille, et se demandait quel effet cela ferait d'y placer les lèvres et de sentir le parfum de sa peau en l'embrassant. Elle croisa son regard.

« Qu'y a-t-il ? lui dit-elle d'un air intrigué.

– Rien. Je... »

Elle rosit, comme si elle avait deviné la nature de ses pensées.

« Des nouvelles de Jerrod Gant ? demanda-t-elle.

– Toujours rien.

– Bon, je crois qu'il faut qu'on y aille, Ella », lui dit George en désignant la petite estrade où s'alignaient une demi-douzaine de chaises. Howard prenait déjà place. Dans son pantalon foncé et sa veste claire, qui pourtant le serrait aux bras et ne devait plus fermer devant depuis longtemps, il avait l'air décontracté et bavardait en souriant avec ses partisans.

« Souhaitez-moi bonne chance, dit Ella.

– Mettez-les KO », lui répondit Matt, en accompagnant ses mots d'une petite pression sur sa main, qu'elle lui rendit.

Le silence se fit peu à peu ; dans les derniers murmures, Joanna Thompson prit la parole en faisant observer que le public n'avait pas jugé utile de venir profiter de cette dernière occasion de débat public. « Je me demande où ils sont tous », dit-elle avec une ingénuité feinte, non sans humour.

Il y eut des petits rires polis parmi l'assistance, que Matt balaya du regard. Pas un seul pêcheur dans la salle. Non, il n'y avait que des gens trop vieux pour être sur un bateau ou pour tirer un bénéfice quelconque de la pêche. Quant aux restaurateurs et à leur personnel, inutile de se demander où ils étaient. Les commerçants, eux, restaient ouverts plus tard que de coutume en proposant des offres promotionnelles, quand ils n'étaient pas occupés à se bagarrer avec des vendeurs à la sauvette qui leur faisaient une concurrence déloyale en vendant sur les trottoirs des T-shirts faits pour la circonstance, et sur lesquels un thon bleu bondissait au-dessus de la légende : « Saint George, j'y étais. »

Environ les deux tiers de l'assistance s'étaient regroupés dans la partie gauche de la salle, le coin acquis à Howard. À la dernière réunion, remarqua Matt, ils étaient du côté d'Ella.

Howard prit la parole le premier. Il afficha ses tableaux et ses graphiques, et ses dessins du port de plaisance. Bateaux blancs et ciel bleu, espaces verts où l'on se promenait en famille. Les gens l'écoutèrent poliment, mais manifestement, leur décision était déjà prise. Ils regardaient souvent Ella, et Matt eut l'impression qu'ils s'étaient déplacés pour assister à sa mise à mort.

Son tour venu, elle avait à peine commencé à parler qu'elle fut interrompue par l'homme en chemise hawaïenne qui discutait avec Howard sur la place avant la réunion.

« J'ai vécu toute ma vie à Saint George, dit-il d'une voix forte et rocailleuse. Au début, je ne savais pas si j'étais pour ou contre le projet de Mr Larson. J'ai écouté ses arguments, et les vôtres. » Il fixait sur Ella un œil torve, et s'exprimait en tremblant d'indignation, sur le ton des évangélistes qui haranguent les foules sur le petit écran. « Comme beaucoup d'entre nous, j'ai trouvé que vous défendiez bien vos opinions. Vous avez parlé des choses qui nous inquiètent. Personne, ici, n'a envie d'être envahi par des étrangers et de voir grimper les prix. Je ne voudrais pas voir mon petit-fils obligé de faire la plonge ou de livrer des pizzas au lieu de pêcher comme son père, son grand-père et son arrière-grand-père. Chez nous, on n'a jamais été riches, mais on n'a jamais mendié non plus, on a toujours gardé la tête haute. » La colère du vieil homme semblait se nourrir de ses paroles ; dans ses yeux brillait une lueur de profonde conviction, de folie peut-être.

« Vous n'avez pas eu tort du tout de nous parler du risque de drogue, de vols, etc. Non, tout ça, on n'en veut pas. On vous a écoutée, Ella Young. » Il marqua une pause. « Moi, j'ai jamais été d'accord pour qu'une femme ait son propre bateau. Je sais que c'est mal vu de dire ça de nos jours, mais pour moi, la place d'une femme est à la maison, à élever les enfants, tout ça. Les hommes et les femmes doivent s'en tenir aux rôles pour lesquels ils sont faits. C'est mon opinion. Mais j'ai connu votre père, Ella, et même si je ne suis pas toujours d'accord avec vous, j'étais prêt à vous suivre. Aujourd'hui, je sais que j'aurais fait fausse route. Mr Larson dit que les gens qui vont être attirés par son projet ne sont pas des gens qui se droguent et tout. Il dit que tout ça, c'est juste pour nous faire peur, et il nous garantit que les insulaires auront la priorité sur les nouveaux commerces. Il paraît qu'il y aura même quelqu'un pour conseiller les gens qui voudront ouvrir des boutiques. » Il regarda Howard, qui confirma d'un signe de tête solennel. « Il me semble que la question, aujourd'hui, c'est de savoir à qui on fait confiance. Je n'ai pas honte de reconnaître mes erreurs. On ne peut pas empêcher le progrès, et les jeunes ont besoin d'avoir des perspectives d'avenir. Alors pour moi c'est très simple. Dans cette salle, tout le monde sait ce que Jerrod Gant a vu, et comme ça s'ajoute à pas mal de trucs, moi, ça me suffit. Peut-être que votre ami, le beau parleur d'avocat qui est assis là-bas, pourra vous éviter la prison pendant un petit moment, mais ça ne change rien au problème. Je sais pour qui je vais voter mardi. »

Sur ce, le vieil homme quitta brusquement la salle et le bruit de ses pas martela le silence. Blanche comme un linge, Ella restait muette. En parcourant son auditoire des yeux, elle ne rencontra que des regards fuyants ou hostiles. Même parmi ses partisans, on s'agitait sur son siège d'un air gêné. Puis, il y eut un raclement de chaise. Sans un mot, son occupant se leva. Il fit mine d'ouvrir la bouche, mais tourna les talons et sortit. Ce fut comme le premier rocher d'une avalanche. Un à un les autres l'imitèrent, et bientôt la salle retentit d'un tohu-bohu de chaises. Ella quitta l'estrade et, la bouche pincée, le visage figé, elle se précipita au-dehors. Matt la suivit.

Il la rattrapa sur la place, où l'ombre s'épaississait dans la lumière déclinante.

« Ella. » Il la saisit par le bras, et elle tourna vers lui un visage brûlant de peine et de colère. « Ce qu'il dit ne concerne que lui, ne vous laissez pas abattre. Je l'ai vu discuter avec Howard avant la réunion. C'est un coup monté.

– Non, ce n'est pas un cas isolé. Vous avez vu, tout le monde est parti. Ils croient tous que j'ai tué Bryan.

– Non, pas tous. Allons, la salle était aux deux tiers vide.

– Oui, dit-elle amèrement. Les autres ne se sont même pas donné la peine de venir. Leur opinion est faite, et de toute manière ils sont bien trop occupés à se remplir les poches. »

Elle était découragée, écœurée presque, et Matt ne savait que dire pour la consoler. Elle avait raison, et ils le savaient tous les deux.

« Peut-être que je suis partie perdante dès le départ. Même

sans cette accusation de meurtre qui pèse sur ma tête. Si on y réfléchit, les gens se moquent de préserver l'île. La seule chose qui les intéresse c'est l'argent, comment en gagner plus, toujours plus. Certains ne se conduisent pas mieux que Jake quand il tire sur les orques sous prétexte qu'elles mangent le poisson qu'il considère comme lui revenant de droit.

– Vous êtes déprimée. Avant la disparition de Bryan, vous croyiez à cette élection, et vous aviez raison. Vous êtes une battante, vous ne pouvez pas abandonner maintenant. Il faut encaisser les coups. Parce que ce n'est pas fini.

– Matt, les élections sont dans quatre jours. Et vous n'avez aucun indice pour retrouver Jerrod Gant. Ces gens-là sont persuadés qu'il n'y a pas de fumée sans feu.

– Gant n'est pas notre unique carte. J'ai ma petite idée, et je la suis. Il y a peut-être quelqu'un qui sait ce qui est arrivé à Bryan. »

Elle eut l'air surprise. « Qui ça ?

– Kate Little. »

Sa réaction fut immédiate. Ses yeux s'agrandirent sous le choc, mais peut-être aussi sous l'effet de la surprise, ou de l'inquiétude. Elle s'écarta de lui, d'un mouvement subtil qui ne lui échappa pas. Il lui lâcha le bras.

« Qu'y a-t-il ?

– Rien.

– Ella, vous connaissez Kate Little ? Vous savez si elle est mêlée à cette histoire ?

– Non, je ne la connais pas. »

Il revit encore une fois la rencontre sur les marches de la poste, le regard que les deux femmes avaient échangé.

« Écoutez, Matt, je dois vous laisser.

– Je vous raccompagne. »

Elle hésita. « J'ai besoin de réfléchir. Ce qui s'est passé ce soir, tout... je crois que ça me mine. Cela ne vous ennuie pas de me laisser faire le chemin seule ? J'ai besoin d'un peu de temps. Je vous en prie. »

Il accepta à contrecœur. « Je vous appelle. »

Elle tenta de sourire sans y parvenir. Elle avait l'air fatigué, épuisé. « Merci », dit-elle. Il la regarda s'éloigner en écoutant le bruit de ses pas décroître sur le trottoir, répercutés par les murs des immeubles. Il resta seul sur la place, où la porte de la mairie découpait un carré de lumière.

26.

Les orques migraient vers le sud-ouest ; parties des eaux profondes qui bordaient le tombant et qu'elles avaient sillonnées en quête de nourriture, elles se rapprochaient des côtes. Le soleil n'était pas encore levé et le vieux mâle somnolait. La mer calme, presque étale, s'ouvrait doucement sur les corps profilés qui ondulaient à la surface. Dès que le ciel pâlit, la journée s'annonça chaude. L'anticyclone qui stationnait sur le golfe depuis quinze jours ne montrait aucun signe d'affaiblissement. Souvent, le soir, l'horizon se zébrait d'éclairs à l'ouest et le tonnerre emplissait le ciel de ses roulements de tambour, mais chaque matin le soleil chassait les nuages et tapait sans relâche sur l'océan.

Ben Harper, qui avait toujours des soucis avec son moteur mais ne voulait pas manquer la chasse au thon, avait demandé à Ella, moyennant paiement, si elle voulait bien l'accepter à bord du *Santorini*. Elle l'avait invité gracieusement.

Ils dérivaient à environ huit nautiques de Saint George. Une flottille de bateaux de toutes tailles émaillait l'océan, venus de Sanctuary, des autres îles ou même du continent. On avait repéré des thons géants un peu partout dans le golfe, de Stellwagen jusqu'au Canada, et on racontait que cela faisait des années qu'on n'avait pas vu de telles quantités de bonites à ventre rayé et d'albacores. Les palangriers et les chalutiers de soixante pieds qui travaillaient loin sur les bancs faisaient de bonnes prises, auxquelles se mêlait parfois un thon de quatre ou cinq cents livres. Les bateaux de pêche à l'espadon, qui opéraient habituellement plus au nord, s'étaient joints à la chasse aux géants. L'excitation était palpable parmi les pêcheurs, qui regardaient d'un mauvais œil – lorsque ce n'était pas avec une franche hostilité – les amateurs qui les avaient rejoints sur des bateaux de plaisance.

Ella pensait à la réunion de la veille, et à la surprise qu'elle n'avait su dissimuler lorsque Matt lui avait lancé le nom de Kate à la figure. Elle se demanda s'il avait remarqué son trouble. Quel imbroglio ! En arrivant à son pick-up, elle avait failli faire demi-tour et aller tout lui raconter. Comme il était tentant, soudain, de se soulager de son fardeau, de lui faire confiance ! Mais le souvenir de sa nuit en prison l'avait arrêtée. Elle était déchirée entre le sentiment d'avoir été injuste envers Matt et le fait de savoir que d'autres vies que la sienne étaient en jeu. Ses pensées tourbillonnaient dans sa tête, tant et tant qu'elle dut se concentrer sur la mer pour les en chasser.

Ben Harper était appuyé au bastingage au pied de la timonerie. Ils pêchaient depuis quatre heures et n'avaient pris que quelques bars et quelques tassergals. Il surveillait les environs, et fixa ses jumelles sur un bateau de plaisance tout proche. Debout sur la passerelle supérieure, protégé par un parasol, le skipper inspectait lui aussi la surface de l'océan. À l'arrière, quatre hommes assis sirotaient de la bière, leurs lignes posées par-dessus la poupe. On aurait dit des représentants de commerce en vacances. Trop gros dans leurs shorts et leurs polos tendus sur leur ventre, ils se protégeaient du soleil par des casquettes enfoncées sur leur tête et de l'écran total fluo étalé sur leur nez. Ils devaient être hébergés chez l'habitant, car à Sanctuary tout le monde était prêt à caser un étranger dans la chambre des enfants ou du grand-père pour cent dollars la nuit.

Ben pensa les avoir déjà aperçus à la cafétéria, en train de parier sur qui attraperait le plus gros poisson tout en dégustant le petit déjeuner spécial pêcheur à onze dollars – qui coûtait moins de un dollar deux jours plus tôt. Aujourd'hui, ils s'ennuyaient et se soûlaient méthodiquement.

« Si ces types ferrent quelque chose, bonjour les ennuis », murmura-t-il dans sa barbe.

Ella l'entendit. « La pire chose qui puisse arriver à un skipper qui affrète son bateau, c'est de faire payer des gens pour qu'ils restent les fesses vissées sur leur pliant sans apercevoir l'ombre d'une nageoire. Surtout par temps calme.

– Qu'est-ce que ça change, que le temps soit calme ?

– Par grosse mer, au moins ça en occupe quelques-uns à faire passer leur déjeuner par-dessus bord. »

Un vrombissement de moteur troubla le ciel : loin à l'est, un avion devait repérer les bancs de thons pour le compte des grosses agences de voyage. Il disparut bientôt. Histoire de tuer le temps, Ben prit son appareil photo et fixa l'objectif sur un bateau qui approchait par l'ouest et était environ à un nautique. Debout devant la timonerie, un homme tenait au creux de ses bras quelque chose que Ben identifia bientôt : c'était un fusil. Sur la coque, il lut *Seawind*, et prit machinalement quelques clichés. Ensuite, il vit la proue endommagée et un souvenir lui revint.

« Dites donc, ce n'est pas le type avec qui vous avez eu un accrochage ? » demanda-t-il.

Ella regarda. « Si », dit-elle, le sourcil froncé.

Ben revint sur la vedette et ses buveurs de bière. Ils s'étaient levés, et fixaient un point, à l'est. Sur la passerelle, le skipper se mit debout et attrapa le gouvernail. Soudain, les hommes commencèrent à rembobiner leurs lignes.

« Ah, ça bouge. »

D'autres bateaux convergeaient vers la vedette. Ben et Ella veillaient toujours. Au bout d'un moment, Ben crut apercevoir quelque chose. Et en effet, un éclair argenté creva la surface, puis un autre. Il se tourna vers Ella, qui retournait déjà dans la timonerie.

« Oui, j'ai vu.

– Des thons, dit Ben. Un banc important, on dirait. Des bêtes de cinquante à soixante livres. »

Autour d'eux, les embarcations changeaient de cap. Pleins gaz, les gros hors-bord filaient jusqu'à trente-cinq nœuds, soit beaucoup plus vite que le *Santorini.* À bâbord, deux bateaux les dépassèrent, proue suspendue au-dessus des vagues, creusant derrière eux un profond sillage écumant. Ben en compta encore treize qui convergeaient sur le banc, suivis d'une multitude de bateaux plus lents tel le *Santorini.*

« Ça peut faire un sacré carnage », dit-il à part lui.

Les vedettes furent les premières à arriver au milieu des thons qui semblaient largement éparpillés. Les lignes étaient posées, mais les poissons ne mordaient pas.

« Bizarre », dit Ben. Laissant les autres embarcations se concentrer périlleusement, les plus petites manquant chavirer dans le sillage des plus grosses, le *Seawind*, lui, faisait cap au nord. Les thons s'étaient répartis entre plusieurs bancs ; il y avait un géant par-ci par-là, qui attirait les gros bateaux. Soudain, Ella vit un petit langoustier manquer se faire couper en deux par une vedette de quarante pieds. Elle ralentit aussitôt le *Santorini.*

« Ce n'est pas normal, commenta Ben en observant le comportement des poissons. Ils ne mordent pas. »

Il ramena ses jumelles vers le nord, d'où venaient les thons. Et là, à douze cents mètres, il vit ce qui les avait effrayés. Des orques s'agitaient à la surface, se nourrissant des poissons qui n'avaient pu leur échapper ; le *Seawind* fonçait droit sur eux. L'horizon disparaissait dans une brume qui, malgré le ciel clair, s'était levée sur l'océan.

« Vous avez une idée de ce qu'il fabrique ?

– Aucune. » Ella plissa le front, puis tout d'un coup, elle changea de cap et remit les gaz.

Tout en observant les orques, Jake vit du coin de l'œil le *Santorini* virer de bord. Tandis qu'il chaussait ses jumelles et faisait sa mise au point sur Ella, il sentit la douleur sourde et familière monter à l'occiput et s'étendre comme un casque. Pourquoi donc Baxter et le juge l'avaient-ils relâchée après le témoignage de Gant ? Ils étaient fous ou quoi ? À tous les coups, c'était son copain baveux qui l'avait tirée de là. Ah, ces tordus, ils avaient l'art d'emberlificoter les gens. Ella semblait presque à portée de main. Les doigts de Jake se raidirent sur les jumelles et la douleur envahit ses tempes. Des petites taches noires obscurcirent sa vision. Sans même s'en rendre compte, il se mit à grincer des dents.

Penman s'encadra dans la porte de la timonerie, l'air inquiet. Jake le regarda à peine. « Va gréer un harpon. »

Droit devant, une orque bondit, sortant tout entière de l'eau d'un puissant battement de queue. Elle se tordit sur elle-même, noir luisant et blanc neige, arborant telle une voilure immense la nageoire dorsale festonnée qui caractérisait son groupe, puis se laissa retomber sur le flanc dans un grand éclaboussement. Visiblement, les orques avaient encerclé quelques thons, car on en vit une s'échapper vers le sud.

« On va arriver trop tard, dit Penman, certain que désormais les poissons encore vivants avaient réussi à fuir.

– C'est le mâle que je veux, répondit Jake sans quitter son hublot des yeux. C'est le dernier thon qu'il me vole, ce salopard. »

Penman hésita. Il n'avait rien contre le fait de tuer une orque à l'occasion : c'était autant de poisson que l'animal ne leur piquerait pas. Mais, dans l'œil de Jake, brillait une lueur qui l'inquiétait. Tout le monde commençait à trouver son comportement étrange. Certes, il devait être bouleversé par la disparition de son frère, mais son acharnement contre Ella et les orques tournait à l'obsession. Si, l'autre jour, il n'avait pas gaspillé toute son énergie à couper les orins d'Ella, ils auraient vu les thons rouges plus tôt et ils en auraient attrapé un au lieu d'entrer bêtement en collision avec la *Rose Marie*.

Jake fit volte-face. « Qu'est-ce que t'attends, bordel ? »

Penman fila à la proue et obtempéra. Inutile de discuter quand Jake s'était mis une idée en tête.

« Cette fois-ci, il ne m'échappera pas ! » lui cria celui-ci. Au-delà des orques, à l'ouest, la brume s'épaississait et s'étalait, brouillant l'horizon.

Penman ne perdit pas une seconde. Il repéra bientôt la dorsale à la double encoche et comprit qu'il tenait le vieux mâle. Les orques avaient abandonné la chasse, et une tache de graisse et de sang miroitait à la surface de l'eau. Comme Jake virait et fonçait sur l'orque, l'animal plongea ; puis sa tête réapparut, et Penman aurait juré qu'il l'observait. Il se campa sur ses deux jambes, prêt à lancer dès que la distance le lui permettrait. Soudain, l'orque plongea de nouveau, et le groupe fila d'un seul coup vers le large.

Le *Seawind* fut secoué d'un tremblement et le bruit de ses moteurs s'amplifia. En eaux calmes, c'était un bateau rapide : Jake le poussait à ses limites. De la timonerie, il voyait parfaitement l'orque qui nageait à sept mètres de profondeur ; il attendait que l'épaulard refasse surface pour respirer. S'il pouvait s'approcher encore un peu, Penman aurait les coudées franches.

« Je te tiens, salopard, dit-il tranquillement. T'es fait comme un rat. » Il leva les yeux, mais au lieu de l'horizon dégagé il aperçut un mur gris qui s'avançait à leur rencontre. Au contact des courants froids remontés du fond, l'air chaud et humide s'était condensé en un brouillard épais, dans lequel Jake comprit que l'orque voulait se réfugier. Mais le *Seawind* pouvait la prendre de vitesse.

Juste à ce moment-là, Jake se rendit compte que le *Santorini* allait lui passer au ras de la proue.

Ben regardait le *Seawind* se rapprocher de l'orque. « Il gagne du terrain ! lança-t-il.

– Je vais aussi vite que je peux ! » lui cria Ella pour couvrir le bruit du moteur. Pourtant, elle avait beau combler l'écart, elle ne voyait pas comment elle pourrait empêcher Jake de tuer l'orque.

Ben assena un grand coup de poing dépité sur la rambarde. « Merde, faut faire quelque chose ! » cria-t-il.

Mais le *Santorini* semblait à deux doigts du point de rupture. Sentant les vibrations ébranler le pont et se répercuter jusque dans ses pieds, Ella fut tentée de réduire les gaz de peur de bousiller le moteur. Mais autant signer l'arrêt de mort de l'épaulard, et cela, elle ne pouvait s'y résoudre. Agrippé au bastingage, Gordon lui jeta un regard inquiet.

Elle calcula que si elle arrivait à ralentir Jake, l'orque aurait le temps d'aller se réfugier sous le banc de brouillard. Entre les deux bateaux, l'écart se réduisait. Si elle maintenait son cap, c'était la collision assurée. Sous ses pieds, les moteurs frappaient tel un gigantesque marteau. Les planches du pont menaçaient de s'arracher à leurs clous. Les eaux se fendaient, grondant et protestant sur le passage du langoustier, et Ella se demanda si, en admettant qu'elle arrive à barrer la route à Jake, celui-ci ralentirait ou la heurterait de plein fouet. Dans le deuxième cas, le *Santorini* se casserait en deux comme un œuf et sombrerait. Même s'ils survivaient à l'impact initial, ils finiraient tous noyés, aspirés par les courants. Elle voyait Penman sur le beaupré, prêt à frapper. Peut-être, en maintenant son cap, pourrait-elle l'empêcher... Mais la distance lui parut trop courte, il fallait s'écarter.

« Qu'est-ce que vous faites ? lui hurla Ben qui avait senti son hésitation.

– Il va nous aborder.

– Non, non, c'est faisable !

– On est trop près », dit Ella, mais il ne l'écoutait pas. Elle regarda Gordon. Il était blanc comme un linge mais ne flanchait pas. Plus que quelques secondes pour décider... Le *Seawind* fonçait sur eux dans un vacarme effrayant, et dressait au-dessus d'eux sa proue formidable.

L'orque émergea pour respirer et Penman se mit en position. Ben jeta à Ella un regard implorant.

« Vous êtes fou, lui dit-elle. C'est impossible. »

Trop tard pour faire demi-tour, pourtant. Elle conserva son cap. Au dernier moment, elle ferma les yeux très fort et pria le ciel d'être encore là après pour se souvenir de ce moment de folie. Le cœur au bord des lèvres, elle se raidit en attendant l'impact.

Sa dernière vision fut celle du brouillard qui roulait vers eux en grosses volutes blanches.

Sur le *Seawind*, Penman hésita, perdant sa cible, et Jake sauta de l'échelle de la timonerie.

Jake devina au dernier moment les intentions d'Ella. Il se précipita au-dehors en jurant contre elle et en exhortant Penman à harponner coûte que coûte.

« Vas-y, merde ! » hurla-t-il en sautant de l'échelle, mais Penman hésita. Jake le poussa brutalement ; d'un geste fluide, il attrapa le harpon, le leva, et le lança, les yeux plantés dans ceux d'Ella.

Elle se baissa instinctivement. L'arme lui passa juste au-dessus de la tête, alla exploser la vitre de la timonerie et se ficher jusqu'à mi-longueur dans la paroi de bois. Elle ferma les yeux en attendant l'impact, projetée au plafond puis au sol, se cognant le front contre le gouvernail. Sonnée, elle attendait le fracas de l'eau qui l'engloutirait dans sa tombe marine ; elle aperçut une silhouette qui semblait lui faire signe, son père sans doute, puis la mer s'apaisa, le bruit faiblit.

Ben Harper l'aida à se remettre sur ses pieds. Non, finalement, ce n'était pas son père. Encore vacillante, elle s'étonna du calme soudain, puis comprit qu'elle avait coupé les gaz en tombant sur la manette. Le *Santorini* dérivait dans le silence surnaturel du brouillard.

« Je n'y croyais pas », lui dit Ben d'une voix rauque, le visage défait, sous le choc. Sa main tremblait.

Tout à coup, elle se sentit mal.

« Vous êtes blessée. »

Il lui donna un mouchoir en l'obligeant à se tâter le front. Elle prit alors conscience de sa douleur. Elle saignait légèrement. Soudain, elle se figea.

« Gordon. Mon Dieu, où est Gordon ? »

Elle se précipita sur le pont, où l'extrémité du bateau disparaissait dans le crachin. Elle trouva Gordon qui s'avançait en trébuchant vers elle, et elle le serra dans ses bras.

« Tu es entière ? lui demanda-t-il quand elle desserra son étreinte.

– Oui, oui. »

Les battements de son cœur s'apaisèrent peu à peu. Au loin, le bruit du moteur du *Seawind* décroissait.

Ils dérivèrent vingt minutes dans un épais brouillard. De temps en temps leur parvenait, assourdi, le son d'une corne de brume ; mais il leur sembla avoir pénétré dans un monde éthéré, au sortir d'un rêve. L'eau clapotait doucement sur la coque. Et tout d'un coup, sans prévenir, le brouillard s'effilocha en fines écharpes. Il y eut un remous tout proche, et une nageoire dorsale s'enfonça dans l'eau à moins de dix mètres d'eux. Un grand corps noir et blanc glissa sous le bateau, et ils se précipitèrent tous de l'autre côté, stupéfaits. L'orque sortit la tête. Une seconde, l'animal sembla les regarder, puis il plongea et disparut.

27.

Il était tard lorsque Baxter se présenta au cabinet de Matt, qui terminait une série de coups de fil à Boston. Il rappelait les gens à qui il avait demandé de se renseigner pour lui sur Kate et Evan Little, espérant que cela aurait donné quelque chose. En vain. Les Little étaient parfaitement conformes à leurs apparences, et leur casier judiciaire vierge. Matt allait boucler sa journée lorsque Baxter frappa à sa porte.

« J'ai vu de la lumière. Vous faites des heures sup, vous, hein ? dit-il.

– Je fermais la boutique. » Il éteignit sa lampe de bureau et se leva en étirant ses bras au-dessus de sa tête. Il ne dit pas au policier à quoi il venait de consacrer son temps.

« Il y a du nouveau, dit Baxter, qui le mit au courant de l'incident entre Jake et Ella. Un coup de chance qu'il n'y ait pas eu de mort. C'est exactement le genre de chose que je redoutais, ajouta-t-il d'un ton un brin accusateur.

– Vous voulez dire que Jake visait Ella ? » Matt se représenta la scène mentalement : les deux bateaux convergeant, la longue lance de métal sifflant dans les airs, filant droit sur elle.

« Il est sacrément imprévisible.

– Qu'est-ce que vous allez faire ?

– Je suis plutôt gêné aux entournures. J'ai parlé à Jake. Il prétend que c'était un accident.

– Et vous le croyez ? »

Baxter réfléchit. « Non. Je l'ai mis en garde, mais ça ne veut pas dire qu'il va m'écouter », répondit-il enfin, l'air de sous-entendre « vous voyez bien que je n'inventais rien ». Il déballa un chewing-gum en regardant autour de lui d'un air vaguement curieux. Matt jeta un coup d'œil au bloc-notes qui était posé sur son bureau, et sur lequel il avait inscrit et souligné une douzaine de fois d'un gros trait noir le nom de Kate Little.

« Il y a autre chose, commissaire ?

– J'ai repensé à ce que vous avez dit dans le bureau du juge Walker. Sur Jerrod Gant, qui aurait beaucoup à gagner si le port de plaisance se faisait. »

Matt crut déceler dans le ton de Baxter l'accent de la conciliation. « Oui ? dit-il.

– Eh bien, je ne sais pas, mais... je ne vois pas bien Jerrod Gant inventant son histoire tout seul.

– Vous voulez dire qu'on la lui aurait soufflée ? Howard Larson, par exemple ?

– Par exemple.

– Vous connaissez Howard mieux que moi, commissaire. Il est capable d'un coup pareil ?

– Pas impossible.

– Mais tant que nous n'aurons pas retrouvé Gant, nous ne saurons jamais ce qu'il a vu réellement. Je suppose que vous n'avez rien de ce côté-là ?

– Pas encore. Et vous ?

– Non plus. »

Matt avait le sentiment que Baxter commençait à se ranger à son avis, et qu'il était venu en partie pour tenter une ouverture. Si c'était le cas, il s'en réjouissait. Les yeux de Baxter tombèrent sur le bloc-notes, et ses paupières se plissèrent lorsqu'il lut ce qui était écrit dessus. Il ouvrit la bouche, puis la referma et regarda par la fenêtre, perdu dans ses pensées.

« Bon, faut que j'y aille, dit-il enfin d'un air las et épuisé. Encore une nuit où je ne vais pas chômer. » C'était la pagaille ; en plus de l'acte d'agression, il y avait eu des plaintes pour sabotage de lignes, et contre certains bateaux ayant délibérément barré la route à d'autres. Arrivé à la porte, Baxter marqua une pause. « Euh, à l'occasion, ce ne serait peut-être pas mal que vous veilliez un peu sur Ella.

– Merci beaucoup d'être passé », lui répondit Matt.

Baxter le regarda, puis lui fit un imperceptible signe de tête.

Quand il fut parti, Matt composa le numéro d'Ella. Elle décrocha et il lui dit qu'il était au courant de ce qui lui était arrivé. « Comment allez-vous ?

– Je vais bien, lui dit-elle d'un ton neutre. Une bonne nuit de sommeil et on n'en parlera plus. »

Il y eut un silence gêné. Toute la journée, Matt avait pensé à sa réaction quand il avait prononcé le nom de Kate Little.

« Matt, je suis très fatiguée, lui dit-elle comme ayant deviné ses pensées. Je n'ai qu'une envie, aller me coucher.

– Ella, il faut que je vous parle. »

Un long silence, un soupir, puis : « Je sais, mais pas ce soir. Je vous en prie.

– D'accord. Mais ça ne peut pas trop attendre.

– Oui, bientôt. Promis. »

Elle avait l'air très abattue, et lui ne voulait pas discuter au téléphone. Ils raccrochèrent donc. Il resta assis dans l'obscurité, tenaillé par une anxiété qui croissait à mesure qu'il se remémorait les avertissements de Baxter au sujet de Jake.

Il faisait nuit lorsqu'il ferma le cabinet et descendit vers le front de mer. Il y trouva Ben Harper qui travaillait toujours sur son bateau à la lumière d'une baladeuse, et qui lui raconta tout en détail.

« Je vous le dis, il l'a fait exprès. Ce harpon visait Ella, conclut-il sans la moindre hésitation. C'est une sacrée bonne femme, vous savez. Vous avez du nouveau à propos du disparu ?

– Non.

– Tout le monde le croit au fond de la fosse, hein ?

– Grosso modo, oui. Vous, vous avez une idée derrière la tête.

– Peut-être bien, mais je ne suis pas encore sûr. Je voudrais vérifier deux ou trois choses avant. Je vous tiendrai au courant.

– C'est en rapport avec Ella ? »

Ben haussa les épaules. « Pour faire ce qu'elle a fait aujourd'hui, il fallait du cran. Elle me plaît cette femme ; j'aimerais me rendre utile, mais comme je vous l'ai dit, j'ai quelque chose à vérifier d'abord. » Il avait piqué la curiosité de Matt, mais refusa d'en dire davantage. « Je me trompe peut-être. »

Il lui promit qu'il serait le premier averti si jamais sa piste s'avérait fructueuse, et ils se souhaitèrent le bonsoir. Matt poursuivit son chemin sur les quais pour s'éclaircir les idées. Les bateaux étaient tous au port, et le Schooner bondé. La porte s'ouvrait périodiquement, répandant un brouhaha sur le quai, laissant voir une foule compacte à travers la fumée de cigarette. C'était pareil dans tous les autres bars et restaurants de la ville. Baxter n'allait pas chômer, il l'avait dit lui-même.

Matt baissa les yeux sur les eaux noires comme du pétrole qui, dans le lointain, reflétaient en ondulations tremblantes les lumières de la ville. Arrivé au *Santorini*, il contempla un moment la vitre brisée de la timonerie. Il posa les mains sur le bastingage en regardant l'eau, et fut pris d'un léger vertige. Le bateau bougeait doucement en effleurant le ponton. Le front trempé de sueur, Matt prit une profonde inspiration, passa une jambe par-dessus le bastingage et monta à bord. Il planta ses deux pieds fermement sur le pont en luttant contre la nausée ; mais le ballottement mou, sous ses pieds, fit perler une sueur froide sous son col. Quand il se sentit mieux, il s'avança vers la timonerie et passa un doigt sur le bord déchiqueté du trou découpé par le harpon. La décision d'Ella aurait pu avoir des conséquences tout autres, le *Santorini* fendu en deux, et elle empalée sur le harpon.

Il remonta sur le ponton. Le *Seawind* était amarré un peu plus loin. Au début, Matt le crut désert, mais en s'en approchant, il perçut un mouvement sur le pont. Debout derrière le bastingage, Jake l'observait d'un œil impassible, indéchiffrable.

« J'ai appris qu'il y avait eu du grabuge en mer, aujourd'hui ? » lui dit Matt. L'autre n'accusa même pas réception. « Quelqu'un aurait pu se faire tuer. »

Jake bougea les yeux. « Les avocats, lâcha-t-il avec mépris. Vous, Baxter, et ce juge, là, Walker... À vous trois, vous valez pas un pet de lapin. Quelqu'un a déjà été tué, je vous signale. Vous croyez que je vais rester les bras croisés et la laisser s'en tirer comme ça ?

– Ella n'a rien à voir avec la disparition de Bryan, Jake.

– Vous vous foutez de moi ? Mais qu'est-ce que vous avez tous, à la fin ? Ça vous suffit pas qu'elle l'ait menacé et que Carl Johnson l'ait vue le jeter à la mer tout ficelé comme un rosbif ? Vous voulez des preuves, mais quand vous tenez un témoin qu'a tout vu, eh ben non, vous continuez vos palabres et Ella court toujours. Ah, ça, pour discutailler, vous êtes fortiches, c'est même tout ce que vous savez faire.

– Jerrod Gant a disparu, lui fit remarquer Matt. Nous ne pouvons pas vérifier son témoignage tant que nous ne pouvons pas l'interroger.

– De la parlote, tout ça, du bla-bla ! Mais bon, c'est normal que vous soyez de son côté. Elle vous plaît bien, hein ? On raconte que vous êtes plutôt copains tous les deux.

– Ça n'a rien à voir.

– Ben tiens ! Vous croyez que je vais gober ça ? Vous voulez me faire avaler que s'il n'y avait rien entre vous, avec tout ce qu'a vu Gant elle serait toujours libre comme l'air ? Ah, vous êtes mordu, vous. » Jake eut un sourire sans joie, les lèvres retroussées sur ses dents. « Elle vous mène par le bout du nez, votre chérie, hein ? Comment qu'elle vous paie ? Vous croyez que vous êtes le seul ? Hé, tiens, écoute ça, monsieur l'avocat. Ella, y a que le bus qu'est pas passé dessus. »

Matt serra les poings en s'efforçant au calme. « Ne touchez pas à Ella, Jake. Je vous préviens. »

Jake rit. « Ah oui ? Ça dérange ? Y a que la vérité qui blesse. Eh bien moi je vais te dire une chose, monsieur l'avocat. Elle vaut vraiment pas le voyage. Merde, elle était prête à baisser culotte devant moi si je promettais de lui foutre la paix. Ça t'en bouche un coin, hein ? »

C'en fut trop. Matt prit appui sur le bastingage et sauta sur le pont. Jake se rua sur lui en rugissant comme un taureau, mais avec une seconde de retard qui permit à Matt de l'éviter et de lui décocher un coup derrière l'oreille. Jake tomba à genoux en grognant de surprise. Il bascula en avant et sa tête heurta le pont avec un bruit creux.

La colère de Matt s'évanouit aussitôt. Soufflant avec effort, la phalange meurtrie par le choc, il s'avança, craignant d'avoir blessé Jake. Il lui tendit la main.

« Ça va ? »

Aussitôt, Jake lui saisit le bras et roula sur lui-même en l'entraînant, puis il lui asséna un direct magistral sur la racine du nez. Il y eut un craquement, et Matt sentit le goût du sang dans sa gorge. Il recula en vacillant sur ses jambes. Jake en profita pour se remettre sur ses pieds et pour le frapper dans les côtes. Matt s'effondra sur le pont. Jake voulut lui décocher un coup de pied dans la tête mais Matt lui attrapa la jambe et, tirant dessus de tout son poids, il le fit tomber à terre où ils roulèrent en cherchant à reprendre appui. Matt savait Jake plus lourd que lui. S'il le laissait prendre le dessus, l'autre lui fracasserait le crâne contre le pont. Il réussit à l'arrêter d'un coup de pied dans la joue.

Ils se relevèrent au même moment, haletants. La chemise de Matt était maculée de sang.

Les yeux de Jake brillèrent d'une lueur mauvaise. « Alors quoi, monsieur l'avocat, la vérité ça fait pas plaisir, hein ? Et tu sais que Bryan l'a eue lui aussi ? » Il essuya le sang qui coulait de sa bouche. « Elle te l'a pas dit, hein ? Mais lui, il m'a tout raconté. Même qu'elle en redemandait.

– Vous mentez.

– T'en es si sûr que ça, monsieur l'avocat ? Demande-lui donc. »

Matt sauta sur le ponton. Il saignait toujours du nez, et quand il atterrit sur la terre ferme une douleur fulgurante lui lacéra le crâne. Jake le regardait du haut de son bateau.

« Touchez pas à Ella ! répéta Matt en s'éloignant.

– Demande-le-lui toi-même, monsieur l'avocat ! » répéta Jake en criant comme un dément.

Matt tenta de l'ignorer, mais ses paroles résonnèrent longtemps dans son esprit. Il se demandait si Jake n'avait pas raison sur un point : s'il n'avait pas éprouvé autant d'attirance pour Ella, aurait-il été aussi prompt à la croire lorsqu'elle lui avait dit ne pas savoir ce qui était arrivé à Bryan ?

28.

Kate frappa doucement à la porte du bureau d'Evan. Comme on ne répondait pas, elle entra. Dans la pièce envahie par le crépuscule, elle le trouva affalé sur son lit. Elle s'approcha sans bruit. Il s'était extirpé de son fauteuil et laissé tomber comme une poupée de chiffon, ses jambes maigres et inertes dans une position bizarre. Son premier réflexe fut de le remettre droit, mais elle se retint de peur de le réveiller. Elle resta un instant à le regarder dormir.

Avec ses traits lisses et pâles, d'où avaient disparu les pattes-d'oie soucieuses et l'expression d'inquiétude agitée, il semblait en paix et respirait d'un souffle régulier. Sur la table, il avait laissé les restes de son repas – du potage et du pain. Il avait dîné là, n'ayant pas voulu interrompre une journée qu'il avait lui-même qualifiée de bonne, et avait dû succomber à la fatigue sitôt son repas terminé. À côté du bol vide, il y avait un verre et une bouteille de whisky ouverte.

Kate laissa vagabonder ses pensées dans la lumière déclinante. Elle n'aurait su dire à quel moment elle était tombée amoureuse de lui. Cela avait dû se faire peu à peu. Au début, elle avait trouvé amusant le tourbillon de sorties dans lequel il l'entraînait, jusqu'à quatre fois par semaine. Il l'emmenait dans les meilleurs restaurants de New York, et voir les spectacles qui se jouaient à guichets fermés ; ensuite, elle lui autorisait un petit baiser sur la joue à la porte de son appartement. Et puis un soir, il était venu la chercher sans sa limousine. Pour la première fois, il n'avait pas de cravate. Il avait appelé un taxi.

« Surprise ? lui avait-il dit. Puisqu'il est clair que je piétine, j'ai décidé de changer de tactique. »

Intriguée, elle avait découvert un nouvel aspect de sa personnalité. Jusque-là il s'était montré poli, courtois, pas exactement ostentatoire, mais toujours prêt à dépenser sans compter, ce qui suggérait qu'il avait de l'argent. Ce soir-là, il l'avait emmenée dans un petit restaurant espagnol du Village, où le plat le plus cher devait coûter douze dollars. Kate s'était sentie beaucoup trop habillée pour l'occasion, mais la soirée avait marqué un tournant dans leur relation. Au lieu d'essayer de l'impressionner, Evan s'était détendu et avait parlé de lui. Ils avaient bu deux bouteilles de vin.

« J'ai passé une excellente soirée », lui avait-elle dit, un peu ivre, quand il l'avait raccompagnée. Et elle lui avait proposé de monter prendre un verre.

Il lui avait donné un petit baiser et avait répondu : « Une autre fois. »

C'était à ce moment précis, songea-t-elle, que ses sentiments envers lui avaient changé. Bizarre, comme ces souvenirs précis s'étaient incrustés dans son esprit. Comme l'amour s'était immiscé en elle graduellement, à son insu.

Elle se demanda ensuite quand elle avait cessé de l'aimer. Le processus inverse avait été lent, lui aussi, mais beaucoup plus douloureux et longtemps nié. Elle avait vécu ces dernières années de sa vie comme aspirée dans un trou noir. Elle avait recherché des consolations illusoires, toujours dans l'espoir paradoxal et stupide de faire renaître les sentiments d'antan. Des rêves qui ne trompaient qu'elle.

« À quoi tu penses ? »

La voix d'Evan la fit sursauter. Dans l'obscurité presque complète, elle ne voyait pas son expression ; elle espérait qu'il ne remarquerait pas les larmes qui avaient ruisselé sur ses joues. « J'étais venue voir si tu n'avais besoin de rien. »

Il y eut une pause, pendant laquelle il détailla ses vêtements. « Tu sors, à ce que je vois.

– J'ai besoin d'aller prendre l'air quelques instants.

– Naturellement. »

Kate reconnut son ton sarcastique et imagina le pli qui retroussait la commissure de ses lèvres. Elle gagna la porte et alluma le plafonnier. Il cligna des paupières, et pendant une seconde il lui apparut aussi vulnérable que dans son sommeil. Ces jours-ci, elle ne voyait plus son mari que lorsqu'il dormait. Comment avait-elle laissé la situation en arriver là ? Pourquoi n'y avait-elle pas mis fin ?

« Tu vois qui ? lui demanda-t-il.

– Personne. »

Evan se redressa péniblement, et tendit la main vers son fauteuil. Sachant que cela ne ferait qu'attiser sa haine, Kate ne l'aida pas. Elle regarda par la fenêtre et alluma une cigarette. Elle l'entendit s'installer dans son fauteuil, puis le petit moteur ronronna : il venait la rejoindre, tout en buvant une gorgée du verre qu'il avait pris sur la table.

« Ne me dis pas que tu tournes la page. » Il eut un sourire sans joie.

« Pourquoi fais-tu ça, Evan ?

– Faire quoi ?

– Me provoquer. M'accuser.

– Oh, désolé, dit-il avec emphase. L'honneur de madame est blessé ?

– Tu es un vrai salaud, quand tu veux.

– Allons, Kate. N'oublie pas à qui tu parles. Tu as sauté dans le lit de mon soi-disant ami quand j'étais en mille morceaux à l'hôpital. Vous espériez sans doute ma mort ; vous avez dû être déçus. Tu ne voudrais tout de même pas me faire croire qu'il a été le seul ? »

Kate secoua la tête, davantage par lassitude qu'autre chose. Combien de fois avait-elle entendu cette litanie ? Elle avait commis une erreur, une erreur simplement humaine parce qu'à l'époque elle avait cru devenir folle et avait eu besoin de s'appuyer sur quelqu'un. Mais Evan ne la laisserait jamais oublier. Et il l'avait culpabilisée si souvent qu'un jour elle avait cédé : quitte à ce qu'il l'accuse, autant lui en fournir un motif.

Mais maintenant ? Maintenant, elle n'était pas sûre de pouvoir le supporter plus longtemps. Ses yeux s'étaient dessillés.

Comme elle se dirigeait vers la porte, il lui cria : « Où vas-tu comme ça ?

– Je m'en vais. Loin d'ici », répondit-elle du tac au tac.

Il la rejoignit, les traits tordus. « Loin de moi ?

– Oui. Loin de toi. »

Les mots lui avaient échappé. Dans ses yeux, elle lut un mélange de peur et de haine, peut-être aussi de l'amour depuis longtemps transformé en besoin. Un cocktail capiteux.

« Je sais que tu étais dehors cette nuit-là, Kate », dit-il au moment où elle mettait la main sur la poignée. Elle se figea, le cœur battant à tout rompre. Dans le silence, elle sentit qu'il jubilait. « Tu vois de quelle nuit je veux parler, n'est-ce pas ? Celle où le pêcheur a disparu. Je devrais peut-être appeler la police. Ou prévenir l'avocat qui est venu l'autre jour ? »

Elle se retourna, et il lui sourit en exultant de triomphe.

« Tu ne croyais pas que je t'avais entendue, hein ? Je t'ai vue par la fenêtre quand tu es revenue. Tu veux savoir ce qui m'a réveillé ? Ce sont les coups de feu. Oui, j'ai entendu des coups de feu. Qu'est-ce que tu dis de ça, Kate ? »

Elle le dévisagea, puis sortit en claquant la porte. Elle l'entendit qui lui hurlait de revenir, mais elle monta dans la Mercedes et démarra en faisant crisser les pneus sur les gravillons.

Dave Baxter faisait une petite pause dans sa voiture, sur les quais, lorsqu'il vit la Mercedes de Kate Little se garer brutalement dans un couinement de pneus. Elle descendit, claqua la portière et traversa la rue. Il réagit comme toujours en la voyant, c'est-à-dire en ressentant un désir profond qui prenait sa source dans sa poitrine.

C'était tout à fait involontaire. En fait, au début, il ne s'était pas vraiment rendu compte de ce qui lui arrivait. Cela n'avait rien eu de foudroyant – on n'était pas dans un roman à l'eau de rose. Elle lui avait d'abord inspiré une sorte de pitié, puis ses sentiments avaient changé lentement, et il n'aurait su dire si cela s'était étalé sur un été ou sur plusieurs. Il savait une seule chose : quand Kate avait commencé à venir en vacances sur l'île, il avait été frappé non tant par son apparence, qui passait difficilement inaperçue, que par le fait qu'elle ne souriait presque jamais. Elle ne tirait aucune vanité de sa richesse, elle n'était pas inabordable, non, mais plutôt constamment préoccupée par des pensées qui l'attristaient.

La première année, elle n'était guère venue en ville que pour faire ses courses. On racontait qu'elle avait un mari buveur et désagréable. Frank Hunter, qui entretenait la maison et avait plus de contacts avec lui que quiconque, le traitait couramment de connard. Le deuxième été, Kate s'était montrée davantage ; elle commençait à boire suffisamment pour faire jaser. Qu'avait-on raconté en premier ? Qu'elle buvait ou qu'elle fréquentait des hommes ? Baxter ne se rappelait pas. Mais les gens s'étaient mis à la traiter comme si elle était atteinte d'une maladie contagieuse. Dans la petite ville, les cancans allaient bon train. Surtout sur les estivants. Avec sa richesse, sa beauté et son vice, Kate était une proie facile. D'autant plus facile qu'elle semblait se moquer éperdument du qu'en-dira-t-on. On racontait beaucoup de mensonges, mais Baxter l'avait aperçue un jour avec un certain Keller qui avait élu domicile sur l'île quelque temps, et il lui avait paru clair qu'il y avait quelque chose entre eux. Keller n'était sans doute ni le premier ni le dernier : sur la liste, Baxter aurait volontiers mis Jordan Osborne, par exemple.

Mais sous les apparences, il avait toujours senti chez cette femme quelque chose de plus profond. Elle était malheureuse, cela se lisait dans ses yeux. Seul chez lui ou sur son bateau, il se surprenait à rêver à elle. Même l'hiver, quand la maison de la pointe était fermée, il se demandait ce qu'elle faisait. Il n'avait jamais mis un nom sur ce sentiment, mais il acceptait de vivre avec. Il se sentait ridicule, petit flic rondouillard entre deux âges, d'éprouver ce qu'il éprouvait pour une femme qui n'avait probablement même pas conscience de son existence. Une femme mariée, qui plus est.

Kate entra dans une épicerie-tabac et il la suivit d'instinct. Quand il franchit la porte, elle attendait son tour au comptoir ; il alla prendre un magazine qu'il fit mine de feuilleter.

À la caisse, Meg Thorn dit bonsoir au client qu'elle servait, et son expression se durcit lorsqu'elle aperçut Kate.

« Un paquet de Pall Mall, s'il vous plaît », dit Kate.

Meg hésita puis, avec une lenteur délibérée, elle se retourna, prit un paquet sur l'étagère et l'abattit à grand bruit sur le comptoir, le visage fermé. Kate lui tendit un billet qu'elle attrapa entre le pouce et l'index comme un torchon sale et posa à côté de la caisse le temps d'enregistrer la vente. Baxter avait déjà pu observer les mille manières blessantes par lesquelles les gens manifestaient leur méchanceté ; là, c'était flagrant.

« Attendez », dit Kate. Son ton avait durci.

Meg s'interrompit et leva des yeux surpris.

« J'ai changé d'avis. » Kate repoussa le paquet de Pall Mall et regarda l'étalage en disant : « Qu'est-ce que vous avez d'autre ? »

Meg lui montra vaguement les rayonnages en répondant, à contrecœur : « Tout est là.

– Ma vue n'est pas très bonne. Dites-moi ce qu'il y a. »

Les deux femmes se dévisagèrent. C'était l'impasse. Soupçonnant Meg de refuser de répondre, Baxter posa son magazine sur le comptoir.

« Madame vous a posé une question, Meg. »

Elle posa sur lui des yeux furibonds, puis céda devant ce front soudé et se mit à décliner toute la liste des marques de cigarettes. Kate la laissa aller jusqu'au bout, puis : « Eh bien finalement je reviens à mon premier choix, dit-elle. Gardez la monnaie. » Et elle sortit en adressant un bref signe de tête au policier.

Il la rattrapa sur le trottoir. Elle lui jeta un coup d'œil en le voyant arriver à sa hauteur.

« Il y a longtemps que ça me démangeait, dit-elle.

– Meg n'est pas la pire.

– Si vous le dites. » Elle marqua une pause. « Je vous remercie, monsieur... excusez-moi, je ne connais pas votre nom.

– Baxter.

– Merci, Mr Baxter. Bonsoir. »

Il la regarda s'éloigner. Quelques instants plus tard, il la rappelait : « Mrs Little ? »

Elle s'arrêta.

Il la rejoignit sans trop savoir ce qu'il allait lui dire. « Vous alliez à un endroit précis ?

– Oui. Enfin non, j'allais prendre un verre.

– J'avalerais bien une bière moi-même... enfin... si vous me permettez de me joindre à vous. J'ai un petit moment devant moi. »

Elle le dévisagea quelques secondes, et il se félicita de l'obscurité, qui dissimulait son visage en feu et ses paumes moites. Contrairement à ce qu'il craignait, elle ne refusa pas.

« D'accord, Mr Baxter.

– Dave, rectifia-t-il en souriant.

– D'accord, Dave. »

Au Lobster Pot, ils passèrent leur commande et choisirent une table dans un coin. Kate alluma une cigarette. La serveuse leur apporta leurs verres en jetant à Baxter un regard perplexe qu'il préféra ignorer. Ils parlèrent de choses et d'autres. Elle l'interrogea sur sa vie, mais sans manifester grand intérêt, et en regardant de temps en temps par la fenêtre comme si elle n'entendait pas ses réponses.

« Vous avez des enfants ? » lui demanda-t-elle à un moment, rompant un silence pendant lequel il essayait de trouver quelque chose d'original à dire, quelque chose qui atténue un peu la banalité de sa vie.

« Je n'ai jamais été marié.

– Ah bon ? J'ai du mal à imaginer qu'aucune femme n'ait eu envie de vous mettre le grappin dessus.

– Je ne me l'explique pas moi-même », dit-il avec un petit rire. Dans la voix de Kate, il avait perçu une pointe de nostalgie qui lui fit penser qu'elle ne se moquait pas tout à fait. Aussitôt, il se dit qu'il rêvait. « J'attends, mais je ne croule pas sous la demande. »

Elle sourit, et il la trouva un peu moins triste.

« Dommage, dit-elle. Je suis sûr que vous auriez fait un bon père. Vous n'avez jamais voulu d'enfants ?

– J'ai fait une croix dessus, dit-il en haussant les épaules. Et vous, Mrs Little, vous en avez ? »

Elle détourna les yeux, et son regard s'embua. « Non. Après l'accident de mon mari... » Elle prit son verre.

Baxter regretta aussitôt ses paroles malheureuses. Il changea de sujet, lui parla de ce qu'il connaissait de New York, tenta de la dérider en lui racontant des anecdotes drôles, mais soit il était un piètre conteur, soit elle était d'humeur chagrine car, bientôt, elle termina son verre et prit congé.

« Merci de votre compagnie, lui dit-il en se levant.

– Merci à vous. Désolée d'avoir paru un peu distraite. » Elle hésita. « Cet homme, Bryan Roderick, vous avez des nouvelles de lui ? dit-elle d'un ton qu'elle tenta de rendre anodin.

– Non.

– Mais vous pensez qu'il a été assassiné ? C'est ce que j'ai entendu dire.

– Ça y ressemble », reconnut Baxter.

Elle parut sur le point de lui poser une autre question, mais changea d'avis. « Simple curiosité de ma part. Bien, merci encore.

– Je vous en prie. »

Il s'attarda tranquillement pour finir son verre, en revivant mentalement leur conversation. Tout d'un coup, les fantasmes où elle venait chez lui manger un barbecue sur la terrasse et bavarder jusque tard en soirée ne semblaient plus totalement irréalistes. Puis il pensa à ses questions sur Bryan Roderick et sa bonne humeur se dissipa. Il avait eu beau lutter contre l'hypothèse de Matt Jones, qui croyait Kate mêlée au meurtre de Bryan, elle faisait sans cesse irruption dans ses pensées, refusant de le laisser en paix.

Le voyant reposer son verre, la serveuse vint lui en proposer un autre.

« Non merci, j'ai fini. »

Elle se mit à débarrasser la table. Elle allait prendre le verre de Kate quand il l'arrêta.

« Laissez ça, voulez-vous ?

– Bon, comme vous voudrez », lui dit-elle en haussant les épaules.

Baxter attendit qu'elle se soit éloignée, puis il sortit un mouchoir de sa poche, emballa le verre dedans et l'emporta.

29.

Le docteur Anne Laine acheva son examen clinique. « Bon, dit-elle à Matt. Une petite fracture, rien de bien grave. » Elle alla s'asseoir à son bureau. « Je peux vous faire un pansement, mais vous cicatriserez aussi bien sans.

– Je ferai sans, dit Matt en posant un doigt précautionneux sur son nez.

– Je vais vous prescrire des antalgiques. Essayez d'éviter les bagarres pendant quelque temps. Qu'est-ce qui s'est passé ? Je ne vous imaginais pas du genre à vous mêler à des rixes de bar.

– C'est que... je suis un cheval ombrageux. »

Elle sourit. « Ce matin, ç'a été un véritable défilé. Un doigt cassé, une demi-douzaine de cas d'ecchymoses et deux côtes fracturées. Le planton du commissariat lui-même a pris un sérieux coup sur la tête. Il paraît qu'il y a eu un accrochage entre des vacanciers et des gens du coin au Schooner, et qu'il a suffi d'un coup de poing pour déclencher la folie générale. » Elle secoua la tête avec résignation. « Ils viennent ici se faire retaper, et ils recommencent le soir même. » Elle détacha une ordonnance et la lui tendit en disant : « Bon, j'en ai terminé avec vous. »

Matt plia l'ordonnance et la mit dans sa poche. Lunettes rouges et chemisier rouge sur un jean, ce médecin originaire d'une petite ville du New Hampshire n'avait pas du tout l'air doctoral. Elle plongea son regard dans le sien.

« Vous ne voulez pas me dire ce qui vous est arrivé ? Tout à l'heure, j'ai reçu Jake Roderick pour une fracture de la mâchoire. »

Matt sourit, et des larmes lui picotèrent les yeux. « Disons que nous avons eu un petit différend.

– Ce ne serait pas à propos d'Ella ? Remarquez, vous n'êtes pas obligé de me répondre.

– Ella n'y est pas étrangère, en effet. » Anne rangea ses affaires pour sa consultation suivante. « J'aimerais vous demander quelque chose, reprit Matt. Vous n'avez jamais eu Bryan Roderick comme patient ?

– Je l'ai reçu une ou deux fois. La dernière doit remonter à il y a un an. Une entaille à la main, je crois.

– Que pensez-vous de lui ?

– Personnellement ? Je ne crois pas trahir le secret médical en disant que je ne l'appréciais guère.

– Vous aviez une raison particulière ? »

Anne le regarda. Elle semblait peser ses mots, jauger ce qu'elle pouvait se permettre de lui dire. « Bryan se considérait comme un homme à femmes. Disons qu'il a eu envers moi un geste déplacé qui m'a déplu.

– Je croyais qu'on ne comptait plus ses succès féminins.

– Auprès de certaines femmes, peut-être. Des types comme lui, j'en ai vu assez pour connaître le genre. Et j'ai aussi vu ce qui arrive à celles qui fricotent avec eux. Ça se termine trop souvent dans mon cabinet.

– Il était violent ?

– Disons que toutes les amies de Bryan avaient en commun une fâcheuse tendance à la maladresse... elles se cognaient sur des objets durs.

– J'ai une autre question, dit Matt en se souvenant des provocations de Jake. Ella a-t-elle fait partie de ces femmes ? » Il avait lancé cette idée comme une bouteille à la mer. L'idée de Bryan et d'Ella ensemble lui paraissait totalement saugrenue, mais leur antagonisme aurait pu naître d'une relation brève qui aurait mal tourné. L'étonnement du médecin, cependant, lui fit paraître cette hypothèse encore plus invraisemblable.

« Ella ? Mais qu'est-ce qui a pu vous mettre une idée pareille dans la tête ? S'il existe une personne, une seule, qui ne s'approcherait jamais à moins de cent kilomètres de quelqu'un comme Bryan, c'est bien Ella. »

Bien que soulagé, il eut honte d'avoir accordé une crédibilité, même minime, à ce cas de figure. Mais il était frappé par les mots qu'avait employés Anne. « Pourquoi "s'il existe une personne, une seule" ?

– Je suis trop bavarde, répondit-elle en pinçant les lèvres. Je n'ai pas le droit de divulguer la vie privée de mes patients.

– Vous savez que je représente Ella ? Tout ce qui pourra m'aider est le bienvenu.

– Je ne saisis pas le rapport. » Elle fronça les sourcils, aux prises avec sa conscience. « Vous connaissez la mère d'Ella ? Après la mort de son mari, elle a eu une attaque. Ella est très proche d'elle. Le père était quelqu'un d'irascible. Vous savez peut-être qu'Ella avait un frère qui est mort en bas âge. Son père en a été profondément affecté. Je l'ai traité deux ou trois fois pour des petits bobos, mais j'ai eu l'impression qu'il était dépressif. Peut-être l'était-il cliniquement, je ne suis pas qualifiée pour l'affirmer. À mon avis, la mère d'Ella a une grande force de caractère. Il le fallait pour endurer ce qu'elle a enduré. »

Matt lut entre les lignes. « Vous voulez dire que le père d'Ella la maltraitait ? J'ai eu l'impression qu'ils étaient très proches.

– Ils l'étaient. Elle et sa mère l'adoraient. Mais l'amour n'est pas simple. Nous sommes tous un mélange de bon et de moins bon. Écoutez, j'aimerais autant qu'on évite ce genre de sujet. »

Mais Matt sentait qu'il tenait un bon filon. « Vous voulez dire que Bryan ressemblait au père d'Ella ? C'est pour ça que vous avez paru si surprise de ma question ?

– Non. Je ne veux pas dire que Mr Young était le portrait robot de l'homme qui bat sa femme. Mais il avait des moments d'égarement et, enfant, Ella a pu être témoin de scènes traumatisantes. Elle est intelligente. Elle a dû éviter Bryan comme la peste. »

Matt n'en doutait pas, malgré les calomnies de Jake. Mais si elle avait deviné Bryan, elle pouvait aussi l'avoir haï pour ce qu'elle avait lu en lui.

« Désolée, mes patients m'attendent », dit Anne. Il la remercia, mais s'arrêta avant de franchir la porte.

« Une dernière question, docteur. Est-ce que Kate Little vous consulte pendant les mois d'été ?

– Oui.

– Elle aussi, elle a tendance à se cogner sur des objets durs ?

– Secret médical, Mr Jones. Je ne peux rien vous dire », répondit-elle en ouvrant la porte.

Mais il avait lu sa réponse dans ses yeux.

Entre le cabinet du docteur Laine et les faubourgs sud de la ville, Matt eut tout le temps de réfléchir en chemin. Bien que n'ayant toujours rien pour étayer son intuition, il était quasiment persuadé, maintenant, que Kate Little avait eu une relation avec Bryan Roderick. Or, Bryan étant violent avec les femmes, il était de plus en plus convaincu que Kate n'était pas étrangère à sa disparition. Il tenait un début de mobile, et des bribes de scénario : elle habitait près de la crique, dormait seule dans sa chambre, et Ben Harper l'avait aperçue sur la plage à une heure où elle pouvait revenir de chez Bryan.

Malheureusement, sans preuves, ses intuitions ne valaient rien. Il avait aussi le sentiment de ne pas posséder toutes les données du problème, loin s'en fallait. Et certaines de ces données, il le craignait, concernaient Ella.

Il trouva Jordan Osborne en train de boire une tasse de café sur le pas de sa porte. Il s'arrêta devant le chantier et descendit de voiture. Jordan dit quelque chose à ses ouvriers, et ils disparurent dans le hangar après lui avoir jeté un regard curieux.

« On va bavarder à l'intérieur, lui dit Jordan, qui le précéda dans son bureau sans attendre d'explications. Je me figurais bien que vous alliez revenir un jour ou l'autre.

– J'irai droit au but, attaqua Matt. Je pense que Kate voyait Bryan. Je pense aussi que vous le saviez, mais que vous avez préféré ne pas me le dire. La question est : pourquoi ? Je vois deux raisons possibles. La première c'est qu'admettre que vous étiez au courant équivalait à vous reconnaître un motif d'écarter Bryan pour tenter de reconquérir Kate. »

Osborne protesta avec véhémence. « Je vous ai déjà dit que j'ai passé toute la nuit à la maison !

– Je sais. Et je vous crois. Donc, vous aviez une autre raison de vous taire. À mon avis, c'était pour couvrir Kate. »

Osborne cacha mal sa réaction, et Matt en profita pour pousser son avantage. « Je soupçonne également Bryan d'avoir exercé des violences sur Kate, et cela aussi, je suis prêt à parier que vous le saviez. Or cela fait de Kate un suspect. C'est pour ça que vous la protégiez ?

– Je le répète, je ne sais rien, dit Osborne en le regardant fixement. De toute manière, après ce qu'a vu Jerrod Gant, qu'est-ce que ça change ?

– S'il ment, ça change tout. »

Osborne réfléchit. « C'est normal que vous disiez ça puisque Ella est votre cliente. Écoutez, vous voulez la vérité ? J'aime bien Ella, moi. Mais je ne peux rien pour vous. Je ne sais rien, je vous dis.

– Jordan, j'ai l'impression que vous êtes quelqu'un d'honnête. Vu vos sentiments envers Kate, je comprends que vous cherchiez à la protéger. Mais cela ne vous autorise pas à vous murer dans le silence en laissant accuser une innocente. Ella n'a pas tué Bryan. Le témoignage de Gant est un faux. »

Osborne lui tourna le dos. Il alla se planter devant la porte, les mains au fond des poches, et regarda la mer à travers le hangar. Matt le laissa lutter avec sa conscience. Enfin, il revint à son bureau ; il s'arrêta, prit un stylo, le tripota et le reposa. Matt fit une nouvelle tentative.

« Vous êtes né sur l'île, Jordan ?

– J'y ai vécu toute ma vie.

– Bon. Oubliez que c'est à moi que vous parlez. Pensez à Ella. Vous devez la connaître depuis toujours. Imaginez qu'elle se retrouve en prison pour un meurtre qu'elle n'a pas commis ? Vous pourriez dormir la nuit ? »

– Bon, d'accord, dit enfin Osborne. Je savais que Kate voyait Bryan. » Il avança une chaise et s'assit de l'air d'un homme incapable de lutter plus longtemps contre un souci qui le mine. Il semblait même soulagé, bien que réticent à incriminer Kate. « Mais ça ne prouve rien contre elle.

– Peut-être. Comment étiez-vous au courant ?

– Je me doutais bien qu'il y avait quelqu'un. Kate m'avait dit que c'était fini entre nous, et elle m'évitait. Et puis un soir, je l'ai vue en ville. Elle venait de se garer près des bassins. J'ai cru qu'elle allait au Lobster Pot, et j'espérais pouvoir lui parler.

– C'était quand ?

– Il y a environ trois semaines. Elle marchait le long des quais. Il y fait assez sombre, le soir.

– Vous l'avez suivie ?

– Oui. Mais avant que j'aie eu le temps de la rattraper, j'ai vu Bryan qui arrêtait son pick-up et qui en descendait, fou furieux. Je me suis arrêté. Il n'y avait personne. Ils se sont disputés mais je n'entendais pas ce qu'ils se disaient. Alors, Bryan a attrapé Kate par le bras.

– Oui ?

– Il lui faisait mal, ça se voyait. J'allais lui crier de la laisser tranquille quand quelqu'un est arrivé par l'autre côté. Elle avait dû tout voir depuis son bateau.

– Elle ?

– C'était Ella. »

Matt écoutait en silence, mais le nom d'Ella résonnait comme un écho dans sa tête, et il revoyait le regard échangé par les deux femmes devant la poste, un regard de connivence. Elles partageaient un secret. Il n'en fut pas même surpris.

Osborne poursuivait. « Bryan avait bu. Il s'en est pris à Ella aussi, il l'a insultée, traitée de sale garce frigide, et pire encore. Il tenait toujours le bras de Kate, et elle se débattait comme une furie. Il devait lui faire mal. Elle l'a traité de tous les noms en lui disant qu'elle ne voulait plus le revoir. Ella lui criait de lâcher Kate. Elle l'a traité de lâche, je me souviens. Je peux vous dire qu'il a accusé le coup.

– Et alors, qu'est-ce qui s'est passé ?

– Il a frappé Kate. C'est arrivé si vite que je n'ai pas pu intervenir. Un coup de poing, ici. » Osborne porta une main à sa poitrine. « À ce moment-là, il a commencé à s'acharner contre elle. Il était comme fou. Il l'injuriait en lui tapant dessus ; elle, elle essayait de lui échapper, et Ella tentait de les séparer. Je crois qu'il l'a frappée elle aussi. Moi, je me suis mis à courir aussi vite que j'ai pu, mais Kate et Ella ont réussi à se dégager avant que j'arrive. J'ai ceinturé Bryan et je l'ai plaqué au sol. Au bout d'un moment, il s'est calmé. Je lui aurais bien fendu le crâne, je l'avoue, mais il se débattait tellement que quand j'ai enfin réussi à le maîtriser, j'étais vanné. Voilà. C'est tout.

– Et Kate et Ella ? Qu'est-ce qu'elles sont devenues ?

– Je ne sais pas. Le temps que j'arrive, elles avaient déjà pris leurs jambes à leur cou. Je ne suis même pas sûr qu'elles m'aient vu. Après, je les ai cherchées, mais elles avaient disparu. »

Ils gardèrent le silence quelque temps. Matt se représentait la scène en se demandant pourquoi Ella et Kate niaient se connaître, et pourquoi Kate niait connaître Bryan. Les idées naissaient, se dissolvaient et se reformaient dans sa tête. Au bout d'un moment, il se rendit compte qu'Osborne avait dit quelque chose.

« Pardon ?

– Je disais que je ne l'ai pas tué. C'est ce que vous pensez, je le sais. D'accord, j'aurais pu le buter ce soir-là. Ce n'était pas l'envie qui m'en manquait. Lui et son frère, ces salopards, je n'ai jamais pu les encadrer. Je vais être franc : s'il est mort, ce n'est pas moi qui le pleurerai. Mais j'ai passé cette nuit-là chez moi et si besoin, ma femme confirmera. »

30.

Ella était assise au chevet de sa mère. Helena venait de s'assoupir, la main refermée sur la photo un peu floue qui trônait sur sa table de nuit et sur laquelle, grand et blond, son mari souriait à l'objectif. Ella sentit une pression sur sa main : Helena ne dormait pas.

« Il a été un bon père, Ella.

– Je sais.

– Et un bon mari.

– Oui. » Et en effet, ç'avait été vrai la plupart du temps. Elle soupira et reposa le cadre sur la table de nuit.

« Tu as parlé à Matt ? demanda Helena.

– Pas depuis la réunion.

– Tu sais très bien que tu ne l'éviteras pas indéfiniment, Ella. » Helena sourit. « Je l'aime bien. C'est quelqu'un de bien.

– C'est aussi mon avis, maman. »

Helena garda le silence quelque temps. Elle ferma les yeux et se mit à respirer régulièrement. La croyant de nouveau assoupie, Ella posa la main de sa mère sur le lit et se leva. Elle n'était pas à la porte quand sa mère la rappela. Dans la lumière du couloir, elle crut lui voir les joues humides.

« Il faut lui parler, Ella. Il faut lui faire confiance. »

Ella hocha la tête. Oui, sa mère avait raison. « Je sais, dit-elle. J'irai dès demain matin. »

Helena baissa les paupières. « Tout s'arrangera. C'est quelqu'un de bien. »

31.

Une ombre s'abattit sur la table où Matt avait pris place.

« Un peu de compagnie ne vous ferait pas de mal, on dirait. »

Sally Brewster se glissa dans la niche, en face de lui. Elle portait toujours l'uniforme café-au-lait qu'elle mettait pour travailler à la cafétéria, et se pencha en avant pour se déchausser plus facilement.

« Bon Dieu, mes pieds vont me tuer. Ma mère avait des varices à quarante ans. Il faut que je me trouve un autre boulot. Piétiner, il n'y a rien de pire. Je parie que vous ne saviez pas ça. Les varices, ce n'est pas un problème d'homme. »

Avec un sourire en coin, elle désigna le verre vide sur la table. « Si vous m'invitez, je ne dis pas non pour vous accompagner. » Sans attendre sa réponse, elle se fit apporter un bloody mary et renouvela la boisson de Matt, un bourbon on the rocks.

Elle alluma une cigarette et recracha la fumée en soupirant. « Ça fait combien de temps que vous êtes ici ? »

Matt vérifia à sa montre et fut surpris de voir qu'il était déjà dix heures. Sur une musique de fond, au bar, on échangeait des histoires de pêche qui tenaient davantage du mythe que de la réalité. « Deux heures, dit-il.

– Plutôt trois. Et combien de bourbons ?

– Deux. » Il vit son regard sceptique. « Et peut-être deux de plus. Comment saviez-vous que j'étais ici ?

– Qu'est-ce qui vous fait penser que je le savais ? J'ai bien le droit de m'arrêter prendre un verre après une longue journée de travail. »

À son tour, Matt eut l'air sceptique.

« Bon, d'accord, c'est Rita, la serveuse. Elle m'a passé un coup de fil. Elle sait que j'ai un faible pour les types dans votre genre, un peu mélancoliques. Quand elle vous a vu échoué ici pour la nuit, elle m'a appelée à la rescousse. »

Rita leur apporta leurs boissons. Sally goûta son cocktail et fit la grimace. « Ils ne mettent jamais assez de vodka. La prochaine fois je demanderai une vodka tomate sans tomate. » Elle reposa son verre et devint sérieuse. « Qu'est-ce qui vous est arrivé ? On dirait que quelqu'un a confondu votre nez avec un punching-ball. »

Il réussit à sourire. « Vous devriez voir l'autre gars.

– Ah, ça me console. »

Il prit son verre encore à moitié plein, et fit cul sec. Il se sentait gris, mais cela ne lui déplaisait pas. Il était comme engourdi. « Je crois que je n'ai plus confiance en personne, Sally.

– Ah oui ? Bienvenue au club. »

Il la regarda en coin. « Ne me dites pas que vous êtes cynique. »

Elle haussa les épaules. « Moi ? Non. Juste réaliste. Je n'attends jamais trop, ni de moi ni des autres. Ça m'évite des déceptions, et ça me réserve quelques bonnes surprises de temps en temps. C'est bon pour le moral. »

Matt se demanda si ce n'était pas justement la définition du cynisme.

« N'est-ce pas un peu triste de se contenter de si peu ?

– Il me semble que c'est mieux que d'espérer trop, ce qui est la meilleure façon d'aller de déception en déception.

– Vous essayez de me dire quelque chose, là ?

– Non, dit Sally en terminant son verre. J'essaie simplement de vous empêcher de vous apitoyer sur votre sort.

– Aïe.

– Parfois, on a besoin d'un petit coup de pied aux fesses.

Moi, pour l'instant, ce qu'il me faut c'est rentrer chez moi et me débarrasser de cette blouse. Dites, ça vous dirait de m'accompagner ? Je vous cuisinerai un petit repas. Je parie que vous n'avez rien mangé de toute la journée. Vous buvez à jeun, c'est du beau. »

Matt allait protester qu'il n'avait pas faim mais elle ne voulut rien entendre.

« Je vous invite à dîner, Matt. Rien de plus. De toute façon vous n'êtes pas en état de conduire et j'habite à deux pas. »

Elle n'avait pas tort. D'ailleurs, maintenant qu'elle avait parlé de cuisine, Matt se sentait en appétit. Il regarda autour de lui et décida qu'il préférait la compagnie de Sally à celle de tout un restaurant. Et il n'avait pas envie de se retrouver seul chez lui, la tête pleine de Kate Little et d'Ella Young, à démêler le sens de tout ce qu'il avait appris dans la journée.

« Merci, Sally, j'accepte avec plaisir. »

Rita les regarda sortir en lançant à Sally : « Bonne nuit. »

Sitôt chez elle, Sally se déchaussa avec un soupir.

« L'autre jour, à la cafétéria, vous m'avez fait entendre qu'on se bousculait au portillon pour tuer Bryan. Vous pouvez préciser ? lui demanda Matt.

– J'ai dit ça, moi ? Je ne me rappelle pas.

– Sally. » Elle se retourna vers lui. « Je vais vous poser une question qui a peut-être son importance : êtes-vous sortie avec Bryan ?

– Quoi ? Vous croyez que je l'ai tué ? C'est comme ça que vous me remerciez d'avoir pitié de vous ? » Il ne répondit pas, et elle comprit qu'il ne se laissait pas prendre à ses airs offusqués. Elle s'assit en soupirant. « Bon. Je suis sortie avec lui trois ou quatre fois. Et je vous répète aujourd'hui ce que je vous ai dit l'autre jour. Bryan était un salopard doré sur tranche.

– Vous a-t-il jamais frappée ? »

Elle eut un sourire mélancolique. « Oui. Ça lui est arrivé. Il prétendait que c'était involontaire. Un accident, tu parles... J'ai mis un moment à me mettre dans ma petite tête de rat qu'il me racontait des bobards. Il l'avait bel et bien fait exprès. Je l'ai envoyé se faire pendre ailleurs.

– Quel sentiment cela vous donnait-il ? Qu'il vous frappe. »

Elle prit son temps pour répondre. « Eh bien, je vais vous dire. Quand on a commencé à raconter qu'il était mort, je me suis servi un verre de vin en espérant très fort que ce fils de pute avait récolté ce qu'il avait semé avant de tirer sa révérence. Vous pouvez me croire sur parole. »

Il s'éveilla une fois au cours de la nuit. Il avait rêvé de Paulie, du jour où il avait failli se noyer. Puis il voyait Ella. C'était elle qui le tirait de l'eau sur la plage tout hoquetant et trempé. Elle se penchait vers lui, un œil vert l'autre gris, comme la mer en hiver, et il l'attirait contre lui. Il sentait son corps contre le sien, puis plus rien : rien que de l'air entre ses mains. Elle avait disparu, le laissant seul et désemparé. Il ouvrit les yeux sur une pièce plongée dans l'obscurité et le silence. Il fut vaguement conscient d'un sentiment d'étrangeté, d'odeurs qu'il ne reconnaissait pas, du grattement d'une branche d'arbre sur la vitre alors que normalement il n'y avait pas d'arbre, pas même de fenêtre. Mais tout était si brumeux qu'il retomba dans le sommeil sans s'inquiéter.

Quand il s'éveilla pour de bon, le jour se levait à peine. Une lumière douce filtrait à travers un rideau qui ondulait dans la brise, et l'odeur salée du port entrait dans la pièce. Matt se mit sur son séant et se rappela où il était. Sally habitait un quatre-pièces au troisième et dernier étage d'un immeuble à une rue du port. Il avait dormi sur le canapé, mais il était incapable de se rappeler comment il avait atterri là. Sur le comptoir de la cuisine américaine, il remarqua deux bouteilles de vin vides ; il alla se servir un verre d'eau au robinet. Il trouva son pantalon et sa chemise bien pliés sur une chaise. Il s'habilla, et poussa la porte de la chambre, qui était entrouverte. Sally dormait, rideaux tirés. Il ne voulait pas partir sans lui dire au revoir. Bien que rassuré par le fait qu'ils n'avaient visiblement pas passé la nuit ensemble, il aurait bien aimé se rappeler comment il s'était endormi. Il se souvint des spaghettis, du vin, et même du cognac. Un vague souvenir d'une étreinte maladroite à la fin de la nuit le dérangea, et il ne fut pas sûr d'avoir tout rêvé.

Sally ouvrit les yeux.

« Salut, dit-elle.

– Salut.

– Quelle heure il est ? dit-elle d'une voix rauque.

– Tôt. Ne bouge pas.

– J'ai l'impression d'avoir reçu un coup de marteau sur la tête, grogna-t-elle.

– Je connais. »

Elle se redressa sur un coude, et la bretelle de sa chemise de nuit glissa de son épaule. Elle la remonta sans fausse coquetterie et se dégagea le front. « Tu t'en vas ?

– Oui. Faut que j'y aille. » Matt hésita, ne sachant comment aborder la question qu'il n'osait pas poser.

« Tu veux un petit déjeuner ?

– Non, ça ira. »

Sally l'observa quelques instants, puis elle eut un sourire matois. « Au cas où tu te demanderais si tu dois m'embrasser, je te signale qu'il ne s'est rien passé.

– Je ne me le demandais pas, dit Matt qui se pencha et lui effleura les lèvres.

– Hmmm. Va-t'en avant que je ne réponde plus de moi.

– Merci, Sally, dit-il avec un grand sourire.

– De quoi ? On n'a fait que parler.

– Justement. »

Elle le chassa d'un geste. « Il est trop tôt pour moi », dit-elle en se laissant retomber sur l'oreiller.

En sortant, Matt l'entendit qui lui criait : « Tu ferais mieux de t'occuper d'elle, Matt !

– De qui ? » Il attendit à la porte d'entrée, mais elle ne répondit pas.

Il sortit dans l'aube naissante. Devant l'immeuble, un carrefour offrait une large vue sur le port, qui grouillait déjà d'activité. Les bateaux sortaient. Debout sur la plus haute marche du perron, il observa le tableau. Une douzaine d'embarcations franchissaient déjà les passes, mais le *Santorini* était toujours à quai. Soudain, le pick-up d'Ella s'arrêta, elle en descendit et leurs regards se croisèrent. Il se rendit compte de l'ambiguïté de la situation. Il se retint de l'appeler, car il n'aurait su quoi lui dire. Elle lui avait menti sur Kate, et sans doute sur bien d'autres choses encore. Il sentit de nouveau un gouffre gigantesque s'ouvrir entre eux.

Ella se détourna subitement.

32.

Kate sortit de la supérette en serrant un sac de provisions sous son bras. Elle portait un pantalon kaki et avait relevé ses lunettes de soleil en serre-tête. Tandis qu'elle chargeait sa voiture, Baxter regarda le fax qu'il tenait dans sa main. Le labo confirmait que l'empreinte relevée sur le robinet chez Bryan était la même que celle relevée sur un verre à cocktail du Lobster Pot. C'était un pouce droit, et il savait que ce pouce était celui de Kate Little.

Il se répéta que cela prouvait simplement qu'elle avait été chez Bryan ces derniers jours, et rien de plus. Il pouvait y avoir toutes sortes de raisons à cela.

C'est ça. À d'autres, mon vieux.

Il relut le fax. Il ne donnait pas de noms, mais indiquait simplement que l'échantillon A correspondait à l'échantillon B. Imprimé sur papier thermique, il manquait de substance. On aurait dit du papier de riz. Baxter aurait pu en faire une boulette et la jeter à la poubelle sans que personne le sache.

Kate s'installa au volant et démarra. Au stop, elle prit à droite et sortit de la ville. Baxter mit son moteur en route et la suivit. Il la rattrapa sur la route de la pointe, et lui fit des appels de phares. Il se rangea derrière elle, et elle baissa sa vitre.

« Rebonjour. Je roulais trop vite ?

– Non, pas du tout. Il se trouve que je vous suivais et que j'ai eu l'impression que vos stops ne fonctionnaient pas. »

Kate fronça les sourcils. « Ah bon ?

– Je vais vérifier. » Il alla se placer à l'arrière et lui dit de remettre le contact et de freiner. Les deux feux s'allumèrent. Baxter se serait fichu des gifles : il faisait vraiment n'importe quoi. « J'ai dû me tromper. Faites-les vérifier à la prochaine révision, c'est plus prudent.

– D'accord. » Kate sourit, vaguement intriguée. « Encore une journée qui s'annonce caniculaire, on dirait.

– Oui. » Pendant un moment, ils regardèrent l'océan qui miroitait entre les arbres.

Tout d'un coup, Baxter fit claquer ses doigts. « Ah, je savais bien que je voulais vous demander quelque chose.

– Oui ?

– Vous savez, le type qui a disparu. Bryan Roderick. Il habite dans la crique. Vous ne seriez pas allée chez lui, par hasard ? Vous auriez pu passer devant chez lui, avoir besoin d'utiliser son téléphone, lui demander un verre d'eau ? »

Au regard qu'elle lui retourna, il comprit qu'elle n'était pas dupe.

« Et qu'est-ce qui vous fait penser que j'aurais pu aller chez lui ?

– Rien. Je me demandais simplement.

– Vous vous demandiez si j'étais entrée chez quelqu'un sans raison ?

– C'est possible, vous savez. Vous avez pu lui parler sans savoir que c'était lui. » Sous le soleil qui lui brûlait la nuque, Baxter eut le dos soudain inondé de sueur.

« Eh bien la réponse est non.

– C'est ce que je pensais. Juste une idée, comme ça. » Il s'écarta de la voiture. « Bonne journée.

– Merci, vous aussi. »

Il la regarda démarrer, et gagna sa voiture en se traitant d'idiot. Il resta un bon moment les yeux fixés sur la route déserte, puis il sortit son fax et le relut pour la centième fois. Tout au fond de lui-même, il savait que s'il avait voulu enfermer Ella, ce n'était pas pour la protéger. Il replia le fax et attrapa sa radio.

« Oui, chef ? lui répondit Martha.
– Essayez de me trouver Matt Jones, Martha. Dites-lui de passer à mon bureau. »

Il coupa la communication, regarda fixement devant lui puis, enfin, il se décida à faire demi-tour et à retourner en ville.

L'après-midi même, les deux hommes franchissaient les grilles de la propriété des Little et s'engageaient dans l'allée, entre deux rangées de chênes imposants. Kate vint leur ouvrir, et les regarda l'un après l'autre sans paraître surprise de les voir. Elle les fit entrer dans la pièce de séjour.

« Mon mari travaille, dit-elle.
– Pas de problème, Mrs Little, lui dit Baxter. C'est à vous que nous voulons parler. »

Elle leur fit signe de s'asseoir et s'assit elle-même au bord d'un fauteuil en allumant une cigarette. Baxter avait l'air au supplice, et Matt trouvait que cela les rapprochait. En recevant la convocation du commissariat, il s'était demandé ce que cela cachait. Il espérait qu'on avait recueilli de nouvelles preuves. C'en étaient, effectivement, mais pas de la nature qu'il attendait. Une fois revenu de sa surprise, il avait mis Baxter au courant de sa visite chez Osborne et de la scène sur le quai.

« Pour nier se connaître, Kate et Ella ont forcément une bonne raison.
– Vous les croyez mêlées ensemble à cette histoire ? »

Matt ne voyait pas bien comment, même s'il avait envisagé cette éventualité. Un coup de fil à la capitainerie avait confirmé qu'Ella était en mer, et ils avaient donc décidé de commencer leur interrogatoire par Kate. En chemin, Baxter en avait confié le soin à Matt, puisque c'était lui qui avait vu Osborne.

« Mrs Little, nous voulons vous parler de Bryan Roderick, dit Matt. Hier, j'ai rencontré un de vos amis, Jordan Osborne. Il m'a dit qu'il y a trois semaines, il vous a vus, Bryan et vous, en train de vous disputer sur les quais. » Il épia sa réaction, mais elle se contenta d'arrondir les yeux. « La dernière fois que nous nous sommes vus, lui rappela-t-il, vous avez prétendu ne pas connaître Bryan. »

Elle hésita longuement, puis elle prit la parole d'une voix posée. « Inutile de nier ce que vous savez déjà, n'est-ce pas ? Bryan Roderick et moi-même, nous étions amants. »

Baxter fixait un point sur le mur. Il ne parut pas avoir entendu.

« Comment se fait-il que vous ne l'ayez dit à personne ? s'étonna Matt. Il s'agit d'un disparu, d'un mort peut-être. »

Elle ne sourcilla pas. Ses yeux étaient presque violets ; si Matt était venu quasiment convaincu qu'elle avait tué, il douta soudain qu'elle en fût capable. Il lui trouvait plutôt l'air triste. Mais il avait pensé la même chose d'Ella.

« Je ne vous l'ai pas dit parce que je ne m'en vante pas. Et aussi parce qu'au moment où Bryan a disparu, c'était déjà fini entre lui et moi. Je n'ai rien à vous apprendre.

– Quand l'avez-vous vu pour la dernière fois ?

– Le soir dont vous venez de parler, sur les quais.

– Ella Young y était elle aussi. Vous m'avez dit ne pas la connaître non plus. »

Kate baissa les yeux. Elle fit tomber sa cendre dans un cendrier et le regarda de nouveau.

« Je n'appelle pas ça connaître quelqu'un. C'est la seule fois où nous nous sommes vues, et nous avons à peine échangé quelques mots.

– Parlez-moi de ce soir-là. Que s'est-il passé ?

– Quelques jours plus tôt, j'avais annoncé à Bryan que je ne voulais plus le voir. Le soir en question, il m'a abordée par surprise. Il avait bu. Je lui ai réitéré mon désir de rompre et ça l'a rendu violent. Après l'intervention d'Ella, ç'a été pire.

– Il a levé la main sur vous ?

– Oui.

– Il l'avait déjà fait ?

– Oui, dit-elle, toujours aussi calme. C'est pour cette raison que j'ai rompu. » Elle éteignit sa cigarette. « Je ne suis pas fière de moi, Mr Jones. » Elle jeta un coup d'œil à Baxter.

« J'imagine ce que vous vous dites, une femme mariée qui prend des amants, avec son mari cloué dans un fauteuil. La vérité c'est que notre couple va à vau-l'eau depuis longtemps.

– Nous ne sommes pas là pour juger de la moralité des gens, Mrs Little, lui répondit Baxter.

– Peut-être. Bryan n'était pas le premier. Naturellement, si vous avez vu Jordan, vous êtes au courant. Vous avez tous les deux rencontré mon mari. Il n'est pas facile à vivre. »

Kate marqua une pause songeuse et sourit tristement. Matt eut le sentiment qu'elle aurait voulu s'expliquer, se justifier auprès d'eux.

« Après son accident, je crois qu'Evan a eu peur que je le quitte. Nous étions mariés depuis peu. Plutôt que de vivre ça, il a tenté de me chasser. Sa personnalité avait changé ; il pouvait être très cruel. Je reconnais que j'ai pensé à le quitter. Ça peut paraître monstrueux, mais il faut comprendre qu'Evan montrait souvent de l'agacement envers moi, et même de la haine. Je savais que ses humeurs étaient en partie dues à ses médicaments, et j'espérais qu'il irait mieux, même si les médecins disaient qu'il n'avait peut-être que quelques années à vivre. Mais cela ne s'est pas amélioré. »

Elle se tut pendant quelques instants.

« Ça a commencé avec un ami d'Evan qui travaillait avec lui. Nous passions beaucoup de temps ensemble. Il était gentil et compréhensif. Il m'a offert une épaule consolatrice. »

Son regard alla se poser loin derrière eux, à travers la vitre.

« Evan a fini par découvrir ce qu'il y avait entre Chris et moi, et depuis, il veille à ne pas me laisser l'oublier une seule seconde. C'est peut-être cette culpabilité qui fait que je suis toujours avec lui. Mais je suis humaine, j'ai parfois besoin d'un peu de gentillesse. Est-ce un crime ? Évidemment, avec Bryan j'aurais pu mieux choisir. »

Un applaudissement emplit le silence. Evan Little se tenait dans l'embrasure de la porte.

« Quel brillant numéro, Kate. Qu'en pensez-vous, commissaire ? Et vous, Mr Jones ? Vous y avez cru ? Pour un peu, je la plaindrais moi-même. Pour se justifier, elle est très forte. En gros, c'est à cause de moi si ma femme est une pute. »

Son fauteuil ronronna, les pneus grincèrent sur le parquet.

« Mais je ne veux pas vous interrompre. J'ai manqué la première partie mais j'imagine que vous êtes venus l'interroger sur le pêcheur avec qui elle baisait. Elle vous a raconté la nuit où il a disparu, à moins que tu aies gardé ce morceau de choix pour plus tard, Kate ? dit-il, des éclairs mauvais dans les yeux.

– C'est vrai ? » demanda Baxter.

Elle regarda son mari comme si elle le découvrait.

« Oui, j'étais dehors cette nuit-là. Il faisait chaud, je ne pouvais pas dormir. Il m'arrive d'aller marcher la nuit.

– Quelle heure était-il, à peu près ? demanda Matt.

– Je ne sais pas exactement.

– Tu es rentrée vers trois heures et demie, dit Evan en regardant sa femme avec une hostilité ouverte. Et je sais qu'elle n'était pas dans sa chambre quand j'ai entendu les coups de feu. Vers deux heures. J'ai regardé ma montre. Il m'a fallu quelques minutes pour m'extirper de mon lit. Ce n'est pas facile, comme vous l'imaginez. Je suis allé voir dans sa chambre, elle n'y était pas.

– Vous avez entendu des coups de feu ? dit Matt.

– Ils m'ont réveillé. Il était au moins deux heures.

– Vous confirmez ce que dit votre mari ?

– J'imagine. Je n'ai pas regardé l'heure.

– Avez-vous vu quelqu'un, Mrs Little ?

– Non.

– Vous êtes sûre ? Ella Young, par exemple ?

– Je vous l'ai dit, je n'ai vu personne.

– Vous avez entendu des coups de feu ?

– Non. »

Evan poussa un grognement de dérision.

« Et Bryan Roderick, vous le voyiez souvent ?

– Environ deux fois par semaine.

– Toujours chez lui ? »

Elle secoua la tête. « Le plus souvent, mais pas toujours.

– Vous aviez les clés ?

– Oui.

– Êtes-vous allée chez lui le matin qui a suivi sa disparition ?

– Oui.

– Pourquoi ?

– Je voulais lui rendre ses clés. Je ne l'avais pas vu depuis une semaine. Après ce qui s'était passé sur les quais, j'avais peur d'aller chez lui et de tomber sur lui.

– Et c'est ce matin-là que vous vous êtes décidée ?

– Oui.

– À quelle heure ?

– Je ne sais pas. Il était tôt.

– Vous avez vu quelqu'un ?

– Non. »

Matt marqua une pause. Elle avait répondu à ses questions sans ciller.

« Avez-vous remarqué des choses ayant pu vous faire penser qu'il lui était arrivé quelque chose ? Des traces de lutte, par exemple.

– Non. Tout paraissait normal.

– La police pense que quelqu'un a nettoyé la maison, peut-être pour effacer des preuves. C'était vous ? Essayiez-vous de dissimuler le fait que vous étiez passée ? »

Elle hésita. « Pourquoi faire ça ? Je ne savais pas qu'il lui était arrivé quelque chose.

– C'est ce que je me demande, dit Matt. Mrs Little, avez-vous tué Bryan ?

– Non, dit-elle en secouant la tête.

– Vous avez pu tomber sur lui par hasard, vous battre...

– Non.

– Et vous n'avez vu personne d'autre ?

– Vous m'avez déjà posé cette question. La réponse est toujours la même : non. Je n'ai vu personne. »

Evan observait la scène avec un sourire sardonique. Il s'amusait visiblement. Matt se demanda s'il pouvait être mêlé à tout cela. Il avait un mobile, mais vu son handicap, cela paraissait improbable. Kate alluma une cigarette. Sous son calme, Matt la sentait tendue. Une fois de plus, il repensa au regard échangé avec Ella. Il chercha la faille dans la version de Kate. Evan donnait pour les coups de feu la même heure que Carl Johnson. Comment Kate pouvait-elle ne rien avoir entendu ?

Matt se tourna vers le mari. « Vous êtes certain de l'heure à laquelle vous avez entendu tirer ?

– J'ai regardé ma montre.

– Mrs Little, comment expliquez-vous que vous n'ayez rien entendu ?

– Oui, Kate, on aimerait bien que tu éclaircisses ce mystère, renchérit Evan. L'acoustique est excellente sur la pointe. Les sons portent très loin sur la crique.

– Je ne l'explique pas. »

Un déclic se produisit dans l'esprit de Matt. L'engrenage s'enclencha. « L'acoustique... », répéta-t-il comme en aparté, et conscient qu'ils avaient tous les yeux fixés sur lui. « Mrs Little, avez-vous entendu autre chose ? »

Evan eut l'air perplexe, puis un souvenir lui revint. « Maintenant que vous en parlez, dit-il, moi, oui. Ce devait être environ une heure après les coups de feu. Kate n'était pas encore rentrée.

– Et c'était quoi ? demanda Matt, la gorge nouée par une vague prémonition.

– Un bateau. Un bateau qui quittait la crique. »

33.

Ella mit le treuil en marche et attendit que la ligne se rembobine. Tout en travaillant, elle manœuvrait le *Santorini* entre les flotteurs et remontait ses casiers avec l'aisance que lui donnaient ses longues années de pratique. Un casier émergea tout dégoulinant d'eau ; Gordon en sortit les homards, mesura les carapaces, mit les bons calibres dans le réservoir et rejeta les autres à la mer. Il réappâtait les casiers pendant qu'Ella les attachait aux flotteurs, puis on recommençait sur la bouée suivante. Ella travaillait avec des gestes automatiques.

L'image de Matt sur le perron de Sally Brewster s'était imprimée dans son esprit, avec tous ses détails : ses vêtements froissés, ses joues pas rasées, ses yeux voilés par l'alcool. Elle ressentit de nouveau l'impression de coup de poing à l'estomac qui l'avait assommée quand elle l'avait vu ce matin. Il l'avait dévisagée sans remords ni culpabilité ; alors, une sorte de vanne s'était ouverte dans sa tête, déversant en elle une cascade d'émotions, mélange de colère noire et d'humiliation, mais surtout, y creusant une profonde blessure.

Quand, la veille, sa mère lui avait dit que Matt était quelqu'un de bien, elle avait acquiescé. Les événements de ces dernières semaines avaient été extrêmement éprouvants. Une grande lassitude avait sapé son énergie, et elle ne se sentait plus la volonté ni la force d'âme de lutter contre des gens comme Howard ou Jake, de porter le fardeau de sa responsabilité envers sa mère et Kate, ni même de sa propre culpabilité.

Partout, les regards l'accusaient, les murmures la suivaient tel le bruissement des herbes sous les pieds d'un prédateur qui se rapprocherait lentement. Mais Matt était resté à ses côtés, et elle sentait qu'elle pouvait compter sur sa présence. Sa mère l'avait compris elle aussi et, ensemble, elles avaient décidé de lui faire confiance.

Sitôt sa décision prise, elle avait éprouvé un soulagement ; jamais, depuis longtemps, elle n'avait aussi bien dormi. Elle avait espéré qu'en apprenant la vérité, Matt serait capable de voir, au-delà des faits, que la vie n'est pas toujours aussi simple qu'il aimerait qu'elle le soit. Aujourd'hui, elle remerciait Dieu de lui avoir ouvert les yeux : il était aussi peu fiable que tous les autres hommes qui avaient croisé son chemin. Elle essuya ses larmes et se mordit la lèvre jusqu'au sang, et cette douleur physique, en lui cachant l'autre, alimenta sa colère. Car la colère renouvelait ses forces. Qu'il aille au diable ! Elle n'avait pas besoin de Matt. Ni d'aucun homme.

« Ella ? » La voix de Gordon la ramena à la réalité. « Tout va bien ?

– Oui, oui. J'étais perdue dans mes pensées. Qu'est-ce qu'il y a ?

– J'aurais besoin d'être hébergé quelque temps. Je me demandais si tu me laisserais passer quelques nuits à bord du *Santorini*.

– Pourquoi donc ? » Mais elle devina aussitôt. « C'est ton père ?

– Il ne veut plus que je travaille pour toi.

– Je ne veux pas m'interposer entre toi et lui », dit-elle en soupirant.

Gordon secoua la tête avec résolution. « Il n'a pas à me dicter ce que je dois faire. »

Elle détourna les yeux, le temps de réfléchir. Il faisait chaud. Sous son ciré, elle suait à grosses gouttes qui roulaient sur son ventre. Mais la pêche, c'était loin d'être toujours ça. En hiver, par gros temps, le vent glacial pouvait couper comme une lame. Le travail était dur et dangereux. Si Gordon était assez mûr pour l'assumer, il devait l'être aussi pour prendre ses décisions seul. En tout cas, il avait toujours eu en elle une confiance infaillible.

Elle lui sourit. « Tu peux rester le temps que tu voudras. »

Baxter gara sa voiture de patrouille au bord de la route à un kilomètre et demi de la maison des Little. Les deux hommes descendirent et traversèrent une petite prairie jusqu'à un point qui surplombait la crique. L'air était suffocant. À l'est, l'horizon se voilait d'une sorte de brume de pollution grisâtre dans laquelle se noyait le bleu du ciel.

« Un front arrive, fit observer Baxter. La météo annonce des orages avant quarante-huit heures. » Il déballa un chewing-gum ; au bout d'un petit moment, il reprit : « À votre avis, Kate disait la vérité ?

– Non. »

Baxter hocha la tête en entendant confirmer ses propres conclusions. « Et le mari ? »

Avant de répondre, Matt se répéta que les témoignages d'Evan et de Carl concordaient à la minute près ; mais comme Evan connaissait celui de Carl dès le départ, il pouvait s'en être servi pour se venger de sa femme. Cependant, Matt ne le croyait pas capable d'aller jusque-là. Il avait beau ne pas apprécier l'homme, Little lui faisait l'impression de dire la vérité quand il avait parlé de la sortie nocturne de sa femme et des coups de feu. Il s'en ouvrit à Baxter.

« Et ce qu'il a dit sur le bateau ?

– Pourquoi mentirait-il ? » Matt attendit la question suivante, qui ne manqua pas de venir.

« Vous croyez que c'était Ella ?

– Si c'est le cas, nous n'avons aucune preuve. » Il croisa le regard de Baxter et comprit qu'ils éprouvaient des sentiments voisins.

Ce fut Baxter qui les formula : « Quelle situation bizarre, vous ne trouvez pas ? Ella est votre cliente, vous n'êtes donc pas obligé de me répondre, mais je vous pose la question tout de même : vous les croyez complices, toutes les deux ?

– Vous avez raison, je ne peux pas répondre.

– À part le fait que vous la représentez, elle vous plaît ? »

Matt hésita, puis il finit par hocher la tête, même si, à l'instant même, il avait du mal à démêler ses sentiments. « Et vous, commissaire... vous et Kate Little... » Il laissa sa question en suspens.

Baxter regarda au loin sur la crique. « Je l'ai toujours prise un peu en pitié. À cause de son mari, j'imagine.

– Rien de plus ? »

Baxter ne répondit pas. C'était inutile. Matt s'accroupit en soupirant et se mit à déchirer un brin d'herbe, comme il le faisait enfant.

« Vous imaginez un scénario ? demanda Baxter.

– Vous l'avez dit vous-même, Ella est ma cliente.

– Bon, d'accord. Je vous expose le mien, vous vous contentez d'écouter. J'imagine que nous sommes à peu près sur la même longueur d'onde. Cette nuit-là, Kate tombe sur Bryan, peut-être exprès, peut-être pas. Ils se battent, le coup part. Sans doute un accident. Ensuite, d'une manière ou d'une autre, Ella arrive sur les lieux. Soit Kate l'a appelée, soit elle pêchait, comme elle l'a dit ; elle entend des coups de feu et elle vient voir. Elle décide d'aider Kate à se débarrasser du corps et elle va le jeter dans la fosse, où elle se fait surprendre par Carl. Ensuite, Kate retourne nettoyer la maison en laissant les clés. »

Matt ne répondit pas tout de suite. « En faisant l'hypothèse que vous avez raison au moins dans les grandes lignes, pourquoi Ella aurait-elle aidé Kate ? Si c'était un accident, n'aurait-elle pas plutôt cherché à la persuader de prévenir la police ?

– Elles ont pu se dire qu'on ne les croirait pas. Elles paniquent. Bryan était un salaud, elles n'ont aucune raison de s'apitoyer sur sa mort.

– Et Jerrod Gant ? Qu'est-ce qu'il a vu ?

– Il lui aura suffi de voir une femme pour se dire que c'était Ella. Ou avoir intérêt à dire que c'était elle. »

Matt se leva. « Il y a un problème dans tout ça. Ella s'est

fait arrêter, le témoignage l'accuse. Dans ce cas, pourquoi ne pas dire la vérité ? Et Kate ? Même question. »

Baxter fronça les sourcils, incapable de répondre. « Vous savez, sans Gant, nous sommes toujours au point mort. Quant à Bryan, si nous savions ce qui lui est arrivé, nous trouverions sans doute qu'il méritait son sort. »

À leurs pieds, la crique reflétait paisiblement les nuances de vert et de bleu du paysage. C'était étrange, se dit Matt, comme la vie semblait se dérouler en cercles. Autrefois, il avait failli se noyer ici même, et tout ce qui avait découlé de ce jour-là, tout ce qui avait influencé son existence lui revenait aujourd'hui. Il s'interrogea sur ses sentiments envers Ella. Si elle était mêlée à cette histoire, qu'est-ce que cela changeait pour lui ? Il avait consacré une bonne partie de sa vie à boucler les méchants. Imaginons qu'elle en fasse partie ?

« Il est temps de rentrer », dit Baxter. Ils se dirigèrent en silence vers la voiture.

En arrivant à son cabinet, Matt trouva un message de Ruth Thorne sur son répondeur. Le tableau de service de son mari, disait-elle, l'appelait à passer la nuit suivante sur le continent. Cette affaire lui était complètement sortie de la tête et il avait oublié de prévoir la filature du mari. Il appela la compagnie maritime pour vérifier l'heure d'arrivée du ferry sur le continent, tout en feuilletant fébrilement son carnet d'adresses.

« Il y a un ferry qui rentre sur Lucia à huit heures », lui dit la secrétaire, coopérante.

Lucia était l'île la plus proche de Saint George sur le circuit, à quarante minutes seulement de Sanctuary. Matt se dit que c'était peut-être là, et non sur le continent, que Charlie Thorne passait ses nuits. Il décida de vérifier avant de lancer un privé sur ses traces. Il se fit passer pour un policier de Saint George et dit à la secrétaire de consulter le rôle d'équipage.

« À qui ai-je l'honneur ? demanda-t-elle.

– Commissaire Baxter.

– Une minute, commissaire. »

Elle revint bientôt. « Thorne, vous avez dit ? Charles Thorne ? Il ne travaille pas demain. Vous êtes sûr que c'est bien lui ?

– Oui. Ce n'est pas grave. Merci de votre aide. » Matt raccrocha en se demandant si Ruth Thorne ne s'était pas trompée.

En revenant chez elle ce soir-là, Ella fit un détour. Elle se gara au bout d'une rue, tout en haut de la colline qui surplombait la ville. Elle suivit un chemin de crête que les épaisses frondaisons des chênes plongeaient dans la pénombre en cette fin d'après-midi, et qui débouchait sur un promontoire entouré d'une balustrade. À ses pieds s'étalait la mer, d'un bleu profond piqué çà et là d'échardes cuivrées dans le jour déclinant. À l'ouest, un soleil rose dardait ses rayons en fusion sur l'eau, tandis que le ciel virait lentement à l'orange et au violet.

Une grille clôturait le cimetière, où des stèles marquaient les tombes des hommes disparus en mer et dont les corps reposaient au fond de l'Atlantique. Ella trouva celle de son père à côté de celle de son frère. Elle s'agenouilla et arracha les mauvaises herbes. Puis elle se remit debout et se laissa envahir par les souvenirs. Elle l'avait idolâtré et, en retour, elle avait été tout pour lui : fille, petite sirène, fils, tout. Immergée dans les images du passé, elle laissa filer le temps.

Le crépuscule tombait lorsqu'elle fut alertée par un bruit de pas derrière elle. Le cœur battant, elle se retourna d'un bond.

Matt avait suivi Ella depuis le port. En voyant la direction qu'elle prenait, il avait songé un instant à l'attendre près de sa voiture, mais il avait préféré la suivre jusqu'au cimetière. En débouchant du chemin bordé de chênes, il vit sa silhouette qui se détachait sur la mer et resta en arrière à l'observer, en imaginant à quoi elle pensait et en faisant le tri de ses propres sentiments.

Lorsqu'elle fit volte-face, ils se dévisagèrent en silence, elle bouleversée par un torrent d'émotions qu'il ne sut déchiffrer tant il se tarit vite. Il gagna la petite grille, qui grinça sur ses gonds quand il la poussa.

« Je vous ai vue quitter le port. Je voulais vous parler. » Il lut l'inscription sur la stèle.

« À quel sujet ? » dit-elle froidement.

Il se demanda quelles conclusions elle avait tirées de leur rencontre fortuite du matin, devant chez Sally. Il ne tenta pas de la détromper. Au lieu de cela, fort de ce qu'il avait appris par Anne Laine, il continua de regarder la stèle en ayant l'impression de comprendre la haine qu'Ella avait dû éprouver pour Bryan, et les raisons de son silence. Si c'était là son seul crime... Car il se disait que la théorie de Baxter clochait peut-être sur un point. Qui pouvait affirmer que c'était Kate et non Ella qui avait tué Bryan ? En tout état de cause, il fallait absolument qu'elle lui avoue la vérité.

« Pourquoi ne m'avez-vous rien dit, pour Kate et Bryan ? » Elle ne parut pas surprise de sa question. « J'ai parlé à Jordan Osborne et il m'a raconté la scène du port. Qu'avez-vous pensé en voyant Bryan battre Kate ? Il vous a rappelé votre père ? »

La stupeur d'Ella tourna très vite à la colère. « Bryan Roderick n'avait rien à voir avec mon père ! Il ne lui arrivait pas à la cheville.

– Mais cela a dû vous faire quelque chose de voir ce type que vous considérez comme un moins que rien s'attaquer à une femme. Osborne m'a raconté comment vous êtes venue à sa rescousse.

– Ce n'est pas un crime, que je sache.

– Ça, non. Mais je reviens de chez Kate Little. Elle m'a avoué qu'elle était sur la pointe la nuit où Bryan a disparu.

– Que vous a-t-elle dit d'autre ? demanda-t-elle d'un air las.

– Son mari a entendu des coups de feu à peu près à la même heure que Carl Johnson, poursuivit-il sans répondre à sa question. Il dit aussi avoir entendu un moteur de bateau dans la crique. » Elle semblait vouloir le laisser se dévoiler le plus possible. Peut-être pensait-elle qu'il savait déjà tout par Kate.

« Ella, étiez-vous dans la crique cette nuit-là ? »

Pour la énième fois elle lui répéta, avec le même accent de sincérité, qu'elle n'avait pas tué Bryan.

« Je veux bien vous croire, mais vous avez forcément vu quelque chose. Il s'est passé quelque chose entre Kate et Bryan ? Vous êtes venue en aide à Kate ? C'est ça que vous faisiez, aider Kate, quand Carl Johnson vous a aperçue ? Vous vous débarrassiez du corps ? »

Elle le dévisagea en silence. « Que diriez-vous, Matt, si je vous avouais qu'en effet j'y étais ? Que Bryan a attaqué Kate et qu'il y a eu un accident ? Vous la condamneriez pour ça ? Et moi, vous me condamneriez ?

– Dois-je comprendre que c'est ce qui s'est passé ?

– Je ne fais que dire tout haut ce que vous pensez. C'est bien pour ça que vous êtes ici, non ? » Sa colère montait. « La vie n'est pas toujours comme vous voudriez qu'elle soit, Matt, bien carrée, bien programmée, avec une succession logique de causes et d'effets. Parfois les gens font des erreurs, mais ça ne veut pas dire qu'ils ont faux sur toute la ligne. »

Matt secoua la tête. « Enfin, merde, Ella, on n'est pas là pour discuter philosophie ! Un homme est mort, et n'allez pas me raconter que c'était un accident ou un cas de légitime défense. On ne va pas cacher les accidents au fond de l'océan. Il s'agit d'un meurtre. Bryan Roderick n'était peut-être pas un modèle de droiture, pas même quelqu'un de fréquentable, mais c'était un être humain, et même si vous-même et Kate pensiez que c'était un salopard, ça ne vous donnait pas le droit de le tuer. »

Il avait parlé sans savoir quelle réaction il provoquerait ; Ella le narguait du regard, sans aucun remords. Il eut l'impression d'avoir devant lui une totale étrangère.

« Bon Dieu, il faut vraiment que vous m'ayez pris pour un idiot.

– C'est ça que vous pensez, Matt ? Que j'ai cherché à vous manipuler ?

– Mettez-vous à ma place : comment dois-je interpréter tout ça ? Vous auriez dû me faire confiance. Vous auriez dû me dire la vérité.

– Et j'aurais aussi dû vous faire confiance quand vous m'avez proposé de faire votre vie avec moi ? Vous avez dit la même chose à Sally Brewster ? lui rétorqua-t-elle d'un ton cinglant. D'ailleurs, je vous rappelle que je n'ai rien avoué de tout ce que vous venez d'avancer.

– Ce qui veut dire que c'est faux ? Vous avez oublié Jerrod Gant ? Pour l'instant, la police n'a pas de preuves, mais tôt ou tard, il va bien finir par montrer le bout de son nez. Qu'est-ce que vous ferez, alors ? »

Elle le regarda en secouant la tête. Sa colère était tombée d'un coup et elle avait l'air épuisée. « Vous êtes tellement sûr de vous. Tellement sûr de connaître toutes les réponses... »

Quelque chose dans son attitude, dans sa voix, le bouleversa. Soudain, il eut l'impression angoissante de s'être trompé de A à Z. Il était clair qu'il n'apprendrait rien d'elle. Elle se détourna.

« Attendez. » Il voulut l'arrêter.

Elle regarda la main qu'il avait posée sur son bras, puis soutint son regard. « Vous allez me lâcher ? »

Ne sachant comment interpréter cette phrase ambiguë, il se trouva à court de mots. Était-elle coupable ? Si oui, de quoi ? Devant son regard énigmatique, il ne sut même plus quels sentiments elle lui inspirait. Il la laissa partir et la regarda s'enfoncer sous la voûte ombragée.

34.

Il faisait presque nuit lorsque Matt rentra chez lui. Il avait besoin de réfléchir, mais aussi d'occuper son corps et son esprit. Il enfila un short et un T-shirt, chaussa ses baskets et partit en courant sur le chemin qui descendait vers la route à travers bois. Il démarra doucement, respirant à fond, étirant les muscles de ses épaules et de ses bras.

Arrivé à la partie asphaltée, il s'arrêta pour faire quelques élongations contre le tronc d'un chêne, se détendant les mollets et les dorsaux. En repartant, il prit la route de crête qui menait à l'embranchement vers la pointe. Il faisait doux et il transpirait déjà. Il trouva bientôt son rythme et laissa le battement régulier de ses semelles engourdir son cerveau. Il respirait sans peine et se mouvait avec aisance. En un quart d'heure, il fut à l'embranchement.

L'air embaumait le pin et le laurier, avec un léger parfum de sel et d'algues. Matt avait l'impression qu'il lui décrassait l'intérieur du crâne. Il arriva au chemin qui menait à la clairière où se dressait la maison de Bryan. Les cèdres et les pins sylvestres se resserraient au-dessus de lui, dégageant une odeur de résine capiteuse et filtrant la lumière entre leurs aiguilles. Puis les essences furent remplacées par des chênes, des peupliers baumiers et des érables qui laissaient entr'apercevoir le ciel, et l'air se mit à sentir l'humus et l'océan.

Il passa au pas en débouchant dans la clairière. Il respirait fort et suait abondamment. La maison, vide et silencieuse, ne lui apprit rien. Il descendit vers la crique et déboucha sur l'étroite bande de sable que venaient lécher les vagues. Le ponton de bois s'avançait dans la baie tel un sentier sans issue. Il gagna l'abri à bateau et poussa la porte, sans savoir ce qu'il espérait y trouver. Il était vide, comme la fois précédente, l'air humide, et un animal détala dans un coin.

Quelque chose clochait. Il le sentait dans la moelle de ses os. Il retourna au bord de l'eau et regarda vers le large en attendant qu'éclose l'idée qui lui mordillait l'esprit. Cette grâce lui fut refusée.

Il gravissait lourdement les marches de son perron lorsqu'il entendit le téléphone sonner. C'était Ben Harper.

« L'autre jour, je vous ai dit que j'avais une idée, vous vous souvenez ? Eh bien, j'ai fait quelques vérifications. Je suis allé voir ce Carl Johnson qui a vu Ella dans son bateau, au large de la crique.

– Qu'est-ce qu'il a, Carl Johnson ?

– Pas lui, mais son témoignage. J'imagine que vous aimeriez bien savoir s'il s'est trompé ou non quand il a cru voir Ella jeter quelque chose par-dessus bord ? S'il s'est trompé, ça innocente Ella, non ?

– Et comment le savoir sans envoyer un plongeur ? Je vous ai dit que la fosse était trop profonde.

– Peut-être pas. Vous pouvez venir me retrouver ?

– Où ?

– À la capitainerie.

– J'arrive. » Dès qu'il eut raccroché, Matt appela Baxter, se doucha et se changea.

Baxter était arrivé avant lui. Il l'attendait, avec Ben et Tom Spencer, autour d'une table où l'on avait étalé une carte marine.

« Alors, qu'est-ce qui se passe ? » demanda Matt. Baxter haussa les épaules.

Ben s'amusait visiblement. « Je vous explique. Johnson dit

avoir vu Ella ici. » Il pointa le doigt sur la carte et Tom se pencha pour voir.

« Exact. Juste au-dessus de la fosse.

– Trop profond pour plonger.

– On sait, on sait, commenta Baxter.

– Mais il dit aussi que quand il l'a interpellée, Ella a rallumé ses phares et est repartie vers le port. Il l'a observée pendant un moment. » Du bout du doigt, il traça un chemin sur la carte. « Ensuite, elle se serait arrêtée de nouveau et c'est là, ici... qu'il l'aurait vue décharger quelque chose par-dessus bord. » Son doigt s'était arrêté sur un point plus proche de la crique. Son sourire s'élargit en voyant la lumière se faire dans l'esprit des trois autres. « Et si elle a suivi grosso modo ce cap-ci, comme le prétend Johnson – et il me l'a confirmé –, ça l'amène à peu près... là. Il y a un haut-fond qui longe la fosse. Pas plus de vingt mètres sous la surface. Aucun problème pour plonger. »

Il leur expliqua qu'à moins d'une tempête, les courants pouvaient parfaitement maintenir en place un objet déposé à cet endroit. « Si le plongeur ne trouve rien, ce sera autant de chemin fait pour prouver qu'Ella dit la vérité », conclut-il. Il regarda les autres et ne comprit pas pourquoi il n'avait pas réussi à leur communiquer son enthousiasme.

Matt regarda Baxter, et eut l'impression qu'il pensait la même chose que lui. Ben n'avait pas songé une seconde que sa solution risquait de prouver exactement le contraire.

Presque à contrecœur, Baxter proposa à Ben de louer ses services à la ville et de plonger dès le lendemain matin.

« Volontiers, dit Ben.

– Marché conclu, donc. Rendez-vous à l'aube. »

35.

Depuis sa voiture qu'il avait garée devant le Schooner, Howard observait avec intérêt deux hommes qui avançaient à pas furtifs sur un des quais. Il les avait aperçus un peu plus tôt, sans se faire remarquer d'eux, et les avait reconnus. Ils revinrent bientôt avec deux caisses qu'ils avaient dû voler dans le senneur amarré au bout du quai. Le bateau appartenait à un pêcheur qui livrait habituellement du hareng à l'usine mais qui, comme tout le monde, avait passé ces derniers jours à chasser le thon. Howard se demanda ce que contenaient les caisses ; probablement des marchandises en tout genre, nourriture, bière, cigarettes, que les gars allaient revendre en profitant de la vague touristique. Le ferry n'était attendu que le lendemain, et on manquait de tout à Sanctuary.

Howard secoua la tête et s'enfonça dans son siège en voyant les hommes venir vers lui. À deux jours des élections, qu'il espérait encore gagner, cette folie sur le thon rendait l'issue incertaine. Imaginons qu'au lieu d'aller voter, la moitié des gens préfèrent partir pêcher ? Qu'ils oublient, tout simplement ; et que la balance penche en faveur d'Ella ? Peu probable, mais pas impossible. Comme pour le fortifier dans sa résolution, une affiche d'Ella lui accrocha l'œil. Le gosse qu'il avait chargé de les arracher en avait laissé quelques-unes. Celle-ci lui parut un signe.

De l'autre côté de la rue, la porte du Schooner s'ouvrit, répandant lumière et voix sur le trottoir. Une silhouette massive s'encadra dedans, puis gagna en traînant les pieds un camion garé un peu plus loin. Howard descendit en hâte et rejoignit Jake, qui cherchait son trou de serrure avec sa clé.

« C'est bien toi ? J'ai cru te voir... » Il s'arrêta brusquement. Jake avait viré sur ses talons et, le visage tordu de surprise et de hargne, il l'attrapait par sa chemise. Il le plaqua de toutes ses forces contre l'aile du camion. Howard eut le souffle coupé, et s'effondra au sol en cherchant ses lunettes à tâtons.

« Nom de Dieu, qu'est-ce qui te prend ? » dit-il en reprenant difficilement son souffle. Il eut l'impression que Jake ne le reconnaissait pas.

« C'est moi, Howard. » Jake détendit légèrement ses poings serrés. « Aide-moi à me relever. » Howard tendit la main, mais l'autre ne la prit pas.

« Kess' vous foutez par ici avec vos manières de voleur ? » dit-il.

Howard se remit debout seul. « Je passais par là, je t'ai vu... » Il comprit aussitôt que l'autre ne le croyait pas. « Qu'est-ce qui t'est arrivé ? » dit-il en remarquant le visage tuméfié de Jake. Jake ne répondit pas, et Howard lui trouva le regard vitreux. Au fond de ses yeux brillait une lueur bizarre, démente, qui n'était pas due à la boisson. Tout d'un coup, Jake fit une grimace de douleur en portant les mains à ses tempes. « Ça va ? » s'inquiéta Howard.

Jake poussa un grognement en lui faisant signe de s'écarter. Il était en nage. Il émit une sorte de gémissement, mi-cri d'animal, mi-juron. Puis il s'adossa à son camion en prenant de grandes inspirations.

« C'est quoi ? La migraine ? hasarda Howard. J'en ai, moi aussi. C'est le stress. » Il n'était pas sûr que Jake l'écoute mais, puisqu'il était venu jusque-là, il décida de lui dévoiler tout de même le but de sa visite. « Ça n'a pas dû être facile, ces derniers temps. » L'autre posait sur lui un regard insondable. « C'est pas juste, hein ? Ella qui se fait un paquet de fric avec un poisson, après ce qu'elle a fait. Qu'est-ce que je te disais, Jake ? Y a pas de justice sur terre. »

Howard sentit sa gorge se serrer. Il lécha ses lèvres parcheminées. C'était agaçant, cette manière qu'avait Jake d'arriver à dégager une impression de menace sans prononcer une seule parole. Howard recula d'un pas ; il commençait à regretter d'être venu.

La porte du bar s'ouvrit de nouveau ; quelqu'un sortit en titubant et se mit à vomir. Il y eut des rires, la porte retomba. Jake regardait toujours dans le vague, l'œil creux. Howard sentit qu'il avait fait une erreur.

« Bon, j'y vais », dit-il en reculant encore, de plus en plus nerveux. Il gagna sa voiture et prit place au volant. Jake n'avait toujours rien dit. Le regard fixe, il ne bougeait pas. « Il est cinglé, ce con », marmonna Howard. Et il démarra.

Gordon s'éveilla en se demandant quelle heure il était. À moitié endormi, il tendit la main vers la lampe torche qu'il avait posée sur le sol à côté de sa couchette. Trois heures du matin. Il grogna, éteignit et se laissa bercer par le mouvement du bateau. Mais il avait beau tenter de s'imposer le sommeil, ses pensées s'agitaient dans son esprit et, bientôt, il fut parfaitement conscient. Il se demanda ce qui l'avait réveillé. Il écouta les grincements du bois, le frottement de la coque contre les pneus attachés le long du ponton. Non loin, on entendait le tintement agréable d'un carillon éolien, vaguement assourdi. Une corne mugit tout au loin, sur la mer.

Dans l'obscurité, la cabine lui faisait l'effet d'être moins petite. Étendu sur le dos sous une fine couverture, les pieds contre le bastingage, il savait qu'en tendant le bras gauche il pouvait toucher la paroi opposée, et que, debout, il avait à peine la place de se retourner. L'exiguïté ne le dérangeait cependant pas, car les concessions qu'il avait dû faire au confort étaient compensées par un sentiment de liberté nouveau.

Tout à l'heure, il était resté assis sur le pont pour fumer une cigarette en dégustant une bière et en saluant les passants. Certains s'étaient arrêtés pour échanger deux mots, d'autres l'avaient ignoré comme un étranger. Il s'en moquait. Ces gens-là étaient hostiles à Ella par jalousie personnelle.

Un bruit retentit dehors, sur le pont peut-être. Un raclement de métal sur du béton ou sur une surface dure. À l'heure de sortie des bars, il y avait eu un raffut terrible, mais maintenant le calme était revenu. Il tendit l'oreille. Un port n'est jamais totalement silencieux. Il y a toujours le heurt d'une coque contre un ponton, le clapotis de l'eau, une aussière un peu lâche qui vibre au vent. Cent petits bruits distincts et familiers, réconfortants. Si l'un d'eux cessait brusquement, Gordon était sûr qu'il s'en rendrait compte. De la même manière, ce bruit inhabituel éveilla aussitôt sa curiosité. Il essaya d'en deviner l'origine mais n'y parvint pas ; comme cela ne se répéta pas, il tenta de se rendormir.

Tout d'un coup, il l'entendit de nouveau. Un grattement métallique. Puis plus rien. Il respirait à peine. Soudain, un bruit sourd, puis un autre. Quelqu'un était monté à bord du *Santorini*. Il crut d'abord que c'était Ella, et ne bougea pas. Mais la trappe de l'écoutille resta fermée, signe que ce n'était pas elle. Il y eut des allées et venues sur le pont, à pas furtifs lui sembla-t-il. Il se leva, empoigna sa lampe et enfila son jean sans l'allumer, puis il s'engagea à tâtons dans la coursive et gravit les quelques marches de l'écoutille. La main sur la poignée, il se figea. La dernière marche avait craqué, et le bruit lui fit l'effet d'un claquement de tonnerre. Sur le pont, le remue-ménage cessa. Il attendit, les paumes en sueur, comptant les secondes.

Il y eut un choc sourd sur le quai ; il souleva la trappe et s'avança sur l'espace entre la timonerie et l'écoutille. Alors, il crut percevoir un arc de lumière entre le quai et le pont. Une lumière particulière, volatile, et comme vue à travers une brume. Gordon ne comprit pas tout de suite que le port était englué dans un brouillard épais, dont la moiteur lui lécha le visage. Il alluma sa lampe et sut que ce qu'il avait vu était une flamme. Il y eut un vrombissement assourdi sur le quai, une silhouette disparut dans l'obscurité, et bientôt il manqua suffoquer dans l'odeur âcre de l'essence, entouré de flammes jaunes et bleues qui rampaient vers lui comme un serpent.

Il attrapa machinalement l'extincteur mais cafouilla pour

dégoupiller l'embout, perdant des secondes précieuses pendant lesquelles les flammes l'enveloppèrent. Dans la chaleur intense, la fumée lui piquait les yeux, mais il braqua le jet autour de ses pieds et remonta le long du pont. Quand il eut vidé l'extincteur, il descendit chercher sa couverture. Il la trempa dans l'eau et la jeta sur le feu. Diable fou s'agitant dans les flammes jaunes qui lui grillaient les cheveux et les sourcils, il avait réagi avec fièvre et rapidité, et il réussit à combattre l'incendie. Ses vêtements avaient brûlé, ses pieds et ses mains étaient couverts de cloques, mais il ne s'en était pas aperçu.

Il tomba d'épuisement quand il fut certain que le feu était maîtrisé. La couverture était à moitié calcinée. Il entendit des cris, on accourait, on l'attrapa et on le tira à quai. Sa dernière vision fut celle de quelqu'un penché sur lui.

Une voix dit : « Bon Dieu, courez vite chercher le médecin. »

Et il sombra dans les ténèbres.

QUATRIÈME PARTIE

36.

La peinture bleu vif du *Santorini* était toute noircie sur le côté de la timonerie qui faisait face au pont. La petite foule de badauds se dispersait maintenant vers les autres bateaux car, tout de même, il ne fallait pas laisser tomber la pêche au thon. On disait pourtant qu'ils étaient partis aussi vite qu'ils étaient venus. Une heure après le lever du soleil, le port était désert.

Un véhicule de patrouille était garé devant la capitainerie. Tiré du lit à trois heures et demie du matin par un coup de fil, Baxter avait enfilé un jean et s'était précipité sur le port. Il interrogeait l'homme qui avait donné l'alerte, un boulanger qui se rendait à son fournil lorsqu'il avait remarqué les flammes.

Seule à bord du *Santorini*, assommée par le choc, Ella triait son matériel. Elle s'accroupit, prit un objet dans ses mains, le regarda, le reposa puis se releva, le visage décomposé. Matt l'observait depuis le quai en se demandant si elle n'allait pas craquer. Jusque-là elle avait tout encaissé avec une résistance extraordinaire, mais elle avait ses limites, comme tout le monde.

Il s'approcha et elle leva les yeux.

« Je viens d'avoir Anne Laine au téléphone. Elle a accompagné Gordon à l'hôpital. Elle me charge de vous dire qu'il s'en tirera sans trop de dégâts, malgré des brûlures sérieuses aux bras. »

Ella ferma les yeux comme pour adresser au ciel un remerciement silencieux. L'hélicoptère avait emporté vers le continent un Gordon bardé de pansements. En voyant par terre ses vêtements calcinés qu'on avait dû découper d'urgence, et qui sentaient fortement la fumée et l'essence, Ella avait cédé au chagrin et peut-être à la culpabilité. Matt était sûr qu'elle se faisait des reproches.

« Il vous fait dire lui-même de ne pas s'inquiéter pour lui. »

Elle fut si visiblement soulagée qu'elle dut prendre une profonde inspiration pour ne pas s'effondrer.

« Ella », lui dit Matt. Le moment était mal choisi, mais il voulait la mettre au courant de l'expédition de plongée de façon à précipiter ses éventuels aveux avant qu'il y ait de nouvelles catastrophes. Elle ne parut pas l'avoir entendu.

À ce moment-là Baxter s'approcha, l'empêchant de revenir à la charge.

« Vous avez une idée de la manière dont le feu a pris ? lui demanda Matt.

– On a trouvé un bidon d'essence vide sur le quai, répondit Baxter. Même en analysant les empreintes, nous ne pourrons pas prouver la relation de cause à effet. »

Tout d'un coup, Ella sortit de sa stupeur. « Mais enfin, c'est Jake, nom de Dieu ! Vous allez le laisser faire sans rien dire ? Gordon aurait pu y rester !

– J'ai eu le temps d'interroger Gordon avant le départ de l'hélico, dit Baxter. Il n'a pas bien vu l'individu. D'autre part, je suis allé voir Jake. Il prétend qu'il était chez lui, et sa femme confirme l'alibi.

– Et vous le croyez ?

– En tout cas je ne peux pas prouver le contraire. »

Elle regarda Matt puis lui tourna le dos, écumante de rage.

Baxter consulta sa montre et dit à voix basse : « Harper est prêt. Il faut agir avant la marée montante. Plus rien ne nous retient ici.

– Je vous rejoins », dit Matt. Il s'attarda en essayant de trouver des paroles de réconfort envers Ella, mais les mots mouraient sur ses lèvres et il finit par bredouiller simplement :

« Je suis vraiment navré. » Elle ne répondit pas. Il s'éloigna vers la vedette de Ben en sentant qu'elle le suivait des yeux.

Le bateau de Ben était une vedette de quarante pieds pourvue de deux moteurs diesel et d'une passerelle supérieure équipée d'une chambre de veille. À la poupe, une combinaison de plongée était suspendue près de la porte de la cabine, et des bouteilles d'oxygène, des masques et des palmes gisaient sur le pont.

« Prêt ! » lança Ben. Il mit les moteurs en route et cria aux deux hommes de larguer les amarres. Baxter prit l'amarre arrière et monta à bord, de l'air résigné d'un homme poussé vers son funeste destin par des forces incontrôlables. En le voyant, Matt ne put s'empêcher de penser que s'il avait pu trouver le quart d'une bonne raison d'annuler cette expédition, il l'aurait fait. Lui-même détacha l'amarre avant et la jeta par-dessus bord. Il resta une seconde au bord du quai, les yeux baissés sur l'eau.

« Ça va ? lui cria Baxter.

– Ça va. » Il attrapa le bastingage et sauta à pieds joints par-dessus. Il chancela un peu en atterrissant, mais se retint à deux mains, conscient que les deux autres le regardaient.

« J'ai un copain qui est malade chaque fois que je l'emmène en mer, dit Baxter avec bienveillance.

– Ça ira.

– Montez ! lui cria Ben depuis la passerelle. Avec le vent, une fois qu'on aura pris de la vitesse, vous vous sentirez mieux.

– Je vais rester ici une minute », dit Matt ; il sentit son sang refluer vers ses pieds mais préféra leur laisser croire que son vertige était dû au mal de mer. Depuis le jour où il avait failli se noyer, il n'avait jamais remis les pieds sur un bateau qui n'avait pas au moins la taille d'un ferry ; et encore, cela n'était arrivé que deux fois. Paralysé par un malaise qui lui tenaillait les tripes, il assimila sa peur à certaines phobies de l'avion qui faisaient de leurs victimes de misérables loques suantes et tremblantes. Entre le bateau et le quai, la mer glissait, menaçante, insondable. Elle était calme dans le port, mais une fois dans l'océan il faudrait composer avec la houle. Le temps était magnifique, le ciel clair jusqu'à l'horizon brouillé par le front encore lointain, mais il savait d'expérience qu'il suffisait d'un rien pour que la mer se transforme en un tourbillon déchaîné et vorace.

« Bon Dieu », marmonna-t-il, en nage. Il fit quelques pas vacillants et s'agrippa de toutes ses forces à l'échelle.

« Ça va aller ? lui lança Ben depuis la passerelle, visiblement inquiet.

– Oui, oui. »

Ils croisèrent le *Santorini*. Matt réussit à lever les yeux mais il n'aperçut pas Ella.

Après avoir quitté le mouillage, Ben se dirigea droit sur la marque de milieu de chenal et augmenta la puissance. L'hélice mordit, et la proue se redressa au-dessus des flots verdâtres qui filaient le long de la coque.

Les lèvres pincées, Ella observa la vedette de Ben qui quittait le port.

Elle passa les heures suivantes à nettoyer le *Santorini* de l'étrave à l'étambot. La peinture du pont et de la timonerie avait eu beau cloquer dans l'incendie, le bateau était toujours en état de naviguer. Elle travaillait pour s'occuper l'esprit, mais s'interrompait souvent pour jeter un coup d'œil vers les chevaux en se demandant où était passée la vedette. Elle se souvint des quelques mots que Baxter et Matt avaient échangés à voix basse ; il avait été question de marée, et elle avait aperçu du matériel de plongée sur le bateau de Ben.

Un tas de morceaux de bois calcinés et d'autres détritus s'accumulait maintenant sur le quai. Dans l'esprit d'Ella défilaient inlassablement les mêmes visages, Matt, Gordon, sa mère, Kate Little. Elle s'efforçait de ne pas penser, mais son regard retournait sans cesse vers le large. À la fin, incapable d'attendre passivement sans savoir ce qui se tramait, elle n'y tint plus.

Sans y prêter attention, elle perçut un bruit de pas qui s'approchaient ; elle ne leva les yeux que lorsqu'il cessa. Quelqu'un se tenait sur le quai, devant elle. Elle mit une main en visière pour se protéger de l'éclat aveuglant du soleil.

« J'ai entendu dire que le *Santorini* avait brûlé. Si vous avez besoin d'aide, n'hésitez pas », lui dit Kate Little.

37.

Durant la nuit, les orques s'étaient déplacées vers le sud et rapprochées de la côte en passant entre les îles. La nuit, il y avait moins de bateaux dans le golfe ; il ne restait plus que des gros vaisseaux attachés aux ports du continent, du Massachusetts au Maine, et qui pêchaient plus au large, près des tombants, là où les eaux côtières se mêlaient à l'océan Atlantique.

Peu après minuit, le vieux mâle changea de cap. La lune semblait peser tel un disque de plomb dans un ciel étouffant. Le groupe s'était étalé, et les orques nageaient en somnolant. Leurs nageoires dorsales émergeaient dans l'air humide et chaud de la nuit, faisant éclore dans leur sillage de petites bulles phosphorescentes. Bien que décontractées, elles gardaient les sens en éveil, évitant de heurter un débris flottant ou de s'échouer sur un estran en passant trop près d'une île.

Elles avaient pris leur dernier repas la veille au soir. Le mâle dominant les avait conduites sur un haut-fond où les courants en provenance des grandes fosses, au large, refroidissaient d'un ou deux degrés le Gulf Stream. Il connaissait cet endroit ; c'est là que, le soir, pour se nourrir, les poissons remontaient des crevasses où ils s'étaient protégés de la chaleur pendant la journée. Sa mémoire ne l'avait pas trompé, et le groupe avait festoyé.

Mais maintenant, alors que le groupe décrivait un grand arc vers la côte avant de faire demi-tour, il décida qu'il était temps de repartir vers le nord. Dans la journée, le vacarme et l'agitation des bateaux empêchaient les orques de chasser. Les grands thons qui avaient survécu au bref accès de fièvre dans les eaux du golfe remontaient eux-mêmes vers le nord en eaux profondes ; il fallait donc les suivre. D'autant qu'en Nouvelle-Écosse ils trouveraient des phoques et des petits rorquals.

Une fois établi sur son cap, le mâle s'accorda quelques instants de repos. Le monde dans lequel il évoluait avec aisance était un environnement bien orchestré, en perpétuel changement. Son cerveau était en symbiose si parfaite avec les fluctuations de température et les moindres modifications des courants qu'il faisait presque partie de l'océan.

L'une des femelles âgées vint nager à ses côtés, en se frottant à lui tandis qu'il émergeait de ses rêves et de sa somnolence. Bientôt, tout le groupe s'éveilla et se regroupa pour communiquer et renforcer les liens par un contact physique. Pendant une heure, les épaulards exécutèrent une sorte de ballet gracieux.

Le mâle finit par se fatiguer, il s'écarta du groupe. La femelle vint le rejoindre, ainsi qu'un autre mâle, celui qui venait juste après lui dans la hiérarchie de l'âge ; ils avaient senti sa lassitude et le laissaient rarement seul. À la longue, ils s'étaient imprégnés de son expérience et chassaient presque aussi bien que lui. Ils savaient, selon les saisons, quelles proies trouver et à quel endroit. Dans un avenir plus ou moins proche, le mâle dominant succomberait à la maladie, ou son cœur lâcherait, et ils prendraient le relais pour assurer la survie du groupe.

Beaucoup de choses avaient changé et continuaient de changer. Les activités humaines influaient de plus en plus sur l'environnement des épaulards, dont toute la vie n'était qu'un long apprentissage des dangers à éviter et des chances à saisir. Ils avaient toujours été conscients de la nature imprévisible des humains. Certains bateaux étaient inoffensifs, et leurs occupants fascinés par l'univers marin, mais ils avaient appris à se méfier de certains autres.

Vers l'aube, le groupe arriva plusieurs nautiques à l'est de Saint George. Les bateaux sortaient en masse. Le vieux mâle décida de se rapprocher de l'île, où il était sûr de trouver des bancs de poissons que les embarcations feraient fuir vers l'est. À la fin de la journée, il repartirait vers le nord, puis, la nuit, vers le grand large.

À bord du *Seawind*, il régnait un silence gêné. Sur le pont, les hommes travaillaient en regardant à la dérobée vers la timonerie, d'où Jake, dos tourné, scrutait l'horizon à la jumelle. Il en sortait de temps en temps, mais ne s'intéressait pas à eux. Abîmé dans ses pensées, il arborait une expression qui mettait l'équipage mal à l'aise.

Calder Penman travaillait avec les autres. Promu second depuis la disparition de Bryan, il occupait une position difficile. Les gars se méfiaient d'un homme qui avait longtemps été leur égal mais qui désormais les supervisait. Ne sachant pas de quel bord il était, ils surveillaient leur langage devant lui. Penman regrettait son ancien boulot, car rien ne remplaçait la camaraderie au sein de l'équipage, et il s'était toujours senti nerveux en présence de Jake qui pouvait prendre la mouche à tout instant et l'obligeait à être sans arrêt sur ses gardes.

Les hommes posèrent une ligne, puis s'accordèrent une pause ; ils se firent un café et allumèrent des cigarettes. Penman vint les rejoindre, et les conversations se turent aussitôt. Ils buvaient sans se regarder, paupières plissées, regards perdus sur l'immensité de la mer, où beaucoup de bateaux pêchaient au chalut en espérant apercevoir un banc de thons.

« Encore quelques jours et ils seront deux fois moins nombreux, commenta Penman.

– Ouais, ils vont retourner à leurs putains de clubs de rupins », dit un homme d'un air maussade. Il avait un coquart qu'il tripota d'un air absent en observant une vedette qui naviguait à un demi-nautique du *Seawind*.

« Eh, le type avec qui tu t'es castagné, il venait pas de ce bateau ? dit un autre avec un clin d'œil, en poussant son voisin du coude.

– Si, et alors ?

– À voir ton œil, il était pas tout à fait un gros tas de lard. C'est bien de ça que tu l'as traité, non ?

– Arrêtez, tous les deux », s'interposa Penman.

L'homme à l'ecchymose détourna les yeux et cracha par-dessus bord. « Qu'est-ce qu'il cherche, lui, là-haut ? » demanda-t-il en parlant de Jake.

Tous les regards se tournèrent vers Penman. C'était un test ; on voulait voir de quel côté il se rangerait.

« Qu'est-ce que tu crois ? La même chose que tout le monde.

– Si c'est des thons rouges, ils pourront faire tintin. Ils sont partis ces salauds.

– Tiens donc. Parce que comme ça, monsieur est devenu expert, tout d'un coup ?

– Je donne mon avis, il vaut ce qu'il vaut, dit l'homme en haussant les épaules.

– C'est p'être pas ça qu'il cherche », dit un autre.

Penman jeta le fond de son mazagran par-dessus bord. « Bon, vous vous croyez ici pour discuter toute la journée ou pour attraper du poisson ? »

Ils terminèrent café et cigarettes et se remirent au travail. Penman se rendit à la timonerie sous leurs regards maussades. Quitte à ne plus pouvoir être des leurs, autant bien s'acquitter de son boulot, puisqu'il en avait accepté les responsabilités.

« On est quasiment prêts à revenir sur la première bouée-radio, dit-il à Jake.

– Occupe-t'en », répondit Jake sans le regarder. Il scrutait l'horizon méthodiquement, balayant la mer dans un sens, puis dans l'autre. Au loin, la petite île de Saint George se détachait sur le ciel clair, bleu pâle et non pas verdoyante, comme elle apparaissait vue de plus près.

Jake était resté impassible quand ils avaient croisé le *Santorini* ce matin-là. Debout au bastingage, les hommes d'équipage avaient pu voir défiler la silhouette noircie du bateau. Si Gordon n'avait pas été à bord, l'affaire n'aurait pas pris de telles proportions. Mais avec un meurtre évité de justesse, la population s'émouvait, et Penman s'inquiétait. Qui sait ce qui pouvait arriver maintenant ? Qui sait s'il n'y aurait pas bientôt un blessé grave, et alors Jake ne serait pas le seul responsable.

Penman afficha la route vers la bouée et enclencha le pilote automatique. Il passa les heures suivantes dans la timonerie, et pendant tout ce temps-là Jake continua de surveiller la mer sans mot dire. Enfin, Penman redescendit sur le pont. Les hommes s'étaient rassemblés près du portique. Ils se séparèrent en le voyant, et l'un d'eux se détacha du groupe.

« Calder, on discutait, là... On pense que tu devrais parler à Jake. » L'homme hésita, puisant un encouragement dans le regard des autres. « Ce qui se passe entre lui et Ella, ça ne nous plaît pas du tout.

– Ah bon ?

– Depuis quelque temps il est un peu bizarre, reconnais-le. On peut comprendre ce qu'il ressent, mais on ne veut pas se laisser entraîner dans un truc qui risque de déraper, c'est tout.

– Logique », dit Penman en hochant la tête.

L'homme eut un sourire de soulagement. « Vous voyez, dit-il en se tournant vers ses camarades. J'étais sûr qu'il comprendrait. C'est un gars bien, Penman, je vous l'avais dit. »

Penman le regarda fixement et le sourire de l'autre s'évanouit.

« Tu vas lui parler, hein ? hasarda celui-ci.

– Si tu as quelque chose à dire à Jake, ne te gêne pas. Je suis sûr qu'il sera ravi de t'écouter. »

L'homme fronça les sourcils. « Mais merde, c'est toi le second, Calder. Pas moi.

– T'as raison, c'est moi. Alors, tous au boulot, et que ça saute. »

Ils tournèrent les talons et Penman alla allumer une cigarette sur les marches de la timonerie en les regardant marmonner entre eux.

« Merde », dit-il en jetant sa cigarette à la mer.

Ils approchaient de l'extrémité de leur ligne et de sa bouée-radio. La matinée touchait à sa fin, il faisait chaud. Dans le ciel voilé que ne troublait aucun souffle de vent, le soleil semblait miroiter. On étouffait. Le baromètre baissait, annonçant l'arrivée imminente du front et des orages. Penman essuya les paumes de ses mains sur son pantalon et reprit le gouvernail.

Il modifia légèrement son cap pour aborder la bouée que l'un des hommes se tenait prêt à sortir de l'eau.

« Penman ! » Les jumelles sur le nez, Jake fixait un point. Il était tout raide, comme s'il avait reçu un coup d'aiguillon. « Barre à droite.

– Et la ligne ? »

Jake se retourna. « T'es sourd ? Je t'ai dit de mettre la barre à droite. Laisse cette putain de ligne, elle s'en ira pas. »

Penman regarda vers l'ouest. Ils étaient plusieurs nautiques au large de Saint George, qui avait perdu ses teintes bleutées et posait sur l'océan une tache vert sombre. « Qu'est-ce que t'as vu ? » demanda Penman.

Jake lui fourra les jumelles entre les mains et l'écarta brusquement. « Pousse-toi de là, merde. Laisse-moi faire. » Il tourna le gouvernail et le *Seawind* vira de quatre-vingt-dix degrés. En même temps, il enfonça la manette des gaz et les gros diesel augmentèrent de régime.

Sur le pont, l'équipage leva des yeux surpris. Penman chaussa les jumelles et balaya la mer, d'abord vers le nord, puis vers le sud. Cap plein ouest, le *Seawind* accélérait. La mer avait pris mille teintes, ici une tache de turquoise éblouissant, là un vert de jade poli, çà et là des traces d'encre de Chine. À part l'île qui se dressait droit devant eux, Penman ne voyait rien. Puis il abaissa son angle de vision, se concentrant sur la mer seule. Il en perdit ses repères, refit sa mise au point.

Il capta quelque chose, revint en arrière.

Il affina la mise au point, retrouva ce qu'il cherchait. Une nageoire dorsale se détacha, noire sur le ciel, aussitôt obscurcie par la toile de fond que formait l'océan. Il y en eut une autre, légèrement recourbée d'un côté, plus grande que la première. Même à cette distance, il distinguait la double encoche.

« Merde », marmonna-t-il. Il abaissa ses jumelles et se tourna pour dire quelque chose, mais l'expression de Jake lui ôta les mots de la bouche. Il eut un sombre pressentiment.

38.

Arrivée aux passes, Ella mit cap au nord pour contourner la pointe en direction de la crique. Elle cherchait la vedette de Ben Harper et attendit d'avoir vue sur tout le chenal. Ne l'apercevant pas, elle fut à la fois intriguée et soulagée. Mais le nœud qui s'était formé au creux de son estomac refusait de se dénouer.

Jusque-là, Kate et elle n'avaient pas échangé plus de dix mots. Ella ignorait ce qui avait poussé Kate à venir la trouver, à part, sans doute, le fait qu'elles ne pouvaient pas continuer de s'ignorer indéfiniment. Même si ni l'une ni l'autre ne semblait prête à faire le premier pas, une explication s'imposait. Pendant qu'Ella était au gouvernail, Kate se tenait au bastingage à côté de la timonerie. Un monde semblait séparer ces deux femmes. Kate était l'archétype des vacanciers qui venaient passer l'été dans leur villa luxueuse. Elle roulait en Mercedes, s'habillait chez les créateurs new-yorkais... visiblement, elle dépensait sans compter. Ella essaya de lui donner un âge, et conclut qu'elles devaient avoir à peu près le même. Avec ses pommettes saillantes et ses cheveux de jais lisses et brillants, peut-être Kate avait-elle du sang européen, se dit Ella, qui trouvait qu'elle lui rappelait quelqu'un. Mais oui, bien sûr : sa mère sur les photos de sa jeunesse. Peut-être Kate n'était-elle pas si différente d'elle, après tout. Mais cela, elle l'avait toujours su.

Une fois franchies les passes, la houle était plus forte. Filant face au vent et au courant dominant, le *Santorini* épousait crêtes et creux. Les embruns jaillissaient par-dessus la proue. Kate s'agrippa des deux mains au bastingage. Elle regarda l'eau, noire et profonde, à un ou deux mètres en contrebas, et jeta un coup d'œil au sillage.

« Ne vous inquiétez pas ! lui cria Ella. Le *Santorini* a été conçu avec peu de franc-bord, bas sur l'eau. C'est plus facile pour remonter les casiers. »

Kate sourit. « Je n'y connais pas grand-chose en bateaux. » Elle écarta légèrement les pieds et amortit le mouvement dans tout son corps.

« Bravo, le métier rentre », lui dit Ella.

Kate posa sur elle un regard franc. « Je vous admire, vous savez.

– Moi ? Pourquoi ?

– Vous avez tout ça, dit Kate en embrassant l'horizon d'un geste large. Voici votre univers. » Elle chercha à préciser sa pensée. « Votre vie est entre vos mains. Ce que vous possédez, c'est par votre travail que vous l'avez acquis.

– C'est moins facile à dire en plein hiver, quand il fait moins vingt et qu'on a l'impression qu'on n'aura plus jamais chaud.

– Je veux bien le croire, dit Kate. Même si, un jour comme aujourd'hui, on a du mal à l'imaginer.

– Il faut vivre ici toute l'année. »

Kate lui jeta un coup d'œil, et Ella se rendit compte que sa remarque pouvait passer pour la critique souvent formulée à l'encontre des estivants. « Excusez-moi, mes paroles ont dépassé ma pensée.

– Il n'y a pas de mal. Depuis le temps, je me suis fait une carapace. Inutile de vous dire comme c'est agréable de savoir que les gens cancanent derrière votre dos dès que vous mettez le pied dehors. »

Leurs yeux se croisèrent, et Ella se demanda laquelle des deux aurait le courage d'aborder le sujet qui leur occupait l'esprit.

« Cette nuit-là, se lança Kate en pesant ses mots, le soir où je vous ai vue sur la pointe... je veux que vous sachiez que je n'ai rien dit à personne. À la police, quoi.

– Je m'en doutais.

– Le commissaire Baxter et Matt Jones sont venus chez moi hier. Ils savent que je voyais Bryan, et mon mari leur a dit que j'étais sortie cette nuit-là et qu'il avait entendu des coups de feu. Mais il y a autre chose. Il leur a aussi dit qu'il avait entendu un bateau.

– Je sais, dit Ella. Matt croit que je vous ai aidée à vous débarrasser du corps de Bryan. »

Kate fronça les sourcils. « Que vous m'avez aidée ? »

Ella fut frappée par son expression énigmatique. Dans sa voix, dans une syllabe appuyée, elle avait discerné une note discordante. À ce moment-là, le *Santorini* doubla la pointe et, dans la crique, Ella découvrit un spectacle qui lui fit oublier Kate.

« Qu'y a-t-il ? » demanda Kate en suivant son regard.

Ella ne répondit pas. La vedette de Ben Harper était ancrée au large de la plage. En la voyant, elle fut ramenée à cette nuit où, après avoir quitté la crique, elle avait dérivé au-dessus de la fosse et s'était fait interpeller par Carl Johnson. Elle se revit remettant son moteur en route et se dirigeant vers le port, puis attendant que l'*Osprey* se soit éloigné pour s'arrêter de nouveau. Elle refit mentalement le même chemin, puis, soudain, elle comprit. Au creux de son estomac, le nœud se resserra.

C'est alors qu'elle vit le *Seawind* approcher par l'est.

39.

Les orques étaient à plusieurs nautiques de Saint George lorsque le vieux mâle capta le bruit de poissons qui nageaient rapidement vers l'ouest. Il s'arrêta et sortit la tête hors de l'eau. Une colonie de mouettes volait en désordre environ trente mètres au-dessus de la mer, virant et plongeant, se nourrissant d'un banc qui avait fui des prédateurs. Les échos renvoyés par la brève série de *clic* qu'il émit lui apprirent que ces prédateurs étaient des poissons d'une trentaine de livres, des thons ou d'autres espèces qui feraient un bon repas pour les orques. Malheureusement, ils étaient déjà loin et s'éloignaient encore : les hasards de la poursuite valaient-ils toute l'énergie qu'il faudrait y consacrer ? L'autre solution consistait à continuer vers le nord-est, car il connaissait un endroit au bord de la fosse où il savait trouver des maquereaux.

Le mâle lança une deuxième série de *clic* brefs, cette fois-ci pour sonder le relief sous-marin. Dans son cerveau complexe, l'île se dessina comme un vaste massif montagneux aux deux tiers immergé. Il reconnut le découpage de ses anses et de ses baies, le port profond qui abritait une flotte importante, et la crique, séparée du port par la pointe. Le banc se dirigeait vers cette crique qui, protégée par son récif incurvé, formait un piège naturel dont les orques et d'autres prédateurs plus petits tiraient avantage quand l'occasion se présentait.

Les orques prirent en silence la direction de l'île, adoptant la formation d'attaque qui leur avait si bien réussi auparavant, les plus jeunes au centre, les plus grosses, qui étaient aussi les plus expérimentées, sur les flancs. Les orques situées à l'extérieur nageaient à un rythme régulier, et ne resserreraient leur piège qu'aux abords de la crique. Le mâle dominant enregistrait les positions des divers bateaux du voisinage. Près de l'île, le clapotis régulier de l'eau sur une coque signalait un vaisseau stationnaire ; un plus petit franchissait les passes et faisait cap au nord-est. Il y en avait de nombreux autres derrière le groupe, chacun reconnaissable au bruit de ses moteurs, si bien que lorsque le *Seawind* changea de cap et augmenta son régime, il fut aussitôt conscient du danger. Il donna le signal d'accélérer mais, très vite, il fut gagné par la fatigue.

Depuis la destruction ratée du *Santorini*, Jake nourrissait une colère amère. Il revoyait les flammes jaillissant dans les ténèbres, il revivait la profonde satisfaction que lui avait procurée le spectacle avant qu'il se rende compte qu'il y avait quelqu'un à bord. De loin, il avait regardé Gordon éteindre l'incendie ; plus tard, alors qu'il sortait le *Seawind* du port, il avait vu Ella arriver à la rescousse, et il avait eu envie de lui loger une balle dans le corps.

Il avait l'impression qu'un bandeau de fer lui enserrait la tête et que des scories tombaient en pluie derrière ses yeux. Il était parfaitement conscient de l'esprit de mutinerie qui couvait dans son équipage, mais laissait à Penman le soin de contenir la rébellion puisqu'il le payait pour ça ; et pourtant il lui arrivait de se demander de quel côté était son second. Tiens, quand tout serait fini, se dit Jake, il casserait du matelot. Oui, une fois de retour au port, il les virerait tous, ces connards.

Le *Seawind* tournait à plein régime et Jake dut crier pour se faire entendre. Penman lui passa les jumelles et, d'une main, Jake vérifia qu'il se rapprochait des orques.

« Cette fois-ci, je vous tiens », grommela-t-il.

Il se frotta les yeux. Il voyait le paysage terne et presque flou, comme sur un film ancien ; quand il bougeait, une douleur atroce lui déchirait le crâne, des points noirs dansaient devant ses yeux et une sueur grasse perlait sur son front.

« Jake ? Ça va ? »

Il abaissa ses jumelles sans répondre à Penman. Tout en cherchant le mâle dominant, il pensa à Ella : il y avait un bail qu'il aurait dû s'occuper de lui faire sa fête, à celle-là. Ayant repéré le mâle à l'extérieur du groupe, il ajusta sa trajectoire. Lui, au moins, il pourrait lui régler son compte et qu'on n'en parle plus.

« Descends gréer un harpon, dit-il à Penman en le foudroyant du regard. Je veux ce salopard, je l'aurai. Compris ? »

Penman hocha la tête. L'île se rapprochait vite. Un vol de goélands argentés tournoyait en plongeant régulièrement, et Jake en conclut que les orques chassaient un banc de poissons qui se dirigeait vers Stillwater Cove. Elles étaient piégées, car en faisant demi-tour, elles seraient obligés de croiser le *Seawind* ; Jake se dit qu'avec un peu de chance, il n'aurait pas seulement le mâle dominant mais toute la bande.

Il vit la vedette au mouillage, et un autre bateau qui s'en approchait, mais il était si absorbé par ses idées de massacre qu'il n'identifia pas tout de suite le langoustier comme étant le *Santorini*.

La douleur, lancinante, fulgurante, lui transperçait maintenant tout le corps. Il titubait, il vacillait sur ses pieds en se tenant la tête à deux mains. Un instant, tout devint noir, puis la douleur décrut, la lumière se fit de nouveau, mais comme à travers un brouillard.

Ce n'était pas un hasard mais un signe du destin. L'heure était venue de remettre de l'ordre dans ce foutoir, de rendre à Ella la monnaie de sa pièce en l'envoyant au fond de l'océan. Il la regarderait dans les yeux en le faisant. Il enfoncerait un harpon dans ce putain d'épaulard et il le découperait en morceaux qui lui serviraient d'appât. C'était le dernier poisson qu'il lui volait, cet enfoiré.

À ce moment précis, les orques changèrent de direction, virant au nord en s'écartant de l'île.

« Putain de merde... », dit-il tout haut. Puis il vit le vieux mâle filer droit sur la crique pendant que le reste du groupe s'échappait. Ils étaient malins, il fallait leur reconnaître ça, mais c'était surtout le vieux qu'il voulait. Il aurait les autres plus tard.

À la proue, Penman était prêt. Jake se pencha au-dehors et lui cria : « Cette fois-ci, t'as pas intérêt à le louper, compris ? »

Penman posa sur lui un regard insistant, puis hocha la tête et se remit en position.

Entre Kate et Ella, la conversation avait été interrompue par l'arrivée du *Seawind.*

« Qu'est-ce qu'il fait ? demanda Kate.

– Il pourchasse cette orque. »

À la forme de sa nageoire, Ella reconnut l'animal qu'elle avait sauvé quelques jours plus tôt, et qui l'avait frappée par son intelligence.

Elle agrippa le gouvernail. « Il va la tuer », ajouta-t-elle.

Kate eut l'air horrifié. « On ne peut rien faire ? »

Ella envisagea d'exécuter une manœuvre similaire à celle de l'autre jour, mais jugea cela suicidaire. Cette fois-ci, Jake ne la raterait pas. Le *Santorini* était proche de l'entrée de la crique. Malgré le temps clair, l'eau s'abattait sur les rochers avec un mugissement sourd. Un œil sur le récif, Ella gardait une certaine puissance pour tenir sa position. L'orque avait ralenti et le *Seawind* la rattrapait.

« Pourquoi font-ils ça ? » demanda Kate.

Comment répondre ? Ella regarda, impuissante, Calder Penman lever le bras. L'orque faisait une cible parfaite. Soudain, le harpon fusa, sa pointe de soixante centimètres hérissée de barbillons filant vers l'animal avec une précision redoutable. Dans son sillage, la ligne se déroulait, soulignant sa course. L'orque fit surface pour respirer, dévoilant sa nageoire et une grande partie de son dos, sur laquelle on vit dessinée avec netteté une découpe blanche en forme de selle. Ella retint son souffle, mais elle savait que Penman avait bien lancé. Le harpon atteignit l'orque juste derrière sa nageoire dorsale, et elle fit une grimace lors de l'impact, imaginant la lance qui transperçait le blanc, les chairs, sans doute même les organes vitaux au cœur desquels il irait se ficher. L'animal plongea et une grande flaque de sang s'élargit à la surface de l'eau.

« Salaud », murmura-t-elle sans se rendre compte que des larmes ruisselaient sur son visage.

La ligne se tendit, et le *Seawind* ralentit brusquement en se plaçant parallèlement à l'entrée de la crique. L'orque s'éloigna et dépassa le récif.

« Qu'est-ce qu'ils font ? demanda Kate.

– Ils veulent l'empêcher de se réfugier dans la crique. Ils vont rembobiner la ligne et l'attirer près du bateau pour la tuer », dit Ella d'une voix désespérée.

Et en effet, Jake sortit de la timonerie armé d'un fusil. Il regarda vers le *Santorini* et, bien qu'incapable de distinguer ses traits de si loin, Ella sentit sa haine se déverser jusqu'à elle.

Quand le *Seawind* fut quasiment à l'arrêt, Ella saisit sa chance. Elle changea de cap en adoptant une trajectoire qui lui ferait couper l'entrée de la crique et accéléra. Kate manqua tomber et s'agrippa à la rambarde.

« Vous pouvez barrer ? dit Ella.

– Je ne sais pas, dit Kate en écarquillant les yeux. Je n'ai jamais fait ça.

– Il suffit de garder la proue alignée sur le gros rocher que vous voyez là-bas, droit devant », dit Ella en désignant un point au fond de la crique.

Kate empoigna le gouvernail à deux mains.

« Stabilisez-le. Un peu à gauche. Voilà. »

Kate hocha la tête en se concentrant très fort. « Qu'est-ce que vous allez faire ? »

Ella se rendit compte soudain qu'elle n'avait pas le droit de mettre la vie de Kate en danger. Elle ralentit aussitôt. « J'espérais pouvoir couper la ligne du harpon », dit-elle en secouant la tête, comme navrée de sa propre stupidité.

Kate comprit aussitôt la stratégie. À une soixantaine de mètres du *Seawind*, l'orque avait refait surface et tirait faiblement sur la ligne. L'animal gagnait de moins en moins de terrain. Apparemment, Jake avait l'intention de l'épuiser avant d'essayer de le ramener. Son fusil toujours entre les mains, il le regardait lutter. Il aurait pu mettre fin à ses souffrances, mais il semblait prendre plaisir au spectacle de son supplice.

« On a une chance ? » demanda Kate avec une résolution soudaine.

Ella évalua la distance. « Je ne sais pas. Peut-être. » L'orque était sans doute déjà perdue, mais d'un autre côté, pour stopper le *Santorini*, le *Seawind* aurait le handicap de repartir de l'arrêt. Évidemment, il fallait compter avec le caractère dangereux et imprévisible de Jake. Pourtant, Ella fut tentée de répondre que oui, elles avaient une chance.

« Qu'est-ce qu'on attend ? s'impatienta Kate. On ne va pas laisser faire en se tournant les pouces. » Ella poussa à fond la manette des gaz et le *Santorini* gémit et vibra en se cabrant. Elle se mit en garde : pas de gestes inconsidérés.

« Alors, on y va ? » lui hurla Kate.

Elle se décida enfin : elle se devait d'agir pour empêcher ça. Elle hésita pourtant en repensant au sentiment de porte-à-faux que lui avait laissé leur dernier échange, tout à l'heure, l'impression d'un dialogue de sourds.

« Qu'est-ce qu'il y a ? lui cria Kate.

– Rien. » Pas le temps d'expliquer.

Le *Santorini* n'était plus qu'à une cinquantaine de mètres de la ligne du harpon, dont Ella estima la hauteur à moins de trois mètres au-dessus du pont.

Elle attrapa une gaffe et un couteau à longue lame ; puis elle crut entendre un cri, et vit Jake qui levait son fusil. Dans le vacarme du moteur et des vagues qui s'écrasaient sur la coque, un coup claqua. Elle se jeta au sol en criant à Kate de l'imiter. Une planche du pont éclata à quelques centimètres de ses pieds. De Kate, elle ne voyait plus que le sommet de la tête. Elle s'était simplement baissée, gardant les mains sur le gouvernail pour ne pas dévier de sa trajectoire. Une deuxième balle atterrit sur le pont, et une troisième traversa la timonerie et lui frôla le crâne.

Ella rampa jusqu'au bastingage et risqua un coup d'œil prudent. La ligne du harpon n'était plus qu'à quelques mètres. Pour la couper, il faudrait qu'elle se relève de toute sa hauteur. Une quatrième balle frappa un casier et ricocha sur la rambarde. Ella compta lentement jusqu'à quinze. Jake ne tirait plus. Il devait avoir deviné ses intentions, et attendre le moment où elle ferait une cible facile. Le cœur battant à tout rompre, la gorge râpeuse comme du papier de verre, les mains tremblantes, elle mourait de peur. Elle rampa à toute vitesse vers l'avant. Il y eut plusieurs détonations, mais elle se dressa brusquement en décrivant un grand arc au-dessus de sa tête avec sa gaffe.

Elle rencontra une résistance ; les secondes s'égrenèrent avec une lenteur infinie tandis qu'elle cisaillait de toutes ses forces. Enfin la ligne céda, et elle tomba à la renverse alors qu'un coup de feu lui claquait aux oreilles.

Soudain, plus rien.

40.

Matt avait tout vu depuis la passerelle supérieure de la vedette. La torpeur qui l'avait saisi dès leur sortie dans l'océan se dissipa. Il attrapa le micro.

« Jake ! hurla-t-il bien que sachant que l'autre ne l'entendait pas. Branchez la radio ! »

Une déflagration retentit. Ella tomba au moment où la ligne du harpon se rompait. Les yeux fixés sur l'endroit où elle avait disparu, Matt pria le ciel qu'elle se relève. Jake remonta dans la timonerie. Matt jeta son micro d'un geste rageur et tenta, pour la énième fois depuis qu'il avait compris ce qui se passait, de remettre le moteur en route. Sans succès.

« Et merde ! » lança-t-il en assénant un coup de poing sur la console. Il se pencha par-dessus la rambarde et cria à Baxter : « Vous voyez quelque chose ?

– Oui, je crois, lui répondit Baxter d'une voix étouffée. Attendez une seconde. »

Matt scruta les profondeurs où, sous la surface étale, le soleil pénétrait assez loin. Cependant, il n'y avait aucun signe de Ben, qui en était à sa troisième plongée et n'avait pas conscience de la scène qui se déroulait au-dessus de lui. Matt consulta sa montre : il n'avait plus que dix minutes d'autonomie.

« Remonte », maugréa-t-il entre ses dents. Il alla vérifier de l'autre côté mais ne le vit pas non plus. À bord du *Santorini*, Kate coupa le moteur. Matt la vit se précipiter vers Ella et s'accroupir à côté d'elle, et se demanda pour la centième fois ce qu'elle faisait là. Sur le *Seawind*, Jake avait disparu dans la timonerie. Sous le coup d'un pressentiment, Matt reprit le micro fébrilement.

« Kate, répondez-moi. J'appelle le *Santorini.* Kate, répondez. » Il actionna le bouton mais elle ne répondit pas.

Le bruit des moteurs du *Seawind* s'amplifia. Kate jeta un coup d'œil par-dessus son épaule, puis retourna à ce qu'elle était en train de faire.

Matt changea de canal. « Kate, ici Matt Jones. Répondez si vous m'entendez. » Il épongea la sueur qui coulait sur son front. Le soleil tapait sans relâche, il se réverbérait en un mur solide sur la mer. L'image d'Ella affaissée sur le pont, sa chemise tachée de sang, s'imposa à lui.

Le *Seawind* avait viré. La proue dirigée sur le *Santorini*, la poupe écumante, il fonçait.

Baxter cria : « Essayez encore ! »

Matt enclencha le starter et tourna la clé. Le moteur ronronna poussivement, sollicitant la batterie. « Alleeez ! » Certain des intentions de Jake, il rappela Kate. Et Ben, bon sang, toujours aucun signe de Ben ! À l'intérieur de la crique, tout près de l'entrée, il vit les eaux vertes qui s'ouvraient sur la nageoire de l'orque, le harpon fiché dans le dos de l'animal et la tache de sang qui marquait son passage.

À la radio, il fit une autre tentative, changeant de canal sans arrêt. « Kate, vous m'entendez ? Ici Matt Jones. Ne restez pas où vous êtes. Le *Seawind* se dirige droit sur vous. Déplacez-vous, Kate ! »

Soudain, le moteur démarra, crachant un nuage de fumée bleue.

Baxter apparut. « Il va la couper en deux ! » cria-t-il.

Matt accéléra à fond. La poupe s'enfonça, les hélices mordirent l'eau, la proue se souleva et se mit à glisser, effleurant l'eau, soulevant deux bouquets de gerbes. Ils n'arriveraient jamais à temps.

Enfin, Kate prit conscience du danger. Elle se précipita dans la timonerie, et le *Santorini* se mit en mouvement.

« Allez », la pressait Matt, les doigts tout blancs tant il serrait le gouvernail. Le *Santorini* réagissait avec une lenteur exaspérante. Kate avait compris que la collision était inévitable, et le manœuvrait de façon à diminuer l'angle d'impact.

Penman se précipita pour arrêter le *Seawind*, mais il arriva trop tard. Jake heurta de plein fouet l'arrière du *Santorini* et continua de le pousser sur l'eau comme un jouet. Kate ressortit sur le pont et fut aussitôt projetée au sol tête la première. Ella gisait toujours sans connaissance. Soulevé au-dessus des flots, le petit bateau menaça de chavirer, puis il fit un tête-à-queue et s'écrasa contre le flanc du *Seawind* dans un grincement de bois et de métal arrachés. Matt arriva sur le *Santorini* au moment où il commençait à couler. Moteur au ralenti, il sauta sur l'échelle de coupée et monta à bord.

Le premier impact l'avait presque coupé en deux, et déjà le pont était inondé. De l'eau jusqu'aux genoux, hébétée, Kate écartait les débris en cherchant Ella.

« Prenez ma main ! » lui hurla Baxter depuis la poupe de la vedette.

Le front ruisselant de sang car elle s'était coupée, elle leva les yeux. Elle eut un choc en le voyant, et se laissa hisser à bord. Au même moment, Matt regagnait l'échelle de la vedette. Pendant une fraction de seconde, la terreur reprit possession de lui. La mer lui parut glacée et ses muscles se contractèrent de répulsion. Puis le *Santorini* commença à sombrer ; en un instant, l'eau avait recouvert le tiers du pont et montait le long de la timonerie. C'est alors qu'il aperçut le corps d'Ella coincé dans la brèche ouverte par l'impact.

Il plongea sans réfléchir, et l'eau se referma sur lui comme une tombe.

Le froid soudain et le quasi-silence l'accueillirent dans une étreinte étrangement réconfortante. Son angoisse ancienne prenait corps, dont la macabre familiarité menaça de le faire céder à la panique. Mais une partie de sa conscience restait en éveil, lui rappelant les conseils de son père : « Économisez votre énergie, disait-il souvent. Si vous vous affolez, c'est la noyade à coup sûr. » Matt revit des images du jour où son frère et lui avaient chaviré dans la crique ; il se revit gagné par l'inertie, y succombant peu à peu. Si Paulie ne l'avait pas repêché, il y aurait laissé sa peau. Il n'avait réellement connu la peur qu'une fois ramené sur la plage et crachant l'eau qu'il avait ingurgitée. Il avait regardé sa mort en face ; il lui avait échappé mais, depuis, il vivait avec le sentiment que l'océan reviendrait un jour lui faire payer d'avoir été plus malin que lui. Ces vingt-cinq ans avaient passé comme un clin d'œil.

Au-dessus de sa tête, la lumière, la chaleur, l'air étaient à portée de main, les seules tempêtes étant celles qui s'agitaient dans sa tête. Deux foulées, et il pouvait être à la surface. Plus bas, le *Santorini* descendait se poser dans les profondeurs sombres.

Il faillit écouter la voix qui lui intimait de survivre, mais lutta contre son instinct et s'enfonça encore dans l'eau.

Les poumons brûlants, il aperçut Ella, toujours prisonnière de l'épave, les yeux clos, les cheveux flottants, qui s'éloignait comme dans un film au ralenti. Il ne savait pas si elle était vivante. Il lui attrapa une main ; elle était encore chaude. Il tenta d'arracher les éclats de bois qui la retenaient, mais ce surcroît d'effort lui fatigua le cœur. Son esprit fonctionnait à deux niveaux de conscience, l'un qui s'attelait à sa tâche, l'autre qui projetait comme sur un écran différentes scènes de sa vie. Kristin, Alex bébé dormant d'un sommeil paisible ; lui-même écoutant, devant la tombe de Paulie, les paroles du pasteur emportées par le vent froid d'un après-midi d'octobre ; Ella sur le quai, après la réunion, quand il lui avait donné son premier baiser en sachant qu'avec elle sa vie pourrait enfin reprendre sens.

Il n'arrivait pas à la dégager. Ses forces s'épuisaient. Il se représentait son cœur comme un puissant moteur industriel qui avait de plus en plus de mal à pomper le sang jusqu'à ses poumons. Plus il se vidait de son oxygène, plus la machine peinait et sa circulation ralentissait. Un voile noir lui obscurcit le cerveau.

Il hallucinait et il le savait.

Dans ces derniers moments, il regarda Ella qui paraissait assoupie, en paix, et il fut tenté de la prendre dans ses bras et d'accueillir la mort. Mais il leva les yeux. À travers les miroitements de la surface, la lumière, lointaine mais belle, lui faisait signe. Il empoigna les planches déchiquetées d'une main, Ella de l'autre, et banda tous ses muscles. Enfin il la libéra et, les poumons brûlants, un feu d'artifice dans le cerveau, il se mit à donner des coups de pied désespérés. Puis tout s'éteignit : un voile noir devant les yeux, il mit sa bouche sur la sienne et céda. Dire qu'ils avaient été si proches... En pensée, il lui avoua qu'il l'aimait.

Il reprit son souffle au moment où sa tête émergeait à l'air libre.

41.

Une seconde avant l'impact, Jake aperçut Ella gisant sur le pont du *Santorini*. Le choc fut si puissant qu'il faillit lui faire perdre l'équilibre et stopper le *Seawind*. Puis le bateau s'ébroua et repartit, propulsé par ses moteurs puissants.

Penman s'encadra dans la porte, le visage décomposé. Un seul coup d'œil à Jake lui suffit : sans mot dire, il se rua sur la manette des gaz. Ils s'empoignèrent, et Jake lui envoya un direct à l'œil. Penman recula en faisant des moulinets avec les bras, puis il secoua la tête comme un chien qui vient de prendre un coup de pied dans la gueule et revint à la charge, se cramponnant des deux mains au gouvernail.

« Tu vas les tuer », dit-il.

Jake l'attrapa par les cheveux et lui écrasa le front de toutes ses forces contre le gouvernail. Penman s'écroula en gémissant. En voyant le *Santorini* se briser contre le flanc du *Seawind*, Jake comprit qu'il avait enfin gagné et chassa aussitôt Ella de son esprit. Il contourna le récif. La nageoire du vieil épaulard émergeait vers le centre de la crique, le harpon juste derrière, créant deux petites étraves emboîtées. Les eaux mortes où se reflétait le vert des forêts agissaient comme un baume sur son atroce migraine. Le fracas de l'océan sur le récif diminua, et il ralentit.

Le vieil épaulard restait à la surface, et Jake en conclut qu'il était trop faible pour plonger en apnée. Sans se presser, il saisit Penman sous les aisselles et le traîna jusqu'à l'escalier de la timonerie. Une profonde entaille courait de son front jusqu'au sommet de son crâne. D'abord il le crut mort, puis il vit qu'il respirait faiblement. En bas, l'équipage le regardait bouche bée. D'un seul mouvement, il fit basculer Penman, qui tomba sur le pont en un tas inerte. Il retourna dans la timonerie et en ressortit armé de son fusil.

« Le premier qui se met en travers de mon chemin, il a droit à un pruneau. »

Voyant que personne ne se rebiffait, il reprit le gouvernail. L'épaulard était droit devant et Jake ralentit encore. Il se demanda si ce fumier aurait le cran d'essayer de contourner le bateau pour filer vers le large. D'un coup de crosse, il pulvérisa la fenêtre de la timonerie et tira une balle. Il souleva un petit plumet d'eau quelques mètres au-delà de la nageoire, puis ajusta son angle de tir et tira aussitôt trois autres coups rapprochés. L'animal réagit en prenant de la vitesse. La nageoire disparut.

Jake gloussa. « Quel effet ça te fait, gros salopard ? Tu fais plus le fier, hein ? » Il sortit inspecter l'océan à bâbord et à tribord, au cas où l'orque tenterait de faire demi-tour. Le soleil se reflétait sur la surface assombrie par les arbres, et il ne vit pas grand-chose. Il était sûr d'avoir fait mouche, et quasi certain que l'épaulard ne résisterait pas longtemps en immersion. Même s'il lui échappait en pleine mer, il le rattraperait sans peine et le zigouillerait une bonne fois pour toutes.

Il patienta, mais l'orque ne se montra pas. Il alla jeter un coup d'œil à la poupe, mais la crique était parfaitement étale. Au bout de quelques minutes, il se demanda s'il n'avait pas sous-estimé l'animal.

« Allez, merde, où t'es passé ? » marmonna-t-il.

La réponse fut immédiate : l'épaulard souffla un grand coup, sa nageoire émergeant quelques centaines de mètres plus loin.

Jake sourit de toutes ses dents. « Ah, te voilà ? Qu'est-ce que tu croyais ? Qu'il suffirait que t'attendes pour que je m'en aille ? »

Il regarda en bas, sur le pont. Les hommes avaient transporté Penman à la poupe. L'un d'eux leva les yeux et lui cria : « Il est mal en point, Jake. Faut l'emmener à l'hosto. »

Jake ne répondit pas. Il reprit le gouvernail et accéléra légèrement. L'épaulard bougeait à peine. Il se contentait de se maintenir à la surface de l'eau par de faibles battements de queue. Jake coupa les gaz au moment opportun pour l'accoster en douceur, arma son fusil et sortit. Il marqua une pause, frappé par le calme qui avait envahi le paysage. Son mal de tête avait presque disparu. La crique ressemblait à un tableau ; ses eaux vertes et profondes avaient une beauté apaisante. Ella était morte : bien fait pour elle. Il allait subir des interrogatoires, il ferait sans doute de la prison, mais il ne regrettait rien. Au-delà de l'orque, au-delà de la petite jetée qui s'avançait sur les eaux, au-delà de la bande de sable, une tache blanche trouait les frondaisons : la maison de Bryan, dans la clairière.

Jake descendit à la proue. Il était temps d'en finir. Il se pencherait par-dessus bord et logerait une balle dans la tête de cet animal. Le *Seawind* se rapprochait toujours de lui en dérivant, et Jake attendait. Il voulait le regarder dans les yeux en pressant la détente.

Soudain, d'un mouvement doux et silencieux, l'orque glissa sous la surface et disparut.

Jake se précipita, fusil levé, mais il ne vit rien. Il se pencha, plissa les paupières, scruta les profondeurs en tentant de percer la réverbération du ciel. Le fond marin descendait rapidement à partir de la côte, puis formait un palier avant de s'enfoncer en une grande fosse. La crique n'était donc pas très profonde à l'endroit où il était, dix coudées, pas plus.

Il crut apercevoir quelque chose. Il regarda encore. Tout en bas, posée sur le fond, il distingua une forme vaguement familière. Il se pencha davantage. La gorge nouée, le sang bouillant dans ses veines, il eut un soupçon. Il retint son souffle.

À la poupe du *Seawind*, Penman reprenait ses esprits. Il avait l'impression d'avoir reçu un sac de ciment sur la tête et était complètement sonné. Les autres l'aidèrent à se redresser.

« Où est Jake ? » articula-t-il péniblement.

Quelqu'un désigna du pouce la proue du bateau. Penman s'appuya au bastingage et se retourna pour expulser un crachat sanguinolent. Sa vue se troubla, il eut la nausée, mais il crut apercevoir une grande forme noire tachée de blanc qui fendait l'eau avec la puissance d'une locomotive. Cela disparut en un clin d'œil.

« J'ai cru voir... », dit-il aux autres d'un air intrigué. Il secoua la tête et sa voix s'éteignit.

Depuis l'avant leur parvint un bruit de geyser, puis un éclaboussement gigantesque ; un grand jet se dispersa en éventail qui retomba sur le pont et déploya un arc-en-ciel irisé au-dessus du *Seawind*. Des gouttelettes piquetèrent la surface puis, hormis les vaguelettes qui lapaient la coque, la mer redevint étale.

Comme un seul homme, ils quittèrent Penman et se ruèrent du même côté ; mais ils ne virent rien, rien que le reflet des bois et des collines sur une eau lisse comme un miroir.

L'un d'eux alla voir ce que faisait Jake. Il revint éberlué : Jake avait disparu.

42.

Ben Harper entendit les hélices se mettre en route et brasser l'eau ; il leva les yeux et, stupéfait, vit son bateau qui s'éloignait à toute allure, suivi par une épaisse écume blanche.

Il menait ses recherches dans les roches déchiquetées qui formaient un paysage de petits canyons. Il avait quadrillé l'espace, qu'il explorait méthodiquement, et il venait d'arriver à l'endroit où le bord de la fosse descendait à pic. Le fond du bateau dessinait une large marque claire à cent mètres sur sa droite. Quelque chose avait capté son attention ; intrigué, il alla inspecter une crevasse étroite six ou sept mètres en contrebas, d'où dépassait, partiellement voire entièrement, une forme indéfinissable. Sous son masque et sans ses lunettes, il eut du mal à l'identifier. Il se demanda ce qui lui avait accroché l'œil ; en se déplaçant, il modifia son angle de vue ; à la faveur d'un rayon de soleil il aperçut un objet brillant, une agrafe de métal, peut-être, ou encore un morceau de fil de fer. Il consulta sa montre, puis sa jauge, et vit qu'il serait bientôt à court d'oxygène.

C'est alors qu'il entendit le moteur de la vedette. Il regarda de nouveau l'objet, et décida qu'il avait le temps d'aller y jeter un petit coup d'œil. Ses impressions se confirmèrent. Une sorte de balluchon était coincé entre des rochers, enveloppé dans une grosse toile et attaché par du fil de fer et une boucle de ceinture. En posant la main dessus il ne put déterminer ce qu'il y avait à l'intérieur. Il l'attrapa et tenta de le dégager. En vain. Il essaya de nouveau, conscient de la quantité d'oxygène que lui coûtait cet effort. D'après sa jauge, sa bouteille était vide. Il tira une dernière fois et le paquet se détacha du rocher où il était resté accroché par le fil de fer. Il était lourd. Il glissa et se déposa sur le fond. À ce moment, Ben dut remonter d'urgence. Il prit une dernière inspiration et donna un coup de pied.

La longue forme inerte était à peu près de la taille d'un homme.

43.

Assis à son bureau, le juge Walker avait visiblement du mal à digérer les événements de la journée. « Seigneur Dieu », dit-il. Il se leva et gagna l'une des grandes fenêtres qui donnaient sur le square. Dehors, le soleil déclinant allongeait l'ombre de la statue d'Oliver Wake sur la pelouse sale. « Je ne sais pas quelle folie s'est emparée de cette ville, commenta-t-il d'un ton las et résigné, en fourrant les mains au fond de ses poches. Vous savez combien de personnes ont comparu aujourd'hui ? Quinze. Quinze, nom de Dieu ! Depuis le temps que je fais ce boulot, je n'ai jamais jugé autant de cas en une seule journée. Pas même en un mois ! »

Il regarda Matt et Baxter en secouant la tête, ne trouvant plus ses mots.

« Vous savez que Kyle Perrit a été arrêté ce matin ? Il a pris son fusil, il est allé chez Bill Hodgiss, qui est un copain de trente ans, et il a tiré dans une fenêtre. Il aurait pu tuer quelqu'un ! Et tout ça pour quoi ? Pour une histoire de pêche au thon qui aurait mal tourné. Vous vous rendez compte, trente ans d'amitié foutus en l'air pour un poisson ! Et maintenant, votre truc. » Il retourna s'asseoir, croisa les mains sur son bureau et aborda le sujet qu'il paraissait tout faire pour éviter. « Est-ce que quelqu'un va m'expliquer ce qui se passe ? »

Le juge était au courant des incidents de la crique, mais il ignorait toujours ce que Matt et Baxter y faisaient. Baxter lui expliqua les conclusions auxquelles les avait amenés leur enquête, et termina par la théorie de Ben Harper.

« Si je vous comprends bien, vous croyez Ella et Kate mêlées ensemble à cette histoire ? demanda le juge. Harper a trouvé quelque chose ?

– Il avait vidé sa bouteille, il a dû remonter, dit Matt. Avant, il avait plongé trois fois pour rien. » En fait, quand ils étaient retournés chercher Ben, celui-ci avait avoué à Matt qu'il avait vu quelque chose juste avant d'être obligé de remonter. Il avait donné une vague description de l'objet, en précisant qu'il n'avait pas pu l'examiner en détail. « Une sorte de paquet enveloppé dans de la toile et ficelé par du fil de fer, à peu près de la taille d'un homme », avait-il dit. Il ne voulait pas se prononcer davantage tant qu'il n'aurait pas pu plonger de nouveau et le ramener à la surface, ce qu'il se proposait de faire dès le lendemain matin. Matt lui avait demandé d'attendre un peu avant de prévenir Baxter.

« Et Ella, que dit-elle de ça ? demanda le juge, sourcils froncés. Vous êtes son avocat. C'est un peu bizarre qu'un avocat cherche des preuves de nature à confondre son client.

– Elle ne le sait pas. »

Le juge réfléchit à l'attitude plutôt paradoxale de Matt, puis il prit sur son bureau le témoignage de Jerrod Gant. « Donc, pour l'instant, nous n'avons toujours pas d'autres preuves que ceci contre Ella ni contre quiconque, d'ailleurs, dit-il en agitant le document. Gant aurait donc dit la vérité ? Vous croyez qu'Ella était chez Roderick cette nuit-là ?

– Nous ne le saurons pas tant que nous n'aurons pas pu l'interroger, dit Baxter.

– Il y a des nouvelles de lui ? » Il n'y en avait pas. Le juge secoua la tête. « Et maintenant, voilà que Jake a disparu lui aussi. » Il laissa ses paroles en suspens, et personne ne fit de commentaire. L'équipage du *Seawind* avait rapporté tout ce qu'il avait vu et entendu, mais n'avait pu – ou voulu – spéculer quant au devenir de Jake. Il s'était purement et simplement volatilisé.

« J'ai demandé à Ben Harper d'inspecter la côte demain matin, dit Baxter. Il a pu tomber à la mer. »

Peu convaincu, le juge ne releva pas. « Dans l'ensemble, si

vous voulez mon avis, cette histoire est un vrai sac de nœuds. La question est de savoir ce qu'on fait d'Ella et de Kate. On devrait les mettre toutes les deux en garde à vue pour suspicion de meurtre, et laisser la police du Maine retrouver Gant et enquêter avant que la liste des victimes s'allonge. » Il attendit une objection. Il n'y en eut pas. « Où sont-elles ?

– J'ai eu le docteur Laine au téléphone tout à l'heure, dit Baxter. Kate s'en tire avec des égratignures. Elle est rentrée chez elle. Mais Ella est toujours en observation.

– Bon, dit le juge d'un air résigné. Restons-en là pour aujourd'hui. Elles ne vont pas s'échapper. J'appellerai l'avocat général demain, je lui demanderai de nous envoyer quelqu'un. »

44.

Ella dormait lorsque Matt se présenta à la clinique. Anne Laine le reçut dans son bureau. « Sa mère est à son chevet.

– Comment va-t-elle ?

– Elle n'a pas encore prononcé une seule parole cohérente. Je ne crois pas qu'elle se souvienne de quoi que ce soit. Elle a un petit traumatisme crânien et elle est en état de choc, mais elle va s'en remettre. »

Matt remarqua qu'elle hésitait légèrement.

« Vous ne m'avez pas tout dit ?

– Si, si. Enfin, euh... elle a dit quelque chose. »

Il craignit qu'elle n'ait fait un aveu à demi conscient. Il la revit, après que Baxter les avait hissés elle et lui à bord de la vedette, toute pâle, les cheveux plaqués sur le crâne, les lèvres bleues, le teint cireux. Il l'avait crue morte, et puis tout d'un coup elle s'était mise à régurgiter de l'eau.

« Quand on l'a amenée, elle répétait votre nom sans arrêt. Elle délirait. » Elle marqua une pause. « Le commissaire m'a dit ce que vous avez fait. C'est très courageux.

– Il aurait fait la même chose si je n'avais pas sauté le premier.

– Peut-être. » Elle pinça les lèvres en réfléchissant. « Mais le commissaire est bon nageur. » Matt se demanda ce que Baxter avait deviné, et ce qu'il avait dit au médecin. Comme il ne répondait pas : « Vous voulez la voir ? lui proposa-t-elle avec un sourire avenant.

– Non, je voulais simplement m'assurer qu'elle allait bien. Je ne peux pas rester.

– Vous voulez lui laisser un message pour son réveil ?

– Non. » Quel message laisser ? Lui dire qu'elle était en état d'arrestation ?

Matt retourna à son cabinet. La nuit tombait quand il mit la clé dans la serrure. La première chose qu'il vit fut le signal clignotant sur son répondeur. C'était Ruth Thorne.

« J'appelais pour m'assurer que vous n'aviez pas oublié Charlie, disait-elle d'un ton embarrassé. Mais j'ai appris ce qui s'est passé aujourd'hui et j'imagine que vous êtes très pris. Si vous ne me rappelez pas, ce n'est pas grave. »

Il poussa un grognement, regarda l'heure à sa montre et composa son numéro. Il ne lui avait pas encore dit qu'il savait par la compagnie maritime que Charlie ne travaillait pas ce soir. Elle décrocha presque aussitôt.

« Ici Matt Jones, dit-il. Vous pouvez parler ? »

Il y eut une pause, puis, à voix basse : « Bonsoir, Mr Jones. Euh, Matt. Charlie est sous la douche. Il s'apprête à partir.

– Il travaille ? demanda Matt.

– Eh bien oui. Vous aviez oublié ?

– Non, non. » Il se demanda ce que Charlie mijotait et réfléchit vite et bien. « Ne vous tracassez pas, je m'occupe de tout. Je vous appelle dès que j'ai du nouveau.

– Vous êtes toujours d'accord ? lui dit-elle, soucieuse. Je sais que vous êtes très préoccupé. »

Il fut tenté de lui dire que oui, en effet, il était très préoccupé. Mais il lui avait fait une promesse, et elle avait le droit de savoir ce que faisait son mari quand il prétendait travailler. Ne sachant pas quelle importance pouvait avoir le renseignement qu'il venait de recueillir, il le garda pour lui et la quitta en la rassurant.

Ensuite, il appela Ben à son auberge. Pendant qu'il attendait qu'on lui passe sa chambre, son œil tomba par hasard sur une date cerclée de rouge sur son calendrier de bureau. On était à la veille de l'élection qui devait donner son prochain maire à Sanctuary Harbor. Ben prit la ligne et Matt lui demanda à quelle heure il partait le lendemain.

« Aux aurores. Cinq heures et demie.

– Je vous retrouve à votre bateau. »

Il y eut une pause, puis Ben lui demanda timidement : « Vous avez parlé à Baxter de ce que j'ai vu ?

– Pas encore. Attendons d'être sûrs.

– D'accord. À demain. »

Lorsqu'il eut raccroché, il ferma son cabinet. Il monta dans sa voiture et prit le chemin de la maison des Thorne en se faisant la réflexion que, de toute façon, il n'avait rien de mieux pour occuper sa soirée. La nuit serait longue jusqu'au matin : même dans le confort de son lit, raisonna-t-il, il n'aurait pas pu fermer l'œil.

Il se gara un peu avant la maison et attendit que Charlie sorte. Il repensait à sa conversation avec Ella dans le cimetière. Elle l'avait accusé d'avoir l'esprit étroit, d'être incapable d'accepter de voir la vie autrement qu'en noir ou blanc. Sans doute avait-elle voulu lui faire comprendre que Bryan était mort accidentellement et qu'elle pouvait se justifier de s'être débarrassée de son corps. Elle avait sous-entendu qu'elle n'avait rien avoué parce qu'elle était certaine de sa réaction.

Il s'interrogea sur lui-même. Donc, Ella l'avait cru incapable de pardonner que l'on dissimule la mort d'un homme. Et, manifestement, Kate et elle estimaient leurs actes légitimes. Dans quelles circonstances serait-il prêt à leur donner raison ? Il y a quelques semaines, il aurait répondu sans équivoque : aucune. Aujourd'hui, il n'en était plus aussi certain.

Il se souvint de sa sensation, l'autre soir, d'être passé totalement à côté de la question. Quant à l'expression d'Ella, aux mots qu'elle lui avait dits en le quittant : « Vous êtes tellement sûr de connaître toutes les réponses », ils semblaient prendre toute sa théorie en défaut. Il avait eu le même sentiment quand, plus tard ce même soir, il était descendu à la crique et avait contemplé la mer. Une évidence semblait le narguer, à laquelle il restait obstinément aveugle.

De l'autre côté de la rue, une porte s'ouvrit et Charlie sortit, un sac de marin sur l'épaule. Il échangea un bref baiser avec sa femme, puis Ruth le regarda s'éloigner de quelques pas et referma sa porte. Matt ne put s'empêcher de se demander si elle avait conscience de se plier peut-être pour la dernière fois à ce rituel conjugal.

Charlie sortit de la ville et se dirigea vers l'embarcadère du ferry, à côté de l'usine de conditionnement. Matt le suivit à distance. Arrivé au parking, Charlie verrouilla sa portière, et Matt crut un instant qu'il avait changé d'équipe et se rendait effectivement à son travail. Mais Charlie ne prit pas le ferry. Il se dirigea vers une autre voiture garée en bordure du parking et prit place sur le siège du passager. La voiture démarra, et Matt lui laissa une longueur d'avance même s'il devinait sans difficulté sa destination.

Il la suivit sur la route de la pointe, qui évitait de repasser par la ville. Seule la tête du conducteur était visible. Charlie devait se faire tout petit pour être sûr de passer inaperçu. Matt se demanda depuis combien de temps cela durait. Il fut navré d'avoir à confirmer les soupçons de Ruth Thorne, mais il lui sembla qu'elle avait l'envergure nécessaire pour regarder le problème en face, prendre ses décisions et refaire sa vie. Peut-être même pourrait-il s'inspirer de son exemple.

Lorsque la voiture quitta la route pour s'engager dans un chemin forestier, il se gara sur le bas-côté. Il réfléchit quelque temps, puis il descendit et prit à pied le chemin de la maison qui se cachait dans les bois.

Il était plus d'une heure du matin lorsqu'il revint chez Ruth Thorne. Il était passé chez lui et l'avait appelée pour la prévenir de sa visite. Il trouva sa fenêtre éclairée, et elle lui ouvrit avant qu'il frappe. Le visage rose et frais, elle était en robe de chambre et avait eu le temps de se passer un coup de brosse dans les cheveux. Épaules droites, œil vif, elle n'avait rien de la femme résignée au malheur. Matt vit tout de suite qu'elle ne se laisserait pas abattre, et il lui donna entièrement raison d'avoir jugé indigne d'elle un mari qui la trompait.

« Entrez donc, lui dit-elle. J'ai préparé du café. Vous avez besoin d'un petit remontant. »

Ils s'assirent dans la cuisine et Matt la mit au courant. Bien qu'encaissant le coup avec stoïcisme et sans surprise, elle laissa éclater sa colère en apprenant les détails.

« Ce salaud, il a pas intérêt à remettre les pieds ici. »

Matt se fit la réflexion que ce cas de figure était peu probable. Il lui laissa le temps de se calmer, mais elle n'était pas du genre à s'appesantir sur son sort. Il n'avait pas encore fini son café qu'elle se renseignait sur les procédures de divorce.

« Je tiens à vous remercier », lui dit-elle en le raccompagnant.

Elle prenait si bien la chose qu'il décida de lui faire partager son autre découverte. Elle l'écouta, parfaitement consciente des conséquences que cela entraînerait, y compris du fait que, sous peu, toute l'île entendrait parler de son mari.

« Eh bien, à quelque chose malheur est bon », dit-elle, et Matt fut impressionné par son attitude positive.

Il rentra chez lui avec l'intention de voler quelques heures de sommeil avant son rendez-vous avec Ben Harper. Quand il arriva, il pleuvait à grosses gouttes qui crépitaient sur son pare-brise en éclatant comme de petites bombes. En descendant de voiture, il constata que le vent avait fraîchi et forci. Un simple bruissement à la cime des arbres se transformait en quelques secondes en une violente rafale qui balayait la colline, soulevant des tourbillons de feuilles et de brindilles, agitant les frondaisons de tremblements furieux.

Matt courut s'abriter de la pluie dans sa véranda. Sur le chemin, l'eau creusait de petits cratères qui s'élargissaient bientôt en de grandes flaques. Les arbres pliaient sous le vent. Matt s'allongea sur son lit en écoutant l'orage. Il aurait bien voulu dormir, mais son esprit lui refusait le repos. Il se leva et alla passer les deux heures suivantes dans la cuisine, à boire du café en attendant que les éléments s'apaisent. Après un crescendo rapide, vent hurlant dans les branches, pluie lacérant les murs et le toit, le front passa aussi vite qu'il était venu.

« Vous avez une tête de décavé », dit Ben quand Matt le rejoignit sur les bassins dès l'aube. Le ciel pâlissait, effaçant les étoiles. Le vent avait encore changé, et l'air était de nouveau chaud et lourd de toute l'humidité qui s'évaporait du sol. Des caisses, des casiers à homards, des débris de toutes sortes étaient éparpillés partout.

« Je n'ai pas beaucoup dormi », expliqua Matt en lorgnant le matériel de plongée tout prêt sur le pont. Ben détacha l'amarre avant et monta à bord.

« D'attaque ?

– Plus que jamais. »

Matt l'imita, et hormis la demi-seconde où il remarqua qu'il n'avait ni sueurs froides ni vertige, il se rendit à peine compte qu'il avait quitté le plancher des vaches. Il monta sur la passerelle rejoindre Ben, qui s'écartait déjà du quai et se dirigeait sur la bouée de milieu de chenal ; bientôt, Ben ouvrit les gaz et le moteur gronda, la poupe pesant sur l'eau et la proue filant sur les eaux placides du port.

Dans le soleil levant, la mer se colora d'une palette changeante de bleus et de verts. Ils furent à l'entrée de la crique en quelques minutes, et Ben se servit des repères qu'il avait notés la veille pour retrouver l'endroit où il avait effectué sa dernière plongée. Il vérifia à la sonde qu'il était bien au-dessus du bord de la fosse et mouilla l'ancre.

« On y est. »

Matt l'aida à enfiler sa combinaison, et Ben nettoya son masque les yeux fixés sur le rivage de la crique, le front barré d'un pli soucieux.

« Qu'est-ce qu'il y a ?

– Regardez les rochers, là-bas. Tout le bois de flottaison qui s'est échoué dessus pendant l'orage. »

Un enchevêtrement d'algues et de débris les recouvrait en effet, bien au-dessus de la ligne des eaux. Matt vit des caisses en plastique, des bouées, quelques casiers à homards cassés, objets perdus ou jetés à la mer par les pêcheurs dans les eaux côtières de l'île. Ce spectacle, s'il n'était pas beau à voir, était habituel après une tempête.

« Oui, et alors ?

– Eh bien, il y a de grandes chances pour que la chose que j'ai vue hier ne soit plus à sa place. Or elle était tout au bord de la fosse. »

Ils échangèrent un regard, mais toute conjecture était inutile tant que Ben n'était pas descendu voir.

Il plongea, et Matt n'eut plus qu'à attendre.

Incapable de rester en place, il fit les cent pas à l'arrière en regardant régulièrement si Ben remontait. Mais la mer était trouble et on ne voyait rien à plus de deux mètres sous la surface. À la fois redoutant et espérant les conclusions de cette plongée, il savait sans équivoque, depuis qu'il avait sauvé la vie d'Ella, qu'il était amoureux d'elle. Mais avant d'espérer un avenir avec elle, quelles qu'en soient les conséquences, il fallait qu'il sache ce qui était arrivé à Bryan. Alors, peut-être pourraient-ils parler ; peut-être Ella pourrait-elle enfin lui expliquer sa version des faits. C'était la condition sine qua non. Mais si Ben revenait sans rien et qu'Ella se murait dans son silence, ces questions sans réponses se dresseraient indéfiniment entre eux.

Son supplice dura vingt minutes ; enfin, Ben réapparut. Matt l'aida à se hisser à l'arrière du bateau et attendit avec impatience qu'il ait enlevé son masque.

« Vous l'avez retrouvé ?

Ben secoua la tête. « Y a plus rien. »

Matt se rendit compte qu'il avait toujours su que cela se terminerait ainsi. En dépit de tout, il éprouva un soulagement qui n'avait rien à voir avec l'intervention de la justice, ni avec lui et ses sentiments envers Ella. La preuve qui aurait pu accuser la jeune femme d'un crime grave et lui valoir de longues années de prison, cette preuve avait disparu. Il se sentit soudain épuisé.

« Vous en êtes sûr ?

– Oui. J'ai bien regardé partout. La tempête a dû le faire basculer dans la fosse.

– Il n'a pas pu être déplacé sur le haut-fond ?

– Trop lourd, dit Ben en secouant la tête. J'ai l'impression que c'était lesté. Les courants n'auraient jamais pu le bouger de plus de quelques mètres. Et j'ai exploré tous les coins et les recoins. Ce truc a disparu, Matt. »

Sans doute conscient de ce que cela représentait pour lui, Ben le laissa seul, le temps de se déshabiller. Matt contemplait l'océan, surpris de l'immense sentiment de vacuité qui l'habitait.

« Qu'est-ce qu'on fait maintenant ? demanda Ben.

– On cherche Jake. »

Ils levèrent l'ancre et se dirigèrent vers la pointe pour fouiller le rivage. Ils avançaient lentement, examinant chaque rocher, chaque anse. Ils firent la même chose de l'autre côté du récif en restant bien à l'écart des falaises, puis, ne trouvant rien, ils s'avancèrent dans la crique.

À un moment, Ben crut apercevoir un objet coincé dans un tronc d'arbre immergé à sept mètres. Il enfila son masque et son tuba et plongea.

Matt le perdit bientôt dans la masse d'ombres. Il s'assit sur le bastingage et attendit, en s'abandonnant au sentiment de défaite et de mélancolie qui s'était emparé de lui. Il se sentait seul et loin de tout. Saint George était une île déserte sur laquelle il s'était échoué, avec pour seuls bruits le criaillement des mouettes et le fracas des vagues sur le récif et au pied des falaises, de l'autre côté de la crique. Au loin, devant la silhouette tassée de l'abri à bateau, le doigt sombre de la petite jetée avançait sur l'eau. Bercé par le mouvement de la houle, hypnotisé par le paysage, Matt sentit prendre forme cette impression qui le tarabustait depuis un moment et sur laquelle il n'arrivait pas à mettre un nom.

Il sursauta en voyant Ben émerger des flots.

« Hé, vous m'avez fait peur, dit-il, le cœur battant. Quoi de neuf ?

– Rien. C'était un tronc pourri. »

Matt l'aida à se hisser à bord et pointa un doigt sur la jetée. « Emmenez-moi là-bas. Il faut que je vérifie quelque chose. »

Ben s'exécuta ; sitôt arrivé, Matt sauta à terre et amarra la vedette. La plage était jonchée de débris. De l'autre côté de la crique gisait la masse affaissée de l'orque, comme absorbée dans la terre par le lent travail de la nature.

Bien que sachant déjà ce qu'il allait y trouver, Matt ouvrit la porte de l'abri à bateau. Il contempla l'espace vide quelques instants, puis se retourna. Ben le regardait avec curiosité.

« Qu'est-ce qu'il y a ?

– Je ne suis pas certain. » Vingt mètres plus loin, il repéra une planche de bois sur le sable. En approchant, il vit que ce n'était pas une vulgaire planche, et s'accroupit pour l'examiner. Elle était peinte en blanc sur une face, et se composait de plusieurs lattes brisées à chaque bout.

« Qu'est-ce que ça vous évoque ? » demanda-t-il.

Ben regarda une seconde, puis : « C'est un morceau de bateau. Sans doute un crabier.

– C'est mon avis aussi. Chaque fois que je suis venu ici, il y avait quelque chose qui me taraudait l'esprit et je viens seulement de comprendre ce que c'est. C'est l'abri. Il est vide. » Ben le regarda sans saisir. « Réfléchissez. Bryan habitait là, tout près, dans les bois. Cette jetée, cet abri sont à lui. Alors où est son bateau ?

– Il n'en avait peut-être pas.

– Un pêcheur sans bateau ? D'ailleurs, à quoi d'autre peut servir cet abri ? » Matt se sentait comme pris de démangeaisons sans pouvoir se gratter. Il était sûr de tenir une piste importante. Il regarda encore une fois le débris, puis la crique, comme s'il espérait y trouver la réponse.

Une image du *Seawind* pourchassant l'orque prit corps dans son esprit. Et Jake, qui avait disparu lui aussi. Du regard, il refit tout le tour de la crique, jusqu'à l'épaulard mort.

Une idée commençait à poindre.

« Qu'est-ce qu'il y a ? lui redemanda Ben, qui l'observait.

– J'ai bien envie de vous exposer ma théorie », dit Matt.

45.

Matt se retourna vers la plage, où attendait un petit groupe de personnes qu'il alla rejoindre. Dans la crique, la vedette de Ben Harper mouillait près d'un chalutier que l'on avait fait venir du port après que Matt avait appelé Baxter en début de matinée. Ella était là, encadrée par le juge Walker et un policier portant l'uniforme de la police de Saint George, ainsi qu'Helena mais aussi Anne Laine, qui avait insisté pour veiller sur sa patiente.

Au moment où Matt désespérait de voir arriver Baxter, la voiture de patrouille apparut au bout du chemin. Il en descendit, et Kate Little ouvrit la portière du passager. Ella la regarda venir vers elle avec une expression indéchiffrable.

Plus en arrière, une petite troupe de badauds avait été attirée par la rumeur qui circulait dans le port, et s'agglutinait à la lisière des bois, où on avait laissé les voitures. Baxter avait posté un policier pour les empêcher d'approcher, et pourtant il en arrivait toujours de nouveaux.

« Qu'est-ce que c'est que cette histoire, Matt ? » s'enquit le juge quand Baxter les eut rejoints.

Ella et Kate s'étaient simplement saluées d'un signe de tête discret. Ella était pâle, mais paraissait tenir sur ses jambes. Matt remarqua qu'elle évitait son regard.

« Désolé de vous déranger jusqu'ici, répondit Matt, mais je crois savoir comment Bryan Roderick a disparu. Et je parie que cette révélation va être une surprise pour tout le monde. »

Kate et Ella échangèrent un regard gêné, mais Matt crut discerner dans celui d'Ella une pointe de perplexité qui n'était pas due à ce qu'il venait de dire.

« Je dois commencer par vous annoncer que Bryan est mort. Mais à mon avis, ce n'est ni Kate ni Ella qui l'ont tué. »

Cette fois-ci elles le dévisagèrent éberluées, Kate étant sans doute la plus surprise des deux. À cet instant, il eut la quasi-certitude que l'hypothèse qu'il avait échafaudée le matin même en présence de Ben était la bonne.

« Avant que j'ajoute quoi que ce soit, reprit-il en s'adressant à elles, il faut que je vous pose une question, et à la lumière de ce que je viens de dire, j'ai besoin que vous me répondiez la vérité. À mon avis, depuis que Bryan a disparu, chacune de vous croit l'autre responsable de sa mort. Est-ce que je me trompe ? »

Il les regarda tour à tour, mais elles ne réagirent pas.

« Vous n'avez pas à vous inquiéter de vous accuser mutuellement. Comme je vous l'ai dit, malgré tout ce que vous avez pu penser, vous n'êtes coupables ni l'une ni l'autre. »

Ce fut Ella qui rompit le silence, les yeux fixés sur Kate : « Vous avez raison, j'ai cru que Kate l'avait tué », dit-elle. Puis Kate hocha la tête lentement, d'un air hébété.

Matt attendait cette dernière confirmation. Il eut l'impression qu'Ella était arrivée tout près de cette même conclusion. « Vous le saviez ? lui demanda-t-il.

– Pas exactement, mais hier Kate m'a dit quelque chose qui ne collait pas avec le scénario. Évidemment, depuis, je n'ai pas eu l'occasion de lui demander des éclaircissements.

– Hé, attendez une minute, les interrompit Baxter. Je ne comprends rien à rien, moi. » Lui et le juge étaient complètement perdus. « Pourquoi chacune croyait-elle l'autre coupable ?

– Pour une raison toute simple, dit Matt : parce qu'elles étaient toutes les deux sur la pointe cette nuit-là. » Il regarda Ella. « Je suis quasiment sûr que vous vous êtes rencontrées. Dites-moi si je me trompe.

– Vous ne vous trompez pas.

– Kate a dû sortir de chez elle lorsqu'elle a entendu des coups de feu sur la crique. »

Kate regarda à la ronde. « C'est exact, reconnut-elle enfin.

– Et que s'est-il passé à ce moment-là ?

– Je suis descendue à travers bois et j'ai aperçu Ella. Il faisait noir, ce n'était pas très rassurant. Je me suis fait peur.

– Vous ne vous êtes rien dit ?

– Non. Nous nous sommes aperçues une seconde.

– Et ensuite ?

– Je suis rentrée chez moi. »

Il la sentait réticente à se confier davantage, de peur de se laisser piéger. Il poursuivit donc lui-même. « Tout le reste de la nuit, ne sachant d'où venaient les coups de feu, vous vous êtes demandé ce qu'Ella faisait là et vous vous êtes inquiétée pour elle. Vous connaissiez les querelles qui l'opposaient à Bryan, vous saviez quel genre d'homme il était, vous êtes donc allée chez lui à l'aube. Et là, vous découvrez qu'il a disparu...

– Oui.

– À ce moment, saviez-vous, ou soupçonniez-vous qu'il était mort ?

– Non. Je me doutais tout de même qu'il lui était arrivé quelque chose.

– C'est alors que vous avez décidé de faire le ménage ?

– Je l'ai fait pour la raison que je vous ai donnée : je ne voulais pas qu'on sache que j'étais venue.

– Et à quel moment l'avez-vous cru mort ?

– Un ou deux jours après, quand on a commencé à raconter qu'il avait disparu.

– Et vous avez tout de suite soupçonné Ella ?

– Pas tout de suite, non. Enfin, je ne sais pas. Mais en entendant la rumeur, j'ai fait le rapprochement.

– Et vous n'avez rien dit ? »

Kate ne répondit pas tout de suite. « En effet, je n'ai rien dit.

– Et de son côté, Ella n'a pas dit non plus avoir rencontré Kate, dit Matt en se tournant vers elle. Vous aviez vu Bryan molester Kate, donc après la rencontre de cette nuit-là et sachant que Bryan avait disparu, vous en avez conclu qu'elle l'avait tué. Vous avez dû penser que c'était un accident, et que de toute façon il l'avait bien mérité. Je brûle ? »

Ella soutint son regard pendant plusieurs instants, puis elle hocha la tête : « Vous brûlez. »

Matt attendit, soupçonnant qu'elle était loin d'avoir tout dit, mais il n'avait aucune preuve de rien pour l'instant. Ella n'ajouta rien. Elle échangea un regard avec sa mère, et Helena eut l'air troublé.

Le bruit d'une voiture rompit le silence. Une portière claqua, des voix retentirent tandis que le policier tentait d'empêcher le nouvel arrivant de passer.

« Laissez-le descendre », dit Matt.

Baxter fit signe au policier, et Howard Larson s'avança vers eux, parcourant l'assistance du regard.

« Qu'est-ce que c'est que ce merdier ? tonna-t-il.

– Rien qui vous concerne, lui répondit Baxter.

– Qu'est-ce que vous croyez ? Tout ce qui se passe ici me concerne. Il s'agit de Bryan, c'est ça ? Les gens ont le droit de savoir. Vous allez enfin vous décider à l'arrêter ? dit-il en désignant Ella du menton.

– Moins fort, Howard, dit le juge. Vous n'êtes pas en train de faire un discours de campagne. Vous pouvez penser ce que vous voudrez, vous n'avez rien à faire ici.

– J'aimerais qu'il puisse rester, monsieur le juge, dit Matt. D'ailleurs, je pense qu'il est parfaitement à sa place. »

Howard le regarda ; il ne s'attendait pas à recevoir un soutien de sa part. Puis sa surprise se changea en méfiance.

« J'étais en train d'expliquer qu'Ella n'a pas tué Bryan, reprit Matt, en marquant une pause pour laisser à l'autre le temps de s'imprégner de ces mots. Il semblerait que Jerrod Gant n'ait pas tout à fait dit la vérité.

– Gant ? répéta Howard en regardant autour de lui.

– Il n'est pas là, si c'est lui que vous cherchez. Je n'ai d'ailleurs aucune idée de l'endroit où il se trouve. Il nous le dira bien quand il reviendra. Qu'avez-vous fait de lui ? Vous le cachez dans un motel sur le continent ? C'est vous qui payez ses pizzas et ses bières ? En plus du reste ? Que lui avez-vous promis, exactement, Howard ? Vous avez effacé les loyers qu'il vous doit en lui faisant miroiter un emplacement dans les nouveaux locaux quand le port de plaisance sera construit ? C'est ça le prix d'un mensonge, Howard ?

– Je ne sais pas de quoi vous voulez parler, protesta Howard.

– Vraiment ? Je me demande ce qu'il va nous dire quand il reviendra. Vous croyez qu'il va essayer de nous faire gober qu'il a inventé tout seul son témoignage sous serment ? Quand il saura ce que ça va lui coûter, à mon avis il y repensera à deux fois. C'était quoi votre intention ? Le faire revenir sur sa déposition une fois les élections passées ? Le pousser à se rendre compte que, tout bien réfléchi, il faisait trop sombre cette nuit-là, et qu'il a pu se tromper ?

– Vous mentez. Vous bluffez.

– Pour l'instant, c'est exact. Mais je peux prouver que vous étiez chez Jerrod Gant la veille au soir du jour où il a témoigné. Et je peux prouver que Gant n'était pas sur l'île la nuit où Bryan a disparu. »

Matt savoura la stupéfaction d'Howard.

« Il a dû oublier de vous le préciser, dit-il.

– C'est vrai ? demanda le juge Walker.

– Tout ce qu'il y a de plus vrai. »

Matt expliqua comment il l'avait appris. Il raconta que la veille, à la demande de Ruth Thorne, il avait suivi Charlie chez les Gant, après que Lucy Gant était allée l'attendre à l'embarcadère. « Ce n'était pas sur le continent qu'il la trompait, mais avec Lucy Gant. C'est Lucy qui m'a appris qu'Howard était venu les trouver, et elle et Charlie m'ont confirmé que la nuit où Bryan a disparu, Jerrod travaillait pour un type de Lucia. »

La colère d'Howard avait cédé la place aux premiers frémissements de la peur. Il était cerné.

« À mon avis, vous pouvez dire adieu à vos ambitions politiques, Howard. À moins que vous ne vous fassiez élire porte-parole de votre bloc de cellules. »

Howard pâlit et fixa sur Matt un regard mauvais. « Je refuse d'écouter ces saloperies. Adressez-vous à mon avocat. »

Matt le regarda s'éloigner vers sa voiture avec un sourire de satisfaction.

Juste à ce moment, un cri attira leur attention. Sur sa vedette, Ben agitait les bras.

« Mesdames et messieurs, le spectacle va commencer », dit Matt.

Sur le pont du chalutier, un homme actionnait un treuil. À l'est, l'horizon était brouillé par une bande nuageuse d'où pendaient, comme dessinées au pinceau, des traces grisâtres. Un nouveau front abordait les côtes du Maine.

Ella et Kate se tenaient côte à côte au bout de la jetée. Tout près, Ben Harper émergea en tenue de plongée ; il fit passer un câble à bord du chalutier, pour qu'on l'équipe d'une gaffe. Dès qu'il plongea de nouveau, le treuil se mit en route et, bientôt, le câble se tendit brusquement.

Matt expliqua que l'absence du bateau de Bryan dans l'abri l'avait amené à établir une analogie avec l'accident survenu à Jake pendant qu'il pourchassait l'orque dans la crique, et à prendre la mesure de l'intelligence des épaulards.

« L'épaulard semblait vouloir attirer le *Seawind* dans la crique pour laisser à ses congénères le temps de fuir. En recoupant les témoignages de l'équipage, j'en ai déduit qu'il avait retourné la situation contre Jake. » Il pointa un doigt vers le côté opposé de la crique. « Ben pense que l'épaulard échoué là-bas appartenait au même groupe. Il est mort de pneumonie, mais il avait des marques de balles sur sa nageoire dorsale. Ce n'est pas rare, mais l'une des blessures paraît plus récente que les autres, même si l'état de décomposition du corps ne permet pas de l'affirmer. Ben a émis l'hypothèse que, la nuit où Bryan a disparu, le groupe était venu dans la crique où il avait acculé un banc de poissons. »

Plus loin, sur l'eau, le treuil rembobinait lentement le câble. Matt attendit avant de continuer.

« Nous savons déjà que Bryan avait bu ce soir-là. Un peu plus tôt, il s'était battu avec Ella. Il devait être de mauvaise humeur. Nous savons aussi que les frères Roderick aimaient bien tirer sur les orques quand l'occasion s'en présentait. Bryan a dû repérer le groupe dans la crique, prendre son fusil et sortir son bateau.

– Les coups de feu que Carl Johnson a entendus ? dit le juge Walker.

– Très probablement. »

Juste à ce moment, quelque chose de volumineux creva la surface de la crique. Ben donna l'ordre d'arrêter le treuil. Matt regarda Ella.

« Le bateau de Bryan », dit-il.

C'était un crabier de quatorze pieds, équipé d'un gros moteur hors-bord qui était toujours accroché au plat-bord, bien qu'empêtré dans un paquet d'algues qui l'avait maintenu au fond. Tout un côté de la coque était arraché sur deux bons tiers, le bois éclaté comme sous l'effet d'un impact puissant. Le morceau que Matt avait trouvé sur la plage provenait de là.

Sous leur manteau d'algues et de vase, les détails de l'épave étaient méconnaissables. La tempête de la veille l'avait roulée dans la vase et le sable, contribuant à l'enterrer partiellement. Peu à peu, à mesure que l'œil accommodait, se dessina une vague silhouette empalée sur une planche brisée. Avec un minimum de concentration, cette silhouette prit bientôt un aspect familier : la partie qui pendait mollement à un bout, et qui était recouverte d'une couche boueuse sauf à l'endroit où se détachait une tache blanche, pouvait être une tête, et la tache blanche une portion de crâne.

Ella eut un hoquet.

Matt la regarda. « C'est Bryan. »

46.

L'épave et le corps furent hissés à bord du chalutier et ramenés au port. Il subirait une autopsie, dont Matt était quasi certain qu'elle confirmerait son hypothèse. Bryan avait dû repérer l'orque malade et vouloir l'achever, mais un autre membre du groupe était intervenu, peut-être le mâle que Jake avait harponné. Matt imagina un animal de huit tonnes émergeant de l'eau et retournant le petit bateau comme une boîte d'allumettes. Il avait dû retomber dessus de tout son poids, et Bryan s'était empalé sur la planche sectionnée sans avoir le temps de se rendre compte de ce qui lui arrivait.

Ben proposa à Matt de le ramener au port, mais celui-ci préféra lui donner rendez-vous en ville et alla rejoindre sur la plage la petite troupe qui repartait vers les voitures.

Le juge Walker n'en revenait toujours pas. « Jamais vu une histoire aussi tordue. Ç'a dû être dur pour vous ces dernières semaines », dit-il à Ella. Puis, regardant Kate : « Naturellement, si vous aviez dit la vérité dès le départ, toutes les deux, nous n'en serions pas arrivés là, ajouta-t-il, un léger reproche dans la voix. Bon, je suis content que ce soit terminé. Vous voulez que je vous ramène en ville, vous et votre mère ? »

« Pars devant, maman, dit Ella en jetant un coup d'œil à Matt. Je te rejoins dans une minute. » Helena hésita. « Vas-y, j'arrive, la pressa doucement Ella.

– Je raccompagne Kate, dit Baxter à Matt. Je reviens vous chercher ?

– Je vais rentrer à pied. À tout à l'heure. »

Matt et Ella restèrent seuls. Sans un mot, ils s'engagèrent sur le chemin en laissant une petite distance entre eux.

« Je n'ai pas eu l'occasion de vous remercier pour hier, dit Ella.

– N'en parlons plus.

– Difficile ! Vous m'avez sauvé la vie. »

Matt ne savait pas comment aborder le sujet qui le tarabustait, et pourtant il avait l'impression qu'elle attendait qu'il en parle.

« Il y a une chose que je n'ai pas dite, se lança-t-il, le regard fixé devant lui. Je leur ai laissé croire que si vous n'aviez jamais parlé de votre rencontre avec Kate, c'était pour la protéger. Ce n'est qu'en partie vrai, n'est-ce pas ?

– Oui, dit-elle d'un ton posé.

– Personne ne s'est demandé ce que vous faisiez sur la pointe.

– Quelle importance, maintenant qu'on a retrouvé Bryan...

– Ce que je n'ai pas dit, c'est qu'hier, Ben a trouvé quelque chose au bord de la fosse. » Il se tourna vers elle et la regarda dans les yeux.

« Et c'était quoi ?

– Il n'en était pas très sûr. Il a plongé de nouveau ce matin, mais la tempête avait dû faire tomber l'objet dans la fosse. Il me l'a décrit comme une sorte de paquet entouré de fil de fer et lesté. »

Il était certain qu'elle savait de quoi il parlait, et que c'était ça qui l'avait amenée sur la pointe. C'était ça que Carl Johnson avait vu pendre de son bossoir, ça la vraie raison de son silence alors même qu'elle était accusée de meurtre, ça aussi qui se dressait entre eux. Car la chose avait disparu. Si Ella persistait dans son silence, elle lui fermerait à jamais la porte de son cœur.

Il savait qu'elle en était consciente, mais il savait aussi quelle serait sa réponse.

Elle eut un imperceptible mouvement négatif de la tête, et, les yeux voilés de tristesse, elle se détourna et s'éloigna.

47.

Les élections avaient été reportées de trois semaines après les révélations entraînées par la découverte du corps. D'ici là, Howard, qui tentait de se faire oublier, s'était fait remplacer par l'unique autre avocat de l'île, son associé depuis des années. Jerrod Gant n'était toujours pas revenu, et Matt doutait qu'on le revoie jamais. Le nouveau candidat, qui semblait pouvoir rassembler toutes les chances de succès, se déclara en faveur du port de plaisance et de la prospérité qu'il engendrerait. Le jour J, Matt alla voter. Il trouva les deux adversaires dans le hall, tout sourire, distribuant des poignées de main. Matt prit son bulletin, inscrivit une croix en face du nom d'Ella et le glissa dans l'urne. Il leva la tête et leurs yeux se rencontrèrent. Elle parut troublée, puis reprit sa conversation avec le groupe qui l'entourait.

« Salut. »

Il sursauta. Sally Brewster se tenait devant lui, souriante.

« Qu'est-ce que c'est que cet air tout triste ? » Elle suivit son regard et comprit. « Ah, je devine.

– Comment ça va, Sally ?

– Tu ne vas pas lui souhaiter bonne chance ?

– Elle est occupée. »

Sally posa sur lui un regard neutre. « Tu sais, j'ai rencontré Ella par hasard il y a une dizaine de jours. Elle m'a battu froid. Comme ça ne lui ressemble pas, je lui ai demandé ce qui n'allait pas. Elle ne m'a rien dit, mais j'ai compris qu'elle s'imaginait qu'il y avait quelque chose entre nous. Je ne sais pas ce qui lui a mis cette idée dans le crâne, mais je l'ai détrompée.

– Je doute que ça l'intéresse beaucoup.

– Tu ne connais rien aux femmes. Si elle s'en fiche, pourquoi m'a-t-elle fait la tête ? Hein ? Bon, il ne faut pas que je traîne, j'ai pris quelques minutes sur mon temps de travail. À plus. »

Sally partie, il regarda de nouveau du côté d'Ella, mais elle lui tournait le dos.

En sortant, il rencontra Baxter et ils allèrent ensemble à la cafétéria.

« Alors, qui donnez-vous gagnant ? demanda Matt.

– Difficile à dire. Ces derniers jours, les gens ont eu l'occasion de se regarder dans la glace. Mais on ne sait jamais. »

Sancturary Harbor avait changé depuis cette ruée sur le thon qui avait tout d'une ruée vers l'or. Certains amis ou voisins de longue date ne se parlaient plus. Au sein d'une même famille, des plaies avaient été ouvertes, qui mettraient longtemps à se refermer.

Le changement, Matt n'en voulait pas. Il avait délibérément choisi l'île Saint George pour ce qu'elle était. Les gens avaient beau vivre de plus en plus difficilement de la pêche, il espérait qu'elle puisse évoluer autrement qu'en devenant un parc à touristes dont les insulaires seraient les larbins. Malgré tout, il était décidé à rester. Du moins pour un temps.

Il demanda des nouvelles de Kate. « Elle est repartie pour New York il y a deux jours », dit Baxter.

Matt ne sut quoi répondre, car il subodorait que Baxter avait enfin pris conscience des sentiments qu'elle lui inspirait. « Vous l'avez vue avant son départ ?

– Oui. Je l'ai rencontrée par hasard. Elle m'a dit qu'elle divorçait.

– Et... elle compte revenir ?

– Elle ne me l'a pas dit, mais je pense que non. » Baxter posa son regard au loin, de l'autre côté du port. « Je crois qu'elle ne se sentait pas à sa place ici. À juste titre, sans doute. » Avant d'entrer dans la cafétéria, il demanda. « Vous avez parlé à Ella ? »

Matt secoua la tête. Baxter parut sur le point d'ajouter quelque chose, mais il dit simplement : « Allez, venez, je vous paie un café. »

Assis dans la véranda, au crépuscule, Matt et Henry regardaient les nuages déferler de l'est. Le temps s'était rafraîchi. Au large, des éclairs striaient le ciel. Un pick-up déboucha du chemin forestier, et Henry se leva en éteignant son mégot.

« T'as de la visite. Je te laisse. » Il prit une profonde inspiration. L'air embaumait le pin. « Il va pleuvoir. N'oublie pas de fermer tes fenêtres.

– Tu peux rester, Henry, lui dit Matt.

– Je suis fatigué. »

Il descendit les marches et échangea quelques paroles avec Ella. Au bout d'un moment, il leva la main en signe d'adieu et elle se dirigea vers la maison.

« Bonsoir. Je peux monter ? »

À la seconde où il avait reconnu son pick-up, Matt avait senti sa gorge se contracter et un bandeau de fer lui cercler la poitrine. « Je vous en prie. » Il la fit asseoir en tentant de ne pas paraître trop surpris de la voir. « J'ai de la bière, du vin... Ou du café si vous voulez.

– Une bière ce sera parfait. Merci. »

Il alla chercher deux bouteilles de Millers et deux verres, et s'assit en face d'elle. En emplissant les verres, il remarqua sur ses joues une légère rougeur qui lui fit penser à une rose au bord d'un chemin de terre. Il leva son verre en souriant, et elle l'imita.

« Alors, cette élection ?

– Le résultat ne sera connu que tout à l'heure, dit-elle.

– Vous aurez au moins ma voix.

– Merci. »

Il attendit qu'elle lui expose le but de sa visite. Elle semblait ne pas savoir par où commencer, puis, tout à coup, elle planta ses yeux dans les siens.

« Ma mère m'a conseillé de vous parler il y a trois semaines. Et même plus, en réalité. »

Il n'en fut pas surpris. Il avait beaucoup réfléchi aux récents événements. Il savait que si, sur la plage, Ella avait une fois de plus choisi de se taire, c'était par peur de sa réaction, mais pas par peur pour elle, ni pour Kate comme il l'avait cru, ce qui ne laissait guère d'autres possibilités. Elle l'observait, le front barré d'un pli.

« Vous avez deviné, n'est-ce pas ? »

Il prit son verre et avala une gorgée en pesant ses mots. « Certainement pas tout. »

Elle soupira, et sembla se décharger du fardeau qu'elle portait depuis trop longtemps. « Je suis venue tout vous raconter. Je me suis rendu compte que si je ne le faisais pas, je regretterais toute ma vie ce que nous aurions manqué tous les deux. »

D'une voix posée, elle commença son récit, concentrée sur des images du passé qu'elle était seule à voir. Elle lui parla d'abord de son père, brossant de lui le portrait d'un homme taciturne, un pêcheur stoïque qui aimait la solitude. Il avait toujours été comme ça, dit-elle, ce qui ne l'empêchait pas d'être un bon mari et un bon père.

Il avait commencé à changer après la mort de son fils. Très jeune, Ella l'avait senti se retirer du monde.

« J'imagine qu'en le suivant partout sur les quais, je cherchais à me rassurer. Je n'essayais pas consciemment de remplacer mon frère, mais les gosses comprennent beaucoup de choses d'instinct. Bref, je suis devenue sa fille et son fils à la fois. »

Ce n'est qu'en grandissant qu'Ella avait pris conscience que son père était malade.

« Je crois qu'il a souffert de dépression chronique toute sa vie. Mais il a toujours refusé de l'admettre, et de consulter. Ça a empiré au fil des années. Ma mère disait qu'il avait toujours gardé secrète une partie de lui. Et c'est vrai, il ne se livrait pas volontiers, il n'aimait pas partager ses idées. Je crois qu'il était surtout très maladroit pour ces choses-là. Mais il s'appesantissait anormalement sur la mort de Danny. Il a fini par se mettre à boire, ce qui n'a fait qu'aggraver ses sautes d'humeur. »

Elle raconta comment son introspection pouvait prendre un caractère violent quand il avait bu. Ce secret n'était jamais sorti d'entre les murs de la maison familiale.

Des yeux, elle quémandait sa tolérance. « Il n'était pas foncièrement mauvais. Il n'était pas comme ces ivrognes qui tapent sur tout le monde quand ils sont sous l'emprise de l'alcool. Il était malade, mais il refusait qu'on l'aide. »

Elle arriva à cette nuit fatale de février où son père, en pleine crise, était sorti dans la tempête et s'était noyé. Tard en soirée, sa mère l'avait appelée pour lui dire que son père avait bu et qu'ils s'étaient disputés. Il l'avait frappée si fort qu'elle avait donné de la tête contre le poêle. Horrifié, il avait fui la maison en poussant des hurlements de dément.

« Quand il se mettait dans cet état, il rejetait toujours sur ma mère la responsabilité de la mort de Danny. »

Elle avait rejoint sa mère sur les quais. Le port était lacéré par la tempête, la mer battait furieusement la jetée, le bateau de son père manquait.

« On a retrouvé l'épave au matin, près de la crique. Mais pas son corps. »

Elle avait raccompagné sa mère et était retournée chez elle chercher quelques affaires. Pendant son absence, son père était revenu, trempé jusqu'aux os, tremblant de froid, les yeux vitreux et fous. Il s'était rué sur sa femme, et elle s'était défendue avec un faitout en fonte. Elle l'avait atteint à la tête et tué sur le coup.

« Ça, je ne l'ai pas su. Le temps que je revienne, elle avait caché son corps dans le garage. Elle a gardé le secret six mois. » Ella secoua la tête, comme incapable de croire une telle chose possible. Elle essuya les larmes qui lui étaient montées aux yeux.

« Après les obsèques, elle a creusé une tombe au fond du jardin ; une nuit, elle a enveloppé son corps dans une bâche goudronnée et elle l'a enterré. »

Elle se tut. Le silence s'éternisa plusieurs minutes. Matt le rompit en lui demandant : « Pourquoi n'a-t-elle rien dit ? D'après ce que vous venez de m'apprendre, c'était un cas de légitime défense. » Il n'avait pu s'empêcher de parler d'un ton dur, et elle tourna vivement les yeux vers lui.

« Je n'ai aucune réponse simple à vous donner. Elle avait peur. Elle vient d'un milieu très traditionnel, où une femme doit obéir à son mari, où on ne déballe pas les affaires de famille sur la place publique. On lui a appris que le rôle d'une épouse est de toujours soutenir son mari, quoi qu'il fasse. Personne ne savait comment était mon père. Il ne buvait qu'à la maison, ou seul sur son bateau. Ma mère avait peur qu'on ne la croie pas, mais elle était aussi totalement déboussolée. Elle se sentait coupable et honteuse, comme si c'était de sa faute... Mais elle aimait mon père, et je crois que dans son chagrin elle voulait effacer ce qui s'était passé. Je ne crois pas qu'elle était pleinement consciente de ce qu'elle faisait. »

La réaction de Matt fut quasi automatique. Il avait entendu ces arguments mille fois, de la bouche de gens qui cherchaient à justifier leurs actions, à se décharger de la responsabilité de leurs actes. Et il sut que c'était pour cette raison qu'Ella se décidait seulement maintenant à parler.

Elle expliqua la suite, qu'il avait déjà devinée dans ses grandes lignes. Sa mère avait eu une attaque, dont elle s'était remise très lentement.

« On aurait dit qu'elle n'avait pas envie de vivre. »

Ella avait toujours soupçonné sa mère d'être tourmentée par autre chose que le chagrin. Au fil des mois, comme la santé d'Helena ne s'améliorait pas, elle en avait conclu qu'il fallait absolument qu'elle découvre ce que c'était si elle ne voulait pas la laisser mourir. Elle avait réussi à la persuader de tout lui dire.

« Il était alors trop tard pour faire des aveux. Je ne voyais pas ce que ça pouvait apporter de lui imposer tout ce questionnement, de remuer le passé. J'ai donc décidé de déplacer le corps de mon père. De le jeter à la mer, où il aurait aimé reposer. Pour que ma mère ne soit pas obligée de se rappeler comment il était mort chaque fois qu'elle regardait par la fenêtre de la cuisine. » Elle marqua une pause, puis, d'une voix morne : « La suite, vous la connaissez. »

La nuit était tombée. Sur la table, les verres étaient pleins. Matt ne voyait plus le visage d'Ella, mais il savait qu'elle l'observait, guettant sa réaction.

Il comprit les raisons de son silence, sa réticence à soumettre sa mère aux duretés d'une enquête qui étalerait au grand jour les secrets de famille. Cela n'aurait servi qu'à salir le nom de son père, et à prendre le risque qu'on ne croie pas à cette histoire et que sa mère soit condamnée à faire de la prison. Matt se demanda comment il aurait réagi si elle lui avait avoué tout cela dès qu'on avait appris la disparition de Bryan, et il fut incapable de répondre.

Toute sa vie avait été façonnée par le jour où il avait failli se noyer dans Stillwater Cove. À la mort de Paulie, les traits de caractère qui l'avaient poussé à vivre son métier comme une mission vengeresse étaient déjà en place, et pendant longtemps il ne s'était jamais remis en question. Si des inconnus étaient venus lui raconter une histoire pareille pendant qu'il était procureur, il les aurait bouclés pour meurtre. Les innocents n'enterraient pas leurs proches dans le jardin, ils ne jetaient pas leurs corps lestés à la mer. Il ne savait toujours pas s'il avait le droit de porter un jugement pour lequel il ne se sentait pas qualifié. Ces choses-là devaient se régler au tribunal, mais dans ce cas, et quelle que soit l'issue, des gens souffriraient. Et finalement, il était certain que les choses s'étaient passées comme Ella venait de les lui exposer.

Mais surtout, il sut qu'il n'était pas le Matt Jones d'il y a six mois, ni même deux.

Il sut sans avoir besoin de le lui demander que, placée une nouvelle fois dans les mêmes circonstances, Ella agirait de la même manière. C'était dans sa nature. Comme il était dans sa nature de compatir au sort de Kate Little tout en la croyant coupable du meurtre de Bryan.

« Il n'existe aucune preuve permettant de vous accuser,

vous ou votre mère, dit-il enfin. Alors peu importe ce que je pense.

– Au contraire, Matt. Cela importe beaucoup. »

La véritable question d'Ella, évidemment, la question qu'il ne pouvait éviter de se poser lui-même, était de savoir s'il pouvait l'aimer en sachant tout ce qu'il savait d'elle.

Il se leva. Sans un mot, il alla allumer la lumière. Quand il revint, il la trouva sur la plus haute marche de la véranda. Il regarda son visage plongé dans la pénombre et la trouva très belle.

« Il se fait tard, je ferais mieux de partir. »

Le téléphone se mit à sonner. Matt ne bougea pas. « Restez encore un peu. »

Elle le dévisagea longuement.

« Vous le souhaitez vraiment ?

– Vraiment. »

Le téléphone sonnait toujours.

« Vous n'allez pas répondre ? »

Il hésita, craignant sans doute de ne pas la retrouver en revenant, puis il se décida. Quand il raccrocha deux minutes plus tard, elle n'était plus là où il l'avait laissée ; un instant, il la crut partie, puis il la vit accoudée à la balustrade.

« C'était Baxter qui me communiquait les résultats. Vous avez gagné. Félicitations. »

Il alla la rejoindre et la prit dans ses bras. Elle appuya la tête contre son épaule et il sut que tout allait s'arranger.

Épilogue

Dans les eaux froides au large de la Nouvelle-Écosse, les orques nageaient en formation serrée vers un petit rorqual. Un mâle menait le groupe, flanqué d'une femelle. Plus loin en arrière venait le vieil épaulard, dont le corps portait les cicatrices de sa longue vie. Derrière sa nageoire, la hampe brisée d'un harpon était toujours fichée dans sa peau, au milieu d'une excroissance de tissu cicatriciel. L'animal était faible. Un jeune mâle et une femelle nageaient à ses côtés sans jamais s'écarter loin de lui. Il souffrait d'une infection, qui se surajoutait à la série de problèmes qui l'affectaient depuis que le groupe avait quitté la crique. Le harpon avait atteint ses organes vitaux, et la fièvre sapait rapidement ses forces. Il ne participait plus aux chasses et devait compter sur ses congénères pour le nourrir.

Le rorqual était un animal adulte presque aussi grand que l'épaulard. Il prit trop tard conscience de la présence de ses prédateurs. Comme il était trop gros pour être mis à mort rapidement, deux femelles se dévouèrent, l'une pour lui mordre la queue, l'autre pour le saisir par son museau pointu. Ainsi immobilisé, l'animal se sut perdu. Il émit un long gémissement d'angoisse. Le nouveau mâle dominant attaqua le premier ; il lui arracha la fente génitale, déchirant une bande adipeuse. Un film graisseux et sanguinolent se répandit dans l'eau. Un par un, les autres épaulards se jetèrent sur leur proie ; à chaque coup de dents, le rorqual tremblait de la tête aux pieds en hurlant à la mort. Deux épaulards vinrent remplacer ceux qui l'immobilisaient et, peu à peu, il se trouva dépouillé de son épiderme graisseux. Cette torture dura tout le temps nécessaire pour mettre la chair à nu. Alors, le mâle dominant le mordit à pleines dents, et mit fin à son supplice en lui arrachant le cœur, éparpillant de grands nuages rouges tout autour.

Le vieux mâle avala quelques morceaux de blanc mais ne put garder sa nourriture. Enfin repu, le groupe reprit son chemin, mais lui dut être soutenu par les autres orques.

Au cours de la nuit, il tomba dans une sorte de somnolence, et au lever du soleil il était mort. À tour de rôle, ils vinrent nager en se frottant contre celui qui, pendant tant d'années, avait été leur chef. Ils le maintinrent en état de flotter un jour encore, car il était trop tôt pour lui faire un adieu définitif.

Au crépuscule, ils l'abandonnèrent enfin, et continuèrent leur route.

L'orque morte sombra lentement dans les profondeurs de l'océan.

DU MÊME AUTEUR

Aux Éditions Albin Michel

LE FAUCON DES NEIGES

Cet ouvrage a été réalisé par la
SOCIÉTÉ NOUVELLE FIRMIN-DIDOT
Mesnil-sur-l'Estrée
pour le compte des Éditions Albin Michel
en décembre 2001

Ouvrage composé par
Nord Compo (Villeneuve-d'Ascq)

Achevé d'imprimer en 2001
N° d'édition : 20235 - N° d'impression : 57861
Dépôt légal : janvier 2002